책벌레의 하극상

사서가 되기 위해서라면 뭐든지 할 수 있어

제 4 부 **귀족원의**
자칭 도서위원 IV

카즈키 미야
miya kazuki

등장인물

3부 줄거리

귀족이 된 로제마인은 영주의 양녀이자 신전장으로서 바쁜 나날을 보낸다. 인쇄기가 만들어지고, 성의 판매회에서 카루타나 트럼프가 큰 인기를 끈다. 그러나 게오르기네의 방문으로 불안한 분위기가 감돈다. 죄를 범한 빌프리트, 납치 당할 위기에 놓인 샤를로테를 구하기 위해 동분서주하는 로제마인은 정체를 알 수 없는 적이 먹인 약 때문에 죽음의 위기를 맞게 된다. 치료를 위해 들어간 유레베에서 로제마인이 깨어난 것은 2년이 지난 후였다.

로제마인
주인공. 2년간 잠들어서 겉으로 보기에는 7세 정도. 내용물도 변하지 않았다. 귀족원에서 책을 읽기 위해서 수단과 방법을 가리지 않는다. 귀족원 1학년생

에렌페스트 영주 후보생

빌프리트
질베스타의 장남. 로제마인의 오빠로 귀족원 1학년생

샤를로테
질베스타의 장녀. 로제마인의 동생으로 한 살 아래.

로제마인의 보호자들

페르디난드
질베스타의 이복동생. 로제마인의 보호자 역할을 하고 있다

질베스타
에렌페스트의 아우브(영주). 로제마인을 양녀로 맞아들인 양아버지

플로렌치아
질베스타의 아내. 후보생 세 명의 어머니. 로제마인에게는 양어머니가 된다

칼스테드
에렌페스트의 기사단장. '귀족' 로제마인의 호적상 아버지

엘비라
칼스테드의 제1 부인. '귀족' 로제마인의 호적상 어머니

보니파티우스
질베스타의 숙부이자 칼스테드의 아버지. 로제마인에게는 할아버지가 된다

리카르다
필두 시종. 세 보호자의 어린 시절을 꿰고 있는 상급귀족

리젤레타
견습 시종으로 중급 귀족. 귀족원 4학년생. 안게리카의 여동생

브륀힐데
견습 시종으로 상급 귀족. 귀족원 3학년생

하르트무트
견습 문관으로 상급 귀족. 귀족원 5학년생. 오틸리에의 막내 아들

필린느
견습문관으로 하급 귀족. 귀족원 1학년생

안게리카
호위 기사로 중급 귀족. 리젤레타의 언니

코르넬리우스
견습 호위 기사로 상급 귀족. 귀족원 5학년생. 칼스테드의 삼남

레오노레
견습 호위 기사로 상급 귀족. 귀족원 4학년생

유디트
견습 호위 기사로 중급 귀족. 귀족원 2학년생

다무엘
호위 기사로 하급 귀족

로제마인의 측근

오틸리에
시종. 하르트무트의 어머니

로제마인의 전속

엘 라	………	전속 요리사
푸 고	………	전속 요리사
로지나	………	전속 악사

귀족원의 교사들

프림베르	………	클라센부르크의 사감
루 펜	………	단켈페르거의 사감
프라우렐름	………	아렌스바흐의 사감
파울리네	………	프뢰벨타크의 사감 음악 선생
솔랑쥬	………	귀족원의 도서관 사서

힐쉬르
에렌페스트의 사감 페르디난드의 스승

귀족원의 학생

로데리히 ······ 에렌페스트의 견습 문관.
중급 귀족으로 구 베로니카파
트라우고트 ······ 에렌페스트의 견습 기사.
상급 귀족으로 리카르다의 손자
레스티라우트 ······ 단켈페르거의 영주 후보생
한넬로레 ······ 단켈페르거의 영주 후보생
아돌피네 ······ 드레반헬의 영주 후보생
오르트빈 ······ 드레반헬의 영주 후보생
디트린데 ······ 아렌스바흐의 영주 후보생. 게오르기네의 딸

그 외의 귀족원

슈바르츠 ······ 도서관의 마술구
바이스 ······ 도서관의 마술구

신전 시종들

프랑 ······ 신전장실 담당
잠 ······ 신전장실 담당
니콜라 ······ 신전장실과 요리 조수
모니카 ······ 신전장실과 요리 조수
길 ······ 공방 담당
프리츠 ······ 공방 담당
빌마 ······ 고아원 담당

그 외의 귀족들

에크하르트 ······ 페르디난드의 호위 기사로
칼스테드의 장남
유스톡스 ······ 페르디난드의 문관으로
리카르다의 아들
람프레히트 ······ 빌프리트의 호위 기사로
칼스테드의 차남
브리기테 ······ 로제마인의 전 호위 기사.
일크너로 돌아갔다
오즈발트 ······ 빌프리트의 필두 시종
클라우디오 ······ 기베 하르덴첼. 엘비라의 오빠
에르네스타 ······ 샤를로테의 호위 기사로
중급 귀족
아나스타지우스 ······ 중앙의 제2 왕자
에그란티느 ······ 클라센부르크의 영주 일족
기젤프리트 ······ 아우브 아렌스바흐
게오르기네 ······ 질베스타의 누나.
아렌스바흐의 제1 부인

구텐베르크

인고 ······ 목공 공방의
주인장
자크 ······ 대장장이
발상 담당
요한 ······ 대장장이
제작 담당
하이디 ······ 잉크장인
요제프의 아내
요제프 ······ 잉크장인
하이디의 남편

평민 마을의 가족

귄터 ······ 마인의 아버지
에파 ······ 마인의 어머니
투리 ······ 마인의 언니
카밀 ······ 마인의 남동생

평민 마을의 상인

벤노 ······ 틀랑뱅 상회의 주인
마르크 ······ 벤노의 오른팔
루츠 ······ 견습 다프라
오토 ······ 길베르타 상회의 주인
코린나 ······ 길베르타 상회의 재봉사
구스타프 ······ 상업길드의 길드장
테오 ······ 길베르타 상회의 다프라
레온 ······ 길베르타 상회의 다프라

그 외의 사람들

디르크 ······ 델리아가 동생처럼 보는 고아. 신식
델리아 ······ 청색 견습무녀 시절의 옛 시종
콘라트 ······ 고아원에 들어간 필린느의 동생

국경문

클라센부르크

요스브레너

기렛센마이어

로르칭

구 자우스거스
클라센부르크 관리

에렌페스트

가우스뷔텔

렘부르크

구 트로스트백
중앙관리

프뢰벨타크

임벨딩크

드레반헬

중앙

구 샤르퍼
중앙관리

구 베르케슈토크
아렌스바흐 관리

아렌스바흐

린덴탈

하우프레체

키르슈네
라이트

베르슈만

구 베르케슈토크
단켈페르거 관리

노이에하우젠

오스발트

크반
트레프

로스렝겔

단켈페르거

국경문

유르겐슈미트

제4부 귀족원의 자칭 도서위원 IV

프롤로그 ——————————————————————— 14
봄을 축하하는 연회 ————————————————— 28
문관과의 대면 ———————————————————— 42
신전에서의 생활 ——————————————————— 57
슈바르츠와 바이스의 의상——————————————— 72
마술구 잉크——————————————————————— 84
길베르타 상회에 의뢰하다 ———————————————— 103
구텐베르크의 모임 —————————————————— 118
사라지는 잉크와 성으로 귀환 ———————————— 135
영주 회의가 열리기 전에—————————————————— 152
직할지의 기원식 ——————————————————— 172
하르덴첼의 장인들 —————————————————— 188
하르덴첼의 기원식 —————————————————— 202
엔트비켈른 ——————————————————————— 227

영주 회의 중의 생활 ———————— 243
영주 회의의 보고회 ———————— 279
사적인 보고회 ———————— 288
에필로그 ———————— 306

하르덴첼의 기적 ———————— 311
대개조를 막으려면 ———————— 331

후기 ———————— 350

일러스트 시이나 유우   **지도제작** 후지시로 요   **번역** 김 봄
디자인 백진화   **편집** 김일철   **마케팅** 이수빈

제 4 부

귀족원의 자칭 도서위원 Ⅳ

프롤로그

거대한 운명의 갈림길. 그것이 빌프리트의 앞에 나타난 건 귀족원의 1학년 과정을 끝내고 에렌페스트로 돌아온 지 얼마 뒤의 일이었다.

지금 영주의 집무실에 있는 사람은 질베스타와 빌프리트, 그리고 기사단장 칼스테드뿐이다. 서로의 측근을 물린 상태에서 아버님과 대화를 한 적은 거의 없다. 상낭히 긴장되는 공간에서 질베스타가 꺼낸 화제는 빌프리트와 의붓동생인 로제마인의 혼약 타진이었다.

"다른 개입 없이 순수한 네 의견을 들으려고 이 자리를 마련했다. 너는 어떻게 생각하느냐?"

솔직히 말하면 왜 로제마인과 혼약하게 되었는지 빌프리트로서는 전혀 알 수 없었다. 로제마인이 만든 유행으로 다른 영지의 거래 문의가 물밀 듯이 쏟아지고, 혼약 제의도 몇 건이나 들어왔다고 들었다. '영주 회의가 열릴 무렵에는 정해질 것이다'라고 모호하게 질문을 넘겨온 사람도 빌프리트 자신이었다. 하지만 자신과 로제마인의 혼약 얘기가 나올 줄은 전혀 예상하지 못했다.

"로제마인은 최우수 영주 후보생이고, 자진해서 상위 영지와 친하게 지내니까 영지 간의 교류를 위해 다른 영지에 시집갈 줄 알았습니다."

"네 말대로 로제마인이 평범한 여자 영주 후보생이라면 나 역시도 그랬을 거다. 하지만 로제마인을 다른 영지에 보낼 수는 없어."

'평범한 여자 영주 후보생이라면……?'

자신에게 보이지 않은 부분이 있는 듯한 발언에 빌프리트는 약간 꺼림칙함을 느꼈다. 2년간 유레베에서 잠들어 있었음에도 최우수를 거머쥐는 등 귀족원에서도 범상치 않기로 소문이 났지만, 지금 질베스타의 말에는 그 이상의 다른 의미가 있는 것처럼 들렸다. 하지만 질베스타가 로제마인을 에렌페스트에서 내보내지 못하는 이유를 설명하자, 작은 의문이 거품처럼 사라졌다.

"너도 알다시피 원래는 로제마인이 신전에서 진행하던 개인 사업을 영지에 보급할 계획으로 로제마인을 양녀로 들었다. 로제마인보다 그 사업을 잘 아는 사람이 없어서 2년이라는 시간적 손실이 컸지. 아직 새 사업이 영지에 자리 잡지 않았어. 자리 잡으려면 적어도 10년은 필요할 거야."

원래라면 세례를 받지도 않은 어린애가 개인 사업을 한다는 사실 자체에 의문을 가졌어야 했는지도 모른다. 신전에 후견인인 페르디난드가 있는데도 '로제마인보다 잘 아는 사람이 없다'라는 상황을 이상하게 생각했어야 했는지도 모른다. 하지만 책을 향한 그녀의 병적인 집착과 방대한 지식을 귀족원에서 가까이 봐 온 빌프리트는 딱히 의문을 느끼지 못한 채 곧이곧대로 받아들여 버렸다.

"지금도 다른 영지에서 혼약 얘기가 나오고 있는데 10년 넘게 로제마인을 결혼시키지 않을 수도 없지 않습니까."

남성이면 몰라도 여성은 스무 살을 넘기면 시기 넘긴 여자로 손가락질을 받는다. 다른 영지에 시집을 보낼 의향이라면 로제마인은 6년 내지 7년 뒤에는 에렌페스트를 나가게 된다. 10년도 채 시간이 없다.

"그래. 그렇게 로제마인을 상위 영지에 시집을 보내게 되면 그쪽 영지가 인쇄업으로 번창하게 되겠지. 에렌페스트로서는 원치 않은 방향이다."

책에 미친 듯이 집착하는 아이다. 로제마인이 시집간 영지에서 인쇄업을 보급하려고 하는 미래가 눈에 훤하다. 특히나 시집간 곳이 돈이나 인구가 많은 영지라면 그 영지의 인쇄업은 눈 깜짝할 새에 에렌페스트를 뛰어넘으리라. 영주로서 로제마인을 다른 영지에 보내지 않기로 한 아버님의 판단은 옳다. 빌프리트도 같은 판단을 했다.

"그리고 로제마인은 불안 요소가 너무 많아. 심하게 허약해서 아이를 낳을 수 있을지도 애매하지. 유레베에서 깨어난 지 얼마 되지 않았으니 이제부터 조금씩 건강해질 거라고 페르디난드는 말했다만, 그렇다고 꼭 건강해질 거라는 보장도 없어."

조금씩 건강해진다고 해도 습격으로 유레베에 잠들기 전부터 잠깐만 달려도 의식을 잃고, 눈덩이에 맞았다고 쓰러질 정도로 허약했던 몸이다. 과연 일반적인 건강한 몸으로 회복할 수 있을까? 다른 영지에 첫째 부인으로 시집가서 회임하지 못하면 그녀의 입지는 상당히 약해진다.

"게다가 책만 엮이면 물불 가리지 않는 태도, 평범한 귀족답지 않은 엉뚱한 언행……. 성적만 따지면 최우수지만, 언행만 보면 로제마인은 문제다. 너도 귀족원에서 고생했지 않느냐. 절대 못 내보내지."

질베스타가 씁쓸하게 웃으며 빌프리트에게 동의를 구하듯 어깨를 으쓱이고, 로제마인을 '문제아'라고 단정했다.

'로제마인이 문제아……라고?'

이 발언은 빌프리트에게 엄청난 충격이었다. 로제마인은 세례를 받은 지 얼마 되지도 않아 빌프리트의 느린 교육 진도를 지적했고, 자작 교육 완구를 가져와서 학습 계획을 세웠다. 그 후에도 신전에서 본인의 역할을 수행하면서 영주 일족이 받는 공부까지 하여 빌프리트가 한 달에 걸쳐서 배운 범위를 단 며칠 만에 거뜬히 해치웠다. 그리고 샤를로테를 감싸느라 유레베에 잠겨 2년이나 잠들었는데도 귀족원에서 최우수를 거머쥐었다.

그런 로제마인을 아버님은 '문제아'라고 했다. 완벽한 영주 후보생이며 손이 닿지 않을 정도로 먼 존재인 줄 알았던 로제마인이 한순간에 손이 닿는 위치에 와서 놀란 듯한, 완벽한 줄 알았던 존재에 생각지도 못한 흠을 발견하고 실망한 듯한 기분에 휩싸였다.

'하지만 다시 생각해 보면 아버님 말씀이 맞아.'

로제마인은 도서관이나 책에 관한 일이면 자제력을 잃는다. 게다가 왕족과 상위 영지와 잇달아 관계를 맺어서 사교를 복잡하고 어렵게 만들었다. 결국, 영주의 명으로 영지 대항전과 표창식에 결석해야 했다. 영지에 불이익이 클 거라 판단했기 때문이라고 빌프리트는 짐작했다.

'그랬군. 문제아였어.'

빌프리트의 머릿속에서 로제마인의 인상이 '손이 닿지 않는 완벽한 영주 후보생'에서 점차 '성적이 좋지만 문제아'로 바뀌었다. 그러니 다른 영지에 어찌 시집을 보낼 수 있으랴. 빌프리트가 그렇게 납득하자, 질베스타의 표정이 살짝 어두워졌다.

"그리고 로제마인도 계속 에렌페스트에 남길 원하겠지. 적어도 그 정도의 희망은 들어주고 싶구나."

로제마인에게는 에렌페스트에 남고 싶은 이유가 있는 모양이다. 그것이 무엇인지는 모르겠지만, 빌프리트는 딱히 궁금하지 않았다. 로제마인은 다른 영지로 출가하고 싶어 하는데 다른 영지의 사정으로 못

간다면 궁금했겠지. 하지만 본인이 에렌페스트에서 살길 원한다면 아무런 문제가 없다고 생각했다. 오히려 다른 것이 궁금해졌다.

"로제마인을 왜 다른 영지로 보낼 수 없는지는 이해했습니다. 하지만 왜 상대가 저죠?"

"네가 가장 적임자라서다. 로제마인과 혼인할 수 있는 영주 일족은 너, 페르디난드, 멜키오르, 세 사람이다."

아버님이 언급한 이름에 빌프리트는 고개를 끄덕였다.

'남은 사람은 보니파티우스 님과 아버님이니까 무리겠지.'

"셋 중에서 멜키오르는 세례를 받기 전이라 봄에 있을 영주 회의에서 왕의 승인을 받지 못하니 제외다. 또 라이제강 파의 귀족이 페르디난드가 다음 차기 영주로 오르길 바라는 이 시국에 페르디난드와도 혼약시킬 수 없어."

"어째서죠? 숙부님도 영주가 될 수 없는 오점이나 사정이 있습니까?"

빌프리트의 관점에서 보면 페르디난드는 자신이 성인이 되어도 당해낼 수 없는 우수한 영주 일족이다. 주위에서 들은 이야기로는 할머님인 베로니카가 자신의 혈족이 아닌 그를 싫어하여 차기 영주가 되지 못하게 움직였다고 하지만, 질베스타와 페르디난드의 관계에는 딱히 불화가 있어 보이지 않았다. 차기 영주가 되어도 괜찮지 않을까?

"페르디난드가 차기 영주가 되면 이로울 게 없어. 제일 먼저 페르디난드에겐 어머님의 집요한 공격에서 벗어나기 위해서라고는 하나 신전에 들어간 과거가 있다. 영지끼리 절충하는 자리가 있을 때마다 상대는 신전을 들먹일 테지."

그렇게 말한 뒤 질베스타는 "녀석이라면 자기 힘으로 어떻게든 해

결하겠지만, 괜한 고생을 시킬 필요는 없어."하고 인상을 찌푸렸다. 신전에 들어간 과거가 귀족에게는 오점이 되는 모양이다.

"또 너희들의 입지가 지금보다 더 좁아지겠지. 영주 일족은 영주와 핏줄이 얼마나 진한지로 주변 대우가 달라져. 다른 영지로 출가할 샤를로테는 차기 영주가 친오빠인 네가 되느냐, 나의 이복동생인 페르디난드가 되느냐로 상대 집안에서 받는 대우가 크게 달라질 거다."

그 말에 빌프리트는 움찔했다. 동생의 장래까지 생각이 미치지 못했다. 듣고 보니 귀족원에서 만난 다른 영지의 영주 후보생 중에 이복형제와 사이가 좋은 사람은 거의 없었다. 자신과 로제마인, 아버님과 페르디난드의 관계가 좋아서 잊고 있었지만, 기본적으로 이복형제는 서로 다른 가족으로 취급한다.

"그리고 우리는 프뢰벨타크의 영주 부부와 깊은 혈연관계. 핏줄이 전혀 섞이지 않은 양녀와 이복동생에게 아우브의 자리를 넘겨주면 불가피하게 관계가 악화하겠지. 남부에 접한 아렌스바흐와 관계가 나빠진 시국에 서쪽에 접한 영지까지 적으로 돌릴 수는 없어."

머릿속에 영지 지도를 떠올린 빌프리트는 오싹해졌다. 혈연관계가 깊으면 그만큼 틀어졌을 때 문젯거리도 커진다. 만약 로제마인과 혼약한 페르디난드가 영주가 되면 라이제강 파의 귀족은 만족하겠지만, 영지 간의 관계를 고려하면 상황이 복잡해진다.

"……마지막으로 이건 개인적이지만 내 입장에선 가장 큰 이유다. 지금까지 고생시키고 참게 한 플로렌치아를 저버릴 수 없어."

끈질기게 구애하여 첫째 부인으로 들였고, 세 아이를 낳았다. 그런데 그 자식들을 제쳐두고 이복동생과 양녀가 차기 영주가 되면 다른 영지에서는 플로렌치아와 그 자식들에게 굉장히 큰 결함이 있다고 생각하지 않겠느냐, 라고 질베스타는 말했다.

'어머님이 무시당한다고?'

플로렌치아는 베로니카에게 괴롭힘을 당했고, 갓난아기인 자신까지 빼앗겨 눈물로 지새웠다고 들었다. 빌프리트는 그 이야기를 듣고, 자신이 생각했던 것보다 훨씬 어머님께 사랑을 받았음을 깨달았다. 이제 더는 플로렌치아를 슬프게 할 수 없다. 그 의견에는 진심으로 동의했다.

"로제마인을 상급 귀족에게 시집을 보내는 방법도 생각했지만, 그러면 주추 마술에 마력을 공급할 수가 없게 돼. 라이제강도 시끄럽게 굴겠지만, 에렌페스트 입장에서도 크나큰 손실이야."

"……정말 상대가 저밖에 없군요."

하얀 탑에 들어간 오점을 남긴 자신과 혼약할 수밖에 없을 정도로 에렌페스트 내에 로제마인의 상대가 없었다. 빌프리트의 말에 질베스타가 미세하게 인상을 찌푸렸다.

"너한테도 나쁜 얘기는 아니지 않으냐? 넌 할머니의 손에서 컸고, 하얀 탑 사건으로 오점이 생겼으니 이러나저러나 어려운 입장이다. 하자가 있는 자가 혼인을 발판으로 새로운 지지자를 얻어 본인의 입지를 다지는 일이야 흔하지. 로제마인과 혼약한 페르디난드를 차기 영주 후보로 밀어주는 것과 같은 이치다."

영주 일족이 아니더라도 귀족이라면 혼인으로 조력자를 얻거나 마력을 얻거나 도움을 얻거나 돈을 얻거나 새로운 연줄을 얻는 건 드문 일도 아니다. 혼인은 일종의 거래다.

"지금은 네가 아무리 노력해도 귀족들에게 좋은 평가를 받기는 어려울 테지. 하지만 혼약하면 넌 반드시 차기 영주의 지위를 되찾을 수 있어. 라이제강 파의 귀족은 로제마인의 남편에게 협력할 수밖에 없거든."

질베스타는 에렌페스트 귀족의 파벌과 현재 상황을 설명하면서 빌프리트와 로제마인의 혼약으로 얻게 될 이득을 이야기했다.

"길게 보면 에렌페스트의 귀족이 구 베로니카 파와 라이제강 파로 크게 나뉜 현상을 개선할 수 있을 게다. 또 라이제강의 핏줄이 섞인 차기 영주를 오랫동안 바라왔던 그들의 소원도 들어주는 셈이니 조금은 다루기 쉬워지겠지."

질베스타의 말은 전부 납득되는 이유와 예상이었다. 하지만 빌프리트는 왠지 모르게 로제마인과 결혼하는 미래를 상상할 수가 없었다. 묘한 위화감이 들었다.

"……로제마인은 뭐라고 합니까?"

즉답을 피하고, 빌프리트는 로제마인의 반응을 물었다. "아." 하고 질베스타가 오만상을 찌푸렸다.

"양자 결연을 했을 때부터 정략결혼은 각오했었고, 성과 신전 도서관을 마음껏 누빌 수만 있다면 상관없다고 하는구나. 다른 영지로 출가하게 되더라도 그곳의 장서 수가 제일 중요한 조건이라더군."

로제마인에게 결혼이란 도서실에 딸린 덤인 듯하다. 어떻게 말하면 참 로제마인다웠다. 하지만 그런 이유로 결단했다는 말을 들어도 전혀 기쁘지가 않다.

"……아버님. 제가 거절하면 어떻게 됩니까?"

질베스타는 빌프리트에게 의견을 물으려고 불렀다. 처음부터 영주의 명령이란 말도 없었다. 다시 말해 또 다른 방법이 있다는 뜻이 아닐까? 빌프리트의 물음에 이번에는 질베스타가 대놓고 얼굴을 일그러뜨렸다.

"……로제마인을 나의 둘째 부인으로 삼는 거다."

"네!?"

자기가 들은 말을 믿을 수가 없어서 빌프리트도 얼굴을 찌푸렸다. 플로렌치아 외에 다른 아내는 필요 없다고 선언하고, 지금까지 둘째 부인을 들이지 않았던 질베스타의 말이라고 생각되지 않았다.

"보니파티우스는 직계 혈통이라서 제외지만, 양아버지인 나는 로제마인과 피가 섞이지 않았다. 녀석을 다른 영지에 보내지 않기 위해 둘째 부인으로 삼을 수는 있어. 하지만 외부의 비난을 피할 수 없을 테고, 플로렌치아 외에 부인을 들일 마음이 없는 건 예전과 변함이 없다. 형식상으로만 아내가 되는 게지. ……아마 아무도 행복해지지 못할 거다."

자신의 아버지가 자신 또래의 이복동생을 둘째 부인으로 삼는 장면을 상상했다. 형용할 수 없는 혐오감이 앞섰다. 아마 샤를로테도 평상심을 잃으리라. '아무도 행복해지지 못한다'라는 질베스타의 말은 틀리지 않았다.

"제 측근들과 상담해도 되겠습니까? 갑자기 혼약이라는 말을 들어도 어찌해야 할지 몰라서……."

"지금 여기서 결정해 줬으면 했는데 하는 수 없지. 로제마인의 혼약 상대에 관해서는 봄을 축하하는 연회 자리에서 귀족들에게 공표하려고 한다. 최대한 빨리 대답해 주렴."

방으로 돌아온 빌프리트는 로제마인과 혼약하는 편이 좋은지 어떤지 측근들에게 상담했다. 자신의 미래는 측근의 미래로 이어진다. 빌프리트는 그것을 하얀 탑 사건으로 뼈저리게 깨달았다. 그렇다면 자신의 반려자가 로제마인이 되는 것을 측근들이 어떻게 생각하는지 의견을 듣고 싶었다.

"로제마인 님과 혼약하겠냐고 떠보셨다고요? 아직 두 분 다 그럴 나이가 아니지 않습니까?"

측근들의 눈이 휘둥그레지는 것도 무리는 아니다. 귀족은 사춘기가 되면 자신과 비슷한 마력을 감지할 수 있게 된다. 이런 능력은 혼인이 가능한 상대를 찾는 데 상당히 중요하다. 보통은 상대의 마력을 감지하게 된 이후에 결혼 상대를 정한다. 너무 어릴 때 약혼자를 정하면 혼기가 되어 마력의 부조화로 혼약을 파기하게 되거나 절대 파혼할 수 없는 이유로 결혼해도 자식이 생기지 않는 등 폐해가 생길 가능성이 크다.

"새 산업이 정착하지 않았는데 로제마인을 다른 영지로 보낼 순 없어. 아버님은 영지의 현상과 영지 대항전의 제의 상황을 보고, 봄에 있을 영주 회의 때 왕의 승인을 얻을 생각이시다."

"하긴 귀족원에서 그 난리가 났으니까요."

귀족원의 상황을 아는 측근 견습생들이 납득하는 표정을 보였다.

"……다들 여자는 아우브가 되기 어렵다고 하지만, 하얀 탑 사건으로 귀족들 사이에서는 샤를로테 님이 차기 영주의 최고 유력 후보이셨습니다. 하지만 로제마인 님과 혼약하시면 빌프리트 님께서 차기 영주가 되지 않으실까요?"

"응. 아버님도 오즈발트와 같은 말씀을 하셨어. 로제마인과 혼약하면 자동으로 그 사람이 차기 영주가 될 거라고."

빌프리트가 고개를 끄덕이며 긍정하자, 측근들이 눈을 끔뻑이며 서로 얼굴을 마주 보았다.

"하지만 로제마인 님은 샤를로테 님을 밀겠다고 하지 않으셨나요?"

"이 혼약이 아우브의 명령이면 양녀의 몸으로선 거절할 방법이 없어."

"구 베로니카 파를 합칠 수 있는 사람은 멜키오르 님보다 빌프리트 님이십니다. 에렌페스트의 미래를 위해서 빌프리트 님께서 차기 영주가 되셔야 합니다."

빌프리트는 잇달아 자기 의견을 피력하는 측근들을 천천히 둘러보았다. 모두의 얼굴에 기쁨이 묻어나왔다. 로제마인과의 혼약 이야기를 환영하는 눈치다.

"로제마인 님과 혼약하시면 분명 샤를로테 님보다 유리해지실 겁니다. 절호의 기회예요. 빌프리트 님."

견습 문관 이그나츠의 말에 측근들은 동의하며 고개를 끄덕였지만, 혼약으로 샤를로테보다 유리해지는 것이 빌프리트는 찝찝했다. 하지만 머리를 흔들어 그 마음을 부정하고, 자신을 설득했다.

'아버님도 혼약으로 부족함을 메우는 일은 흔하다고 하셨어. 이건 비겁한 수단이 아니야.'

"빌프리트 님께서는 못마땅한 표정을 짓고 계시지만, 이번 혼약 타진은 지금까지의 노력과 성장을 아우브께서 인정하셔서가 아닐까요? 저희도 마력 압축 방법을 배울 수 있게 되었고요……."

"램프레히트의 말이 맞습니다. 빌프리트 님. 하얀 탑 사건에도 희망을 잃지 않고, 계속 노력하신 보람이 있군요."

오즈발트에게 칭찬을 들은 빌프리트는 뛸 듯이 기뻤다. 지금까지의 노력을 인정받았다. 형용할 수 없는 성취감을 느꼈고, 모든 고생을 보상받은 듯한 해방감에 휩싸였다. 로제마인과의 혼약을 긍정적으로 생각해 봐도 괜찮겠다는 기분이 들었다.

"……나는 로제마인과 결혼하는 편이 좋을까? 장래에 부부가 된다고 해도 애당초 부부가 뭔지 잘 모르겠다만……."

"빌프리트 님과 로제마인 님은 아직 마력을 감지할 나이가 아니시니 나이가 되면 실감하실 겁니다. 하지만 지금 빌프리트 님의 위치를 고려하면 정말 좋은 제안이라고 생각합니다."

"부부도 가족입니다. 지금처럼만 관계를 쌓으시면 됩니다."

"당사자끼리 견원지간인데도 정략 상 결혼해야 하는 경우도 있대요. 그것에 비하면 낫지 않습니까?"

"그렇게 불안해하지 않으셔도 영주 부부처럼 금실 좋은 부부가 되실 겁니다."

지금은 몰라도 곧 알게 될 거라고 성인인 측근들이 말한다. 조모의 품에서 자란 빌프리트에게는 부부가 어떤 관계인지 실감이 나지 않았다. 하지만 듣고 보면 부모님은 사이가 좋은 부부였다. 우리도 그렇게 될까?

'음. 그것도 나쁘진 않네.'

질베스타를 대하는 플로렌치아의 다정한 모습을 떠올리며 빌프리트는 고개를 끄덕였다. 샤를로테에게는 한없이 약하면서 자신에게 엄격한 로제마인이 자신을 다정하게 대해 주게 된다면 약혼도 썩 나쁘지는 않겠다.

"로제마인 님과 혼약하시면 로제마인 님께서 본인의 친족인 라이제강 파 귀족을 진압해 주시겠지요. 통치하기 편해지실 겁니다."

"오호라. 라이제강 파 귀족은 로제마인에게 맡기면 되겠구나."

현재 토를 다는 사람은 대부분 라이제강 파 귀족이다. 그들을 로제마인에게 맡기면 되나 보다. 측근들의 의견을 듣고 있자니 빌프리트도 점점 혼약 이야기에 구미가 당기기 시작했다. 긍정적인 마음으로 결정할 수 있으니 역시 측근에게 상담하길 잘했다는 생각이 들었다.

"흠⋯⋯. 너희 의견은 잘 들었다. 로제마인과의 혼약을 받아들이기로 하지."

빌프리트의 결심에 측근들은 기쁨의 환호성을 질렀다.

봄을 축하하는 연회

루츠 일행과 헤어지고, 성이 돌아오면 며칠 뒤가 봄을 축하하는 연회다. 이 연회로 겨울 사교계 시즌이 끝나고, 기베들은 각자의 토지로 돌아간다. 봄의 일상이 시작되는 셈이다.

"공주님에겐 이쪽 의상이 어울리지 않을까요?"

"봄을 축하하는 연회니까 역시 이쪽 녹색이 어울릴 거예요."

내가 신전에서 성에 있는 방으로 돌아오자마자 리카르다와 브륀힐데가 연회를 위해 고른 의상 두 벌을 놓고 내게 선택을 강요했다. 의상은 물론이고, 기세가 담긴 두 사람의 얼굴을 번갈아 봐도 나는 정답을 알 수가 없었다.

'솔직히 어느 쪽이든 상관없는데.'

두 사람의 번쩍이는 눈빛에 살짝 겁에 질려 있는데 리젤레타가 옆에서 머리 장식을 슬쩍 내밀었다. 에그란티느의 머리 장식과 함께 투리에게서 산 신작 머리 장식이다.

"로제마인 님. 연회에 달 머리 장식은 이거면 될까요?"

"네. 그 새 머리 장식을 쓸게요."

내가 고개를 끄덕이자, 리젤레타가 의상을 펼치고 있는 두 사람을 향해 싱긋 웃었다.

"이 머리 장식에 어울리는 옷이라면 저는 처음에 오틸리에가 골랐던 의상이 제일 잘 어울릴 것 같아요. 가지고 올까요?"

"그러네요. 머리 장식은 정해져 있으니 거기에 맞춰 의상을 골라 주십시오."

의상이 정해지면 구두와 장식품도 일일이 내 허가를 구한다. 나는 모두가 나열하는 것들을 보며 허가만 내릴 뿐, 대체로 측근들에게 맡긴다.

"로제마인 님. 신전에서 상인과 회동하셨을 때 어떤 사항이 결정되었습니까? 저희 쪽은 인쇄업을 담당할 때 필요한 준비 사항을 전부 서류에 작성했습니다."

하르트무트가 그렇게 말하며 작성한 서류를 보여 주었다. 루츠 일행과 막 헤어지고 온 나는 신전에서 있었던 일을 떠올리고 가슴에 찌릿함을 느꼈다. 그 아픔에서 눈을 돌리듯이 서류를 쭉 훑었다.

"하르트무트는 우수한 문관이네요. 서류는 완벽합니다. 필린느, 이것을 어머님께 전달할 서류 문서함에 넣어서 관리하세요."

나는 서명한 서류를 필린느에게 건네고, 하르트무트에게는 신전에서 가져온 문서함에서 다른 서류를 꺼내어 내밀었다.

"하르트무트. 이건 유스톡스가 플랑탱 상회의 회동을 정리한 회의록과 내 의견을 적은 종이예요. 예의 특수 기술 외에는 유스톡스를 보고 배우세요. 아주 잘 정리되어 있으니까요."

"특수 기술은 안 됩니까? 아주 편해 보이던데……."

도무지 포기할 기색이 없는 하르트무트의 목소리에 나는 조바심을 느끼고 반대했다.

"하르트무트는 안 돼요. 절대 안 돼."

"어째서입니까? 정보가 얼마나 가치가 있는지는 로제마인 님도 잘 아시지 않습니까?"

"안 어울리니까요. 유스톡스는 얼굴이 중성적이고, 몸도 작고 호리호리해서 여장해도 위화감이 없는데 하르트무트는 솔직히 말하면 키가 큰 편이잖아요. 어깨도 떡 벌어져 있고요. 게다가 아직 성장기 지요?"

하르트무트는 겨울 동안에도 키가 자랐다. 아마 더 자라리라. 아무리 생각해 봐도 여장에 어울리는 체형과 동떨어졌다.

"게다가 자연스러운 여장은 아무나 쉽게 할 수 있는 것이 아니에요. 유스톡스는 옛날부터 취미 삼아 연구를 거듭한 골수 여장남이라서 발성, 말투, 몸짓까지 완벽하지만, 벼락치기로는 징그럽기만 하죠."

페르디닌드는 여장벽이 있는 측근이라도 상관없겠지만, 나는 싫다. 성녀 전설을 퍼트리려고 하고, 나를 일생 동안의 연구 대상으로 삼으려고 하는 하르트무트는 지금도 상당히 이상하니까 이미 족하다.

"하르트무트가 여장하면 측근에서 해임해 버리겠어요."

"그건 안 됩니다. 여장을 포기해야겠군요."

어깨를 축 떨군 하르트무트의 모습에 나는 안도의 한숨을 내쉬었다. 뒤에서 오틸리에와 리카르다가 마찬가지로 안도의 표정을 짓고 있었다.

모두가 제각기 바쁘기에 나는 내가 해야 할 일을 진행했다. 루츠와 약속한 대로 책을 늘리는 것이다. 그러려면 봄부터 인쇄할 원고를 만들어야 한다. 귀족원에서 베껴온 참고서 원고를 수정하거나 쓰다 만 연애소설을 이어서 쓰는데 리젤레타가 말을 걸었다.

"로제마인 님. 샤를로테 님께서 다과회에 초대하셨습니다. 급하게 죄송하지만 내일 오후에 어떠시냐고 하십니다."

"내가 다과회에 참여해도 측근들에게 문제가 없다면 초대에 응하고 싶네요."

봄을 축하하는 연회까지 별다른 예정도 없었다. 내 말에 리젤레타 가 "샤를로테 님께서 로제마인 님이 돌아오시길 애타게 기다리고 계 셨는데 기뻐하시겠네요. 바로 답장하겠습니다." 하고 미소를 지었다.

샤를로테의 다과회에는 빌프리트까지 초대하여 세 남매의 다과회 가 되었다. 곰곰이 생각해 보면 이런 멤버 구성은 처음이다. 간단한 과 자도 챙겨서 갔고, 훈훈한 분위기에서 다과회가 시작되었다.

"이렇게 오시게 해서 죄송해요. 이 자리에서 기원식을 어떻게 분담 할지 정하고 싶어요. 그에 따라 준비도 달라지니까요."

처음 올라온 화제는 기원식 문제였다. 올해도 샤를로테와 빌프리트 가 도와주려는 듯했다. 우리는 영지 지도를 펼쳐서 담당할 구역을 나 눴다.

기베가 통치하는 토지에는 청색 신관이 작은 성배를 가지고 가므로 기원식 때 우리는 직할지만 순회하면 된다. 페르디난드까지 포함해서 네 사람이 분담하면 범위가 상당히 작아진다. 어쩐지 올해 기원식은 금방 끝날 것 같은 예감이 든다.

"나는 직할지 기원식이 끝나면 구텐베르크를 데리고 하르덴첼의 기원식에 가려고요. 그때 핫세의 상황도 확인하려고 해요. 제일 첫 번 째로 출발하고, 장소는 핫세에서 동쪽 지역을 담당하고 싶은데……."

"핫세 주민은 언니를 매우 존경하고 있는걸요. 작은 신전 사람들도 언니의 모습을 보면 안심할 테니 언니가 동쪽을 맡아도 괜찮지 않을 까요?"

"음. 로제마인은 동쪽을 맡아."

직할지의 남쪽은 샤를로테, 서쪽은 빌프리트, 북쪽은 페르디난드가 맡기로 합의했다. 이제 페르디난드의 허가를 받으면 정식 결정이다.

"그나저나 정말 기원식 업무를 부탁해도 돼요? 두 분 다 준비가 만만치 않잖아요."

"전 이미 기원식에 입을 의상을 준비해 놨으니 걱정하실 것 없어요."

샤를로테도 이미 작년에 내 치수의 옷이 작아서 못 입게 됐고, 앞으로도 돕기로 결심했을 때 곧바로 기원식용 의상을 제작했다고 한다. 빌프리트는 훨씬 전에 마련해 뒀다고 했다.

"네 의상에는 꽃무늬가 들어가잖냐. 2년 전에 기원식이 끝난 뒤에 숙부님이 가을 수확제에도 참가하라고 명령했을 때 준비했지."

내가 청색 견습 무녀 시절에 제작한 의식용 청색 의복은 유수문양에 꽃 자수가 들어간 옷이다. 아무리 기장을 고쳤다고 해도 남성인 빌프리트에게는 불만이었으리라. 급하게 결정된 기원식은 어쩔 수 없다 치고, 그 뒤에 몇 번이나 입고 싶지 않았을 터였다.

"힘든 여정인데 괜찮겠어요?"

"제사 일정에서 제일 힘든 건 그 약이야. 마력과 체력은 회복되지만, 맛이 끔찍해."

빌프리트가 몸서리를 치며 회복약에 불만을 털어놓았다. 샤를로테 역시 무어라 설명하기 어려운 복잡한 표정으로 고개를 끄덕이며 그 말에 동의했다.

"맞아요. 언니도 그 약을 먹고, 기원식과 수확제를 돌았다고 신전 시종에게 들었어요. 허약한 몸으로 그토록 쓴 약을 먹으면서 제사를 반복하시고, 에렌페스트를 위해 마력을 쏟아부으시다니……. 이제는 언니가 성녀라기보다 여신으로 보여요. 그 약을 먹은 후에는 한동안 뭘 먹어도 그 약 맛이 나요. 처음 먹었을 때는 숙부님이 절 괴롭히시는 건 줄 알았다니까요."

샤를로테가 하아 하고 우울하게 한숨을 내쉬면서 고개를 가로저었다. 나는 그 모습을 보면서 고개를 갸우뚱했다. 샤를로테와 동행한 신전 시종이라면 프랑이다. 프랑이 준비한 약은 개량판이라는 보고를 들었다. 개량판을 준비했는데도 괴롭힌다고 오해를 산 페르디난드를 생각하며 나는 쓸쓸하게 웃으며 진실을 알려주기로 했다.

"괴롭히는 게 아니에요. 여러분이 먹은 약은 페르디난드 님의 배려와 상냥함의 결정체랍니다. 그것도 처음보다 훨씬 먹기 편해진걸요."

"그게 배려와 상냥함의 결정체라고?"

굳은 표정으로 나를 보는 두 사람에게 "원액은 훨씬 더 끔찍해요. 효과는 비할 바가 아니지만요." 하고 싱긋 웃으며 고개를 끄덕이자, 두 사람은 존경의 눈빛으로 나를 보았다.

우리는 잠시 맛이 끔찍한 약 이야기를 나누었다. 그때 샤를로테가 뭔가 골똘히 생각에 잠긴 얼굴로 입을 꾹 닫고 고개를 숙이더니, 다시 획 들어 남색 눈동자로 나를 빤히 바라보았다.

"……언니. 오라버니와 혼약하신다는 얘기가 사실이에요? 며칠 전에 저녁 자리에서 아버님에게 듣고 깜짝 놀랐어요."

샤를로테의 질문에 나는 고개를 끄덕였다.

"아우브 에렌페스트가 농담으로 그런 말씀을 하실 분이 아니시잖아요. 사실이에요. 영지를 위해서 가장 좋은 선택이래요."

영지 내의 파벌을 하나로 모으고, 내가 도서실을 획득하여 에렌페스트에서 제작되는 책을 확실하게 손에 넣기 위한 최선의 선택이다.

'다른 영지로 시집가면 평민촌 사람들과도 헤어져야 하고…….'

표정이 살짝 어두워진 샤를로테가 가만히 찻잔을 들었다.

"……전에 언니가 제 편이 되어 주겠다고 하신 것이 생각나서 더 놀랐어요."

"난 샤를로테의 언니인걸요. 항상 샤를로테의 편이에요. 날 믿어요."

내가 당당하게 말하자, 샤를로테는 '하는 수 없지'나 '그런 뜻이었구나'라고 말하고 싶은 표정으로 포기 섞인 한숨을 내쉬었다. 그리고 빌프리트를 힐끗 쳐다본 뒤 나를 바라보았다.

"왠지 모르게 언니가 너무 걱정되어요."

'어라? 믿으라고 했는데 왜 걱정된다는 거지?'

"혼약도 아버님과 오라버니한테 속은 것 아닌가요? 만약에 책을 사 주겠다고 꼬드겨도 절대 낚이시면 안 돼요."

책에 낚여서 혼약하려는 것이 아닐까 걱정하는 샤를로테에게 '도서실을 준다는 약속을 했다'라는 말이 도무지 떨어지지 않았다. 나는 엉겁결에 웃으며 얼버무리려고 했지만, 그 전에 빌프리트가 울컥하며 샤를로테를 쨰려보았다.

"샤를로테. 난 로제마인을 속이지 않았어. 나야말로 며칠 전에 혼약 얘기를 들었다고. 로제마인은 네 편을 들겠다고 들었기 때문에 나도 놀랐어. 설마 나와 혼약하겠다고 동의할 줄 누가 알았겠어?"

나는 두 사람의 대화를 듣고, 그제야 '편'이 무엇을 의미하는지 깨달았다. 각자가 차기 영주로 밀어주겠다는 뜻으로 받아들인 모양이다.

"……빌프리트 오라버니는 나와 혼약하겠냐고 수락하셨어요?"

"응. 다들 남매든 부부든 가족이니까 비슷한 거라고 했어. 지금과 별반 다를 것 없다면 거절할 이유가 없지. ……게다가 네가 있느냐 없느냐로 하늘과 땅 차이라잖아."

마지막 말은 조금 찝찝한 듯이 샤를로테를 보면서 덧붙였다.

라이제강을 중심으로 나를 차기 영주로 올리려는 세력이 뭉치고 있다고 페르디난드에게 들었다. 에렌페스트에서도 거대한 토지를 가진 상급 귀족이 움직이고 있다면 빌프리트의 측근들도 이를 모를 턱이 없다. 파벌의 분열을 막아서 에렌페스트를 통합하고, 빌프리트의 오점을 씻기 위해 나와 혼약을 맺게 하려는 건 빌프리트 본인이 아니라 오히려 주변 사람들임이 분명하다.

'빌프리트 오라버니가 스스로 납득하지 않으면 의미가 없는데.'

나는 처음부터 정략결혼을 해야 할 운명이었다. 그래서 도서실을 얻게 된 것만으로 득을 본 기분이지만, 빌프리트와 나는 자라온 환경과 입장이 다르다.

"주위에 휘둘리지 말고, 빌프리트 오라버니가 찬찬히 고민해서 내린 결정이라면 저는 혼약해도 좋아요."

"괜찮다고?"

"네. 물론이지요."

다과회 다음 날에는 봄을 축하하는 연회가 열렸다. 이 연회는 겨울 사교계의 마무리 행사라서 거의 모든 귀족이 모인다.

페르디난드에게 '최대한 시간을 끌다가 행사장에 들어와라'라는 주의를 들은 나는 빌프리트, 샤를로테와 함께 대강당에서 가장 가까운 방에서 잠시 대기했다. 리카르다가 신호를 보내면 셋이 함께 입장한다. 말은 세 사람이지만, 각자 자기 측근을 거느리고 들어가니까 제법 큰 무리다.

대강당에 모이는 귀족은 신분에 따라 자리가 대략 정해져 있다. 무대에서 가까운 앞자리는 상급 귀족, 입구에서 가까운 뒷자리는 하급 귀족이 무리를 이룬다. 우리는 수많은 귀족이 모인 강당에서 제일 앞자리를 향해 우르르 걸어갔다.

하급 귀족인 필린느는 나의 측근이 되었으므로 이번 연회에서 처음으로 상급 귀족이 있는 앞자리에 가게 되었다. 애써 고개를 빳빳이 들고, 의연한 태도를 보이려고 하지만, 굳은 표정으로 다리를 달달 떨고 있는 것이 보였다.

마찬가지로 하급 귀족인 나무엘이 긴장감에 뻣뻣하게 굳은 필린느의 모습에 피식 웃으면서 위치를 살짝 바꾸었다. 주변 귀족의 눈에 필린느가 잘 보이지 않는 위치다. 그러고 보니 다무엘이 처음 참석할 땐 브리기테가 그렇게 해서 다무엘에게 향하는 시선을 차단해 주었던 기억이 떠올랐다.

"나도 같은 경험을 해서 알지만, 익숙해져야 해."

"……노력하겠습니다."

다무엘의 말에 필린느가 팅기듯이 고개를 돌리더니 조금 안심한 듯 웃었다.

'그래, 그래. 함께 일하는 사람끼리 사이가 좋으니 얼마나 보기 좋아.'

영주의 자식인 우리에게 인사를 하려고 귀족들이 다가왔다. 하지만 귀족들이 인사하기 전에 영주 부부가 입장했다. 페르디난드의 말대로 귀족들에게 포위당하지 않아서 안심했다.

질베스타가 단상에서 대강당을 쭉 둘러보고, 입을 열었다.

"물의 여신 플류트레네의 청아한 강물에 생명의 신 에이비리베가 떠내려가고 흙의 여신 게두르리히가 구출되었도다, 해설(解雪)에 축복을!"

질베스타의 그런 인사와 함께 봄을 축하하는 연회가 시작된다.

"먼저 올해 우수자를 발표하겠다. 다섯 명의 학생이 우수한 성적을 거두었다."

칭찬하는 소리와 박수가 쏟아졌다. 최우수를 받은 사람은 나 혼자지만, 빌프리트, 레오노레, 코르넬리우스, 하르트무트가 우수자로 무대 위에 불려 올라갔다.

"잘했다, 로제마인. 이건 기념품이다. 유용하게 쓰길 바란다."

그렇게 말하며 웃는 질베스타가 내게 기념품을 건넸다. 제법 커다란 마석이다. 감탄하며 보고 있는데 마찬가지로 마석을 받는 다른 사람들이 보였다.

"훗날 에렌페스트의 미래를 짊어질 자들이 우수하니 실로 기쁘도다. 모두가 실력을 갈고닦아 더욱 우수한 성적을 거두길 바란다. 귀족원 표창식 때 지적이 있었듯이 앞으로는 수업을 빨리 끝내려고만 하지 말고, 높은 점수를 따는 것을 과제로 삼거라."

성적 우수자의 표창식은 그런 말로 마무리되었다. 합격점 아슬아슬하게 시험을 끝낸 학생이 많은 탓에 수업을 통과하는 속도뿐만 아니라 점수도 고려하라고 귀족원에서 주의를 준 모양이다. 내년 과제가 될 것 같다. 본래 위치로 돌아간 나는 우수 멤버들을 둘러보며 감탄의 한숨을 쉬었다.

"……내 측근들은 정말 우수하네요."

"우수하지 않을 수가 없지요."

코르넬리우스가 어이없는 듯한 표정을 지었다. 주인인 내가 제일 먼저 수업을 끝내고, 도서관을 다니려고 하니 호위 기사든 문관이든 손이 빈 사람은 되는대로 교대하며 따라다녀야 했다. 도서관 출입이 하루에 끝난다면 죽기 살기로 매달릴 필요도 없지만, 나는 온종일 도서관에 틀어박힌다. 그렇게 되면 최대한 빨리 수업을 끝내려고 측근들도 안간힘을 쓸 수밖에 없다고 한다.

"게다가 주인이신 로제마인 님은 우수한데 측근은 저 모양이다……라는 말이 나오게 둘 수 없습니다. 주인에게 걸맞은 측근이 되려면 필사적으로 노력할 수밖에요."

하르트무드가 자랑스럽게 나를 보았다. 레오노레도 "균형이 중요하거든요."라며 미소를 지었다.

"올해는 성적향상 위원회 덕분에 코스마다 연대감이 생겼고, 질문하기도 편한 분위기가 되어서 좋았습니다."

"……아 참. 성적향상 위원회의 승자는 기사 코스로 하면 될까요?"

팀원이 가장 빨리 시험에 합격한 팀과 가장 우수자가 많은 팀에게 카트르 카르 레시피를 증정하겠다고 약속했었다. 가장 빨리 수업을 통과한 팀은 누가 뭐라 해도 1학년이지만, 우수자가 많이 나온 팀도 내가 최우수를 따면서 1학년이 되어 버렸다. 2등은 기사 코스다.

"기사 코스면 되지 않겠습니까? 내년에는 문관 코스가 딸 테니까요. 이미 참고서도 준비했습니다."

태연한 얼굴로 내뱉는 하르트무트의 말에 경쟁심이 고개를 들었다. 나는 입술을 삐죽이면서 하르트무트를 올려다보았다.

"우리 2학년도 내년 준비를 끝냈어요. 쉽게 이길 거리 생각하지 마세요."

"맞아요. 올해는 준비가 부족했지만, 내년에는 시종 코스가 승리를 거머쥘 겁니다. 만반의 준비는 시종의 전문 분야인걸요."

우수자를 한 명도 내지 못하고 끝난 시종 코스의 브륀힐데가 "내년이야말로 꼭." 하고 의욕을 불태웠다. 이론은 나쁘지 않았으니 내년에는 실기에 힘을 쏟겠다고 한다.

"의욕이 넘쳐 있는데 유감이지만, 내년에도 기사 코스가 이길 겁니다. 빌프리트 님의 견습 호위 기사도 마력 압축을 배우게 되었고, 할아버님께 특훈을 받을 거거든요. 게다가 안게리카가 졸업했습니다. 이게 아주 크죠."

코르넬리우스의 우쭐한 얼굴에 하르트무트가 진지한 표정으로 "안게리카가 졸업해서 아쉬워." 하고 중얼거렸다. 그러고 보니 기사 코스에 안게리카의 슈팅루크를 압수하는 핸디캡을 제안한 사람도 하르트무트였다.

"내년이 기대되네요. 후훗."

측근들과 그렇게 의논한 끝에 성적향상 위원회의 상품인 카트르 카르 레시피를 1학년과 기사 코스에 나눠주기로 결정되었다.

우수자를 발표한 뒤에는 귀족원의 영지별 성적 발표가 있다. 영지 대항전의 디터에서 에렌페스트는 11위였다고 한다. 지금까지 14위였으니 상당히 성장한 셈이다.

"디터에서 더 좋은 성적을 거둘 수 있게 이번 봄부터 견습 기사의 교육을 보니파티우스가 주도하게 되었다. 다들 정진하라."

견습 문관의 연구 발표는 기숙사 사감인 힐쉬르가 주도하여 왕족의 유물을 연구한 발표와 나와 똑같은 탑승형 기수, 문장이 달린 슈타프가 주목을 모았다는 말이 나왔다. 영지 대항전 때 시종들이 보여준 환대도 그럭저럭 괜찮은 평가를 받은 모양이었다. 매해 평가해 줄 사람이 적었지만, 앞으로는 더 나아질 거라고 질베스타가 말했다.

전체적으로 성적이 향상한 데다가 린샴, 머리 장식, 카트르 카르가 귀족원에서 유행을 타면서 다른 영지의 영주로부터 거래 제안이 들어오기 시작했다. 이러한 점들을 가산한 에렌페스트의 종합 순위는 영주회의 때 알 수 있다고 한다.

"올해는 에렌페스트가 몇몇 유행을 주도했다. 앞으로는 인쇄한 책도 조금씩 퍼트릴 계획이다. 모두 협력하길 바란다."

마지막으로 귀족원을 졸업하는 새내기 성인의 피로연과 그들이 견습생이 아닌 정식으로 일하게 될 배속 발표가 있다. 안게리카도 단상에 올랐다. 앞으로 안게리카는 '견습'을 떼고, 귀족가가 아닌 곳도 동행할 수 있게 되었다.

느슨해진 주변 분위기가 봄을 축하하는 연회도 슬슬 끝났음을 알릴 때 질베스타가 "에렌페스트의 훗날과 관련된 중대 발표가 있다."라고 소리쳤다. 무슨 일이 일어나나 하고 웅성거리는 소리가 대강당에 퍼지는 가운데 단상에 선 질베스타가 가볍게 손을 움직였다. 나와 빌프리트에게 보내는 지시다.

"가자, 로제마인."

나는 빌프리트의 에스코트를 받으며 천천히 무대 위로 올랐다. 대강당 안의 모든 주목을 받으며 단상 위에서 모여 있는 귀족들을 쭉 둘러보았다.

어째서인지 보니파티우스의 얼굴이 무시무시하다. 어금니를 빠드득 가는 듯한 표정이다. 엘비라는 눈을 반짝이며 왠지 들떠 보였다. 분명 머릿속에서 나와 빌프리트의 연애소설이 완성됐음이 틀림없다. 페르디난드는 평소처럼 무표정으로 조용히 주위를 둘러봤다. 유스톡스와 에크하르트도 마찬가지다.

페르디난드의 시선 끝에는 믿을 수 없다는 듯이 눈을 크게 뜬 라이제강 백작이 있고, 유스톡스의 시선 끝에는 달돌프 자작 부인이 있었다. 에크하르트가 경계하는 사람은 또 다른 남성이었다. 차려입은 의상으로 보건대 어딘가의 기베가 아닐까 생각되었다.

'누구지?'

내가 자세히 보려고 눈을 부릅떴을 때 질베스타의 낭랑한 목소리가 울려 퍼졌다.

"높고 정정한 천공을 관장하는 최고신, 어둠과 빛의 부부신의 인도로 지금 여기에서 시간의 여신 드레팡아가 자은 실이 겹쳐졌다. 내 아들 빌프리트와 로제마인의 만남에 기도와 감사를 올리며 거룩한 가호를 내려주소서."

혼약 발표의 정형구지만, 대부분의 귀족은 이해하지 못한 표정을 지었다. 그들에게는 예상치 못한 발표였기 때문이리라. 몇 초간의 침묵 뒤 대강당 안이 일제히 술렁거렸다. 그들은 주변을 둘러보고, 나란히 서 있는 나와 빌프리트를 쳐다보았다.

단상 위에서는 그들의 경악에 찬 표정이 훤히 보였다. 대강당을 쭉 훑어보니 기뻐서 소리를 지르는 사람은 몇 없었다. "어째서!?"라는 목소리가 여기저기에서 쏟아져 나왔다. 라이제강 백작은 눈을 희번덕거렸고, 달돌프 자작 부인은 입을 틀어막았다. 모두가 놀라워하는 가운데 에크하르트가 지켜보던 남성만은 아무런 표정 변화가 없었다. 그것이 어째서인지 매우 눈에 띄었다. 아주 잠깐 눈이 마주친 것 같다.

"영주 회의에서 왕에게 둘의 혼약 승인을 받겠다. 이상이다."

귀족들에게 파문을 던지고, 봄을 축하하는 연회는 막을 내렸다.

문관과의 대면

　봄을 축하하는 연회의 마지막에 발표된 우리의 혼약으로 에렌페스트 귀족 사회는 벌집을 쑤신 것처럼 발칵 뒤집혔다. 그야 당연하다. 겨울 사교계 때 나를 차기 영주로 밀려고 계획했던 라이제강을 중심으로 한 귀족에게는 겨우내 모았던 정보가 백지장이 된 셈이니까. 혼약으로 상황이 어떻게 바뀔지 처음부터 다시 정보를 모으게 됐다.

　나를 호의적으로 보지 않는 구 베로니카 파 귀족에게는 내가 훗날 에렌페스트의 중추에 깊이 관여하게 되는 것이 결정되는 발표였다. 앞으로 어떻게 움직일지 머리를 맞대야 하리라.

　아침 식사를 끝낼 때쯤에 내 앞으로 '긴급'이라 적힌 면담 의뢰가 쏟아져 들어왔고, 시종들이 우왕좌왕하기 시작했다. 중요한 인물이 몇 번을 의뢰한들 나는 응해줄 수가 없다. 왜냐면 보호자들이 나의 관여를 막고 있어서다.

　"내가 어떻게 대응하면 되는지 먼저 양아버님께 여쭤야겠어요. 면담은 전부 거절하세요."

　"공주님, 쉽게 거절할 수 있는 상대만 있는 것이 아닙니다."

　리카르다는 보낸 이의 이름을 쭉 나열했다. 페르디난드가 '로제마인 파가 되었다'라고 말했던 친척들의 이름이 수두룩했다. 면담 전에 회의를 해야 할 필요성이 커졌다.

　"공주님. 면담 예약은 계속 거절하시면서 정말 문관을 대면하시려고요?"

봄을 축하하는 연회가 끝나면 귀족은 차례차례 자신들의 땅으로 돌아간다. 그 전에 인쇄업을 담당할 문관이나 기베가 선출한 대관과 대면해야만 했다. 하지만 연회 다음날에 대면 일정을 넣은 사람은 내가 아니었다.

"그 일은 내가 아니라 페르디난드 님과 어머님께 물으세요."

나는 올도난츠를 날려서 페르디난드에게 대응을 떠넘기기로 했다.

"페르디난드 님. 어떡할까요?"

돌아온 대답은 '문관을 대면하고 나면 신전으로 돌아간다'였다. 신전에서는 평민의 겨울 성인식과 봄 세례식이 열린다. 2년 만에 부활했으니 신전장으로서 행사를 진행해야 했다.

'성가신 일에서 벗어나서 잘 됐다고 생각하지 않아. 내가 신전장인 걸 어쩌겠어. 하는 수 없지. 오예!'

"페르디난드 님이 시키는 대로 오늘 대면이 끝나면 신전으로 돌아갈게요. 아쉽게도 면담은 못 하겠네요. 정말 가슴 아프지만……."

"공주님. 그렇게 말씀하실 거면 조금 더 아쉬운 표정을 지으세요."

리카르다는 쓴웃음을 머금고 그렇게 말한 뒤 브륀힐데와 오틸리에에게 면담 의뢰를 거절하는 업무를 맡겼다. 신분이 높은 사람, 혹은 친척이 거절해야 귀족들이 받아들이기 쉽다고 한다.

"리젤레타는 나와 함께 공주님이 나가실 채비를 합시다. 당분간은 저도 동행하겠지만, 조만간 인쇄업 회의 자리에 동행하는 업무는 당신에게 맡길 거니까요."

"제가요?"

"예. 인쇄업과 제지업을 맡을 문관은 중급부터 하급 귀족이 많다더군요. 상사면 몰라도 상급 귀족인 시종이 있으면 다들 긴장해서 일이 손에 안 잡히겠죠?"

리카르다의 말에 리젤레타는 이해했다는 듯이 고개를 끄덕이고, 살짝 긴장한 표정으로 채비를 시작했다.

덧붙이자면 나는 오늘 대면에 견습 문관 자격으로 나가기로 했다. 견습 문관의 경험을 쌓지 않으면 문관이 될 수 없어서다. 문관이 되지 못하면 사서가 될 수 없다. 중요한 밑바닥 경험이다.

사실 어차피 실습해야 한다면 성 도서실에서 근무하고 싶다고 페르디난드에게 희망 사항을 제시했지만, "이 멍청이가." 하고 혼쭐이 났다. 관자놀이를 독톡 두드리면서 "인쇄업 확장 사업의 책임자가 무슨 말을 하는 것이냐. 그대는 제지업과 인쇄업에 실습 배속될 거다."라는 말을 들었다.

'루츠와도 약속했고, 전 온 힘을 다해 제지업과 인쇄업을 키울 거예요!'

"필린느. 함께 힘내요."

"네. 로제마인 님."

마찬가지로 문관으로 처음 출근하게 된 필린느에게 웃어 보이자, 필린느는 긴장해서 굳은 얼굴로 고개를 끄덕였다. 필린느가 성에서 살게 되면서 만나는 시간이 늘어난 덕분에 예전보다 더 친밀해진 것 같다.

"하르트무트는 측근이 되기 전에 다른 부서에서 견습으로 일했었죠? 나에게도 이것저것 가르쳐 주세요."

"가르쳐 드릴 일이 있으면 무엇이든지요. ……다만, 제지업과 인쇄업은 제가 가르쳐드릴 것이 딱히 없을 겁니다. 오히려 제가 가르침을 청하는 입장이 되지 않을까요?"

하르트무트가 문관 업무에 들뜬 나를 보며 쓴웃음을 지었다.

문관은 하르트무트와 필린느, 시종은 리카르다와 리젤레타, 호위 기사는 다무엘, 안게리카, 유디트를 데리고 갔다. 코르넬리우스, 레오노레, 브륀힐데에게는 회의 시간 동안 정보 수집을 부탁해 뒀다. 세 사람 모두 라이제강의 친척뻘이니까 성 안에 내버려 두면 상대편에서 알아서 접근해올 가능성이 크다.

레서버스를 타고 본관으로 이동해서 대면실로 들어가자 이미 엘비라가 도착해 있었다. 평소처럼 화려한 의상이 아니라 소매가 팔락이지 않는 업무 중심의 문관 차림이었다. 서류를 보는 자세와 진지한 옆모습에서 일 잘하는 여성의 아우라가 감돌았다. 나는 감탄의 한숨을 내쉬었다.

"어머님."

"여기서는 엘비라라고 부르셔야 합니다. 로제마인 님."

"실례했습니다. 엘비라. 오늘 예정에 변경은 없나요?"

이번에는 자기소개와 앞으로의 일정을 설명하고, 구텐베르크의 이동, 제지업을 가르칠 회색 신관 일행의 이동 시기를 의논할 예정이다.

"특별한 변경 사항은 없습니다."

귀족가에서 선출된 문관들은 인쇄업뿐만 아니라 평민촌의 정비를 비롯하여 길드장과 플랑탱 상회와 상의하게 할 계획이다. 각 기베의 명으로 파견된 문관들은 구텐베르크를 수용할 태세를 갖춰야 한다. 어느 쪽 문관이든 엄청나게 바빠지게 되는 것만큼은 자명했다.

"평민과의 회의 장소는 신전으로 변함없으십니까?"

"성에서 만나는 편이 좋은 때도 있을 테니까 꼭 신전으로 정할 필요는 없어요. 다만, 평민에게는 성보다 접근하기 용이한 곳이고, 문관도 아예 평민촌으로 내려가는 것보다 타협할 수 있는 장소가 아닐까요?"

"한 번 신전을 방문해 보면 나쁜 곳이 아니라고 느끼겠지만, 그 한 번이 어렵지요. 귀족에게 썩 좋은 인상이 있는 곳은 아니니까요."

엘비라가 그렇게 중얼거리며 종이 한 장을 꺼냈다.

"그런데 로제마인 님. 이 납본제도 도입이란 것이 대체 무엇인 가요?"

"그 종이에 나와 있듯이 인쇄 협회가 에렌페스트의 도서실에 출판물을 제출하도록 의무화하는 제도예요. 이미 아우브에겐 허가를 받았어요."

모든 인쇄물을 모으는 납본제도. 인쇄업을 보급할 때 가장 중요한 제도라고 나는 생각한다.

"그때그때의 생활과 문화가 잘 반영된 책은 문화를 기록한 보물이에요. 그래요, 에렌페스트의 귀중한 재산. 그런 책을 모아서 정리하고, 보관하는 일은 영주의 자제인 저의 의무가 아닐까요?"

나의 열띤 주장에 입이 쩍 벌어진 측근들의 모습이 눈에 들어왔지만, 내 입은 멈추지 않았다. 멈출 수 없다. 여기서 엘비라가 납본제도를 부정하거나 거절하면 곤란하다.

"언젠가는 '전국 서지'를 제작할 계획이고, 도입해 두면 '저작권'을 등록할 때도 꽤 간편해질 거예요. 그리고 저는 할 생각이 없지만, 검열도 할 수 있죠. 수집을 망라하려면 의무적인 납본제도가 꼭 필요해요!"

자신만만하게 확신에 차서 단언하자, 엘비라는 한 손으로 뺨을 괴며 가볍게 한숨을 내쉬고, 다른 한 손으로 서류의 한 부분을 가리켰다.

"그 부분은 이해했습니다. 유용성이 있다는 점도 인정할게요. 제가 이해할 수 없는 건 에렌페스트의 도서실뿐만 아니라 왜 에렌페스트의 성녀에게도 납본하도록 의무화되어 있냐는 겁니다."

'루츠의 부담을 줄여주기 위해서요.'

루츠는 제작한 책을 전부 내게 보내겠다고 했지만, 기베의 주도로 시작한 인쇄 공방에 매번 책을 가지러 가기도 어렵고, 갈 때마다 공방 측에서도 '대체 왜……' 하고 의문을 품으리라.

그렇다면 루츠에게 자동으로 책이 모이는 제도를 만들면 그만이다. 납본제도를 도입하면 자동적으로 플랑탱 상회가 협회장을 맡는 인쇄 협회로 책이 모일 터이다. 루츠는 모인 책을 내게 바친다. 나는 그것을 받아서 읽는다.

'완벽하지 않아?'

"현재 인쇄를 진행하는 곳이 나의 공방과 하르덴첼 공방뿐이니까 모든 책이 올라오고 있어요. 하지만 인쇄가 보급하기 시작하면 헌상하지 않는 지역도 나오겠죠. 저는 제가 책을 읽으려고 인쇄업을 시작했어요. 제가 보급한 인쇄업으로 만들어진 책이라면 전부 읽고 싶은 것이 당연하지 않겠어요?"

"당연한 걸까요?"

엘비라가 의심스럽게 나를 보았지만, 나는 미소로 고개를 끄덕였다. 앞으로 만들어지는 모든 책은 내 소유여야 한다. 내 꿈을 최고의 형태로 실현하기 위해서는 권력 행사도 마다하지 않을 테다.

"당연하죠. 그러니까 인쇄 협회에 납본제도를 도입해서 자동으로 손안에 들어오도록 하면 되겠다고 생각했어요. 그리고 도중부터 도입하면 반발이 일겠지만, 초반부터 도입되어 있으면 다른 영지에 인쇄업이 보급되어도 당연하게 받아들일 수 있잖아요?"

"로제마인 님께서 그 지혜로운 머리를 다른 쪽에 쓰셨다면, 하고 고뇌하던 페르디난드 님의 말씀이 피부에 와닿는군요."

엘비라와 대화하고 있을 때 빌프리트와 샤를로테가 측근을 거느리고 들어왔다.

"무슨 얘기를 하고 있었지?"

"평민 상인과 회의할 장소와 납본제도에 관해서요. 회의는 기본적으로 신전에서 하게 될 것 같습니다."

순간 두 사람의 측근 문관들이 인상을 찌푸렸지만, 빌프리트와 샤를로테는 가볍게 고개를 끄덕일 뿐이었다.

"평민촌으로 내려가는 건 어렵겠지만, 신전이라면 괜찮지 않을까요?"

"신전은 이상한 냄새도 안 나고, 맛있는 디저트도 나오니까 나는 상관없다."

기원식과 수확제 때 반드시 들리는 곳이라서 두 사람에게는 신전이 익숙한 곳이 되었나 보다.

"그럼 제가 빌프리트 님과 샤를로테 님께 업무 내용을 설명해 드리겠습니다."

엘비라가 두 사람이 맡을 일을 설명했다. 샤를로테와 그 측근에게는 평민촌에서 올라온 개선점이나 요청 등 하급 문관이 정리한 자료를 확인하고, 아우브 에렌페스트의 허가가 필요한 사항은 허가를 받아오는 성의 업무를 맡겼다.

빌프리트와 그 측근은 제지업과 인쇄업을 시작할 준비가 끝났다는 연락이 들어오면 현지에 가서 최종 확인을 한다.

"……왜 오라버니가 최종 확인을 하러 가나요?"

"빌프리트 님은 이미 기수를 소유하고 계시기 때문입니다. 느긋하게 마차로 갈 여유가 없거든요. 그리고 영주 일족이 확인하는 줄 알면 그쪽도 진지하게 일할 겁니다."

빌프리트 일행이 확인해서 문제가 없다고 판명되면 내가 레서버스로 구텐베르크를 현지에 파견한다.

"사람과 짐을 가득 실을 수 있는 기수는 현재 로제마인 님밖에 못 쓰십니다. 그러니까 구텐베르크의 이동은 로제마인 님께 맡기겠습니다."

"엘비라, 당신, 로제마인 님께 평민을 실어 나르라고 하는 겁니까!?"

빌프리트와 샤를로테의 측근이 화들짝 놀라며 눈을 부라렸다.

"네. 저도 놀랐습니다만, 로제마인 님은 지금까지 그렇게 해 오셨다고 하시네요. 시간 효율을 따지면 이대로가 좋다고 판단했습니다. 로제마인 님께서 구텐베르크를 옮기며 돌아다니는 일도 에렌페스트 내에 인쇄업이 퍼지기 전까지의 기간이죠."

웬만큼 인쇄업이 보급되면 가까운 땅부터 지도 담당을 파견할 예정이다. 구텐베르크가 영지 내를 돌아다니는 기간도 초기뿐이다.

세 점 종이 울리자 문관들이 하나둘 들어오기 시작했다. 평민과 어느 정도 대화가 가능하다는 전제로 모아온 귀족가의 문관은 세 사람. 모두 구스타프가 추천하는 자다. 안면이 있는 사람은 다무엘의 형인 헨릭뿐이었지만, 나란히 선 면면들도 온순해 보여서 조금 안심했다.

이어서 들어온 사람은 인쇄업과 제지업에 관심이 있는 기베가 투입한 문관들이다. 그들은 나, 빌프리트, 샤를로테와 그 측근들이 쭉 서 있는 모습을 본 순간, 표정이 굳어졌다. 평소에 시골에서 평민이나 친한 귀족과만 일해 왔던 자들 눈에는 놀랄만한 멤버였으리라.

"앉으세요."

엘비라가 앉기를 권하고, 모두가 자리에 앉자 인쇄업과 제지업에 관련된 자들의 대면과 회의 개시를 선언했다. 제일 먼저 자기소개를 했다. 나는 이름과 소속과 그 특징을 메모하면서 기원식 때 한 번 더 만나게 될 하르덴첼의 대관 얼굴을 기억했다.

하르트무트가 대관들에게 작성한 자료를 돌리고, 구텐베르크를 부르기 전에 해야 할 준비를 엘비라가 설명했다. 그녀는 평민과 협상할 일이 많아진다는 것과 하르덴첼에서 일어난 작은 다툼, 순탄하게 진행하는 방법 등을 덧붙여서 귀족의 시점으로 얘기했다. 나는 할 수 없는 능력이다.

"로제마인 님의 구텐베르크는 에렌페스트 마을에서 해오던 기존 업무도 있습니다. 시간을 헛되이 소비하지 않도록 최대한 철저히 준비하세요."

대관에게 설명을 끝내고, 평민촌과의 연락책을 맡을 하급 문관들에게 주의사항을 일렀다.

"평민과의 회의는 되도록 신전에서 진행하기로 했습니다."

놀란 표정을 짓는 문관들에게 영주 일족인 나와 페르디난드가 생활하는 곳이며 제사를 도우러 빌프리트와 샤를로테도 출입한다는 설명을 보태어 최대한 신전에 대한 거부감을 줄였다.

"영주 회의가 끝나면 다른 영지 상인들의 출입이 잦아질 겁니다. 다른 영지가 우습게 보지 못하게 마을을 정비해야 합니다. 이 일은 상업 길드의 구스타프 길드장에게 거의 맡겼지만, 평민촌의 문제로만 보지 말고, 다른 영지 귀족의 눈에는 우리의 정비가 턱없이 부족해 보일 거라는 것을 염두에 두세요."

"준비가 끝난 대관은 샤를로테 님께 올도난츠로 연락하세요. 연락이 온 순서와 시기를 샤를로테 님께서 조절하시면 빌프리트 님께서 사찰을 도십니다. 그때 문제가 없으면 로제마인 님께서 기수로 구텐베르크를 데리고 가실 겁니다."

아니나 다를까 다들 영주의 자제인 내가 기수로 평민을 옮기겠다는 말에 놀란 기색이었지만, 나는 구텐베르크의 기수 이동을 포기할 생각이 없다.

"내가 평민을 직접 데려다준다니까 난색을 보이는 분도 계시는 것 같은데 그렇게 해서라도 효율을 높여야 할 정도로 에렌페스트에 제지업과 인쇄업 보급이 시급하고 중요합니다. 여러분은 그만큼 중요한 신사업에 관여하고 있음을 강하게 자각했으면 합니다."

부추길 만큼 부추긴 설명을 끝내고, 나는 빌프리트와 샤를로테와 함께 측근에게 둘러싸인 채 북쪽 별채로 이동했다.

"로제마인. 너한테 면담 의뢰가 산더미처럼 몰려오지 않았냐? 누구와 면담할지 정했어?"

빌프리트 앞으로도 면담 의뢰가 쏟아졌고, 시종들이 대응에 쫓기는 모양이었다.

"면담 의뢰는 많이 받았는데 저는 겨울 성인식과 봄 세례식이 있어서 곧바로 신전에 가야 해서요. 귀족분들의 대응은 양아버님과 양어머님, 그리고 약혼자인 빌프리트 오라버니에게 맡길게요."

"뭐라고!?"

"잘 부탁합니다, 약혼자님."

내가 빌프리트에게 통째로 떠넘기는 장면을 지켜보던 샤를로테가 못 참겠다는 듯이 입을 틀어막고 키득키득 웃었다.

"언니의 신전 업무를 방해할 수는 없죠. 오라버니. 정신 똑바로 차리셔야겠네요. 너무 힘드시면 제가 도와드릴 수도 있고요."

샤를로테가 장난스럽게 웃자, 빌프리트는 발끈한 표정으로 입술을 삐죽였다.

"내 힘으로 할 거다."

방에 도착하면 곧바로 신전에 돌아갈 준비. 이미 오틸리에와 브륀힐데가 짐을 꾸리고, 전속 요리사와 전속 악사에게도 연락을 넣은 듯했다.

"아마 열흘 정도면 돌아오니까 그동안 잘 부탁해요. 무슨 일이 있으면 올도난츠를 날려 보내세요."

"로제마인 님. 저도 신전에 동행하겠습니다. 의식 때 축복을 내리실 거죠? 부디 보게 해주십시오."

하르트무트가 주황색 눈동자를 반짝이며 그렇게 말했다. 하지만 유감스럽게도 신전까지는 동행을 허가해도 예배실에는 출입할 수 없다.

"의식 때는 신전 관계자가 아니면 출입 금지예요. 아무리 호위 기사라도 예배실과 의식의 방에는 들어갈 수 없으니까 하르트무트도 못 들어가요."

"그럴 수가. 저는 대체 어찌해야……."

"일을 하세요."

바빠서 충격이 조금이나마 덜하게끔 하르트무트에게 막대한 양의 일거리를 남겨둬야겠다. 나만큼 측근을 끔찍이 아끼는 주인이 어디 있을까. 하르트무트에게는 인쇄업의 상사에 해당하는 엘비라에게 플랑탱 상회나 길드장에게 받은 보고서를 전달할 것과 필린느의 교육을 맡으라고 했다.

"필린느는 지금까지 제지업과 인쇄업의 이익을 정리한 서류를 작성해두세요."

"저는 아직 서류 작성 방법을 잘 모르는데요……."

"괜찮아요. 하르트무트가 가르쳐줄 거예요. 그렇죠?"

"그 정도는 문제없습니다."

하르트무트가 쓸쓸해하며 받아주었다. 업무 폭탄을 떠넘겨도 거뜬히 해내는 하르트무트는 만만한 사람이 아니다.

문관들에게 업무 분담을 끝내고, 나는 측근들을 둘러보았다.

"이건 성에 남는 분들에게 부탁하고 싶은 일인데 성내에 있는 귀족의 목소리를 모아주세요. 어른과 아이, 남녀, 시종, 문관, 기사마다 모을 수 있는 정보도 다를 테니까요."

"알겠습니다."

얼마 안 있어 페르디난드에게서 "준비 끝났는가?"라는 올도난츠가 날아왔다. "끝났습니다."라고 대답하고, 나는 다무엘과 안게리카, 푸고와 엘라, 그리고 로지나를 데리고 신전으로 돌아갔다.

"어서 오십시오, 로제마인 님."

프랑과 모니카가 맞이해주었다. 음모가 도사리는 정도까지는 아니지만, 긴장감이 감도는 성에 있는 것보다 신전 쪽이 훨씬 마음이 편하다.

"신관장님, 제가 쓴 소설을 이번 봄부터 인쇄하려고 하는데요, 문제가 없나 확인해 주실 수 있으세요?"

내가 아는 이야기를 배경으로 엘비라의 귀족원 소설을 흉내 내서 연애소설을 써 보았다. 하지만 신데렐라 이야기가 퇴짜 맞았을 정도다. 이쪽 상식에 맞는지 검수를 받아야 했다.

"그래. 확인해두마."

봄부터 참고서도 인쇄할 계획이지만, 판매할 예정은 없다. 그래서 바로 팔릴 만한 책이 필요했다. 엘비라의 연애소설이 귀족 여성에게 먹힌다면 나도 거기에 편승해야겠다 싶었다.

나는 페르디닌드에게 원고를 넘겨주고, 방에 돌아와 시종의 보고를 들었다.

"푸고와 엘라의 결혼에 관한 얘기입니다만, 역시 신전에 신혼방을 내주기는 어렵습니다."

"그렇군요. 그럼 신전에 있는 동안에는 별실을 쓰든가, 평민촌에 방을 마련해서 출퇴근하게 해야겠네요."

잠의 노고를 위로하면서 나는 푸고와 엘라의 결혼에 관해 세세한 사항을 정해갔다. 그때 프랑이 반달음으로 찾아왔다.

"로제마인 님. 신관장님께서 오셨습니다. 조금 전에 맡기신 원고로 하실 말씀이 있으시답니다."

입실 허가를 내리자, 아주 불쾌한 표정으로 페르디난드가 빠른 걸음으로 방에 들어왔다. 아무 말 없이 원고를 집무 책상 위에 거칠게 내려놓고, 그 옆에 도청방지 마술구를 놓았다.

'완전히 안 됐나 보네.'

아무 말 하지 않아도 퇴짜를 당했다는 것만은 알았다. 도청방지 마술구를 꺼내준 것도 그 이유를 자세히 설명해줄 마음이 있다는 뜻이리라.

나는 도청방지 마술구를 손에 쥐었다. 프랑이 준비한 의자에 앉은 페르디난드가 나와 시선을 마주쳤다.

"로제마인. 파렴치에도 정도가 있다. 그대의 이름으로 이딴 것을 인쇄하는 꼴은 볼 수 없다!"

"파, 파렴치!? 어디가요!?"

나는 페르디난드와 내가 쓴 원고를 번갈아보았다. 엘비라가 쓴 귀족원 연애소설을 토대로, 주인공들이 신분 차이로 엇갈리지만, 결국 하나가 되는 연애소설이다. 시선이 마주쳐서 두근두근, 손이 스쳐서 발그레, 마음에 둔 상대에게 다른 여자가 접근해서 가슴이 욱신욱신, 결국 마음이 통하여 키스신으로 끝나는, 그야말로 로맨스 소설답게 완성되었는데 파렴치 취급이라니. 귀족 아가씨들을 대상으로 만든 소설이라서 과격한 표현은 일절 쓰지 않았는데 대체 무슨 소리란 말인가.

"두 주인공이 교감하는 장면, 전부 말이다! 어찌 이런 외설스러운 표현을 넣었는지 도무지 이해가 안 되는군. 정말 엘비라의 책을 참고했는가?"

"참고했어요. 귀족원 이야기를 토대로 쓴걸요."

나는 페르디난드에게 귀족원 소설책을 내밀며 주장했다. 참고로 이 책은 페르디난드가 아닌 얼굴이 일러스트로 들어간 쪽이다.

페르디난드가 엘비라의 책을 빠르게 넘겨보고, 한 쪽을 펼쳐서 내게 보이도록 내밀었다.

"그대가 참고해야 할 장면은 여기다."

페르디난드가 보여준 곳은 세 장에 걸쳐서 신을 칭송하는 시가 나오는 장면이었다. 의미가 잘 이해되지 않아서 나는 대충 넘겨버린 페이지였다.

"두 사람의 교감을 쓰고 싶으면 이것을 참고해라."

미간에 깊은 주름을 새긴 페르디난드가 말하길 약간의 두근거리는 접촉 장면은 전부 버려야 한댔다. 엘비라의 소설에 신을 칭송하는 시가 과하게 많다 싶었는데 그 부분이 러브신이었던 모양이다.

'인도 영화냐!?'

남녀가 등장해서 서로를 바라보는가 싶더니 갑자기 백댄서들이 달려나와 노래 부르고 춤추는 인도 영화 같지 않은가. 시원시원한 율동에 눈은 즐겁지만, 내게는 인도 영화의 스토리가 이해되지 않은 것처럼.

"다시 말해서 그대의 표현은 직설적이고 음탕하다."

소녀 대상의 로맨스 소설을 썼더니 관능 소설 취급을 당했다. 참으로 유감이다.

"영주 후보생이 이런 파렴치한 책을 낸다니 망측하기 짝이 없다."

"상식에 큰 차이가 있는 건 인정할게요. 앞으로 제 손으로 연애소설은 쓰지 않을게요. 작가를 키우는 편이 낫겠네요."

"그렇게 해라. 이건 파기하도록."

러브신이 들어갈 자리에 갑자기 신을 칭송하는 연애 소설을 내가 쓸 수 있을 리가 없다. 이건 작가 육성을 서둘러야 할 듯하다.

'하지만 청소년 관람가의 러브신에 이런 반응이라니. 대체 진짜 관능 소설을 보여주면 어떤 반응을 보일까?'

신전에서의 생활

어쨌거나 "그대는 상식이 너무 다르니 뭘 쓰든 반드시 내게 가져오도록." 하고 페르디난드는 끈질길 정도로 내게 다짐을 받고서야 돌아갔다.

나는 "네." 하고 대답하면서 파렴치하다고 평가받은 소설을 열쇠 달린 서궤에 넣고 봉인했다. 파기하라고 명령했지만, 어쩌면 훗날 햇빛을 볼 날이 올지도 모른다.

"프랑, 부엌에 가서 푸고와 엘라를 불러와 주세요. 조금 전에 결정한 사항을 두 사람에게 말해 버려야겠어요."

"로제마인 님. 요리사에게 전달할 말은 시종을 시키셨으면 합니다만……."

"미안해요, 프랑. 하지만 결혼에 관련된 얘기는 직접 하는 편이 좋을 것 같아서요. 프랑도 그렇고, 이곳에 있는 시종들에겐 모르는 얘기가 더 많잖아요."

내가 그렇게 말하자, 하는 수 없다는 듯이 프랑이 부엌으로 향했다. 업무에 관한 일이라면 프랑이나 시종을 통해도 문제가 없지만, 결혼 관련 얘기는 평민촌 생활을 모르는 시종들을 통하면 괜히 일만 더 복잡해진다.

"실례하겠습니다."

엘라와 푸고가 송구스러워하며 방에 들어왔다. 긴장한 두 사람에게 프랑이 오늘은 내가 직접 얘기할 거라고 설명하고 한 발짝 물러났다.

평민과 직접 대화하기 때문에 두 명의 호위 기사가 내 뒤에 바싹 붙었다.

"두 사람 모두 귀족원에서 일하느라 고생이 많아요. 매일 많은 양의 음식을 만드느라 힘들었죠? 학생들도 다들 맛있다며 좋아했어요. 아마도 내가 귀족원에 다니는 동안 함께 가게 되겠지만 잘 부탁해요. ……그래서 본론은 두 사람의 결혼에 관한 얘기인데……."

둘의 얼굴이 굳어졌다. 침을 꼴딱 넘기는 소리가 들렸다. 나는 둘을 안심시키려고 싱긋 웃었다.

"두 사람의 결혼 자체에는 문제가 없습니다. 이번 여름에 결혼식을 연다면 내가 축복해 줄게요."

"감사합니다!"

"다만, 살 곳이 문제예요. 성에는 결혼한 하인도 있으니까 부부가 함께 쓸 방을 하나 신청해둘게요. 하지만 신전 내에는 부부방을 마련해줄 수가 없어요. 신전에서 지내는 동안에는 지금처럼 하든가, 힘들게 출퇴근해야겠지만, 평민촌에 집을 구하세요. 집을 구해도 바쁜 시기에는 쉴 수 있게 신전에 있는 방은 그대로 둘게요."

나는 프랑에게 눈신호로 준비하게 한 돈을 가져오게 했고, 그것을 두 사람에게 건넸다. 짤랑하고 소리 나는 주머니 속을 본 푸고가 숨을 삼키고, 눈을 크게 떴다.

"그건 겨울 동안 귀족원에서 고생한 출장 수당과 내가 주는 결혼 축의금이에요. 결혼 준비에 보태 쓰세요."

"……이렇게나 많이요?"

"네. 그리고 기원식이 열리는 기간은 예년처럼 푸고가 동행해 줘야 합니다. 그러니까 내일부터 기원식까지는 푸고가 쉬고, 기원식 기간에는 엘라가 쉬세요. 그렇게 길지 않은 휴가지만, 결혼 준비를 하도록 하세요. 가능하면 두 사람을 같이 쉬게 해주고 싶지만, 아무래도 어려울 것 같네요. 미안해요."

"아닙니다. 배려해 주셔서 감사드립니다."

결혼 준비는 힘들다. 집을 구하고, 가구도 넣어야 한다. 이곳 결혼식인 성결식이 여름에 열리는 이유는 신랑·신부가 겨울나기를 준비하기 전에 살림살이를 갖춰야 해서다. 여름이라면 이불이 없어도 잘 수 있으며 먹을 것이 풍부하고, 장작도 요리에 쓸 만큼만 있으면 된다. 겨울을 대비해서 두 사람이 준비하려면 시간이 필요하다.

엘라와 푸고도 신전과 성에 방이 있으니까 평민촌의 집은 잠만 잘 곳으로 구분해서 침실만 준비하면 해결될지도 모른다. 하지만 침대 시트나 이불 등 천 종류는 신부가 준비해야 한다. 겨울 수작업으로 천을 짜는 단계부터 시작해야 하는 셈이다. 결혼이 정해진 여성은 겨울 동안 필사적으로 실을 짜서 새로운 생활을 준비한다. 그래서 바느질 실력이 미인의 조건이 된다.

"엘라는 귀족원에서 일하느라 천 종류를 준비할 시간이 없었죠? 괜찮아요?"

"어머니가 짜주기로 했어요."

일밖에 모르는 엘라를 걱정한 그녀의 모친이 겨울 동안 짜주기로 한 모양이다. 그래도 부족한 양은 중고로 사서 해결하겠다고 한다. 그러자 푸고는 '미인과 결혼하고 싶은 것이 아니다'라고 했다고 한다. 느닷없는 애인 자랑에 쓴웃음이 나왔지만, 두 사람이 협력해서 새 생활을 준비하려는 모습이 흐뭇하다.

'엘라에게 봄의 귀색에 맞춘 머리 장식이라도 선물할까? 새로운 조

리도구를 더 좋아할 것 같지만.'

엘라는 성인식 때 귀족가에서 보낸 탓에 신전 성인식에 출석하지 못했다. 이번 성결식 때 생애 처음으로 예복을 입게 되는 셈이다. 엘라의 모친이 얼마나 기대하고 있을까? 나의 전속이니까 이번 기회에 그렇게 비싸지 않은 머리 장식을 선물해야겠다.

대화를 마치고 두 사람이 물러가자 다음 차례는 프랑과 잠과 함께 성인식과 세례식 회의다. 겨울 성인식과 봄 세례식 사이에 일주일 정도 시간이 나므로 그동안 신전에서 느긋하게 지낼 수 있으리라.

"고아원 상태는 어때요? 콘라트는 잘 적응해요?"

자진해서 빌마와의 연락책을 맡으며 시종 중에 가장 고아원을 빈번히 드나드는 사람은 모니카다. 내 시선을 받은 모니카가 앞으로 나와 보고하기 시작했다.

"빌마의 말에 의하면 며칠은 사람 발소리에도 겁을 먹더랍니다. ……귀족으로 자랐다고 하기에는 청색 신관처럼 권력을 믿고 으스대는 구석이 없습니다. 오히려 고아원에 와서 안심한 것처럼 보입니다."

지금까지 어지간히 지독한 취급을 당했던 것이리라. 요나사라와 슈타프에 벌벌 떨던 모습을 떠올리고, 나는 가볍게 한숨을 내쉬었다.

"콘라트가 조금이라도 안심하며 지내고 있다면 그보다 더 좋은 것이 없지요. 모니카, 고아원과 공방을 둘러보고 싶은데 내일 오후에 가겠다고 빌마와 길에게 전달해 주세요."

"알겠습니다."

모니카는 고개를 끄덕이고, 연락하러 가겠다며 퇴실했다. 나는 메모지를 꺼내어 신전에서 할 일을 쭉 훑어본 뒤 기원식에 관해 쓴 메모지를 잠에게 내밀었다.

"기원식에 돌 직할지를 빌프리트 오라버니와 샤를로테와 분담하고 왔거든요. 신관장님께 그 결과를 보고하세요. 변경 사항이 있으면 빨리 연락해 줘야 해요. 두 사람에게도 준비 기간이 필요하니까."

"알겠습니다. 직할지 분담뿐만 아니라 기원식에서 샤를로테 님께 누구를 붙일지도 말씀을 듣고 오겠습니다. 올해는 로제마인 님이 계셔서 프랑은 동행할 수 없으니까요."

"네. 부탁할게요."

잠이 퇴실하고, 나는 문서함에 보관된 편지를 대충 훑어보았다. 플랑탱 상회와 길베르타 상회, 그리고 구스타프 길드장한테서도 편지가 와 있었다. 구스타프가 보낸 편지에는 평민촌 정비 문제로 전국을 돌아다니는 행상인에게 긁어모은 이야기나 마을을 아름답게 꾸미는데 고군분투한 결과가 적혀 있었다.

"이건 신관장님께 보고해서 시급히 답장을 보내야겠네요. 내일 업무를 돕는 시간에 잠깐 짬을 내달라고 해야겠어요. ……프랑. 지금부터 플랑탱 상회와 길베르타 상회, 상업길드의 길드장 앞으로 편지를 쓸 거니까 길을 보내세요."

내가 집무 책상 옆에 서 있는 프랑을 올려다보자, 프랑은 잠시 생각하더니 고개를 가로저었다.

"로제마인 님. 오늘은 이만 쉬시는 것이 어떻겠습니까? 안색이 좋아 보이지 않습니다. 꼭 활동해야겠다면 마술구를 벗는 훈련을 하심이 어떠십니까?"

몸 상태가 괜찮다고 생각했던 나는 프랑의 지적에 깜짝 놀라 손으로 얼굴을 더듬었다. 신전에 돌아왔는데 아파서 성인식 때 축복을 못 내리면 페르디난드에게 또 무슨 말을 들을까. 나는 얌전히 프랑의 제안에 따르기로 했다.

"알겠습니다. 얌전히 쉴게요. 겨울 동안 새로 인쇄한 책을 가지고 와 주세요."

침대에서 책을 읽고 싶다고 요구하자, 프랑은 한숨을 한 번 내쉬고 "꼭 쉬셔야 합니다." 하고 주의하면서 책을 가지고 와 주었다.

다음 날부터는 오랜만에 규칙적인 신전 생활이 시작되었다. 아침에 일어나 식사를 하면 봉납 가무와 페슈필을 연습하고, 세 점 종에 신관장실로 이동해서 페르디난드의 일을 돕는다.

"로제마인 님, 신관장실에 가실 시간입니다."

페슈필 손질과 정리를 로지나에게 맡기고, 나는 프랑, 잠, 모니카와 함께 신관장실로 향했다. 호위 기사 두 사람도 함께 갔다. 안게리카는 평소처럼 문과 하나가 된 듯 호위 임무를 했고, 다무엘은 페르디난드에게 지시받은 업무를 처리했다. 꽤 오랫동안 신전을 비운 탓에 페르디난드는 눈코 뜰 새 없이 바빠 보인다.

"신관장님, 바쁜 와중에 죄송해요. 상업길드의 길드장이 이걸 보냈어요. 조속히 상담했으면 하는데…….

나는 구스타프의 편지를 페르디난드에게 내밀었다. 그 편지에는 에렌페스트 외의 영지에는 하수도와 같은 시설이 설치되어 있다는 내용이 쓰여 있었다. 그것은 귀족가의 화장실에 있던 그 점액질 물체를 이용한 방법인 듯하다. 이미 몇십 년 전에 빌멍뇌었고, 그것이 유행하여 다른 영지에서는 핫세의 작은 신전을 지을 때처럼 극적인 마술 리모델링이 실시되었다고 한다. 생활에 지장이 없다면 에렌페스트의 평민촌도 개조하는 편이 좋을지도 모른다. 다만, 영주만 다룰 수 있는 마술이므로 자신들끼리 판단하기 어렵다는 말로 끝맺어 있었다.

"귀족가에는 도입한 상태인 걸 보면 에렌페스트의 평민촌만 다른 곳보다 발전이 수십 년 늦은 셈이네요."

"……그런 것 같군. 이 안건은 성에 넘기는 편이 좋겠다."

그곳 귀족가는 언제 개조했는가, 그때 사용한 설계도가 있는가, 같은 시설을 평민촌에 설치하려면 마법이 얼마나 필요한가, 여력은 있는가 등 조사가 필요한 사항을 페르디난트가 조목별로 써서 올도난츠용 마석과 함께 내게 내밀었다.

"엘비라와 샤를로테에게 보내라. 나는 그대의 후견인으로서 보좌하는 것 이상은 이 안건에 관여하지 않겠다. 책임자는 엘비라다."

나는 그것을 받아들고, 엘비라와 샤를로테 앞으로 올도난츠를 보냈다. 샤를로테와 그 측근들이 열심히 조사해 주리라.

'나도 도서실에서 조사나 하고 싶은데. 쳇.'

네 점 종이 울리고, 방에 돌아가서 점심을 먹었다. 그 뒤 각처에 보낼 편지를 쓰면서 신의 은총이 고아원에 돌아가는 시간을 기다렸다. 모니카가 "준비가 끝났다고 합니다."라며 돌아왔기에 모니카와 길, 그리고 호위 기사를 대동해서 고아원으로 향했다.

모니카와 길이 활짝 열어준 문 너머에는 고아원 식당이 있고, 회색 무녀들이 무릎을 꿇고 기다리는 것이 보였다.

"빌마, 겨울 동안 밀린 보고를 하세요. 다른 사람들은 각자 자기 일로 돌아가고요."

나는 그렇게 지시하고, 빌마에게 보고를 들었다. 콘라트가 오기 전까지 특별한 변화는 없었던 모양이었다. 약한 감기에 걸린 아이가 있었지만, 심해지지 않았고 금방 나았다고 한다.

"콘라트의 상태는 어때요?"

"귀족으로 자란 콘라트가 고아원에서 잘 지낼 수 있을까, 저와 다른 회색 무녀들도 걱정했었는데 전혀 문제가 없었습니다. 첫날은 긴장해서 굳어 있었지만, 디르크가 붙어 다니며 이것저것 가르쳐 주기도 해서 지금은 잘 웃게 되었습니다."

걸음마도 제대로 못 하거나 이제 겨우 기기 시작한 유아와 세례를 받고 공방에서 일하는 선습생밖에 주위에 없었던 디르크는 함께 뛰어놀 수 있는 콘라트를 크게 환영했다고 한다. 지금도 여기저기 뛰어다녀서 델리아가 둘을 쫓아다니느라 여간 고생이 아니라고 한다.

"직접 보고 싶으니까 콘라트와 디르크를 불러주세요."

"알겠습니다."

빌마가 근처에 있는 회색 무녀에게 눈짓을 보내자 회색 무녀가 식당 구석에서 그림책을 펼쳐놓고 놀고 있는 아이들을 부르러 갔다.

디르크가 적갈색 머리카락을 휘날리듯 벌떡 일어났고, 콘라트의 손목을 잡아끌며 오는 모습이 보였다. 둘의 뒤에서 따라오는 사람은 델리아였다.

"로제마인 님, 부르셨습니까?"

"네. 콘라트의 상태를 보러 왔어요. 콘라트. 고아원은 어때요? 밥은 맛있나요? 잠도 잘 자고요?"

콘라트는 필린느와 비슷한 연녹색 눈동자를 가늘게 뜨고 웃었다. 그리고 주위를 돌아본 뒤 밤색 머리를 살짝 끄덕였다. 이전에는 학대당하는 느낌이 있었는데 지금은 주변을 대하는 두려움이 옅어져 있

었다.

"네. 맛있어요. 그리고 그림책과 장난감이 많아서 즐거워요."

콘라트의 옆에는 디르크가 있다. 디르크의 적갈색 머리카락은 뒤에서 대기하는 델리아와 빼닮았고, 검정에 가까운 진한 갈색 눈동자가 장난기 있는 빛을 머금고 있다. 과거에 자존심이 강했던 델리아의 표정과 너무 닮아 보였다. 남매지간처럼 자라면 서로 닮아가는 걸까 하는 생각마저 들었다.

"디르크가 콘라트에게 이것저것 가르쳐줬다면서요? 고마워요, 디르크. 두 사람이 친한 친구가 된 것 같아서 안심했어요."

디르크와 콘라트가 얼굴을 마주 보며 웃는 것을 본 뒤 나는 둘의 뒤에서 무릎을 꿇고 있는 델리아에게로 시선을 옮겼다. 투리와 마찬가지로 델리아도 이제 더는 어린아이가 아닌 소녀라고 불릴 나이가 되었다.

"델리아. 고생이 많겠지만, 둘을 잘 돌봐 주세요."

"네. 맡겨 주십시오."

델리아가 웃으며 맡아 주었다. 나는 안심하며 고아원을 나와 공방으로 이동했다.

"길, 프리츠를 불러 줘요. 영지에 제지 공방을 늘리는 사안으로 할 얘기가 있어요."

프리츠를 호출하고, 에렌페스트 내의 몇몇 지역에서 제지업이 시작된다는 것과 한 번에 여러 지역에 파견할 사람을 골라 달라고 선했다.

"한 번에 여러 지역에 보내시게요?"

"네. 종이를 제작할 공방을 최대한 늘리고 싶은데 일크너처럼 1년에 걸쳐 여유롭게 특산품 개발에 집중하는 것이 아니라 이미 있는 비율로 종이를 만드는 방법을 가르치기만 할 예정이에요. 일크너에서도 장인을 보내주기로 했어요."

기원식 때 핫세에서 회색 신관 세 사람을 소환할 테니 핫세에서 불러들일 인원에 요청이 있다면 말할 것, 일크너에 출장을 간 적이 있는 경험자를 한 명 포함해서 네 명으로 짠 출장팀을 두 팀 만들어 달라고 했다.

"현지에서 준비를 마치는 순서대로 보낼 거예요. 내 기수로 이동하고, 식물지 협회나 인쇄 협회 설립을 맡을 인원을 플랑탱 상회에서도 파견해 주기로 했으니 생활면에서는 그다지 걱정할 건 없겠죠."

"기간은 얼마나 걸립니까?"

"한 달에서 두 달 정도 걸릴 예정이에요. 식물지의 기본인 포린지를 만들 줄 알게 되면 바로 다음 공방으로 출발할 겁니다. 아, 그렇지. 아힘과 에곤도 투입시키세요. 제지업을 보급하는 김에 그림 계획도 추진하고 싶거든요."

내가 잠든 동안에 회색 신관을 타 지역에 파견할 수 없었던 탓에 그림(Grimm) 계획은 중지되어 버렸다. 그래서 제지업과 인쇄업을 보급하는 김에 이야기 소재도 모아오길 바랐다.

"플랑탱 상회에도 얘기를 전달해서 포상금을 준비해 두도록 하겠습니다."

"새로운 책을 만들려면 새로운 이야기가 필요하니까 최대한 많이 모아왔으면 좋겠어요."

프리츠는 피식 웃으면서 구텐베르크 파견에 그림 계획을 끼워 넣자는 나의 계획을 긍정해 주었다. 그때 길이 아주 조금 걱정스러운 표정으로 나를 보면서 "신관장님께 야단맞지 않으셔야 할 텐데……."라고 중얼거렸다.

"길, 그런 불길한 소리는 꺼내면 안 돼요. 쉿!"

다음 날은 겨울 성인식이다. 이른 아침부터 준비가 시작되었다. 나는 신전장의 의식용 의상으로 차려입고, 겨울 귀색인 머리 장식을 꽂고 예배실로 향했다.

"호위 기사는 저기서 대기하고 있으세요."

에크하르트가 서 있는 벽 쪽을 가리키자 안게리카의 파란 눈동자가 험악해졌다.

"예배실 안이라고 위험이 전혀 없다고 단정할 순 없습니다. 저를 예배실 안까지 동행하게 해 주십시오. 호위를 곁에서 떼어내시면 위험합니다."

신전의 청색 신관 중에도 경계 대상이 있다고 배웠는지 안게리카는 얼굴에 불만을 드러냈다. 하지만 규칙은 규칙. 관습이라고 말하면 그만이지만, 내 멋대로 바꿀 수도 없는 노릇이니 하는 수 없다.

"신관장님과 상담해서 규칙을 바꿀 수 있는지 검토해 볼게요. 오늘은 포기하세요."

"……네."

마지못해 고개를 끄덕인 안게리카가 다무엘과 에크하르트와 나란히 섰다.

프랑의 유도로 문 앞에 서서 기다리길 잠시. 예배실 안에서 "신전장, 입실." 하고 페르디난드의 목소리가 들렸다. 그와 동시에 회색 신관들이 문을 열었다. 제단과 늘어선 청색 신관이 오른쪽, 새내기 성인이 왼쪽에 보였다.

나는 프랑이 건네준 성전을 품에 안고, 예배실로 발을 디뎠다. 뎅뎅거리는 수많은 종소리와 놀라움에 가득 찬 술렁거림을 들으며 나는 제단을 향해 걸음을 옮겼다. 청색 신관이 성량을 줄이는 마술구를 사용하고 있어서 몇몇 새내기 성인들이 놀라움에 목소리를 높여도 속닥이는 음량으로만 나온다. 그런 작은 목소리에서도 비슷한 말들은 내 귓속에 똑똑히 박혔다.

"아, 엄청 작은 신전장이다."

"진짜 축복을 내리는 신전장이 돌아왔어. 정말 작네."

'작다는 말을 몇 번을 하는 거야! 유레베 때문이란 말이야. 조만간 클 거야!'

나는 마음속으로 반론하면서 겉으로는 아무것도 못들은 척 태연한 얼굴로 걸었다. 새내기 성인들의 속닥임은 작다는 말이 전부가 아니었다.

"우와. 정말 귀족도 길베르타 상회의 머리 장식을 쓰는구나."

"우리가 쓰는 것과는 비교도 안 될 정도로 화려해."

내 머리에 꽂은 머리 장식을 본 여성들의 그런 속닥임이 들려왔다. 머리 장식이 얼마나 유행했는지 둘러보고 싶은 충동에 사로잡혔지만, 억지로 참았다. 그건 높은 제단에 올라가서 봐도 늦지 않다.

나는 옷자락을 밟아 넘어지지 않게 조심히 계단을 올랐다. 제단 위에 성전을 놓고 펼치자, 페르디난드가 맑은 목소리로 신화를 읊기 시작했다. 그 목소리를 들으면서 나는 천천히 예배실 안을 둘러보았다.

세례식은 사람으로 새로이 태어났음을 의미하는 흰색 베이스 의상을 입지만, 성인식 의상은 그 계절의 귀색을 토대로 한 의상을 입는다.

겨울이면 빨강 아니면 흰색이다. 흰색은 너무 추워 보여서일까, 눈앞에 서 있는 새내기 성인은 빨간 의상이 많았다. 그리고 대부분 여성의 머리에는 머리 장식이 꽂혀 있었다. 내가 투리를 위해 처음 만들었던 것처럼 작은 꽃을 모은 머리 장식 외에도 꽃이 조금 크거나 공들인 장식을 쓴 사람도 있었다.

겨울 끝물에는 아직 꽃이 피는 시기가 아니라서 숲에서 장식으로 쓸 꽃을 따올 수가 없다. 프리다가 세례식 때 꽃으로 치장할 수 있어서 기쁘다고 했던 기억이 떠올랐다. 그때는 머리 장식을 쓰는 사람이 거의 없었는데 내가 잠든 사이에 완전히 정착한 모양이다.

'길베르타 상회, 노력하고 있구나.'

2년이란 세월의 흐름을 실제로 보고 감탄의 한숨을 내쉬는 사이에 내 차례가 되었다. 새내기 성인에게 축복을 줄 때다.

"그럼 신에게 기도를 올립시다. 신에게 기도를!"

청색 신관들에 이어 새내기 성인이 일제히 손발을 들어 기도를 올렸다. 나는 그 모습을 돌아본 뒤 반지에 마력을 담아 축복을 내렸다.

"흙의 여신 게두르리히 생명의 신 에이비리베여. 나의 기도를 듣고 새로운 성인의 탄생에 당신의 축복을 주소서. 당신께 그들의 마음과 기도와 감사를 바치오니 거룩한 가호를 내려주소서."

빨강과 하얀빛이 가득한 축복을 내리면 행사는 끝이다. 페르디난드의 "축복을 받은 그대들의 출발은 밝을 것이다."라는 말과 함께 문이 열리고, 새내기 성인들은 줄줄이 예배실을 나갔다.

'혹시 왔을까?'

기대하며 문 쪽을 쳐다보자, 그곳에는 나를 보면서 눈물을 머금은 아빠와 엄마의 모습이 보였다. 두 사람 모두 2년 사이에 조금 늙은 것 같았다. '나는 괜찮아. 잘 지내고 있어.'라고 알 수 있게 싱긋 웃어 보이자, 아빠가 고개를 크게 끄덕였다.

'어?'

아빠와 엄마는 있지만, 투리와 카밀의 모습이 없다.

'왜 안 왔지? 혹시 어디 아픈가?'

매우 걱정이 되었지만, 물어볼 사람이 없다. 다음에 루츠가 투리를 만났을 때 슬며시 물어보기로 마음을 먹고, 겨울 성인식을 끝냈다.

슈바르츠와 바이스의 의상

성인식이 끝난 후부터 봄 세례식이 열리기까지 약 일주일간은 신전에서 빈둥거리며 보내면 된다. 업무량은 신전이 더 많지만, 음모가 도사리는 분위기나 긴장감에 휩싸이지 않아도 되어서 마음은 편하다.

오늘은 오후부터 책을 읽을 예정이다. 신관장실에서 업무를 도우면서 들뜬 미음으로 내 짐 종이 울리길 기나리는데 페르디난드가 말을 걸었다.

"로제마인, 오늘 오후에 예정이 있는가?"

"네. 책을 읽으려고요."

"흠. 딱히 없다니 잘 됐군."

'아니, 잠깐만 있어 봐! 나 방금 무슨 예정인지 말했지!?'

"예정이 있다니까요! 책을 읽을 예정이요. 똑바로 들어 주세요."

"그건 예정 축에 들지 않는다. 도서관 마술구의 의상 의논이 먼저다."

'멋대로 우선순위 바꾸지 말아 줘!'

그렇게 소리치고 싶었지만, 슈바르츠와 바이스의 의상은 내가 페르디난드에게 부탁한 입장이다. 독서가 더 중요하다고 주장했다가 '그럼 알아서 해라'라고 그가 손을 놓았을 때 곤란한 사람은 그 누구도 아닌 나다. 패배감에 빠져 고개를 툭 떨구었다. 그 동작을 수긍으로 받아들였는지 페르디난드는 "좋아."라고 조그맣게 중얼거렸다.

"장소는 그대의 공방이다. 재료와 자료를 들여놓아야 하니 문을 열어놓아라."

"······예이."

네 점 종이 울리고, 방으로 돌아와 점심을 먹은 나는 페르디난드가 시킨 대로 비밀의 방에 언제든지 들어올 수 있게 문을 열어뒀다. 오후부터 읽으려고 했던 책이 꽂힌 책장을 미련 섞인 눈빛으로 바라보며 "하아. 책을 읽고 싶었다고요." 하고 투덜거렸다.

"내일은 읽을 수 있으셨으면 좋겠군요. 내일모레는 길베르타 상회의 면담이 있으니까요."

쓸쓸하게 웃는 프랑에게 위로를 받으니 기분이 조금 좋아졌다. 내일모레는 새로운 머리 장식을 주문하기 위해 투리를 불러서다.

"그러고 보니 머리 장식 외에 또 뭘 주문하시나요?"

의상은 성의 시종들과 상담하면서 정하시지 않나요? 하고 모니카가 의아한 표정으로 물었고, 나는 의기양양하게 대답했다.

"엘라의 결혼 축하 선물로 줄 머리 장식과 도서위원 완장이요."

"······완장이란 건 어떤 물건입니까?"

"이런 거요."

나는 투리에게 보여 주려고 종이에 실물 크기로 그린 완장 패턴을 쫙 펼쳤다. 덧붙여서 말하자면 '도서위원'이라는 글자는 명조체로 넣었다. 다른 사람들은 이게 도통 무슨 글인지 전혀 모르리라. 하지만 도서위원이 된 기분에 취하고 싶은 나는 너무 기쁘다.

투리에게 색깔이 다른 완장을 네 개 부탁할 생각이다. 먼저 나, 그리고 슈바르츠와 바이스, 마지막으로 새로 사귄 친구, 한넬로레가 쓸 몫이다. 한넬로레에게는 책벌레 동지로서 꼭 함께 도서위원을 해 주길 바랐다. 싫어한다면 포기해야겠지만 한넬로레가 슈바르츠, 바이스와 맞춘 완장을 차고, 도서위원으로 활동하면 너무 잘 어울릴 것 같다.

"2학년이 되면 친구와 귀족원에서 도서위원으로 활동할 거거든요. 우후훗, 기대⋯⋯응?"

도서위원 얘기를 조잘거리는데 하얀 새가 벽을 통과해서 들어왔다. 새는 방 안을 빙 돌더니 날개를 퍼덕이며 책상 위에 앉았다.

"로제마인 님, 엘비라입니다. 샤를로테 님께서 정리하신 저번 질문에 대한 답변을 보내드립니다."

엘비라의 목소리로 올도난츠가 세 번 반복했다. 그러자 또 다른 하얀 새가 날아와서 책상 위에 편지가 되어 떨어졌다. 나는 그 편지를 쭉 훑어보았다.

80년 정도 과거에 영지 대항전에서 드레반헬이 점액성 물질을 이용한 하수도 제작과 이용 방법을 발표했었다고 한다. 그리고 드레반헬의 영주가 자신의 영지에 이를 도입하여 오물 냄새가 없어졌다는 점, 처리가 쉬워진 점 등을 영주 회의에서 발표하였고, 귀족원 기숙사에 도입하도록 허가를 내려 달라고 왕에게 청원했다.

왕의 허가가 떨어지고, 드레반헬의 기숙사에는 하수를 처리하는 하수도와 점액성 물질이 설치되었다. 그리하여 오물을 사방에 뿌리던 습관이 사라졌고, 드레반헬 기숙사 주변은 아름답고 깨끗해졌다. 이를 본 중앙이 그 권리를 사들여서 귀족원과 왕성을 극적인 리모델링으로 아름답게 하였고, 드레반헬을 칭찬했다.

이후부터 각 영지에서 극적 리모델링이 유행하기 시작했다. 영주 회의에서 신청하여 권리금을 내고, 허가를 받아야 실시할 수 있기 때문에 각 영지에 도입하는 데는 수년 단위의 기간 차이가 발생한다. 당연히 이 유행도 윗물에서 아랫물로 흐르기 마련. 당시에 소영지와 나란히 최하위에서 다섯 손가락에 들었던 에렌페스트는 허가를 늦게 받았다. 드레반헬이 도입하고부터 10년 넘게 지나서야 겨우 극적 리모델링이 가능하게 되었다.

하지만 일은 그리 쉽게 풀리지 않았다. 허가가 떨어진 시기가 나빴다. 아렌스바흐의 영주 딸이 시집오면서 차기 영주로 꼽히던 영주 후보생이 영지 내의 혼란을 방지하고자 직할지의 땅을 부여받고 그레첼 백작으로 강등된 직후였다. 우수한 영주 후보, 그의 처, 영주 후보생으로 자란 그의 자식들, 모두가 에렌페스트의 마을에서 나가게 되었고, 그 시기에 일시적으로 영주 일족의 마력량이 대폭 떨어졌었다.

쓸 수 있는 마력의 양이 줄어도 귀족 사회에서는 품위 유지가 중요하다. 에렌페스트는 우선 다른 영지 사람이 제일 먼저 보는 귀족원 기숙사를 개조했다. 그리고 그 몇 년 뒤에 영주의 성을. 또 몇 년 뒤에는 귀족가를. 그러나 여력이 있을 때 고치자는 생각에 평민촌은 방치했다. 안타깝게도 에렌페스트에는 여력이 없었다. 그렇게 그대로 시간이 흐르고 말았다.

심지어 평민촌을 정비하지 못한 이유마저 잊혀졌다. 그 시절을 아는 세대가 점점 줄고 있으니 질베스타에게 상담해 보겠다는 말로 샤를로테의 편지가 끝맺어져 있었다.

"지금까지는 주목받는 상품이 없어서 다른 영지에서 찾아오는 상인이 없었기 때문에 다행이었지만, 앞으로는 몰려올 테니까 어떻게든 손을 봐야겠네요."

'하지만 지금도 마력이 여유롭진 않잖아.'

성과 귀족원의 극적 리모델링에 썼던 설계도는 영주만 다룰 수 있는 창조마법에 속하는 자료라서 영주 전용 자료실에 있다고 한다. 질베스타의 문관에게 확인하도록 시켰다고 한다.

'그래서 도서실의 자료 목록을 작성한 내가 몰랐구나. 그쪽 자료실도 출입 허가를 받고 싶네.'

"로제마인 님, 신관장님께서 오셨습니다."

"네."

나는 샤를로테의 편지를 정리하면서 페르디난드를 비밀의 방으로 들이게 했다. 페르디난드의 시종들이 목상자 세 개를 품에 안고 공방으로 들이왔다. 시종들이 빠져나가고, 공방에는 페르디난드, 유스톡스, 에크하르트, 나와 안게리카, 다무엘, 이렇게 여섯만 남았다. 어쨌거나 내가 혼약한 몸이라서 귀족의 시종이나 호위도 없이 독신인 페르디난드를 만나면 안 되어서다.

"사람이 이렇게나 있으니까 조금 좁네요."

"내 공방은 여기보다 더 좁고, 마력의 양 제한으로 그대밖에 못 들어오는데 어쩌겠는가. 그리고 이것도 최소한의 인원이다. 성에서 조합했으면 문관에 시종까지 붙어서 더 많아질 게다."

성가시다는 듯이 그렇게 말하며 페르디난드가 유레베를 제조할 때도 봤던 마법진이 그려진 천을 펼치고, 소재로 보이는 물건들을 잇달아 꺼내기 시작했다. 아무렇게나 끄집어낸 소재들을 유스톡스가 부지런히 목상자에 채워 넣었다.

에크하르트는 이미 지시를 받았는지 가져온 문서함에서 자료를 꺼내어 작업대 위에 펼쳤다. 아무래도 힐쉬르와 페르니난느의 연구 결과를 정리한 자료인 듯하다.

"에크하르트 오라버니, 자료 봐도 돼요?"

"나중에 싫다고 해도 보게 될 테니 머리 치워. 방해돼."

페르디난드의 명령을 수행 중인 에크하르트는 평소보다 몇 배는 더 무정하다. 나를 몰아내더니 계속해서 자료를 펼쳤다.

"로제마인 님, 다들 바쁠 때는 방해하시면 안 됩니다. 이럴 때는 한 발짝 물러서서 기다리시면 됩니다. 그러면 순조롭게 준비가 끝날 테니까요."

안게리카는 가만히 있어 주는 것이 가장 큰 도움이라고 부모가 한 말을 알려 주었다. 오호라. 그러고 보니 생각해 보면 두뇌를 쓰는 얘기를 할 때면 안게리카는 한 발짝 뒤에서 모두를 지켜보며 온화한 미소를 짓고 있었다. 무관한 척 하고 싶을 때면 한 걸음 물러서서 미소를 짓는 듯하다. 안게리카에 관한 이상한 지식이 또 늘었다.

"신관장님, 준비가 되면 불러 주세요."

공방에 있어도 할 일이 없고, 준비가 끝날 때까지 방해꾼 취급만 당할 바에야 예정대로 책을 읽기로 했다. "기다리는 시간에 책을 읽다니." 하고 안게리카는 경악했지만, 모두가 준비하는 동안 공방 구석에서 몰래 신체강화 훈련에 집중하는 안게리카에게만큼은 듣고 싶지 않았다.

"먼저 이걸 보아라."

작업대로 쓰는 책상 위의 자료를 가리키며 페르디난드가 그렇게 말했다. 나는 먼저 결례를 용서해 달라고 하고, 의자 위에 무릎을 세워 목을 쑥 내밀어 자료를 들여다보았다. 복잡한 마법진을 개별로 커다랗게 그려놓은 종이가 열 장, 그리고 모든 마법진을 합쳤을 때의 디자인을 그린 거대한 종이가 한 장 있었다. 무엇을 의미하는지 전혀 알 수 없는 마법진을 앞에 두고, 안게리카가 눈을 반짝였다.

"페르디난드 님, 제 망토에도 이 마법진을 새겨 넣어도 됩니까!?"

개량한 마법진은 저작권이 있는 개발자의 허가가 필요한 듯하다. 안게리카의 부탁에 페르디난드는 어이없다는 표정을 지었다.

"……계산기는 못 쓰면서 자수는 할 수 있느냐?"

"할 수 있습니다. 하겠습니다. 이 마법진은 정말 훌륭합니다. 제 망토에 새겨 넣을 수 있게 허락해 주십시오."

안게리카의 눈이 눈부시게 반짝인다. 새겨 넣게 해 달라고 간청하는 모습은 바느질을 좋아하는 사랑스러운 아가씨나 다름없다.

"의상 제작에 도움이 되면 그때 허가하마. 이쪽 자수를 도와라."

"맡겨 주십시오."

'안게리카, 안습 미소녀인 줄 알았는데 의외로 여성스러운 데가 있네. 내가 지고 있다니.'

안게리카에게 지고 있다는 사실에 어깨가 처진 내게 페르디난드는 설명을 이었다.

"도서관 마술구의 의상에는 보호 마법진이 복잡하게 새겨져 있었다. 그건 알고 있겠지?"

"네."

"힐쉬르와 나는 기존의 물건을 개량하는 연구에는 성공했다. 지금부터는 새로운 의상 제작에 들어갈 거다. 소재를 모으고, 조합해서 재료를 만들어야 해."

사실 힐쉬르처럼 슈바르츠와 바이스 자체를 연구하고 싶은 마음은 굴뚝같지만, 의상 제작이 최우선이라고 페르디난드가 중얼거렸다. 나는 그 말에 진심으로 찬성했다. 본인 연구는 의상을 만든 다음에 느긋하게 해 줬으면 했다. 연구가 끝났다고 의상 제작에 나 몰라라 하면 곤란하다.

"소재를 모은다면 또 채집하러 떠나야 하는 거예요?"

"아니. 소재는 내가 가지고 있는 것을 쓰면 된다. 채집에 시간을 뺏기면 다음 귀족원 기간에 늦어. 마력을 물들이고, 마법진을 새길 실과 마력을 담는 마석을, 마술구의 주인인 그대의 마력을 만들어야 한다."

마법진으로 활용하려면 마법진을 수놓을 때 쓸 실에도 나의 마력이 필요하고, 내 마력을 담을 마석도 필요하다고 한다.

"……너무 많은 소재를 제공하면 신관장님의 부담이 커지지 않나요?"

"새 의상과 교환해서 지금까지 착용했던 헌 의상을 주면 된다. 옷에 달린 마석 개수가 같고, 실과 천도 연구하고 싶으니까."

그쪽이 목적이라고 말하는 듯한 페르디난드의 미소에 나는 지금까지 슈바르츠와 바이스의 이전 옷이 왜 없는지 깨달았다. 분명 새 의상을 만들면서 사용한 소재를 회수하거나 전임자의 마술을 연구하려고 분해했음이 틀림없다.

"단추만이라도 기존에 달려 있던 마석을 쓰면 안 되나요?"

단추만이라도 재사용한다면 소재를 아낄 수 있고, 조합할 필요도 없다. 시간과 마력을 절약할 수 있지 않을까? 그런 나의 제안에 페르디난드는 고개를 가로저었다.

"쓸 수는 있지만, 마력의 효율성을 고려하면 본인 물건으로 바꾸는 편이 낫지. 다른 사서와 달리 그대는 언제든지 귀족원에 갈 수 있는 입장이 아니지 않으냐. 조금이라도 효율적인 마석으로 해 두어라. 도중에 멈추는 마술구면 불편할 테니까."

페르디난드의 말에 나는 고개를 끄덕였다. 봄부터 가을까지 몇 번은 마법 공급을 핑계로 귀족원 도서관에 책을 읽으러 갈 생각이지만, 내가 찾아가기 전에 슈바르츠와 바이스가 멈춰 버리면 낭패다. 갑자기 움직임을 멈추면 솔랑쥬가 놀라고, 슬퍼하리라.

"의상 제작은 제일 먼저 마법진을 수놓을 때 쓸 실을 준비하는 단계부터 시작한다. 주인인 그대가 수놓아야 하니까 시간이 필요하겠지?"

"네!? 제가 전부 수놓아야 해요!?"

주인인 내가 수놓아야 한다는 말에 머리가 새하얘졌다. 힐쉬르는 에렌페스트 전체가 대응할 과제가 될 거라고 말했기에 자수와 같은 세밀한 작업은 재봉에 특출한 여자아이에게 부탁할 생각이었다.

"이쪽의 가짜 마법진 자수는 다른 사람이 해도 문제는 없다. 주인인 그대는 이 마법진만 수놓으면 돼."

"이것만이라니…… 어마어마하게 많잖아요!"

페르디난드가 개별로 그려진 열 장의 마법진을 가리키자 나는 진저리를 쳤다. 하나만 봐도 복잡하고, 눈이 핑 돌 정도로 세밀한데 그것을 열 개나 내년 겨울까지 수놓으라니 어림도 없다. 내게는 그럴 시간이 없다.

"이래 보여도 개량으로 합쳐진 마법진도 있으니까 줄어든 편이다. 그리고 그 마술구에는 이만큼의 보호가 있어야 해. 주인의 역할이다. 똑바로 해."

"자수 말고 물들이면 안 돼요!? 마력으로 물들여도 효과는 같잖아요."

자수보다 차라리 그러는 편이 나을 것 같다. 그렇게 주장하자 페르디난드는 잠시 생각하더니 고개를 가로저었다.

"자수가 가장 확실히 천에 마법진을 고정할 수 있지. 염색은 염료가 번져서 세밀한 도안을 그리기 어려울뿐더러 마력 농도가 높은 잉크를 써야 해서 실보다 마력 낭비가 심해."

"……그럼 '유젠'*처럼 염료가 번지지 않게 '풀'을 바르면 어떨까요?"

"유젠……? 풀은 또 대체 무엇이냐?"

"방염제인데요……."

유젠이라는 단어에 쌀풀이 떠올랐다. 하지만 쌀풀은 여기서는 불가능하다. 대체용이 필요하다.

'쌀이 어려우면 찹쌀을 쓴 풀도 안 되겠지? 잠깐만. 유젠은 못하겠는데!? 음…… 여기에서 바로 구할 수 있는 물건이 뭐가 있지?……아! 납결염색이라면 가능하겠어!'

쩔쩔매는 속마음이 드러나지 않게 웃어 보였다.

"가장 설명하기 쉽고, 조달이 쉬운 건 밀랍이네요."

"밀랍이라면 신전에서 조명으로 쓰는 초 말인가?"

시종이 많은 성의 대강당처럼 넓은 장소에서는 초와 밝기를 증폭하는 마술구를 쓰지만, 개인의 방에서는 대부분 마술구 조명을 쓴다. 내게는 평민 시절부터 익숙한 조명이지만, 페르디난드에게는 신전에서 쓰는 물건인 모양이다.

"열로 녹인 밀랍으로 선을 그어요. 식으면 밀랍이 굳잖아요? 그 밀랍이 염료가 번지는 걸 막아줘요."

"호오. 밀랍에 그런 용도가 있었습니까?"

흥미진진한지 유스톡스의 눈이 가늘어졌다. 평민촌의 지식이라고

---

* 유젠(友禅) 일본의 전통 염색법

짐작했는지, 재미있어하는 표정을 짓고, 목소리가 들떠 있다. 이대로 는 다른 용도를 찾겠다고 평민촌을 쏘다닐 듯하다.

'큰일이다! 최대한 빨리 길베르타 상회에 알려야겠어!'

"제게 자수 능력은 아예 없지만, 마력은 약을 먹고 회복하면 어떻게 든 돼요. 염색합시다. 자수는 겨울 전까지 끝낼 자신이 없어요."

신전 업무에 인쇄업으로 너무 바쁘다. 깨작깨작 자수나 하고 있을 시간 따위 없다.

"신부수업이라고 생각하고 분발해."

"……혼약 파기할래요. 시집가지 않으면 연습하지 않아도 되겠죠."

"어리석은 녀석. 그럴 수 없는 입장인 줄 뻔히 알면서 그러는가?"

"알아요. 한번 말해봤어요."

"그런 별생각 없는 말 한마디가 발목을 잡기도 한다. 말을 할 때는 생각을 좀 하고 뱉거라."

나는 알겠다고 대답하면서 마법진이 그려진 종이 한 장을 집었다.

"……펜으로 그려도 이렇게는 못 그려요. 정말 자수는 자신이 없어 요. 제가 이렇게 세밀하고 복잡한 작업을 해낼 턱이 없어요. 마력으로 염색할 때 쓰는 염료는 있죠?"

"흠. 마력이 남는 염료라……. 피로 물들이면 되겠군."

페르디난드가 무표정으로 무시무시한 말을 중얼거렸다. 계약 마술 을 맺을 때마다 피를 뽑혔던 평민 시절을 떠올린 나는 단숨에 핏기가 가셨다.

"그런 무섭고 아픈 거 싫어요!"

"농담이다. 왕족의 마술구에 피로 물들인 옷을 입히면 외적으로나 소문으로나 썩 좋지 않겠지."

"신관장님이 말하면 농담으로 들리지 않아요."

"하지만 마력이 피와 필적하는 잉크를 조합하려면 어마어마한 마력이 필요할 게다."

"상관없어요. 자수를 놓는 것보다 나아요."

"그렇게 호언장담할 정도로 마력이 많은 로제마인 님이 부럽습니다."

자기는 마력을 압축해도 내 발 끝에도 못 미친다며 다무엘이 조그맣게 신음했다. 그런 다무엘의 한탄을 콧숨 한 번으로 흘러 넘기면서 나는 끈질기고, 완고하게 페르디난드에게 잉크를 만들자고 졸랐다. 내가 모든 마법진을 수놓다니 무리다. 이건 절대 물러설 수 없다.

"제게 자수를 시키면 에렌페스트는 망신당할 거예요."

"협박인가? 못 말리겠군……. 그대는 정말 예상대로 움직여주지 않는구나."

잔소리를 들었지만, 자수만 피하면 나의 승리다. 나는 주먹을 불끈 쥐었다.

마술구 잉크

잉크를 만들기로 결정하고, 페르디난드의 조합 강의가 시작되었다.

"마목과 마수와 같은 마물에서 채집한 소재에는 속성이 있다. 초록은 물의 속성이고, 다른 속성도 신들의 귀색과 같다. 그건 알고 있지?"

"네. 1학년 이론 수업에서 배운 내용이죠?"

초록이 물의 속성, 파랑이 불의 속성, 노랑이 바람의 속성, 빨강이 흙의 속성, 하양이 생명의 속성, 검정이 어둠의 속성, 금색이 빛의 속성이다. 귀족원 1학년 때 신의 이름과 함께 외웠는데 나는 성전을 읽어서 알고 있었다. 이것은 각 탄생 계절과도 관계가 있어서 학생들도 대부분 아는 내용이다.

"그래. 그리고 재질에 따른 특성도 신들과 통한다."

"그건 2학년 과정이죠? 참고서를 만들려고 예습해서 똑똑히 기억해요."

물의 속성이라면 치유, 세정, 변화 등의 효과가 있다. 불의 속성은 공격, 증폭, 육성 등. 바람의 속성은 방어, 속도, 지식 등. 흙의 속성은 수용, 인내, 확산 등. 각각 신의 특성과 비슷한 효과가 나온다고 한다. 흙의 속성은 다른 어떤 속성과도 잘 섞이고, 상성이 나쁜 속성끼리 섞을 때 완충재로도 쓰인다든지, 생명의 속성은 기본적으로 어느 속성과도 반발력이 일어서 잘 섞이지 않는다고 교과서에 나와 있었다.

그 외에 여러 속성을 가진 사람이 있듯이 소재 중에도 여러 속성을 가진 물건이 있다. 잘 반발하는 속성은 소재 단계에서 양쪽 속성을 가진 물건을 쓰면 조합이 잘 된다고 한다.

"소재에도 마력을 수용하는 용량에 차이가 있기 때문에 조합으로 축적되는 마력의 양이 다르다. 속성의 개수와 마력의 양이 많은 고품질 소재를 손에 넣고 싶으면 마력이 높은 마물에서 채집해야 한다는 건 알고 있지?"

유레베에 쓸 소재를 얻으려고 강한 마수와 싸웠던 기억을 떠올리고, 나는 고개를 끄덕였다. 약한 마수에서 얻은 마석과 강한 마수에서 얻은 마석은 질이 천지 차이다.

"앞으로 만들 잉크에 그대의 마력을 정착시키려면 그대의 마력을 제대로 수용할 속성과 마력 용량을 가진 소재가 필요하다. 그리고 잉크는 지혜의 여신에 속하는 마술구이니까 바람의 속성이 가장 강해야 해."

그렇게 말하면서 페르디난드는 목상자를 뒤적이기 시작했다. 본래 예정했던 실을 물들이는 물건과는 전혀 다른 조합을 해야 하는 모양이다.

"최대한 마력 용량이 큰 마목의 노란 소재에 효과를 증폭시키는 파란 소재를 넣고, 내성을 높이는 빨간 소재를 넣어 둘까……."

페르디난드는 정체를 알 수 없는 말라비틀어진 나무뿌리와 액체가 든 병, 가루를 나열했다. 나는 그걸 봐도 무엇이 어떤 속성이며 어떤 기능이 있는지 전혀 알 수 없었다.

"신관장님, 소재의 속성을 어떻게 알아내요?"

"속성은 이 마술구로 알 수 있지."

페르디난드가 원반처럼 생긴 물건을 가져왔다. 원반은 방사상 형태의 일곱 색깔로 나뉘어 있고, 중심에 지름 5㎝ 정도의 일곱 가지 색깔로 빛나는 신기한 금속 접시가 올라가 있다. 접시 테두리에서부터 3㎝ 정도의 간격마다 선이 그어져 있어서 언뜻 보면 다트판처럼 생겼다.

"여기에 소재를 올리면 된다. 해 보아라."

시키는 대로 나는 말라비틀어진 나무뿌리 끝을 살짝 쪼개서 마술구의 접시 위에 올려보았다. 원판 중심에 있는 접시에 나무뿌리 조각을 올린 순간, 노란색 부분으로 빛이 길게 뻗기 시작했다. 동시에 파란 부분이 짧게 빛났다.

"으악!? 빛났어. ……아, 이건 그러니까, 바람의 속성이 강하고, 불의 속성도 약간 있다는 뜻인가요?"

"그렇다. 그리고 이 빛이 어떻게 뻗느냐로 소재의 속성마다 마력의 용량을 잴 수가 있지."

가장 작은 원 안에서 빛이 멈추면 그 속성은 마력 용량이 적고, 빛이 길게 뻗을수록 크다고 한다. 이 나무뿌리는 바깥쪽 원 아슬아슬하게 노란색 빛이 뻗었으니까 바람의 속성은 상당히 많은 양의 마력을 담을 수 있는 셈이다.

"재미있네요. 그럼 이건……."

다음으로 가루의 속성을 알아보려고 내가 손을 뻗자, 그 즉시 페르디난드에게 잡혀서 제지당했다.

"기다려, 로제마인. 일단 접시를 세척해야 정확하게 잴 수 있다. 그대는 대충하는 구석이 있으니까 반드시 주의하도록."

슈타프를 꺼낸 유스톡스가 얼른 접시를 씻어 주었다. 그리고 깨끗해진 접시를 다시 중앙에 놓았다.

"신관장님, 저도 그 세척 마술을 배우고 싶어요. 엄청 편해 보여요."

"시종에게 시키면 된다. 그대는 너무 스스로 움직이려고 해. 주변 사람의 일거리를 빼앗지 말도록."

"……공방에 틀어박혀서 실험할 때는 신관장님도 스스로 세척하시잖아요."

유스톡스가 자기도 신전 공방에는 들어가지 못한다고 했었다. 내가 볼을 뾰로통하게 부풀리며 항의하자, 페르디난드가 몹시 귀찮다는 듯이 손을 저었다.

"기사라면 알고 있을 테니 나중에 다무엘에게 배우든지 해라. 지금은 시간이 아깝다."

"저기 페르디난드 님. 제가 가르쳐드립니까?"

난처해하는 다무엘에게 페르디난드가 무슨 당연한 말이냐는 얼굴로 고개를 끄덕였다.

"호위 기사가 두 사람밖에 없는 상태에서 어느 쪽이 잘 가르칠지 생각하면 답은 금방 나오지 않느냐?"

"맞습니다. 다무엘은 정말 대단합니다. 제게 이론을 가르쳐 줬으니까요."

안게리카가 뺨을 물들이며 수줍은 듯 다무엘을 칭찬했다. 마치 공부를 가르쳐 준 가정교사에게 홀딱 빠진 소녀의 표정이지만, 속지 말자. 안게리카는 본인이 하기 싫은 일은 최선을 다해 회피하고 있는 것뿐이다.

이론을 가르치는 과정에서 안게리카의 표정에 더는 속지 않게 된 다무엘은 가볍게 한숨을 내쉬며 안게리카에게 "너한테 맡기지 않을 테니 안심해."라고 중얼거렸다.

"신관장님, 이 액체는 뭐예요? 기름인가요?"

병을 흔드니 액체가 걸쭉하게 움직이기에 별 생각 없이 물어보았다. 양질의 기름이라면 잉크 공방에 정보를 공유하고 싶어서였다.

"그래. 쿠르아이제라는 마목에서 얻을 수 있는 기름이다."

"……쿠르아이제라면 혹시 아이제의 상위종이 아닌가요?"

"그렇긴 하다만, 아이제를 아는가? 1학년생인 그대는 아직 채집과 조합 수업도 듣지 않았을 텐데? 나도 가르친 기억이 없는 마목을 어떻게 아느냐?"

평민일 때 컬러 잉크를 만들겠다고 사용했던 기름 중의 하나가 아이제였다. 쿠르아이제가 상위종이라면 마력 용량은 달라도 비슷한 성질을 띨 디이다.

"아이제는 바람의 속성이 강하죠?"

"……그렇다만."

"그렇다는 말은 아마인유는 불의 속성, 미슈는 물의 속성, 페도는 흙의 속성이 강할까요?"

"갑자기 무슨 말을 하는지 도무지 모르겠군. 질문을 하려면 내가 알 수 있게 설명해라."

페르디난드의 째려보는 눈빛에 나는 구텐베르크의 잉크 공방에서 만드는 컬러 잉크를 설명했다. 뜻하는 대로 색깔이 나오지 않았고, 고생해서 어찌어찌 경향을 파악했다고.

"흠. 그건 틀림없이 속성에 좌우되고 있어서다. 마력이 강하고, 마석을 채집할 수 있는 존재를 마물이라 부르는데 마력이 가득한 땅에서 서식하는 것에는 비록 양의 차이는 있지만, 마력을 가지고 있지. 평민도 예외는 아니다. 그래서 그들도 마력을 가장 많이 함유한 피로 계약 마술을 맺을 수 있지."

"그랬군요."

그렇다는 말은 이 속성을 알아보는 마술구가 잉크 공방에 있으면 하이디의 잉크 연구가 더 진척되지 않을까?

"신관장님, 이 마술구는 얼마예요?"

"파는 물건이 아니다. 갖고 싶으면 스스로 만들어."

"이것도 직접 만드신 거예요!? ……제 거도 만들어 주세요."

"거절한다. 미량의 마력에 반응하도록 마력의 질을 똑같이 맞추고, 모든 속성의 순수한 속성만을 추출하는 과정이 얼마나 어려운 줄 아느냐. 만드는 방법은 알려줄 테니 직접 만들어."

페르디난드가 엄청 어렵다고 하면 정말 어려우리라. 도전하기 전에 포기하기로 했다. 있으면 편리하겠지만, 없어도 잉크 연구는 할 수 있다.

'미안, 하이디. 나는 이렇게 어려운 마술구를 만들 여유가 없어.'

"그나저나 비록 질 나쁜 소재뿐이었다고는 해도 평민이 그만한 재료를 모아서 확신을 가질 정도의 결과가 나올 때까지 연구했다니 놀랍구나."

"우후후훗, 우리 구텐베르크들은 정말 우수하답니다."

내가 구텐베르크를 자랑하자, 유스톡스가 피식 웃으면서 설명을 덧붙였다.

"구텐베르크의 잉크 장인인 하이디에게 잉크란 로제마인 님의 책과 같다고 들었습니다. 로제마인 님께서 키우신 구텐베르크는 각자의 재능에 특화한 자들의 집단입니다."

"흠. 방향성이 다른 로제마인이 몇이나 있다는 말인가. 납득했다."

'납득했다고!?'

"잡담은 여기까지 하고, 잉크를 만들자. 지금부터 만드는 건 계약 마술에 사용할 용도로 평민 상인이 판매하는 잉크를 재구성한 것이다."

벤노가 갖고 있던 계약 마술용 잉크는 평민의 피에 내포된 미량의 마력에도 반응하도록 제작자의 마력을 일단 마석에 옮겨서 속성과 갖가지 색조를 빼낸 마력으로 만들었다고 한다.

"은근히 번거로운 순서로 만들어지네요."

귀족은 마술구 펜을 써서 본인의 마력으로 작성하기 때문에 이 잉크를 쓸 필요가 딱히 없다는 말을 듣고 머릿속이 번뜩였다.

"……마술구 펜으로 천에 직접 그리면 잉크가 없어도 되지 않을까요?"

"아니. 효과를 최대치까지 높이려면 천에도 그대의 마력을 배야 한다. 그러면 같은 마력끼리 섞여 버려서 마법진이 효력을 잃는다."

설명을 들어도 잘 모르겠지만, 마력이 섞이지 않게 하기 위한 점도 높은 잉크가 필요한 모양이다. 아울러 천보다 잉크에 마력의 농도를 높여 둘 필요가 있나 보다.

"잘 모르겠지만, 시키는 대로 할게요."

마술구 잉크 만들기도 유레베를 만들 때와 기본은 같다. 순서대로 소재를 넣고, 조합용 막대기로 휘휘 젓기만 하면 된다. 저번과 다른 점은 조합용 마술구를 쓰지 않고, 슈타프를 변화시킨 조합용 도구를 쓰는 점이다.

"나이프로 이걸 잘게 잘라라. 슈타프를 변형시키는 방법은 기억하지?"

귀족원에서 배운 걸 벌써 잊지는 않았겠지, 하고 페르디난드가 째려보자, "기억하고 있어요."라고 대답하면서 나는 슈타프를 소환했다.

"메서."

슈타프를 나이프로 변형시키고, 시키는 대로 나무뿌리를 잘게 잘랐다. 이런 말라비틀어진 나무뿌리가 나이프로 잘릴까 불안했지만, 마력으로 잘라서인지 손에 힘을 싣지 않아도 잘 잘렸다. 신이 나서 다지기 기술을 해봤더니 "조합은 처음이실 텐데 칼질이 능숙하시네요."라고 안게리카가 말했다.

"처, 처음은 아니에요. 페르디난드 님을 도운 적이 있거든요."

"서류뿐만 아니라 조합까지 도우십니까? 대단하세요."

'유레베도 만들었지만, 다지기는 우라노 시절과 평민 시절 때 배운 요리 경험 덕분이죠.'

우후훗 하고 웃으며 얼버무리자, 안게리카 외에 내가 평민 출신임을 아는 다른 사람들은 하나같이 어이없는 듯한 시선을 보냈다. '어리석은 녀석' 하고 페르디난드의 목소리가 들리는 듯했다.

소재 다듬기를 끝낸 뒤에 "류켄." 하고 외쳐서 슈타프를 원래대로 되돌린다. 그리고 저울로 양을 재고, 모든 재료가 준비되면 조합이 시작된다.

"오늘은 이 조합 냄비로 충분할 거다."

페르디난드가 꺼낸 것은 작은 편수 냄비처럼 생긴 조합 냄비였다.

"제일 먼저 가장 품질이 높고 기본이 되는 소재를 넣어라."

"네."

우선 조합 냄비에 다진 나무뿌리를 넣었다. 그다음 "바이멘." 하고 외쳐서 슈타프를 혼합용 막대기로 변형시킨다. 버릇처럼 내 키보다 큰 막대기로 바꾼 나를 보고, 페르디난드가 관자놀이를 눌렀다.

"멍청하긴. 이 작은 냄비에 그렇게 큰 막대기를 어떻게 쓰려고 그러는가. 더 짧고 쓰기 편한 크기를 머릿속에 떠올려."

"예이."

다시 정신을 가다듬고 수정했다. 한 번 "류켄."이라고 외쳐서 슈타프로 되돌린 뒤 냄비 크기에 맞춘 막자 같은 작은 막대기로 변형시켰다.

휘적휘적휘적휘적……. 휘적휘적휘적휘적…….

"저번처럼 걸쭉하게 녹으면 다음 소재를 넣어도 돼요?"

"그래. 이 순서대로 넣어라."

페르디난드의 손길로 작업대 위에는 넣는 순서대로 재료가 나열되었다. 기본이 되는 나무뿌리를 넣은 다음에는 쿠르아이제 기름을 넣고 잘 섞는다. 그리고 잉크에 들어갈 마력을 증가시켜줄 파란 속성의 가루를 넣고, 잉크를 천에 정착시키는 빨간 속성의 액체를 조금 넣는다고 한다. 마력 농도를 높이기 위해 마지막으로 마석에 마력을 과하게 넣었을 때 만들어지는 금색 가루를 넣는다.

휘적휘적휘적휘적……. 휘적휘적휘적휘적…….

소재의 문제인지, 아니면 슈타프를 변형한 막대기의 효율이 좋은 건지, 다듬은 소재가 의외로 빨리 녹기 시작했다. 나는 걸쭉해진 액체 속에 쿠르아이제 기름을 넣고, 계속해서 저었다.

휘적휘적휘적휘적……. 휘적휘적휘적휘적…….

파란 가루를 넣고, 다시 저었다. 액체를 퐁당 넣고, 마냥 저었다. 제법 많은 마력이 빼앗기고 있는 감각이 들었다.

휘적휘적휘적휘적……. 휘적휘적휘적휘적…….

"신관장님, 신체 강화를 했는데도 기력이 빠지는데요……."

"이제 금방 끝난다. 그대가 잉크를 만들겠다고 했으니 참아라."

페르디난드가 그렇게 말했을 때 걸쭉해진 액체 표면이 순간 강한 빛을 발했다.

"완성된 건가요?"

"아니. 이것으로 마지막이다. 그대의 마력으로 만든 가루니까 마력 농도가 높아지겠지."

페르디난드가 시키는 대로 금색 가루를 넣고 휘적휘적 저었다. 잠깐 저었더니 다시 표면이 빛났다.

"완성됐군. 흘리지 않게 조심해서 이 병에 옮겨 담아라."

페르디난드의 지시대로 나는 완성된 잉크를 병에 옮겨 담았다. 벤노와 계약할 때 썼던 계약 마술의 잉크와 똑같은 파란 잉크가 완성되었다. 스스로 만든 잉크에 점점 흥분되기 시작했다.

"신관장님, 시험 삼아 써 봐도 돼요?"

"번짐이 얼마나 심한지 파악해야 하니까 써 보거라."

나는 공방을 나가서 프랑에게 잉크를 써 보고 싶으니 필요 없는 천이 없는지 물어보았다. 보통 쓰지 않는 천은 없지만, 걸레 같은 천이라도 좋으니 한 장 달라고 하자 프랑이 바로 가져와 주었다.

공방으로 돌아와서 작업대 위에 천을 펼친 나는 그 위에 막 완성된 파란 잉크로 선을 그었다. 쓱 하고 선이 그어졌다. 놀라울 정도로 깔끔한 선이 생겼다. 잠시 지켜보아도 번짐이 없다. 오히려 잉크가 봉긋 부풀어 올랐다. 우라노 때 써 봤던 팝콘펜과 비슷하다.

"이건 뭐지?"

"……안 번지네요. 이거라면 굳이 방염제가 없어도 괜찮겠어요."

납결염색에 쓸 수 있게 유연성이 있고, 잘 부러지지 않는 밀랍을 루츠에게 준비하도록 하고, 밀랍 만들기부터 시작할까, 아니면 쌀풀 대용으로 쓸 수 있는 제품을 개발할까…… 하고 머릿속으로 생각했던 고민이 단숨에 해소되었다.

"안심하기는 이르다. 그대의 마력을 머금은 천으로 시험해 보지 않으면 정말 번짐이 없는지 아닌지 모르는 법이야."

페르디난드가 미간에 깊은 주름을 새긴 곤란한 표정으로 살짝 부풀어 오른 잉크의 선을 노려보았다.

"……뭐가 그렇게 불만스러우세요?"

"불만이 아니다. 내 예상과 다른 물건이 완성되어서 당황한 거지."

내게는 새로 완성된 밥콘잉크가 시간이 지나 똑 하고 벗겨지지 않으면 성공인데, 페르디난드는 전혀 이해하지 못한 모양이다.

"로제마인, 이 천을 마력으로 물들여라. 마력으로 물들인 천에서도 이런 상태가 되는지 봐야겠다."

"신관장님, 잉크를 만드는 데 마력을 써 버려서 좀 피곤한데요."

그냥 성공했다고 치자, 라는 심정이 얼굴에 드러났나 보다. 아주 잠깐 걱정스럽게 내 안색을 살피던 페르디난드가 한쪽 눈썹을 씰룩였다.

"그럼 약을 마셔. 금방 회복할 거다."

"할게요. 할게요."

억지로 미치도록 맛없는 약을 먹을 바에야 조금 더 힘내는 편이 낫다.

휘적휘적휘적휘적……. 휘적휘적휘적휘적…….

나는 페르디난드가 냄비에 잇달아 재료를 던져 넣는 동안 계속해서 저었다.

표면이 번쩍 빛나며 완성된 빨간 액체에 시험 삼아 쓴 부분을 잘라서 크기가 절반이 된 천을 집어넣었다. 순식간에 천이 냄비의 액체 속으로 빨려 들어갔다.

"엄마야!?"

그러나 냄비 속의 빨간 액체를 흡수해야 할 천은 색깔이 변하지도 않을뿐더러 젖지도 않았다. 작업대 위에 올려놓은 신을 그은 천과 똑같은 상태로 보였다.

"하나도 변한 게 없어 보이는데 정말 마력에 물든 걸까요?"

"그래. 만져 보면 안다."

내가 천을 집어서 꺼내려고 하자, 천 전체가 옅게 빛났다.

"우와!"

"그대의 마력으로 물들였기 때문에 그대의 마력에 가장 크게 반응하지. 물론 다른 사람의 마력에도 반응한다. 이렇게 마력으로 물들여 놓으면 마법진을 수놓을 때 마력의 흡수도 잘 되고, 효력도 오르지."

"호오⋯⋯."

천을 마력으로 물들이는 과정 자체는 그렇게 어렵지 않았다. 안게리카와 다무엘도 자기 망토를 자신의 마력으로 물들인 듯했다.

"그 잉크를 쓸 수 있는지 어떤지 써 보아라."

나는 팝콘 잉크를 써 보았다. 선을 긋는 감각도 일반 천과 다르지 않았고, 시간이 지나자 부풀어 오르는 현상도 같았다.

"⋯⋯괜찮아 보이는데요."

"어째서지?"

어리둥절하다는 듯이 페르디난드가 내 손에서 펜을 뺏어 들더니 자신의 마력으로 선을 그었다. 잉크가 아주 살짝 윤곽을 삐져나가는 것 같았다. 부풀어 오르지도 않았다.

"신관장님이 선을 그으니까 아주 조금 번지네요. ……왜 이렇죠?"

"글쎄다. 에크하르트, 써 봐라."

에크하르트가 "네!" 하고 대답하고 선을 긋자, 또렷이 번졌다. 부푼 부분도 전혀 없다. 유스톡스도 재미있어하며 쓰고 싶어 하기에 펜을 건네줬다. 그가 그은 선도 번졌다. 에크하르트보다도 심하게 번진 것 같다. 페르디난드의 표정이 더욱 심각해졌다.

"안게리카, 다무엘. 그대들도 해 보거라."

"네."

안게리카, 다무엘로 갈수록 번짐은 더욱 심해졌다. 다무엘이 제일 심각했다. 천 위에 그은 팝콘펜과 먹물 정도의 차이가 났다.

"이거 혹시 쓰는 사람의 마력의 양이 달라서 그럴까요?"

"아니면 마력 속성이나 질……. 자세히 조사해 보지 않고서는 모르겠군. 로제마인. 이 잉크를 가져가도 되겠나?"

페르디난드의 연구 욕구가 발동했나 보다. 어차피 소재는 페르디난드의 물건이었고, 신전 생활에 악영향이 없는 한, 공방에 틀어박혀도 딱히 문제는 없다.

"꼭 식사는 하시고 공방에 틀어박힐 것과 내일 세 점 종에는 공방에서 나온다고 약속해 주면 허락할게요."

페르디난드는 또 귀찮은 일을 시킨다며 노려봤지만, 그를 공방에서 끌어내기 위해 동원되는 건 사절이다. 나는 나의 독서 시간을 철저히 지키고 싶었다.

"하는 수 없지. 유스톡스, 시종들에게 식사 순비를 시켜라. 그동안 나는 최대한 업무를 끝내마. ……다무엘, 이곳 정리를 맡기겠다."

"네!?"

느닷없는 지명에 깜짝 놀라는 다무엘을 내버려 두고, 페르디난드는 잉크가 든 병을 들더니 유스톡스와 에크하르트를 데리고 부리나케 공방을 빠져나갔다.

"……왜 제가?"

"안게리카는 도구를 거칠게 다룰 것 같았나 보죠."

"하긴 귀족원에서도 힐쉬르 선생님께 자주 혼났었는데, 페르디난드 님이 그걸 어떻게 알고 계실까요?"

'안게리카를 잠깐만 지켜봐도 누구나 알 수 있지 않나?'라는 생각은 마음속에만 담아두고, 나는 다무엘을 쳐다보았다.

"내게 세척 마술을 가르치라는 뜻이었겠죠."

"그러고 보니 그런 말씀을 하셨군요."

나는 그대로 공방에서 다무엘에게 세척 마술을 배웠다. 슈타프를 소환하고, 마력을 담으면서 "바셴." 하고 외기만 하면 끝이라서 딱히 어렵지도 않았다.

"물의 속성이 없으면 상당한 마력이 필요해지지만, 로제마인 님께는 해당이 안 되는 얘기죠."

다무엘이 그렇게 말하며 가볍게 고개를 가로저었다. 지금은 마력 압축 덕분에 마력이 증가해서 나아졌지만, 예전에는 세척하기도 벅찼던 모양이다.

"그럼 이쪽 도구를 한 번에 씻어 버릴까요?"

나는 작업대를 바라보면서 슈타프에 마력을 담았다.

"바셴!"

그 순간, 폭포처럼 물이 떨어지더니 단숨에 공방 전체가 물로 가득 찼다. 갑작스러운 물살에 휩쓸리듯 몸이 붕 뜨고, 아래위도 모를 정도로 몸이 춤을 춘다. 눈을 크게 뜨고, 정신없이 꼬로록하고 물속에서 허우적거리는 사이 물이 점차 사라졌다.

공중에 떠 있던 내 몸은 중력에 이끌려 낙하했다. 마침 그곳에 다무엘이 있었다. 다무엘도 물살에 휩쓸렸었는지 천장을 보는 자세로 누운 상태였다.

"크헉!"

배로 나를 받은 다무엘이 신음했다. 연신 콜록거리면서도 "다치지 않으셨습니까?"라고 물을 수 있는 다무엘은 호위 기사의 거울이다.

"켈록! 켈록!"

안게리카도 생각지 못한 물 공격에 눈을 희번덕거리며 기침을 해 댔다. 이미 물은 사라지고, 옷도 머리카락도 젖지 않았지만, 물에 빠진 감촉만 남았다. 나는 얼마 전에도 체험했다.

"로제마인 님, 대체 물을 얼마나 소환한 겁니까?"

내게 짓눌린 채 축 늘어진 다무엘이 나를 가볍게 쏘아보았다. 나는 슬쩍 시선을 피했다.

"마력의 양으로 소환하는 물의 양이 이렇게 다를 줄은 처음 알았어요. 앞으로 조심할게요."

'세척 마술, 무시무시해라.'

"로제마인, 미안하다만 오후에 예정이 없으면 공방에 들어가도 되겠는가?"

"네?"

다음 날, 세 점 종 때 업무를 도우러 가니 페르디난드가 그렇게 말했다.

공방에서 가져간 잉크로 이것저것 실험해 보려고 어젯밤 내내 공방에 틀어박혔던 페르디난드가 다양한 종이와 천, 목패에 시도해 본 뒤에 한숨 자고 일어났더니 선이 전부 사라져 있더라고 했다. 내 공방에 놔두고 온 천은 어떻게 됐는지 궁금해서 잔뜩 기다린 듯했다. 공방을 나오기로 한 약속을 지킨 사실에 감동했던 마음이 옅어진다.

"잉크가 사라졌다고요? 공방에 들어가도 상관은 없지만…… 만약에 잉크가 사라졌으면 못 쓰겠죠?"

"이 잉크를 쓰지 못하면 허튼짓 말고, 얌전히 자수를 넣으면 그만이다. 아무 문제도 없어."

'그게 싫어서 잉크를 만들었는데! 너무해!'

오늘도 독서 시간을 뺏기고, 오후부터 또 공방이다. 독서 시간이 사라져서 슬프지만, 나 역시 잉크가 어떻게 됐는지 궁금했기에 함께 공방에 들어갔다.

어제 정리한 공방 안은 깨끗했고, 다무엘이 시험 삼아 썼던 천을 목상자에서 꺼내왔다. 그가 꺼내온 천은 아무것도 쓰여 있지 않은 상태로 바뀌어 있었다. 모두가 한 번씩 그어보며 번졌던 그 많은 선들이 깡그리 사라져 있다.

"정말 사라졌네요."

'Nooooo! 이러면 자수 결정이잖아.'

자수에 소비하게 될 시간을 떠올리고, 머리가 아찔해짐을 느끼면서 나는 천을 집으려고 했다. 내 손이 닿은 순간, 천이 희미하게 빛나며 선이 떠올랐다. 어제 그었던 모든 선이, 빈지는 부분까지 포함해서 뚜렷이 보였다.

"이게 뭐지?"

영문을 모르겠다는 듯이 한쪽 눈을 가늘게 뜨며 천을 응시하는 페르디난드에게 나는 천을 펼쳐 보이면서 천천히 고개를 저었다.

"신관장님이 모르는 것을 제가 알 턱이 있나요."

주위 사람들이 동의하듯이 고개를 끄덕인다. 유스톡스는 페르디난드와 마찬가지로 흥미진진한 표정으로 천을 바라보며 입을 열었다.

"페르디난드 님이 만지셔도 변하지 않았다는 건 로제마인 님의 마력에만 반응해서 나타나나 봅니다. 로제마인 님, 잠깐 제게 주실 수 있으시겠습니까?"

유스톡스에게 천을 넘기자, 선이 사라졌다. 내가 다시 잡으면 다시 선이 떠올랐다.

"그대의 마력이 담긴 마석이라면 반응하는 건가? 그렇다면 잉크로 쓸 수는 있겠군. 이 잉크로 마법진을 그리려고 하면 그대 외에는 못한다는 것이 확실해졌지만……. 그나저나 대체 뭐가 어떻게 된 건지……."

"신관장님, 고찰과 실험을 하시려거든 본인이 직접 잉크를 만들어서 시험해 주시겠어요? 일일이 제게 협력을 구하는 것도 귀찮으실 테고요."

조합 소재를 준비해서 분량을 잰 사람은 페르디난드다. 직접 잉크를 만들어서 만족할 만큼 실험하면 그만이다. 나는 이 잉크로 마법진이 작동한다면 나머지 일이야 아무럼 좋았다.

"그것도 그렇군. 방해해서 미안하다."

'솔직히 연구에 미친 박사에게 휘둘리다간 내 몸이 남아나지 않거든.'

나는 예정했던 대로 책을 읽기 시작했다.

유젠 염색이 생각난 김에 내일 길베르타 상회에 가르쳐 볼까 싶었다. 나는 쓰지도 못하고 끝나겠지만, 새로운 염색법이 생긴다면 염색 장인인 엄마에게 도움이 될지도 모른다.

길베르타 상회에 의뢰하다

새로운 연구 재료가 생긴 페르디난드는 업무를 돕는 시간만 빼고 온종일 공방에 틀어박혔다. 네 점 종이 울림과 동시에 업무를 끝낸 페르디난드가 공방에 들어갔다. 에크하르트는 페르디난드의 건강을 걱정했지만, 하루에 한 끼는 먹는다고 하니 죽지는 않으리라.

"하지만 저렇게 계속 틀어박히시면……."

"봄 세례식이 끝나면 성으로 이동해야 하는데 그때까지는 연구하게 내버려 두세요. 신전 업무가 밀린 것도 아니고, 밥을 아예 굶는 것도 아니니까 누구 하나 곤란한 사람이 없잖아요. 일주일 정도는 내버려 두지 그래요?"

그렇게 말하면서 나는 석판과 석필을 정리했다. 어차피 나도 일주일 정도 독서 시간을 갖고 싶던 참이다. 그렇게 생각하는데 에크하르트가 조금 불만스럽게 나를 노려보았다.

"로제마인, 넌 의외로 페르디난드 님께는 무르단 말이야. 오빠인 내 마음고생보다 페르디난드 님의 연구 욕심이 더 중요하냐?"

"딱히 신관장님께 무르지 않아요. 제 사정 때문이에요. 신관장님이 연구하지 않으면 슈바르츠와 바이스의 의상이 완성되지 않잖아요."

내게는 내 예정이 있으므로 에크하르트를 적당한 타이밍에 내버려 두고 방으로 돌아왔다. 오늘은 오후부터 길베르타 상회가 오기 때문에 점심을 먹으면 고아원 원장실로 이동해야 한다.

"길, 프리츠. 부탁한 물건은 준비됐나요?"

"네. 점도가 높고, 유연성이 낮은 밀랍과 점도가 낮고 유연성이 높은 밀랍, 하이디의 색깔 잉크, 그리고 물 끓인 냄비, 붓, 솔, 정착액을 묻힌 천, 긴 젓가락, 전부 준비했습니다."

길과 프리츠에게는 길베르타 상회가 공방에 출입할 수 있게 준비를 시켰다. 설명만으로 분명 이해하지 못할 터라 실제로 납결염색을 보여 줄 생각이다.

"두 사람 다 고마워요. 길베르타 상회가 오면 그때 또 부탁할게요."

"알겠습니다."

대략의 회의를 끝내자 길은 길베르타 상회를 맞이하러 문으로 향했고, 프리츠는 공방으로 돌아갔다. 나는 방에서 가져온 물건이 빠지지 않았는지 확인하면서 프랑이 따라준 차를 마셨다.

잠시 뒤 길이 길베르타 상회 멤버들을 데리고 왔다. 2층으로 올라온 사람은 오토와 코린나, 테오, 레온, 투리 다섯 명이었다.

투리는 나와 눈이 마주친 순간, 뺨을 물들이며 기쁜 듯이 웃었다. 그것만으로도 왠지 매우 기뻤다. 여전히 투리는 나의 천사다.

"로제마인 님의 부름을 받고 찾아뵙습니다."

나의 거래 상대인 오토, 코린나, 투리가 앞줄, 보좌하는 입장인 테오와 레온이 뒷줄에 서서 내 앞에 무릎을 꿇었다.

테오는 오토의 오른팔 같은 존재다. 마르크가 벤노의 업무를 보좌하듯이 오토를 보좌한다. 나는 만난 적이 없지만, 입성하려고 오토와 함께 프랑에게 예절을 배웠기 때문에 이 자리에는 익숙한 사람이다.

레온은 내가 청색 견습 무녀였던 시절부터 교류가 있었던 길베르타 상회의 다프라다. 예전에는 루츠와 함께 행동했었지만, 길베르타 상회와 플랑탱 상회가 분리되면서 레온은 공방에 출입하지 않게 되었기 때문에 굉장히 오랜만이다. 그 무렵은 성인이 된 직후라서 아직 얼굴이 앳되었는데 어엿한 어른이 되어 있었다.

장황한 귀족의 인사를 끝낸 뒤 나는 문뜩 생각이 나서 가슴 앞에서 오른쪽 주먹을 왼쪽 손바닥에 맞댔다. 벤노와 마르크가 가르쳐 준 상인끼리의 봄 인사다. 오늘은 사업 얘기를 나눌 예정이라 왠지 모르게 생각나서 인사해 보았다.

"해설(解雪)에 축복을. 봄의 여신이 위대한 은총을 내려주시길."

오토가 깜짝 놀라 눈을 휘둥그렇게 뜨더니 이내 피식 웃으며 마찬가지로 가슴 앞에서 오른쪽 주먹을 왼쪽 손바닥에 맞댔다.

"해설에 축복을. 봄의 여신이 위대한 은총을 내려주시길."

다른 네 사람도 오토에 이어 같은 대사를 했다. 투리가 당연한 듯 상인의 인사를 하는 모습이 내 눈에는 매우 이상하게 보였다.

"앉으세요. 의뢰할 것이 많답니다."

나는 길베르타 상회 멤버들에게 자리에 앉기를 권하고, 프랑에게 차를 내오게 했다. 오토와 코린나, 투리가 자리에 앉고, 테오와 레온이 그 뒤에 섰다. 차향이 방에 물씬 퍼질 때쯤에 모니카가 과자를 내왔다. 나는 그것을 한입씩 먹고, 들기를 권했다. 오늘은 사업 얘기를 나누며 간단하게 먹을 수 있는 쿠키다. 단 과자를 먹고 황홀하게 미소를 짓는 투리를 보며 나는 만족했다. 그런 나를 본 코린나의 표정이 부드러워졌다.

"로제마인 님, 오늘은 길베르타 상회에 어떤 의뢰를 하시려고 하십니까? 머리 장식 외에도 있다고 들었습니다만……."

싱긋 웃으며 고개를 갸웃거리는 코린나에게 나는 엘라의 머리 장식을 주문했다.

"내 전속 요리사가 여름 별 축제에 나가게 됐어요. 그때 머리에 꽃을 장식을 만들어 줬으면 해요. 비록 내 전속이지만, 엘라는 평민입니다. 너무 고가의 선물을 주면 부담스러울 테고, 의상과도 어울리지 않겠죠?"

"그러네요."

"그리고 전속 요리사로 나를 따라 귀족가에 갔던 탓에 엘라는 성인식에 참가하지 못했어요. 부모에게 처음 예복을 입은 모습을 보여드리는 날이고, 별 축제에서는 남편의 친척들도 보겠죠. 투리, 봄에 태어난 엘라에게 어울릴 만한 머리 장식을 하나 장만해 주지 않겠어요?"

투리는 고아원에서 요리 교실도 열고, 겨울에 먹을 돼지고기 가공 작업을 함께 해서 엘라를 안다. 분명 어울리는 장식을 마련해 주리라.

"알겠습니다. 전 엘라와 면식이 있으니 맡겨 주십시오."

투리가 의뢰를 맡아 줘서 안심했다.

"저번 겨울 성인식 때 제단 위에서 내려다보니 머리 장식 종류도 다양해지고, 여성들이 거의 머리 장식을 달고 있어서 감탄했어요. 길베르타 상회의 노력으로 마을 전체에 퍼졌나 보네요."

그렇게 말하자 투리가 살짝 자신만만하게 웃었다.

"저도 행사 행렬 때마다 머리 장식을 단 여성들이 날로 늘어나는 모습을 보고 있습니다. 어떤 장식이 가장 인기가 많은지 조사하면서 만들고 있어요. ……저번 겨울 성인식은 남동생을 보느라 보지 못했지만요……."

"동생에게 무슨 일이 있나요?"

나는 신전 출입구에 투리와 카밀이 보이지 않아서 걱정했었다. 혹시나 어디 아픈가 싶어서.

"아닙니다. 제 남동생은 이번 봄에 네 살입니다. 부모님이 계속 안고 있어야 하는 갓난아기나 아장걸음을 걸을 때면 몰라도 부모 몰래 신전에 숨어 들어갈 수 있는 아이는 집에 두고 가야 합니다. 세례도 받지 않은 아이가 신전에 들어가면 안 되니까요."

'그러고 보니 나도 투리의 세례식에 못 가게 했었어.'

내게는 카밀이 부모님에게 안겨서 문 앞까지 왔던 기억이 있어서 그렇게 깊이 생각하지 않았는데 생각해 보면 신전은 세례 전 아이의 출입이 금지되어 있다. 즉, 나는 세례식 전까지 카밀을 못 보는 셈이다. 실망이다.

"부모님이 겨울 성인식에 꼭 가고 싶다고 해서 제가 집에서 동생을 보고 있었습니다. 일이 쉬는 땅의 날이라 다행이었습니다. 다른 계절에 열리는 성인식이었다면 곤란했겠지요."

투리가 쓸쓸하게 웃었다. 내가 정말 건강해졌는지 아빠와 엄마가 확인할 수 있게 투리는 카밀을 돌본 것이 틀림없다.

'하긴 서너 살 아이를 혼자 집에 두고 나갈 순 없지.'

앞으로는 카밀을 두고 신전에 오기도 쉽지 않으리라. 행사 때 아빠와 엄마의 모습을 보는 기회도 줄어들 터이다.

'루츠와도 비밀의 방에서 못 만나게 됐고, 성장한 카밀을 힐끗 쳐다볼 수도 없게 되니까 좀 쓸쓸해.'

투리가 여러 차례 입을 빼끔거린 끝에 나를 위로하는 듯한 표정으로 입을 열었다.

"저기, 로제마인 님. ……핫세로 이동하는 호위 의뢰를 받았다고 아버지에게 들었습니다. 신전장님의 호위 임무는 문지기 병사들에게 아주 인기가 많아서 기뻐했습니다. 저도 감사드립니다."

투리의 말에 나는 깜짝 놀라 고개를 치켜들었다. 올해는 핫세에서 회색 신관을 데리고 돌아와야 하므로 병사를 고용하기로 했었다. 아무래도 핫세의 작은 신전에서 아빠를 만날 수 있을 것 같다. 기분이 조금 상승했다.

"귄터가 이끄는 병사는 회색 신관과 회색 무녀에게도 친절하거든요. 그래서 안심하고 맡길 수 있어요. 잘 부탁한다고 귄터에게 전해 주세요."

투리가 "잘 알겠습니다."라고 안심한 듯 웃었다. 나는 그 미소에 힐링을 느끼며 완장 형지를 꺼내어 테이블 위에 펼쳤다.

"그리고 이것을 길베르타 상회가 제작해 줬으면 해요."

완장 패턴을 응시하던 모두가 일제히 의아한 표정을 지었다.

"로제마인 님, 이게 대체 무엇입니까?"

말투는 공손했지만, 나를 쳐다보는 투리의 반신반의한 파란 눈동자는 '또 무슨 이상한 짓을 하려고?'라고 말하고 있었다. 이상한 짓은 아니지만, 거의 정답이다. 도서위원의 필수 아이템이다. 나는 형지를 팔에 둘러서 사용 방법을 설명했다.

"완장은 조직에 소속하고 있음을 나타내는 표시라고 생각해 주세요. 이건 '도서위원'이 두르는 완장이에요."

"……꼭 장례식 때 두르는 천 같네요."

투리가 조금 난처한 표정을 지으며 그렇게 말했다. 장례식 때 두르는 천이라고 해도 나는 그게 무엇인지 모른다. 이곳 풍습일까?

"장례식, 이요?"

"네. 장례식에 참가하는 사람은 팔에 검은 천을 두릅니다. 저걸 보니 그게 떠오르네요."

'장례식 같아서 보기에 좀 그런가? 어쨌거나 검은색만 아니면 되겠지?'

완장을 포기하는 선택지는 없다. 나는 차림새만이라도 도서위원이 되고 싶다. 슈바르츠와 바이스나 한넬로레와 똑같이 맞추고 싶다.

"검은색도 아니고, 글자 부분에 자수도 들어가니까 장례식 같지는 않을 거예요. 완장은 팔에 이렇게 둘러서 여기를 핀으로 고정하면…… 아, 요한에게 '안전핀'을 만들라고 해야겠네요."

일단 형지를 손에서 놓고, 나는 서자판을 꺼내서 '요한에게 안전핀 주문'이라고 메모했다. 기원식을 치르러 하르덴첼에 가기 전에 구텐베르크와도 한 번 회의해야겠다.

내가 생각에 잠기자, 투리가 어이없는 표정으로 형지에 적힌 글자를 가리켰다.

"로제마인 님, 로제마인 님. 이 이상한 모양은 뭔가요?"

"예? 아, 그건 내가 디자인한 '도서위원' 표시예요. 실물 크기니까 이대로 자수를 넣어 주세요. 멋대로 모양을 늘리거나 줄이면 안 됩니다."

투리의 질문에 나는 천 색깔과 자수할 실 색깔을 골랐다. 색깔 다른 완장 네 개다. 나중에 슈바르츠와 바이스의 의상에 맞출 수 있게, 한넬로레가 좋아하는 색을 고를 수 있게, 전부 다른 색으로 완장을 주문했다.

"그리고 투리에게는 여름에 쓸 새로운 머리 장식도 주문할게요. 귀족원에서도 호평이었답니다. 어떤 디자인으로 할지는 당신에게 맡길게요."

"알겠습니다. 맡겨 주십시오."

자신에 찬 표정으로 투리가 의뢰를 받았다. 나는 머리 장식의 디자인과 색상도 대체로 투리에게 맡긴다. 투리라면 내게 어울리는 물건을 만들어 주리라 믿어서다.

머리 장식 주문을 끝내고, 나는 길베르타 상회의 멤버들을 쭉 둘러보았다. 아직 뭐가 남았나, 하고 오토와 투리가 살짝 경계하는 표정을 지었다. 오래 봐 와서 나의 본모습을 아는 두 사람은 예리했다.

"마지막으로 이건 편지에도 썼지만 직접 말할게요. 겨울에 갑작스러운 의뢰를 받아 줘서 대단히 고마워요. 머리 장식을 보신 왕자님도 아주 만족하셨어요. 투리가 만든 머리 장식을 단 영애가 너무 아름다워서 귀족원 졸업생 중에서도 가장 눈에 띄었고요. 앞으로 의뢰가 많이 들어오게 될 거예요."

"감사합니다."

또 이상한 부탁을 하려고? 하고 의심하는 눈치지만, 아예 틀리지는 않았다. 나는 싱긋 웃었다.

"그 포상으로 길베르타 상회에 새로운 기술을 하나 알려드리려고 해요."

"……네?"

투리와 오토가 허를 찔린 표정으로 나를 보았다. 코린나는 느긋하게 고개를 갸웃거렸지만, 그 눈은 냉정한 상인의 빛을 띠었다.

"왕족의 의뢰를 해결해 달라는 까다로운 부탁을 들어준 사례의 선물인데 길베르타 상회는 필요 없나 봐요? 그럼 염직 협회에 알려 줘야겠네……."

"아니요! 진심으로 감사하게 생각합니다."

길베르타 상회에 주는 사례라는 말도 거짓은 아니지만, 솔직히 납결염색만은 빨리 퍼트려 주지 않으면 곤란하다. 면식이 없는 협회 사람과 거래하는 것보다 손쉽고 빠르게 길베르타 상회가 퍼트렸으면 했다.

"지금부터 알려 줄 새로운 염색 방법으로 천을 만들어서 다음 겨울 사교계 때 입을 수 있게 준비하세요. 이것도 빠른 시일 내에 크게 유행시키고 싶거든요."

내 말에 '이럴 줄 알았어'라고 말하고 싶은 듯이 투리의 눈이 커졌다. 동시에 지금까지 보좌 역할로 코린나의 뒤에 서 있던 레온이 눈을 반짝이며 발언 허가를 구했다.

"레온, 발언하세요."

"감사합니다. 그 새로운 기술은 머리 장식이 아니라 새로운 천을 만드는 것과 관련이 있습니까?"

"맞아요. ……새로운 천을 만드는 방법이 아니라 염색법이라고 해야 맞겠네요."

내가 그렇게 말하자, 기쁜 듯이 레온의 입꼬리가 올라갔다. 레온이 왜 좋아하는지 몰라서 내가 고개를 갸웃거리자, 오토가 설명해 주었다. 레온의 집안은 길베르타 상회에 천을 도매로 넘기는 가게인데 이 마을의 모든 염색 공방과 거래한다고 했다. 새로운 염색 기술로 천이 주목을 끌면 본인의 집안도 한몫 챙길 수 있는 것이리라.

"그럼 공방에 갑시다. 거기서 실제로 보여 주면서 설명할게요. 프랑, 길을 불러오세요."

길의 안내를 받으며 공방에 도착하자, 모든 공방 사람들이 손을 멈추고 맞이해 주었다. 나는 시범을 보일 길과 프리츠를 제외하고, 다른

이들은 하던 작업을 계속하게 했다. 신기한 듯이 공방을 두리번거리는 오토와 코린나와 달리 레온은 반가운 표정으로 공방을 보았다. 그의 시선 끝에 있는 종이 뜨는 도구를 보고, 옛날을 떠올리고 있다는 것을 알았다.

"레온은 그리운가 봐요?"

"네. 전에는 계속 드나들었거든요."

"오늘도 도와줘도 돼요. 염색 공방에서 시범할 분도 필요하거든요."

후훗 하고 웃으며 나는 길에게 눈짓을 보냈다. 길이 고개를 한 번 끄덕이고, 입을 열었다.

"지금부터 보여드리려는 건 천에 직접 그림을 그리는 기술입니다. 천에 관해서는 잘 모르기 때문에 어쩌면 이미 길베르타 상회에서 쓰는 기술일지도 모릅니다."

길이 그렇게 운을 띄운 뒤 확인하듯 나를 힐끔 보았다. 나는 길에게 가볍게 고개를 끄덕이고, 길베르타 상회 멤버들을 쭉 둘러보았다.

"자수가 아름답거나 독특하게 짠 천은 많이 봤지만, 한 가지 색깔로 염색한 천밖에 보지 못했어요. 실로 짜면서 무늬를 넣거나 천에 그림을 직접 그리는 기술이 있나요?"

"……아주 옛날에는 있었습니다."

코린나가 뺨을 괴며 그렇게 말했다. 길베르타 상회의 초대 주인이 남긴 의상 중에 홀치기염색을 한 옷감으로 만든 옷이 있다고 했다.

"벌써 몇십 년이나 옛날얘기지만, 아렌스바흐에서 시집온 귀족이 계셨습니다. 그분이 에렌페스트에 새로운 문화를 계속해서 들여왔다고 합니다. 그렇게 새로운 물건이 에렌페스트에서 유행하기 시작하면서 사람들이 균일하게 염색한 천을 요구하게 되었고, 얼룩 없이 염색하는 기술력이 높아지면서 자수가 유행했다고 합니다. 그렇게 염색 기술이 사라졌다는 기록이 있습니다."

천을 대량으로 사는 사람은 귀족이다. 그 귀족 사회에서 한 가지 색으로 염색한 천이 최고라고 한다면 염색 공방은 하나같이 균일하게 물들인다. 그렇게 얼룩처럼 염색하는 홀치기염색은 순식간에 쇠퇴하게 되었다. 요즘의 유행을 지켜보아도 그 흐름이 쉽게 이해되었다.

"그런 사정이 있었군요. 그럼 다시 한번 염색을 유행시키려고 하면 장인은 있겠네요?"

"아니요. 이젠 없을 겁니다."

장인의 문맹률은 백 퍼센트에 가깝다. 당연히 기록을 남기지 않는 사람이 많아서 기술도 쉽게 잊히고, 그 무렵의 장인은 이미 대부분이 사망했을 나이라고 한다.

"홀치기염색은 그렇게 어렵지 않으니까 의뢰하면 금방 부활하지 않을까요? 연구는 공방에 맡기면 되고요. 다만, 이 기술이 다른 유행으로 사라지지 않게 이번에는 기록을 남겼으면 좋겠어요. ……그건 염직 협회에 부탁하는 편이 나으려나요?"

"협회에는 적게나마 기록이 있을지도 모르니 저희 쪽에서 전해두겠습니다."

코린나의 말에 레온이 고개를 끄덕이며 서자판에 메모했다.

"홀치기염색 외에 이번에 내가 가르쳐 드리려고 하는 건 납결염색입니다. 어쩌면 과거에 했던 방식일지도 모르지만, 사라진 기술이라면 부활시켜 주세요."

나는 빌마가 검댕 연필로 간단하게 꽃을 그린 천 두 장을 가리켰다.

모두가 흥미진진하게 작업대 위에 펼쳐진 천을 바라보는 가운데 말을 맞춘 대로 길과 프리츠가 녹인 밀랍을 붓에 묻혀서 천 위에 발랐다.

"납결염색은 물들이고 싶지 않은 부분, 백색으로 남기고 싶은 부분에 이렇게 밀랍을 바릅니다."

"밀랍 부분에는 염료가 묻지 않는다는 말입니까?"

레온의 말에 나는 가볍게 고개를 끄덕였다. 프리츠가 바른 유연성이 낮은 밀랍은 살짝 균열이 생겼다. 길이 바른 천에는 균열이 전혀 보이지 않았다.

"이 현상은 밀랍 종류에 따라서 나틉니다. 납결염색을 하겠다면 밀랍공방과 협력해서 염색에 맞는 밀랍을 만드세요."

그 순간, 수많은 시행착오를 반복하던 무렵의 마인 공방을 아는 레온이 인상을 찌푸렸다. 새로운 기술을 도입하는 일은 절대 간단하지 않다. 나는 방법만 알려줄 뿐, 최선책을 추구하는 건 현장 사람들이다.

"프리츠는 밀랍에 균열을 더 만드세요."

내가 시키는 대로 프리츠는 천을 두드려서 균열을 만들었다. 그 위에 하이디가 개발한 색깔 잉크를 칠했다. 등사판 인쇄 때 사용하는 롤러로 문지르면 밀랍이 잉크를 튕겨서 손수건만 한 천 전체가 순식간에 빨갛게 물들었다.

"이렇게 물들인 뒤에 밀랍을 녹입니다. 밀랍은 뜨거워지면 녹잖아요? 그러니까 염색이 끝나면 이렇게 뜨거운 물에 넣습니다."

길이 젓가락으로 두 장의 천을 집어서 냄비 속에 넣고 능숙하게 휘저은 뒤에 다시 꺼냈다. 종이 제작으로 나무 껍질을 다룰 때 젓가락을 쓰는 로제마인 공방의 회색 신관들은 젓가락질이 능숙하다.

뜨거운 물에서 끄집어낸 천을 프리츠가 찬물에 씻고, 물기를 꽉 짜

서 작업대 위에 펼쳤다. 하얀 꽃무늬가 뚜렷하게 남은 천과 균열로 신비한 무늬가 들어간 꽃이 완성되었다.

"어느 쪽 표현 방법을 써도 괜찮아요. 고객의 취향에 따라서요. 홀치기염색과 납결염색을 혼합해서 쓸 수도 있고, 여러 번 물들이면 점점 색이 진해지죠. 그래서 다시 한번 꽃잎 부분에 밀랍을 발라서 물들이면 배경과 이파리, 꽃의 색을 다르게 표현할 수 있어요. 물론 이 위에 수를 놓을 수도 있어요."

"오호라……."

고개를 끄덕이는 오토의 뒤에서 열심히 메모하는 테오가 보였다. 보좌진도 고생이다.

"유연성이 있는 밀랍을 써서 꼼꼼하게 그리면 복잡한 그림을 그릴 수도 있고, 유연성이 낮은 밀랍을 넓은 범위로 발라서 균열을 만들거나 그 무늬를 재미있게 표현할 수 있어요. 연구하는 보람이 있을 거예요."

"로제마인 님은 새로운 천을 어떤 방법으로 물들이고 싶으십니까?"

코린나의 말에 나는 잠시 고민에 빠졌다. 홀치기염색도 좋고, 납결염색도 버리기 아깝다.

"되도록 많은 신기술을 도입하고 싶어요. 에렌페스트에 있는 염색 공방에 겨울 귀색인 빨강으로 홀치기염색과 납결염색 양쪽을 사용한 천을 한 장씩 준비하라고 의뢰할까요? 그중에서 어느 천을 쓸지 정할게요."

"……염색 공방이 활기를 띠겠군요."

감탄하는 오토에게 나는 싱긋 웃었다.

"좋아해 주니 기쁘네요. 홀치기염색과 납결염색 말고도 염색법은
많으니까 언제든지 물어보세요."

구텐베르크의 모임

새로운 염색법에 관한 사업 아이템을 넘기자 오토가 팔짱을 끼고 고민하기 시작했다. 그 제안에 얼마만큼의 가치를 매길지 생각하는 상인의 눈빛이다. 오토의 대답이 나오기를 기다리며 빤히 올려다보는데 코린나가 한 발짝 앞으로 걸어 나왔다.

"로제미인 님, 앞으로 새로운 염색법이 있으시다면 유행하게 된 후에 염직 협회와 직접 거래하시길 추천합니다."

코린나가 온화한 미소를 띠며 나를 똑바로 바라보면서 말했다.

"염색 기술을 길베르타 상회가 사들인다고 쳐도 저희의 전속 공방에서 독점할 만한 기술이 아닙니다. 그러기엔 로제마인 님의 영향력이 너무 강력하세요."

내가 무언가를 유행시키려고 마음먹으면 순식간에 귀족 여성에게 퍼진다. 그래서 길베르타 상회의 몇 없는 전속 공방에서만 취급하기는 어렵다고 코린나는 말했다.

길베르타 상회가 권리를 사고, 연구비를 부담하여 귀족의 눈높이에 맞는 레벨로 공방을 키우려면 시간과 비용이 든다. 하지만 내가 유행을 시키면 기술과 정보를 개방해서 장인을 단숨에 육성하지 않으면 따라잡지 못할 정도로 귀족의 의뢰가 쇄도한다. 당연히 의뢰를 받지도 못하는 상태가 예상되는 듯했다.

"유행을 타고 싶어도 살 수가 없고, 다른 가게나 공방에 의뢰하려고 해도 기술과 정보가 없는 상태에 빠지면 귀족은 물론이고, 동업자들이 반감의 화살을 길베르타 상회에 돌릴 겁니다."

새로운 염색법을 사도 가게에 이익이 되지 않는다. 코린나는 그렇게 판단한 모양이다.

내가 제안하는 새로운 사업 아이템을 다른 사람에게 뺏기기 전에 확보해서 어떻게든 이익을 내려는 벤노와 재봉이라는 자신의 영역 안에서 이익을 따지는 코린나는 남매이면서도 전혀 다르다. 하지만 자신의 이익을 판단하는 눈빛은 상당히 닮았다.

'코린나 씨는 점잖아 보여도 역시 벤노 씨의 여동생이구나.'

나는 이 마을에서 상인의 연계와 사업 구조가 어떻게 돌아가는지 잘 모른다. 만약 길베르타 상회에 민폐가 된다면 이번 기술 제공도 그만두는 편이 나을지도 모른다.

"이 납결염색도 염직 협회와 직거래 하는 편이 좋을까요?"

"아닙니다. 그건 로제마인 님께서 저희에게 주신 선물이니 감사히 받겠습니다."

코린나는 천천히 고개를 저었다.

"선물로 주신 염색법은 그 경위와 함께 길베르타 상회가 염직 협회에 저가로 제공하겠습니다. 그리고 염직 협회에 로제마인 님의 의뢰라는 형태로 조금 전에 말씀하신 천을 각 공방에 만들게 하겠습니다."

코린나의 말에 부모님이 길베르타 상회에 천을 대는 큰 도매상을 한다던 레온이 지금까지 본 적 없을 정도로 생기가 넘쳤다.

"모든 염색 공방에 천 제작을 의뢰하실 때 로제마인 님의 전속이 될 수 있다는 말을 해두면 어느 염색 공방도 실력을 보여 주려고 할 겁니다."

"하긴. 에렌페스트에서는 구텐베르크가 이름을 날리고, 마을 밖에서도 활동하고 있으니까. 구텐베르크의 칭호를 원하는 장인은 널리고 널렸지."

그렇게 중얼거린 오토가 나를 보았다.

"로제마인 님, 대장간과 마찬가지로 두 군데 정도 전속으로 삼아도 좋지 않을까요? 염색 공방에도 구텐베르크의 칭호를 내려주심이 어떠십니까?"

"각자 제출한 천에 순위를 매겨서 염직 협회와 거래할 새로운 기술을 얻을 때 금액에 차이를 두는 방법도 좋겠네요."

'음, 유스톡스가 정탐하기 전에 최대한 평민촌에 납결염색을 퍼트리고 싶었을 뿐인데 왠지 일이 커지는 것 같아.'

예상외의 전개로 흘러 버렸다. 어떡하나 고민하는데 투리와 눈이 마주쳤다. 투리가 '어떡할래? 난 몰라.'라는 얼굴로 이쪽을 쳐다본다.

"그나저나 로제마인 님은 대체 이런 옛날 기술을 어디에서 아셨습니까?"

의아해하는 레온의 질문에 나는 싱긋 미소를 지었다.

"물론 책이죠."

"그렇군요. 기록을 남기는 건 정말 중요하군요."

'이해해 줘서 고마워. 책에서도 읽었지만, 자세한 방법은 학교 가정 수업에서 배웠거든.'

우라노 시절의 중학교 가정 수업 때 고무줄과 실을 감는 홀치기염색과 납결염색도 체험했다. 그때 오타쿠였던 친구가 납결염색으로 손수건에 좋아하는 캐릭터를 쓸데없이 잘 그려서 주변을 놀라게 했었다. 내가 놀란 건 그렇게나 푹 빠져있다고 공언한 캐릭터의 이름을 잘못 적은 부분이었지만.

결국, 길베르타 상회의 주최로 '옛날 기술을 살려서 구텐베르크 칭호를 거머쥐자' 공모전을 여름 막바지에 개최하게 되었다. 새로운 전속이 된 염색 장인의 옷감을 겨울 사교계 때 선보이려면 이번 여름 막바지에 공모전을 열어야 시간을 맞출 수 있다고 한다. 새 전속을 정하겠다는 말에 생기가 도는 레온을 보면 길베르타 상회의 의뢰를 받는 레온의 부모님이 큰 활약을 보여주리라.

　'왠지 예상치 않게 일이 커져 버렸지만, 아무렴 어때.'

　길베르타 상회와 면담을 끝내고, 방으로 돌아온 나는 서자판과 프랑이 기록한 의사록을 훑어보며 연간 스케줄에 천 염색 공모전을 추가했다.

　"성결식이 끝나면 수확제 전까지 특별한 일정은 없죠?"

　"신전 일정은 없습니다. 성의 일정은 괜찮으십니까?"

　"……음. 영주 회의의 결과에 달렸어요. 어쩌면 에렌페스트에 상인이 대거 몰리는 엄청난 일이 벌어질지도 모르니까요."

　현재 여름 막바지부터 가을까지 특별한 일정은 없다. 나는 서자판에 밀랍을 긁어서 글자를 지웠다. 그때 길이 서한을 들고 달려왔다.

　"로제마인 님, 플랑탱 상회에서 서한이 왔습니다."

　안전핀 의뢰는 물론이고, 부탁한 일의 진행 상황을 알리면 하르덴첼로 떠나기 전에 구텐베르크를 만나야겠다고 생각했던 참이었다. 마침 잘됐다.

　"고마워요, 길. 바로 답장을 쓸 거니까 잠시 쉬면서 기다려요. 공방에서 시범 준비와 정리까지 하느라 고생이 많았죠?"

　길에게 노고를 치하하고, 나는 서한을 펼쳤다. 얼른 읽어 본 결과,

귀족다운 수식어로 쓰여 있고, 언뜻 평범한 면담 의뢰로 보이는 문장이지만, 찬찬히 뜯어보면 글 속에 '대체 무슨 짓을 벌인 거야? 설명해, 이 멍청이야.'이라는 뜻이 숨어있는 것 같다.

'귀족의 표현으로도 숨겨지지 않은 짜증이 느껴지는 건 내 착각인가? 음, 착각이 아니지?'

뭐라 표현하기 어려운 분노를 글 속에서 감지한 나는 '하르덴첼에 가기 전에 구텐베르크와 만나서 2년간의 성과를 듣고 싶습니다'라는 답장을 보냈다. 다른 사람이 있으면 벤노의 분노를 아주 조금은 피할 수 있으리라.

'얍삽한 수를 쓴다고 화낼 가능성도 약간은 있지만, 쓸 수 있는 수는 다 써야 해.'

서한의 마지막에 '봄 세례식이 끝나면 성에 돌아가야 해서 시간이 별로 없으니 서둘러요.'라고 덧붙인 탓이리라. 면담 일정이 바로 잡혔다.

세례식 전날에 고아원 원장실에서 구텐베르크가 모이게 되었다. 플랑탱 상회에서 세 사람, 대장장이 요한과 자크, 목공 장인 인고, 잉크 장인 하이디와 요제프. 그리고 우리 공방에서는 길이 출석하기로 했다. 제법 대규모 회의가 되었다.

"곰곰이 생각해 보면 여기서 구텐베르크와 회의를 여는 건 처음이네요."

인쇄기를 만들러 요한과 자크, 인고가 출입한 적은 있었지만, 하이디와 요제프는 첫 방문이다.

"프랑, 다무엘, 안게리카. 오늘은 평민 상인이 많이 모이니까 조금

예의가 없는 사람이 있어도 지적하지 마세요."

"알겠습니다."

사람 수가 많으므로 오늘은 1층 홀에서 회의하기로 했다. 인원수에 맞춰서 2층 의자를 1층으로 옮기고, 테이블을 준비하는 등 시종들이 열심히 자리를 마련해 주었다.

나는 2층에서 지시를 내리며 비밀의 방문을 힐끗 보았다. 저 문이 열리는 일은 이제 없다. 갑자기 쓸쓸하고 헛헛한 기분이 덮쳐왔다. 하지만 그 마음을 뿌리치듯이 크게 숨을 들이마시고, 양손으로 뺨을 찰싹 때렸다. '목표를 향해 나아가자'라고 루츠와 약속했다. 아쉬운 얼굴을 하면 안 된다.

"로제마인 님, 구텐베르크 분들이 도착했습니다."

길의 안내로 잇따라 사람들이 들어왔다. 플랑탱 상회의 세 사람은 고아원 원장실에 익숙해서 태연한 태도다. 나는 세 사람에게 "어서 와요." 하고 미소를 지었다. 세 사람도 싱긋 웃어 주었다. 벤노와 다무엘도 신경 쓰는 기색은 없다. 이 정도 인사는 전속 상인들 사이에서도 용납되는 모양이다. 휴 하고 가슴을 쓸어내렸다.

세 사람에 이어서 오랜만이라서인지 조금 겁먹은 듯한 요한과 자크가 들어왔다. 뒤에서 누가 재촉하는지 연신 뒤돌아보며 들어온 인고, 인고의 등을 누르는 하이디와 "그만해."라며 하이디를 말리는 요제프가 이어서 들어왔다.

"아가씨, 건강해 보이네. 다행이다. 2년이나 깨어나지 않아서 걱정했잖아!"

인고의 등에서 불쑥 얼굴을 내민 하이디가 나를 보고는 활짝 웃으며 크게 손을 흔들었다. 성에 드나드는 어용상인이 된 이후로 벤노나 루츠도 비밀의 방 밖에서는 보이지 않게 된 평민다운 반응이다. 반가워서 내 얼굴에 웃음꽃이 피었다.

하지만 그 행동은 이곳에서는 받아들여지지 않는다. 호위 기사인 다무엘의 얼굴이 굳어졌고, 프랑은 페르디난드처럼 관자놀이를 누르면서 하이디에게서 시선을 돌렸다. '참자, 참자.' 하고 자신을 타이르는 듯했다. 다무엘과 프랑의 모습을 보고 새파래진 요제프가 하이디의 목덜미를 붙잡아 자기 쪽으로 끌어당겼다.

"이 멍청아! 저 사람은 진짜 축복을 내리는 신전장이야. 이제는 네가 그런 식으로 부를 수 있는 상대가 아니라고!"

"그건 그렇지만 책 제작에 매진하는 나의 잉크 연구 투자자인데?"

"그건 맞지만, 결례잖아! 너도 엄마가 됐으니까 좀 차분해져라."

요제프의 말에 나는 머리가 새하얘졌다. 하이디는 처음 만났을 때부터 성인이었던 탓인가 거의 변함이 없어 보였는데 설마 자식이 생겼을 줄은 생각지도 못했다.

'2년 사이에 볼크가 결혼해서 애도 생겼을 정도니까 이미 결혼한 하이디에게 자식이 있어도 전혀 이상하지 않지만. 이상하지 않지만, 역시 이상해.'

"요제프의 말처럼 아무리 반가워도 그렇지, 그 태도는 너무 불안하군. 앞으로는 귀족 문관도 회의에 참여할 거야. 행동거지를 고치든, 하이디의 출석 자체를 보류하는 편이 좋겠어."

하이디의 밝은 태도에 영향을 받아서일까. 오늘은 평민 상인들뿐이라 품위를 지켜봤자 소용없다고 생각했는지 벤노가 머리를 싸매며 충고했다. 요제프가 "그거 좋은 생각이네."라고 손뼉을 치며 눈을 반짝였다. 문관과 동석할 때는 하이디를 놔두고 오기로 결정한 듯하다.

"앞으로는 계속 문관이 동석하게 될 거예요. 아무래도 잉크 공방에서는 요제프만 회의에 출석하게 되겠네요."

"하이디를 데리고 출석할 바에야 혼자가 훨씬 편합니다."

완전히 지친 한품을 내쉬는 요제프를 보며 나는 키득거렸다. 요제프의 말에 다무엘과 프랑이 고개를 깊이 끄덕였다.

"잉크와 관련된 일이 아니면 하이디도 조금은 얌전해지는데 오늘은 몇 년 만에 투자자를 만나서 흥분했나 봅니다."

"맞아! 빨리 아가씨에게 보고하고 싶어서 몸이 근질거렸다니까! 이것저것 연구해서 일정한 품질로 색깔을 만들게 됐거든. 구체적으로……."

묻기도 전에 연구 성과 발표를 시작한 하이디의 모습에 쓸쓸하게 웃으면서 나는 손에 든 종이에 성과를 간략하게 기록했다. 새로운 정착제라고 할까, 니스처럼 위에 발라서 잉크 색깔을 보호하는 약제도 개발했다고 한다.

잉크 공방의 노력을 칭찬하고, 앞으로도 연구비를 투자하기로 약속한 뒤, 나는 하이디의 색깔 잉크 연구를 페르디난드가 칭찬한 것과 소재의 속성 얘기를 꺼냈다.

"……그렇게 해서 소재에 포함된 마력의 속성에 따라 혼합하면 색깔이 변한대요."

내 이야기를 들은 하이디는 꽉 쥔 주먹을 파르르 떨면서 나를 빤히 쳐다보았다.

"속성을 조사하는 그런 편리한 마술구가 있다니……. 저도 갖고 싶습니다, 아가씨! 연구비용으로 사주세요!"

"알아요. 나도 잉크 연구에 필요하다고 생각은 했는데 쉽게 구할 수가 없어요. 그리고 마술구라서 평민이 쓸 수 있는 물건이 있는지도 모르고요."

"으아……. 귀족은 치사해……."

머리를 싸매며 과장되게 몸부림치는 하이디의 모습에 데자뷔를 느꼈다. 기억이 돌아왔을 무렵 책을 소유하는 것도 사서가 되는 것도 귀족뿐이라는 사실을 알았을 때의 나를 보는 듯하다.

"솔직히 종이가 되는 소재를 측정해서 마목에 따라 어떤 식의 종이가 되는지 조사하고 싶었는데 측정 마술구를 손에 넣지 못하면 방법이 없어요."

"포기하시면 안 돼요, 아가씨! 쟁취합시다!"

"……시간과 소재가 있으면, 하는 이야기지만요. 지금은 정말 여유가 없어요."

내가 거절하자, 하이디가 눈을 글썽이며 "아가씨도 손에 못 넣는 물건이면 어쩔 수 없네요." 하고 고개를 푹 떨구었다.

"다음은…… 요한과 자크. 대장간에서는 어떤 성과가 있었나요?"

내가 두 사람을 지명하자, 요한과 자크가 얼굴을 마주 보더니, 시선과 얼굴의 움직임으로 누가 먼저 보고할지 정하기 시작했다. 두 사람 모두 내 기억 속의 갓 성인이 된 소년 분위기는 어디 가고, 어엿이 일 잘하는 성인의 얼굴이 되어 있었다.

"그럼 저부터. 2년 전에 흔들림이 적은 마차와 용수철을 이용한 침대를 설계하라는 과제를 받았습니다. 이쪽에 설계도가 있습니다. 어떠십니까?"

"저도 자크의 설계도를 봤지만, 이 마차가 가장 흔들림이 적을 거라고 생각합니다. 다만, 대량생산을 고려하면 이쪽이 더 좋습니다. 부품이 그렇게 복잡하지 않거든요."

둘의 의견을 들으면서 나는 세 장의 설계도를 응시했다. 매다는 형식의 마차 설계도가 보였다.

"이쪽은 요청하신 침대입니다. 저번에 말씀하신 대로 설계한 물건은 이쪽입니다. 조금 더 괜찮게 개선할 수 없을까 고민하는 중인데 꽤 어렵습니다. 다만, 완성까지 굉장한 시간이 걸리고, 가격도 비싸집니다."

"돈은 버니까 비싸도 상관없어요. 좋은 물건을 만들어주세요. ……그나저나 용케 실현 가능한 상태로 설계했네요. 놀라워요."

애매한 지식으로 포켓 코일과 본넬 코일을 가르쳐준 것이 전부인데 자크는 이미지화하기 쉬웠다며 포켓 코일을 채용했다. 정말 이 침대가 완성되면 나의 수면 시간은 더없이 행복해지리라.

"그럼 침대는 성인 크기로 제작에 들어가세요. 마차는 대량생산이 가능한 쪽을 채용해서 설계도를 살게요. 이후의 설계도 취급은 펌프와 마찬가지로 대장장이 협회에 맡겨도 될까요?"

"마차 제작에는 목공 협회와도 발을 맞춰야 하니까 그쪽과도 같이 논의해 주십시오. 요금은 펌프와 같아도 됩니다."

마차가 만들어질 때마다 설계도 저작료를 지불하는 형태다.

"대장장이 협회와 목공 협회와의 흥정은 벤노에게 맡길게요. 인고도 괜찮겠다 싶었지만, 어느 쪽과도 관계가 없는 제삼자인 벤노가 좋을 것 같아요."

"……알겠습니다."

나는 로제마인 공방의 공방장으로서 소지하고 있는 길드 카드로 자크에게 결제하고, 요한에게로 돌아섰다.

"요한은 어때요? 금속활자 증산과 수동 펌프의 보급을 부탁한 것 같은데⋯⋯."

"금속활자는 순조롭게 늘리고 있습니다. 그리고 늘어나는 족족 팔리고 있고요. 하르덴첼에서 아직 완벽히 만드는 장인이 없어서 몽땅 팔렸습니다."

겨울을 나는 동안 인쇄를 해야 하는데 금속활자가 부족하면 진행에 지장이 생긴다. 형태가 완벽하지 않으면 퇴짜를 놓는다고 들었으니 아마 예비가 많이 필요했으리라.

"빨리 하르덴첼이 완벽하게 만들어 줘야 하는데, 여러 번 가기가 괴롭습니다."

"이번 봄에 갈 때도 완벽하지 않으면 그쪽 장인을 에렌페스트에 보내라고 기베 하르덴첼과 얘기를 맞춰뒀어요. 요한이 하르덴첼에 가는 건 이번이 마지막이에요."

안심한 표정으로 고개를 든 요한에게 "다른 데도 가 줘야 하거든요."라고 말하자, 끔찍이 싫은 표정으로 어깨를 축 떨구었다. 전혀 다른 반응에 내가 고개를 갸웃거리자 구텐베르크들이 뭐라고 말하기 어려운 눈빛으로 요한을 보았다.

"무슨 문제라도 있나요?"

내가 묻자, 모두가 얼굴을 마주 본 뒤 루츠가 변호하듯 입을 열었다.

"요한의 개인적인 문제인데, 요한은 활자의 완성도에 집착하는 데다 사람과 잘 어울리지 못해서 쉽게 반감을 삽니다. 새로운 지역에서 가르칠 때마다 매번 고생해요."

"아, 하르덴첼 사람들은 타지 사람에게 엄격한 기질이 있고, 내향적이라서 힘들었겠네요. 하지만 그들이 요한을 아주 높이 평가한다고 기베에게 들었어요. 봄에는 꼭 합격하겠다고 대장장이들이 분발하고 있다던데요."

설마 자기의 평가가 높을 줄 몰랐으리라. 요한은 의외라는 얼굴로 나를 보았다. 그런 요한을 쿡쿡 찌르며 자크가 입꼬리를 올렸다.

"그러니까 내가 말했잖아. 너한테 대적이 안 되니까 시끄럽게 구는 거라니까. ……그래도 뭐, 어느 쪽이든 녀석이 성장하기 전까지 네가 참는 수밖에 없어. 포기하고 가."

"자크, 녀석이라니 누구요?"

"요한의 제자인 다닐로예요. 죽어도 구텐베르크가 되겠다고 투지를 불태우고 있는데 조만간 이 회의에도 들이닥칠 겁니다, 분명."

들이닥치듯이 구텐베르크에 들어온 자크가 킬킬거리며 웃자, 요한이 분한 듯이 입을 삐죽였다.

"수동 펌프는 순조롭게 보급되고 있습니다. 장인 마을과 북쪽에서 팔리기 시작해서 이제 겨우 동쪽 주문에도 착수하게 되었습니다."

아무래도 공방과 거래가 있는 곳이나 부자가 사는 북쪽 의뢰를 우선시하다 보니 이제야 다른 지역에도 수동 펌프가 보급되기 시작했다고 한다.

"순조롭네요. 그 상태로 진행하세요. 아, 깜빡할 뻔했다. 요한, 이걸 만들어 줬으면 해요."

새로운 의뢰로 안전핀 설계도를 건넸다. 요한이 설계도를 훑어보더니 난처한 표정을 지었다.

"……일반 핀이면 안 됩니까? 크게 달라 보이지 않는데요."

"바늘 끝이 나와 있으면 위험하잖아요. 아픈 건 싫거든요. 이 바늘 끝이 안쪽으로 숨어 있는 부분이 중요해요."

내가 설계도에서 바늘 끝이 숨어 있는 부분을 손끝으로 톡톡 두드리자, 요한은 "여전히 다른 사람은 전혀 중요하게 생각하지 않는 부분에 주목하시네요."라며 피식 웃었다.

"로제마인 님, 이 의뢰는 제자에게 맡겨도 되겠습니까?"

"설계도대로 만들어 준다면 상관없어요. 내 의뢰를 소화하지 못해서야 구텐베르크가 될 수 없잖아요."

요한은 조그맣게 웃으며 "좋은 과제가 될 것 같습니다."라고 동의하면서 설계도를 고이 정리했다. 나는 요한에게서 인고로 시선을 옮겼다. 여기서부터 나의 주된 의뢰다.

"인고는 어때요? 책장은 완성됐어요?"

선반이 움직이는 책장이 완성되면 그 후에는 이동식 서가도 만들게 할 예정이다. 들뜬 가슴으로 올려다보자 인고가 조금 난처한 표정을 지었다.

"로제마인 님이 가져온 설계도대로 만들긴 했는데……."

"무슨 문제가 있나요?"

"건네받은 설계도대로로는 책을 꽂으면 무거워서 움직이지 않아. 시제품은 비어 있는 상태면 움직이는데 책을 채운 상태로는 움직이지 않았어. 납품할 상태가 아닙니다."

눈을 크게 뜨는 나를 겸연쩍게 보면서 인고는 볼을 긁적였다.

"가능하면 개량하고 싶은데 금속 레일이나 도르래의 설계와 개량은 내 관할 밖이라서 어디를 어떻게 해야 좋을지 모르겠어. 설계도 단계부터 다시 수정하는 편이 좋을 것 같습니다."

전부 목제라면 인고네 공방에서 시행착오를 거칠 수 있지만, 선반을 움직일 때 쓰는 레일은 금속이라서 목공방에서는 엄두가 안 나는 모양이다.

"요한……."

"설계는 자크에게 넘겨주십시오."

여기서 일거리를 더 늘리지 말아 달라는 듯이 요한이 자크에게 일거리를 떠넘겼다. 내가 자크를 쳐다보자 "세밀한 수정은 내 특기가 아니야."라고 말하면서 포기한 표정으로 맡아 주었다.

'이동식 서가의 꿈이 깨지지 않아서 다행이다…….'

휴 하고 안도하는데 "그러고 보니 로제마인 님." 하고 깊게 미소를 지은 벤노가 운을 뗐다. 적갈색 눈에 무어라 형용할 수 없는 분노의 빛이 서렸다. 나는 몸을 한껏 움츠렸다.

"지난번에 코린나에게 아주 흥미로운 이야기를 들었습니다. 이번에는 염색에도 손을 뻗으신다고 하더군요. 듣자 하니 옛날 기술을 살린다……라던가요. 실로 흥미롭습니다."

벤노의 얼굴에 '염색 분야에까지 건드리다니 이 멍청이가'라고 쓰여 있다. 화내는 건지 질려 하는 건지 잘 모를 분위기에 나는 살짝 뺨을 괬다.

"새로운 유행의 소재가 되는 물건은 몇 개가 있어도 모자라고, 옛날 기술을 살리는 거니까 이번 일은 내 공적이 아니에요. 옛 기술을 되살려서 새로 쓰게 만드는 장인의 공적이죠. 이 기회에 앞으로 염색 장인도 천천히 성장할 거예요."

"흠. '천천히'라는 말의 의미가 귀족과 저희로는 상당히 다를 거라 생각됩니다."

벤노가 이번에야말로 대놓고 질린 표정을 지었다. 구텐베르크들도

"그렇구나. 귀족은 이게 '천천히'구나."라며 중얼거렸다.

놀랍게도 다들 내가 구텐베르크들에게 고속으로 과제를 막 던지며 스파르타식으로 키우는 사람이라고 생각하는 듯했다. 그건 페르디난드이지, 나는 아니다. 어처구니가 없다. 나는 항상 '됐으면 좋겠다'라는 마음가짐으로 일거리를 주고 있었지, '반드시 해야 하는 것'이라고는 생각하지 않는다. 그렇게 전하자 자크가 "상식이 달라." 하고 머리를 싸쥐었다.

"고객의 요구를 들어 주지 못하는 장인은 무능하다는 취급을 받아."

'아, 하긴 그것도 그러네. 미안. 반성은 하는데 자중은 안 할게.'

"새로운 염색법이 퍼지면 잉크가 팔릴 테니까 아예 헛짓은 아니라고 생각하는데요. 플랑탱 상회와 관련된 염색법은 아직 말하지도 않았고, 염직 협회와 직거래하는 편이 좋다고 코린나에게 들었습니다."

"플랑탱 상회와 관련된 염색법, 이라니요?"

'아뿔싸. 너무 떠들었다. 형지날염은 다음에 말하려고 했는데.'

"그 외에도 염색법이 있거든요. 전속 염색 공방이 정해지면 플랑탱 상회도 관련될 염색 기술을 염직 협회에 팔아서 우선적으로 전속에게 의뢰하게 될 거예요."

대화하는 사이에 벤노의 심기가 점점 불편해지는 것을 느꼈다. 플랑탱 상회가 어디에 어떻게 관여하게 되는지 보고해, 라고 험악해진 적갈색 눈빛이 위협했다.

"우, 우우……. 새로운 염색법에는 특수 종이와 잉크를 써야 하니까 플랑탱 상회와도 관련이 있다고 말하는 거예요. 도구만 팔면 되는 거라고요. 여, 여기서부터는 유료 정보예요."

"……알겠습니다."

일단 납득은 한 모양이다.

모두의 보고를 들은 뒤에는 하르덴첼의 일정에 관해서 얘기를 나눴다. 내가 기원식을 끝낸 뒤 기수로 단숨에 하르덴첼까지 가겠다고 했다. 계약 마술의 내용이 바뀌었으므로 그 절차를 밟으러 플랑탱 상회에서는 벤노와 다미안, 그리고 대장장이 요한과 자크만 데리고 가기로 했다.

검정 잉크의 제작 방법은 이미 전부 가르쳤다. 색깔 잉크는 플랑탱 상회가 가져가서 팔면 되니까 하이디와 요제프는 갈 필요가 없다. 인고도 가장 중요한 인쇄기 제작법을 이미 가르치고 왔고, 목공 장인에게 이미 합격을 줬다고 한다. 인쇄 방법도 전부 가르쳤고, 하르덴첼에서 제지업을 잠시 보류하겠다는 연락이 왔으므로 로제마인 공방도 이동하지 않는다.

"벤노, 절차 기간은 얼마나 걸릴까요?"

"로제마인 님께서 함께 가 주신다면 사흘이면 충분합니다."

귀족 상대로는 짧게 끝날 대화도 시간이 걸린다. 하지만 내가 함께 있으면 상대에게 말리지 않고, 척척 진행될 거라고 했다. 나 같은 말투면 후딱후딱 가서 후딱후딱 돌아올 수 있다고 한다.

"나도 최대한 인쇄업을 보급할 수 있게 문관들과도 온 힘을 다해 협상할게요."

"조금 자제하시는 정도가 딱 좋습니다."

루츠가 굳은 표정으로 그렇게 말했지만, 나는 내 꿈을 실현하기 위해 온힘을 다하기로 마음을 먹었다. 자제할 생각은 없다.

"이번부터는 납본제도도 도입하기로 했어요. 성에도 그 뜻을 통달해서 허가를 받았고요. 인쇄 협회에서도 꼭 공방에 전달해 두세요."

나는 납본제도를 설명하고, 새로운 책을 만들 때마다 에렌페스트의 성과 내게 한 권씩 납부하라고 했다.

"취지는 이해했고, 지금까지와 변동이 없으니 저희는 상관없습니다만, 왜 두 권씩이나 필요합니까? 로제마인 님은 계속 성에 계시지 않습니까."

다른 영지에 시집을 가는 것도 아닌데 두 권이나 필요 없잖아, 하고 돌려 말하는 벤노를 향해 나는 집게손가락을 세워 좌우로 까딱거렸다. 나의 야망은 성 도서실로 끝나지 않는다. 더욱, 더더욱 크다.

"언젠가 에렌페스트뿐만 아니라 유르겐슈미트 내의 책을 모은 거대 도서관을 만들 예정이거든요. 그러려면 지금부터 책을 모아둬야 해요."

우후후훗 하고 자랑스럽게 야망을 발표하자, '거기에 따라가야 한다니.' 하고 구텐베르크들이 하나같이 머리를 싸맸다.

사라지는 잉크와 성으로 귀환

봄 세례식이 열렸다. 나와 덩치가 크게 다르지 않은 아이들을 힐끗 보면서 나는 제단으로 향했다. 늘 그렇듯이 관중들이 나를 쳐다보면서 귓속말을 속닥인다. 오늘은 세례식이라서 아이들의 말이 성인식 때보다 훨씬 직설적이다.

'거기, "우와, 쪼끄맣다!"라고 하지 마. 다 들려! 손가락질하면서, 저거 봐봐 라고 신기한 동물 보듯이 말하지 마. 호위 기사가 있었으면 뒷덜미 잡힌다!'

동물원의 동물이 된 기분으로 걸었다. 제단으로 올라가면 페르디난드의 신화 낭송이 시작되고, 끝나면 아이들에게 축복을 내려서 세례식이 끝난다. 얼마 전에 치른 성인식에서 일주일 정도 지났기 때문이리라. 문 쪽에 가족의 모습은 없었다.

'투리도 일하니까 하는 수 없지.'

"끝났군."

"신관장님은 지금부터 또 공방에 들어가시게요? 라이제강 백작이 마을에서 나갈 때까지 저와 신관장님은 신전에 박혀 있어야 하죠? 에크하르트 오라버니에게 들었어요."

증조부와 라이제강 백작은 라이제강의 핏줄을 이은 것으로 되어 있는 나와 페르디난드를 결혼시켜서 차기 후보로 세우고, 아렌스바흐의 혈통을 조금이라도 물리치려고 한다고 한다. 비호하에 뒀던 내가 영주의 양녀가 된 점, 베로니카의 실각으로 페르디난드가 성으로 돌아왔고, 나의 정식 후견인이 된 점을 들면서 페르디난드에게도 차기 영주 자리에 욕심이 있다고 믿은 모양이다.

라이제강 백작은 나와의 결혼 얘기를 페르디난드에게 떠봤지만, 빌프리트와 내가 혼약하면서 증조부 무리의 교섭은 깨졌다. 그런 상태로 면담 사절이라고 광고하듯 틀어박혀 있어도 되나 의아했지만, 자기들 입맛에 맞는 차기 영주를 정해서 은밀히 움직이는 귀족들을 평정하는 건 영주인 질베스타와 차기영주 예정인 빌프리트의 역할이라고 한다.

에크하르트가, 페르디난드가 틀어박힌 공방을 바라보면서 알려 주었다.

"페르디난드 님께 야심이 있다면 신전에 돌아오지 않고, 성에 계셨겠지. 라이제강의 제의를 들어놓고 입 다물고 있으면 멋대로 뒷배를 세워서 상황을 만들어 버릴 거다. 접촉을 피하고, 모든 정보를 영주에게 넘겨서 뒷일을 통째로 맡기는 자세를 보이면 영주의 뜻에 순순히 따를 것이고 제안에는 사퇴하겠다는 의사를 보이는 셈이지. 정치에 관여하지 않겠다는 뜻을 보여주는 데 신전만 한 게 없지."

나도 '아우브 에렌페스트의 뜻에 따르겠습니다'라는 자세를 보여주려면 허튼 접촉을 피하고 신전에 틀어박히는 편이 좋은 듯했다.

"에크하르트의 말대로 난 질베스타와 대립할 생각은 없다. 그대도 그렇지? 그리고 그대는 신전에 있는 편이 편해 보인다. 신전에 갇혀 있다고 특별히 괴롭지는 않지?"

"그러네요. 차기 영주에 관심도 없고, 신전에 갇혀 있다고 해서 전혀 괴롭지도 않아요. 하지만 신관장님도 마찬가지잖아요? 연구하기 편하시죠?"

청색 신관들이 제대로 업무를 처리할 수 있게 되고, 전 신전장이 쌓아둔 일거리가 어느 정도 정리되자, 페르디난드는 신전에서 자유 시간을 확보하기가 더 쉬워졌다. 귀족이 '신전이 더 편하다'라고 말하면 안 되기 때문이리라. 분명한 대답은 피했지만, 페르디난드는 입꼬리를 아주 살짝 올리며 긍정했다.

"신전에 있을 때만큼은 연구에 시간을 할애해도 좋다고 생각해요."

내가 자유 시간에는 공방에 틀어박혀도 괜찮다고 하자, 페르디난드가 눈썹을 씰룩거렸다.

"식사다 뭐다 부르지만 않으면 고맙겠다만……. 그건 그렇고, 그 잉크에 관해서 말해 둘 것이 있다. 점심을 먹고, 그대 공방에 갈 테니 준비해 두도록."

페르디난드의 표정이 아주 조금 험악해졌다. 팝콘 잉크 연구에서 뭔가 나쁜 결과라도 나온 걸까? 나는 프랑에게 오늘 예정을 듣고, 업무를 끝냈다.

점심 후, 잉크를 넣은 작은 병 여러 개를 들고 페르디난드가 찾아왔다. 나는 공방의 문을 열고, 페르디난드와 에크하르트를 맞이했다. 유스톡스는 귀족의 상황을 알아보러 성에 가서 자리를 비운 상태다. 나의 호위 기사인 안게리카와 다무엘도 들어왔다. 페르디난드는 호위 기사들에게 출입문까지 물러나라고 하고, 도청 방지 마술구를 내밀었다.

"나도 같은 잉크를 만들어서 이래저래 연구해 봤다만……."

페르디난드는 탁탁 소리 내며 병을 나열했다. 각각에 라벨이 실로 칭칭 감겨있다. '로제마인' '페르디난드' '-1' '-2'라고 쓰인 라벨을 보고, 나는 눈을 끔뻑였다.

"이름은 알겠는데, 이건 뭐예요?"

"그 수만큼 속성을 빼고 만든 잉크다. 예상 밖의 잉크가 나온 원인이 마지막에 넣은 마력 가루였음이 밝혀졌다. 그것 말고는 변한 부분이 없으니까."

들어 보니 페르디난드는 자기 마력에서 속성 하나를 뺀 잉크, 두 가지를 뺀 잉크를 비교용으로 만들어서 검증했다고 한다.

'속성을 빼다니 뭔 말이지? 재주도 많네……'

"결과적으로 모든 속성을 가지고 있지 않으면 잉크가 부풀거나 사라지지 않는다는 것을 알았다. 로제마인, 그대도 내 잉크로 써 보아라."

나는 그가 내민 천과 펜으로 선을 그었다. 내가 직접 만든 잉크와 달리 천천히 번졌고, 시간이 지나자 도톰하게 부풀어 오르기 시작했다.

"역시 속성과 마력의 색과 양이 유사하면 번짐이 적나 보군. 모든 속성이 있으면 다른 사람의 잉크를 써도 부풀어 오르는 건 똑같아."

페르디난드는 내가 그은 선을 흥미진진하게 바라보았다. 가정이 확신으로 바뀌었는지 만족스러워 보인다. 나는 내가 그은 선을 바라보면서 고개를 갸웃거렸다. 페르디난드의 잉크를 쓰면 깨끗한 선이 나오지 않아서다.

"신관장님이 제 잉크를 썼을 때보다 번짐이 더 심한데요……."

"마력의 차이 때문이겠지. 그대의 마력이 더 낮아서다. 자신의 마력으로 물들인 천에 자신의 마력으로 만든 잉크로 쓰는 것이 가장 잘 써지기 마련이지 않은가."

잉크 하나로 이렇게 큰 차이가 생긴다. 마력의 효율을 따졌을 때 왜 자신의 마력으로 본인 전용 마술구를 만드는지 이해되었다.

'그러니까 신관장님이 뭐든지 자기 손으로 만드는구나.'

"이 잉크는 자수를 피하려고 잔머리 쓴 그대가 천을 물들일 마력 농도가 높은 잉크를 갖고 싶어서 만들어진 우연의 산물이다."

"그러네요."

"이번에 의상을 만들 때만 쓰기로 하고, 제조법은 비밀로 하마. 하룻밤 새에 썼던 글자가 사라지는데도 마력이 남아 마법진을 기동시킬 수 있는 잉크는 얼마든지 악용될 위험이 있다. 아주 위험한 물건이야."

페르디난드는 옅은 금색 눈동자로 가만히 나를 응시하면서 그렇게 말했다. 나는 고개를 한 번 끄덕이고 동의했다.

"계약 마술도 손쉽게 수정할 수 있고, 공격 계열 마법진을 비밀리에 설치할 수도 있으니까 위험하기 짝이 없네요."

"……그런 악랄한 사용법을 바로 생각해 내는 그대가 무섭구나."

"하지만, 신관장님도 같은 걸 생각해서 금지하신거죠?"

페르디난드는 씁쓸한 표정을 지으면서 "그렇지."라며 고개를 끄덕였다.

"사라지는 잉크로 쓰고 싶다면 모든 속성을 가진 사람이 아니면 만들지 못한다. 사용하는 사람도 마찬가지지. 즉, 왕족이나 중앙의 상급 귀족, 각 지역의 일부 영주 귀족만 해당하는 셈이다. 그런 지위를 가진 이가 악용을 계획하면 나라와 영지가 발칵 뒤집히는 사태가 벌어지겠지."

그런 위험한 물건을 세상에 내놓을 필요는 없다. 페르디난드의 말이 맞았다. 나는 위험과 분쟁은 싫다. 악용될 게 뻔한 물건은 묻어둬도 상관은 없다.

"그 말에 전적으로 동의해요. 저는 의상 자수만 피할 수 있으면 그걸로 됐어요."

"위험성을 이해하고, 봉인에 동의해 줘서 고맙다만, 혼약한 여성에게 자수는 필수다. 피한다고 좋을 것이 없어. ……기가 차는군."

머리가 아픈 듯이 관자놀이를 누르며 페르디난드가 머리를 흔들었다.

"도서관 마술구에 입힐 의상에는 지금까지처럼 마법진을 수놓아야 한다. 이번처럼 인수인계가 제대로 되지 않을 사태도 있을 수 있으니 그대가 먼저 잉크로 마법진을 그리고, 그 위에 그대의 마력으로 물들인 실로 자수를 시켜도 돼."

남이 수를 놓으면 효과는 떨어지지만, 앞서 잉크로 그렸으니 문제가 없다고 페르디난드는 말했다.

"허나 신부수업과 마법진 공부를 겸해서 반드시 하나는 본인 손으로 수를 넣도록. ……대답은?"

날카롭게 째려보며 자수 과제를 넘겨받은 나는 울고 싶은 기분으로 고개를 푹 숙였다.

"……결국은 자수에서 벗어나지 못하네요. 잉크를 조합한 의미가 없어졌어요."

"자수를 해야 할 마법진이 하나로 줄었다. 그거면 의미는 충분하지 않은가?"

완성한 마술구를 넣어두는 목상자에 잉크를 담은 페르디난드가 몸을 홱 돌려서 도청방지 마술구를 내놓으라고 했다. 비밀 이야기는 끝났나 보다.

"에크하르트, 다무엘, 안게리카. 이 잉크의 제조법은 공개하지 않기로 했다. 잉크에 관해서 절대 누설하지 말도록. 알겠나?"

가까이서 조합을 지켜봤던 호위 기사들에게 페르디난드가 명령했다. 그들은 모든 속성을 가지고 있지 않기 때문에 제작해도 위험은 없겠지만, 제조법이 유출되면 곤란해져서다. 세 사람이 "넵!" 하고 입을 모아 짧게 대답한 뒤, "애초에 기억나지 않으니 문제없습니다."라고 안게리카가 당당하게 덧붙였다. 마술구 조합을 옆에서 봤으면서 애초부터 기억할 생각이 전혀 없는 귀족이 있을 줄 몰랐으리라. 순간 페르디난드가 침묵했다. 나는 이따금 봐서 알고 있다. 저건 이해할 수 없는 존재를 눈앞에 뒀을 때 보이는 랙 걸린 반응이다. 하지만 나의 언행으로 랙이 걸리는 데도 익숙해졌는지 회복이 빨랐다. 페르디난드는 깊이 생각하길 포기한 듯하다. 안게리카를 힐끗 쳐다본 뒤 "그렇군." 하고 그냥 넘겼고, 바로 화제를 바꾸었다.

"그러고 보니 로제마인. 프랑이 보고하길 천 염색으로 평민 상인들과 또 무슨 이상한 걸 시작했다던데?"

보고는 프랑에게 맡겼는데 뭐가 부족했던 걸까? 무슨 말이 하고 싶은지 이해가 되지 않아서 의아해하는 내게 페르디난드가 질린 표정을 지었다.

"새로운 유행에 관계가 있으면 플로렌치아 님과 엘비라에게도 꼭 전달해 두도록. 나중에 혼란이 일지 않게."

"알겠어요."

옛날 염색법을 부활시키자는 얘기가 전부라서 새로운 유행만큼 파급력이 있을지 없을지 모르겠지만, 보고는 해 두기로 했다.

유스톡스가 소식을 가지고 돌아오기까지 이틀간, 나는 오후의 자유 시간을 책의 바다에 흠뻑 빠져 지냈다. 뇌 속이 글자로 가득 차서 머리가 멍해지는 감각이 황홀하다. 페르디난드가 호출하기 전까지는 행복한 시간이었다.

"드디어 라이제강 백작이 성을 나갔다는군."

어떻게든 면담하려고 우리가 성에 돌아오기를 끝까지 기다리고 있던 라이제강 백작이 드디어 귀로에 올랐다고 한다. 소식을 들고 온 유스톡스가 성의 상황을 알려 주었다.

"차기 영주가 될 생각이 없냐고 로제마인 공주님이 귀족원에서 아이들에게 선언했다는 것. 그리고 호위 기사였던 일크너의 브리기테가 공주님에게 권력욕이 없다고 설득한 것이 마음에 와 닿았는지 라이제강 말고는 공주님을 차기 영주에 앉힐 계획을 일단 포기한 듯합니다."

다른 영지에 시집을 보내지 않고, 차기 영주의 첫째 부인으로 에렌페스트에 남긴다면 그거로 충분하다는 방향으로 돌아섰다고 한다. 거기에는 질베스타의 설득과 노력도 있었다고 한다.

"성에 돌아갑시다. 영주 회의 전에 회의도 해야 하고, 아우브께서 평민촌 정비에 관한 얘기도 듣고 싶다고 하셨거든요."

"알겠다. 로제마인, 내일 돌아가자."

"네. ……아."

내가 소리를 지르자, 페르디난드가 "뭔가?" 하고 경계하듯 미간에 주름을 새겼다.

"제 전속 요리사는 어쩔까요? 지금 결혼 준비 때문에 푸고에게 휴가를 줬어요. 데리고 간다면 엘라뿐인데 제 레시피를 전부 알고 있는 미혼 여성을 성의 주방에 혼자 두기가 걱정되네요. 별로 데리고 가

싶지 않아요……."

걱정거리를 털어놓자, 페르디난드는 잠시 생각하며 고개를 끄덕였다.

"혼자가 되면 단체로 노리겠군. 결혼을 못 하는 상황까지 갈 가능성을 생각하면 신전에 두고 가는 편이 무난하겠구나. 레시피 한두 개로 질베스타와 협상해서 성 요리사 한 명을 기간 한정 전속으로 빌리면 되지 않겠나?"

"그렇게 할 수도 있어요?"

"어차피 기원식 전까지라 짧은 기간이다. 새로운 레시피를 쥐여 주면 상대방도 좋아하겠지."

페르디난드가 알려준 대로 나는 엘라를 신전에 남기기로 했다. 위험은 적은 게 낫다. 엘라에게는 신전에 남으라고 하고, 프랑과 시종들에게 떠날 채비를 시켰다.

"다녀오십시오, 로제마인 님. 빨리 돌아오시기를 기다리고 있겠습니다."

"기원식 준비를 부탁할게요."

로지나와 짐을 실은 레서버스를 타고 하늘을 달려, 나는 성으로 이동했다.

"어서 오십시오, 공주님."

리카르다를 필두로 측근이 총출동하여 우리를 맞이해 주었다. 다음 호위 담당과 교대한 다무엘과 안게리카는 휴식에 들어갔다.

"어떤 정보가 들어왔나요? 성에서 무슨 일이 있었는지 말해 봐요."

라이제강 백작과 친척뻘인 코르넬리우스나 레오노레, 브륀힐데는 부모와 친척의 호출을 받고, 이런저런 질문을 받았다고 한다. 하지만 내가 처음부터 '차기 영주를 노릴 마음은 없다'라고 했던 선언과 본인이 억지로 하는 혼약이 아님을 전하자, 주제넘게 나섰던 귀족들의 의욕이 다소 시들해졌다고 한다.

"죄를 범한 자를 성녀와 혼약했다고 차기 영주에 앉히느냐는 식의 비난을 듣고, 빌프리트 님이 낙담하고 있다고 램프레히트 형님이 그러더군요."

코르넬리우스의 보고에 리카르다가 애처롭다는 듯이 얼굴을 일그러뜨렸다.

"낙담하고 계신 도련님을 달래고, 기를 세워주세요. 공주님은 도련님의 약혼녀가 되셨잖아요."

"낙담했든 어쨌든 빌프리트 님께서 지울 수 없는 죄를 범한 건 사실이지 않습니까. 게다가 라이제강 계 귀족이 차기 영주로 밀려고 한 로제마인 님과 혼약해서 차기 영주로 복귀하려고 하는 겁니다. 그 정도 비난은 혼약을 받아들이기 전부터 알아야 하는 것 아닙니까. 예상하지 못했다면 생각이 짧으신 거지요."

줄곧 질베스타의 시종이었고, 태어날 때부터 빌프리트를 봐 왔던 리카르다와 반대로 아주 일반 귀족…… 라이제강 계 귀족의 시선으로 빌프리트를 보는 하르트무트의 의견은 신랄했다.

전 라이제강 백작의 사랑스러운 딸은 차기 영주로 촉망되던 영주 후보생의 청으로 시집을 갔지만 심한 취급을 당했다. 첫째 부인으로 결혼했는데 아렌스바흐의 영애가 시집을 오면서 둘째 부인으로 밀려났다. 더군다나 그 영주 후보생은 영지 내에 파란을 일으킨다고 하여 차기 영주 후보에서 제외되어 그레첼 백작이 되었다.

아울러 당시의 영주가 영지 내의 균형을 맞춘다며 그의 막내딸을 보니파티우스에게 시집보내라고 명했고, 전 라이제강 백작은 그에 따랐다. 하지만 보니파티우스는 영주의 지위를 서슴없이 남동생에게 양보했다. 그의 첫째 부인이 아렌스바흐의 영애가 낳은 베로니카였고, 자신의 딸이 낳은 자식과 손자까지 베로니카에게 배척당했다. 영지 최대의 수확량을 자랑하는 땅의 기베가 권력의 중심에서 조금씩 밀려났다. 오랜 세월 동안 이를 참아왔고, 선조에게 면목이 없다며 인생을 후회로 보냈다고 한다. 그런 그들이 베로니카의 손에서 자란 빌프리트를 인정할 리가 없다고 하르트무트가 말했다.

"비난을 극복하려고 노력하고, 귀족들의 마음을 돌리지도 못하는 자가 어찌 차기 영주를 감당할 수 있겠습니까. 로제마인 님과 혼약하신 이상, 나란히 서려면 노력하셔야지요. 한참 부족합니다."

"하르트무트. 그만 하세요. 사전에 예상했더라도 실제로 들으면 누구나 낙담해요. 중요한 건 앞으로 빌프리트 오라버니가 어떻게 하느냐예요. ……그것보다 라이제강 백작은 포기하셨을까요? 계속 성에 남으시려고 한 걸 보면 쉽게 포기하지 않으셨을 것 같은데……."

내가 정보를 요구하자, 라이제강 백작의 친척뻘이며 증조부의 병문안을 해야 했던 브륀힐데가 그때의 상황을 이야기해주었다.

"레오노레와 둘이 초대를 받았습니다만, 한동안은 로제마인 님의 취향이 궁금하신지 흔한 잡담을 나눴습니다. 그 뒤에 베로니카 님이 페르디난드 님을 모질게 대하셨듯이 영주 부부가 차기 영주를 포기하라고 로제마인 님을 협박하고 억압하지 않았을지 걱정하셨습니다."

브륀힐데는 딱 잘라 부정했고, 영주 부부와 관계가 좋다고 설명했다. 라이제강 백작의 조카딸인 레오노레도 덩달아 내가 차기 영주 자리를 원하지 않는다고 설득했다고 한다.

"로제마인 님은 신전 출신이셔서 귀족 사회에 익숙지 않으시기 때문에 차기 영주를 원하지 않는다고 하셨다고 말씀드렸더니 매우 감동하셨습니다."

"……감동, 했다고요?"

신전 출신이라는 말에 감동한 구석이 지금까지의 귀족상으로 봤을 때 이해되지 않았다. 내가 당황하자, 하르트무트가 씁쓸하게 웃었다.

"제 아버님께 들은 바로는 방대한 마력을 가지고, 훌륭한 공적을 올린 데다 혈통에도 전혀 문제기 없는 엉애가 참으로 속이 깊다. 성녀라는 칭호가 이토록 잘 어울리는 사람은 없었다고 말씀하셨다고 합니다. ……전 라이제강 백작 덕분에 성녀 전설이 가속화하겠군요."

하르트무트의 말을 듣고, 레오노레는 모든 설득이 헛수고로 돌아간 사실에 피곤한 미소를 지었다.

"출신 따위에 신경 쓰지 않고 지내시도록 전력을 다해 지지할 생각이라고 합니다. 로제마인 님은 바라지 않으신다고 몇 번을 거절해도 증조부님은 귀가 어두운 척을 잘하셔서 어디까지 들으셨고, 어디까지 못 들으셨는지 모르겠습니다……."

'아이고야, 증조할아버님!?'

증조부가 여전히 배후에서 움직일 거라는 보고에 머리가 지끈거렸다.

정보수집의 결과를 전부 들은 뒤 하르트무트가 자료를 가져왔다.

"이쪽은 귀족원 기숙사를 개조했을 때의 자료를 정리한 것이고, 이쪽은 성과 귀족가를 개조했을 때의 자료입니다."

평민촌 정비에 관해 내 연락을 받은 엘비라를 필두로 하르트무트와

필린느는 물론, 빌프리트의 문관과 샤를로테의 문관이 서로 협력하며 과거 자료를 뒤져서 정리했다고 한다.

"고마워요. 내 쪽에서도 줄 게 있어요. 이건 길베르타 상회와의 회의 내용이고, 이건 구텐베르크와의 회의를 기록한 자료예요. 인쇄와 마을 정비 부분은 하르트무트가, 염색 부분은 필린느가 정리해서 엘비라에게 제출하세요."

이건 페르디난드에게 보고하기 위해 프랑이 일련의 흐름을 적은 회의록 형식 자료이다. 이 안에서 필요한 부분만 발췌하라고 두 사람에게 프랑의 회의록을 건넸다. 자료를 대충 넘겨보던 하르트무트가 살싹 미간을 찌푸렸다.

"이걸 신전의 문관이 작성했습니까?"

"네. 신전에서 내 시종을 맡은 프랑이에요. 신전에서는 시종이 문관 업무도 하거든요. 프랑과 잠은 내 밑에 들어오기 전엔 페르디난드 님의 시종이었어요. 그 밑에서 단련했으니 자료도 정말 잘 정리하죠?"

하르트무트가 진지한 눈빛으로 자료를 넘겼다.

"……그러네요. 신전의 회색 신관에게 이런 능력이 있는 줄은 몰랐습니다."

'신전의 회색 신관'이라는 단어에 반응한 필린느가 나를 보았다. 그 걱정스러운 표정에서 콘라트의 근황을 묻고 싶다는 것을 알았다. 나는 필린느를 안심시키려고 싱긋 웃었다.

"필린느, 콘라트는 건강해졌어요. 웃는 날이 많아졌고, 이제는 밥도 잘 먹는데요. 내가 고아원에 시찰을 하러 갔을 때 보니 또래 아이와 친해져서 글자와 계산을 배우고 있었어요."

안심한 듯 가슴팍을 누른 필린느가 갑자기 "어?" 하고 눈을 몇 차례

끔뻑였다.

"……저기 로제마인 님. 콘라트가 글자와 계산을 배우고 있다는 말씀은."

"우리 고아원은 카루타, 트럼프, 그림책을 갖추고 있어서 세례 전 아이들도 읽고, 쓰고, 계산을 당연하게 한답니다. 그래서 콘라트는 아직 읽고 쓰기와 계산을 못 하니까 다른 고아들에게 배우고 있어요."

필린느가 절규하며 눈을 크게 떴다. 하르트무트도 놀란 듯이 내 쪽을 돌아보았다.

"로제마인 님이 만드신 교육 완구가 갖춰져 있고, 세례 전에 읽고 쓰기와 계산을 할 줄 안다면 하급 귀족보다도 신전에 사는 고아들이 훨씬 좋은 교육을 받고 있다는 거 아닙니까?"

세례를 받은 직후에도 받아쓰기가 불안했던 필린느가 고개를 연신 끄덕였다. 나는 고아원 아이들의 모습과 성의 어린이 방을 떠올렸다.

"일반 귀족이 어떤 교육을 받는지 모르지만, 세례 직후의 아이와 비교하면 마력을 제외하고 중급 귀족의 아이 만큼의 교양은 쌓았을 거예요. 세례식 후에는 공부 시간이나 장래에 필요한 지식이 달라서 단순 비교는 어렵지만……."

애초에 카루타와 트럼프는 고아를 위해 만들었다. 견학을 온 질베스타가 성과를 인정해서 성의 아이들 방에 도입했고, 먼저 사용한 고아원 아이들이 읽고 쓰기와 계산을 할 줄 아는 건 당연하다. 나는 그렇게 생각했지만, 귀족의 상식으로는 고아원에 카루타를 비롯한 교육 완구로 고아가 교육을 받았을 줄은 생각도 못했던 모양이다.

"신전을 꺼리지 않는다면 저가로 하급 귀족의 아이를 맡아서 교육해볼까 생각도 했는데 아직은 시기상조예요. 신전 교실은 앞으로 이뤄야 할 과제라고 생각해요."

"신전 교실, 이요?"

"언젠가는 평민에게도 읽고 쓰기와 계산을 가르칠 예정이에요. 10년, 20년 단위 계획이지만……."

나는 미래의 희망을 말하며 얘기를 끝마치고, 손에 든 자료로 시선을 떨구었다. 자료의 마지막에는 평민촌 개조에 필요한 마력과 시간이 계산되어 있었다.

'흠. 몇 년은 마력에 굶주리겠지만, 실행을 못 하지는 않겠네.'

"지기, 로제마인 님. 이 염색이란 선 뭔가요?"

필린느의 목소리에 나는 고개를 들었다.

"옛날에 에렌페스트에서 사용되던 옷감 염색법이에요. 슈바르츠와 바이스의 의상을 만들 때 단색이 아닌 다양한 옷감을 쓰고 싶어서 길베르타 상회에 상담했더니 옛날 기술이 있다고 하더라고요. 그 옛날 기술을 살릴 수 없을까, 염색 공방에 부탁해 뒀어요."

짧게 정리해서 그렇게 되었다. 홀치기염색이나 납결염색도 설명했지만, 실물을 모르는 필린느에겐 감이 잡히지 않나 보다. 반응한 사람은 리카르다였다.

"홀치기염색과 납결염색 말입니까? 오랜만에 듣네요."

"리카르다는 알아요?"

"제가 성인이 되기 전에는 누구나 그 옷감을 입었거든요. 저희 집 옷방을 뒤지면 옷감이 몇 장은 나올지도 모르겠네요."

주인에게 하사받거나 추억이 가득한 물건은 버리지 않고 소중히 남겨두는 모양이다. 생각지도 못한 곳에서 옛날 염색물의 정보를 얻게 됐다.

"옛날에 어떤 염색물이 유행했는지 보고 싶어요. 다음에 보여주세요."

"예. 그러지요."

내가 리카르타와 그런 약속을 하는데 브륀힐데가 살짝 볼멘소리를 했다.

"그렇게 옛날 옷을 어쩌시려고요? 옛날 물건이 아니라 새로운 유행을 만드셔야 합니다."

"옛날 기술을 써서 더 새로운 염색법을 만들어내는 것이 목적이에요. 잘 될지 어떨지는 장인의 실력은 물론이고, 우리의 보는 눈에 달렸어요. 완성된 유행을 퍼트리지만 말고, 브륀힐데도 함께 유행을 만들지 않겠어요?"

"저도 함께 유행을 만들자고요?"

깜짝 놀란 브륀힐데의 눈이 휘둥그레졌다. 브륀힐데는 좋은 물건을 찾아서 다른 영지로 유행을 퍼트릴 생각만 해 왔지만, 나이나 파벌 윗선에 플로렌치아와 엘비라가 있어서 스스로 유행을 만들 생각은 지금까지 못 했던 모양이다.

"난 브륀힐데의 감각을 믿어요. 에그란티느 님께 내드린 카트르 카르와 차, 린샴의 향도 적절하게 골라줬잖아요. 새로 만들 염색물 중에서 귀족 여성이 좋아할 만한 물건을 골라내는 능력이 있다고 생각해요."

내 말에 브륀힐데는 자랑스러운 듯이 웃으며 고개를 끄덕였다. 새로운 유행을 만드는 목표가 생긴 황갈색 눈동자가 강한 빛을 발했다.

"제가 로제마인 님께 가장 잘 어울리는 옷감을 골라 드리겠습니다. 그리고 로제마인 님과 함께 새로운 유행을 만들겠어요."

영주 회의가 열리기 전에

우선은 옛날 기술이 어떤 물건인지를 알고 난 뒤에 새로운 물건을 고르는 편이 좋다고 조언했다. 그러자 브륀힐데는 리카르다에게 옛날 의상이 어땠는지 꼬치꼬치 묻기 시작했다. 의상과 장식에 남다른 관심을 보이는 두 사람이 염색물 화제로 달아올랐다. 리젤레티와 필린느도 흥미진진하게 리카르다의 이야기를 들었다. 그 모습을 흐뭇하게 바라볼 때 오틸리에가 초대장을 들고 왔다.

"로제마인 님, 아우브 에렌페스트께서 다섯 점 종에 오시랍니다."

신전에 있었던 나는 페르디난드와 질베스타가 올도난츠로 일정을 맞추는 것을 알고 있었지만, 방에도 정식 초대장을 보낸 모양이다. 우리가 성에 귀환하는 날에 맞춰서 영주 일족이 총출동하여 영주 회의를 대비한 의논을 취지로 한 다과회가 열리게 되었다. 인쇄업과 평민촌 정비에 관한 얘기도 나눠야 해서 엘비라도 불려온 듯했다.

"귀족원에 들어가신 빌프리트 님과 로제마인 님은 이해하겠는데 샤를로테 님도 동석하시는군요."

원래라면 귀족원에 들어간 후에 견습 일을 시작할 수 있다. 세례를 받은 귀족의 자제는 부모의 일을 돕거나 친척이나 교류가 있는 사람에게 업무 내용을 물으면서 자신의 장래를 고려하여 귀족원 코스를 선택한다. 샤를로테의 경우에는 영주 후보생으로 결정되어 있고, 본인이 함께 일하기를 바라고 있어서 이번에도 인쇄업에 관여하고 있다.

"샤를로테는 열심히 일하고 있으니까 회의에 출석해야죠. 혼자만 상황을 모르면 측근들도 난처해지잖아요."

"로제마인 님도 샤를로테 님도 자수 같은 신부수업보다 인쇄업에 열을 올리시니 조금 걱정입니다."

오틸리에가 뺨을 괴며 곤란한 듯 중얼거렸다. 샤를로테는 영주 후보생으로서 나와 빌프리트에게 뒤처지지 않으려고 필사적으로 노력하는 듯했다. 하지만 빌프리트가 나와 혼약하면서 차기 영주로 내정되는 듯한 상황으로 흘렀다. "되도록 신부수업을 열심히 해 주셨으면 좋겠어요."라는 대화를 샤를로테의 시종과 오틸리에가 나눴다고 한다.

'미안해, 오틸리에. 난 신부수업보다 바쁘게 일하는 쪽이 훨씬 나아.'

시종에게는 미안하지만, 내게 가장 중요한 것은 독서다. 마음 편히 독서를 즐기기 위해서 인쇄업 보급에 전력을 다할 테지만, 신부수업에 진지하게 임할 마음은 없다.

"로제마인 님, 슬슬 회의실로 가시겠습니까?"

함께 출발할 채비를 끝낸 리젤리타가 말을 걸었다. 그 목소리에 하르트무트와 필린느가 얼른 문구와 자료를 손에 들고 준비를 끝냈다. 오늘 동행하는 시종은 리카르다와 리젤레타, 호위 기사는 코르넬리우스, 레오노레, 유디트, 세 사람이다. 내가 레서버스에 올라타면 본관 2층에 있는 회의실로 출발이다.

"으으, 영주 일족이 전부 모인 회의에 하급 귀족인 제가 동석하게 되다니, 너무 긴장되어요."

"상급 귀족도 긴장하는 건 마찬가지야. 나도 영주 일족이 모이는 회의는 처음이거든."

문구를 껴안은 필린느의 손이 떨리고 있다. 하르트무트도 조금 긴장한 얼굴이었다. 리젤레타가 안게리카와 쏙 닮은 얼굴로 싱긋 웃었다.

"나도 긴장되지만, 자기 일에 충실하게 해내면 돼요. 견습생인 우리가 할 일은 똑바로 일을 처리하는 거니까요."

'리젤레타와 안게리카는 얼굴만 닮은 줄 알았는데 일을 대하는 자세도 비슷한지도.'

비록 시종과 호위 기사로 업무 내용은 다르지만, 책임감을 느끼고 일을 완벽하게 해내려는 자세가 아주 비슷하다. 안게리카는 머리를 쓰는 일은 자기 일이 아니라며 완선히 선을 끊고 있지만, 호위 업무에는 누구보다 진지하고 열심이다. 리카르다가 기대를 걸며 의욕적으로 가르치는 리젤레타는 배려심이 강하고 눈치가 빠르다. 언뜻 눈에 띄지 않아도 필요한 곳에 필요한 물건을 준비해 놓는 느낌이 든다.

회의실에 입실할 수 있는 호위 기사는 한 사람이라서 코르넬리우스가 들어오고, 레오노레와 유디트는 별실에서 대기한다. 회의실에는 이미 많은 사람이 모여 있었다. 영주 부부가 상석에 앉아 있고, 차석이 보니파티우스, 그다음은 페르디난드. 빌프리트, 나, 샤를로테로 이어졌다. 각자의 문관과 호위 기사가 있고, 차를 내는 시종이 드나들어서 영주 일족의 관계자만으로도 상당한 인원수다. 그 외에 엘비라와 문관 상층부, 기사단 상층부가 대화의 자리에 앉아 있다.

"오. 로제마인. 행사는 무사히 끝났나 보구나."

자기 쪽으로 오라는 질베스타의 손짓에 나는 코르넬리우스와 함께 다가갔다. 문관과 시종에게는 각자 할 일이 있기 때문이다.

"양아버님, 피로한 기색이 역력하세요……."

오랜만에 가까이에서 본 질베스타는 피곤에 찌들어 보였다. 눈 밑에 다크서클이 짙고, 웃음에 힘이 없다. 아니, 분위기가 차분해졌다고 해야 할지도 모르겠다. 초등학생 남자애 같았던 질베스타가 아래위로 끼여서 고생하는 중간 관리직 분위기로 바뀌었다.

"너와 빌프리트를 혼약시키기로 결정한 시점에서 이미 예측했던 일이다. 신전에서 어떻게 지냈느냐?"

"행사 외에는 평소와 같았어요. 페슈필과 봉납 가무 연습에 페르디난드 님의 업무를 도와드렸어요. 그것 외에는 자리를 비운 사이에 일어난 일을 시종에게 보고받고, 상인들과 회의하고, 고아원을 시찰했어요. 왕족의 마술구에게 줄 의상에 필요한 마술구를 제작하고, 책도 읽었어요. 사실 자유 시간이 이틀이나 있었거든요."

이번에는 조금 느긋하게 지내다 왔다고 보고하자, 질베스타가 씁쓸한 얼굴로 "전혀 휴식이 아니잖아. 넌 일을 너무 많이 해."라고 중얼거렸고, 플로렌치아는 "로제마인이 이렇게 열심히 하는데 질베스타 님도 더 열심히 하실 수 있습니다."라며 미소 지었다.

"네가 평민촌 정보를 모아준 덕분에 영주 회의 후에 에렌페스트가 망신을 당하지 않고 마무리할 수 있겠군. 고맙다, 로제마인."

질베스타는 내 머리를 가볍게 쓰다듬으며 칭찬하고, 자리로 돌아가라고 했다. 나를 신전에 둔 건 격리뿐만 아니라 휴식의 의미도 있었던 모양이다. 질베스타가 머리가 헝클어질 정도로 난폭하게 쓰다듬은 적은 몇 번이나 있어도 가볍게 쓰다듬어준 적은 없었기 때문일까, 조금 묘한 느낌이다.

"그럼 에렌페스트가 앞으로 어떻게 움직여야 하는지 긴급회의를 시작한다."

질베스타가 그렇게 선언하면서 회의가 시작되었다.

중영지이면서 바닥을 밑돌았던 에렌페스트의 영향력이 점점 커지고 있다. 겨울 어린이 방의 성과가 나오면서 이론 성적이 오른 것, 귀족원에서도 통하는 유행을 전파하고, 영지 대항전에서 중앙과 대영지의 주목을 모은 것, 앞으로 로제마인식 마력 압축으로 아이들 세대의 마력이 대폭 증가할 것으로 예상되며 모든 영지의 관심이 에렌페스트에 집중되는 시대가 왔음을 알렸다.

　"영지 대항전 때는 각지에서 상거래 제안을 받았고, 중앙과 클라센부르크와는 영주 회의 때 머리 장식과 린샴을 정식 거래하기로 약속했다. 이제 다른 영지와의 대규모 거래는 피할 수 없게 됐어. 다만, 타지 사람을 거의 받지 않았던 에렌페스트는 다른 영지 상인을 받아들일 준비가 되어있지 않아. ……엘비라, 설명해라."

　"알겠습니다."

　자리에서 일어난 엘비라는 한 손에 자료를 들고, 평민촌의 정비를 다른 영지와 비교했을 때 에렌페스트가 몇십 년 뒤처지고 있다고 설명했다. 이미 모두가 알고 있는 얘기지만, 이렇게 확인하고, 공통 인식을 가지는 것이 중요했다.

　"로제마인 님께서 보내 주신 평민촌 정보를 토대로 빌프리트 님과 샤를로테 님과 함께 조사한 결과, 마력 부족으로 평민촌 정비가 과거와 전혀 바뀌지 않았음을 알았습니다. 영주 회의로 거래하는 상인이 증가하기 전까지 체재를 갖출 필요가 있습니다."

　엘비라의 설명이 끝나자 질베스타가 고개를 끄덕이면서 일어났다.

　"평민촌의 참상을 어떻게든 해결할 방법이 있다면 무슨 수라도 써야 한다. 나도 실제로 시찰을 하러 갔었지만, 솔직히 평민촌은 평민이 사는 곳이니까 더러워도 상관없다고 생각했었다. 그들은 마술구를 쓰지 못하니까. 그런데 다른 영지는 그렇지 않아. 평민이 사는 평민촌도 귀족가와 다름없이 깨끗하다더군."

귀족가에서 사는 대부분 귀족은 평민촌에 간 적이 없다. 상인은 집 안에 부르면 되고, 다른 곳에 갈 때는 기수를 타면 평민촌을 훌쩍 뛰어 넘을 수 있다. 피치 못해 마차로 이동해야 할 때는 "더럽기 짝이 없는 곳이구면." 하고 통과하기를 기다리면 그뿐이었다.

그런 평민촌이 다른 영지에서는 귀족가와 다름없이 깨끗하다. 에렌 페스트가 얼마나 무관심했는지 알 수 있었다. 내 기억으로는 길드장이 보낸 편지에 '귀족가와 똑같다'라고까지 쓰여 있지는 않았다. 하지만 앞뒤가 꽉 막힌 문관들을 설득하려면 다소 과장되게 말하는 편이 좋다고 질베스타는 판단했으리라.

"수십 년의 차이를 메꿔야 해."

번쩍이는 짙은 초록색 눈동자로 실내를 둘러보며 질베스타가 단언했다.

"기원식이 끝난 뒤부터 지금까지 비축한 마력을 써서 영주 회의 전까지 엔트비켈른으로 평민촌을 정비하겠다. 이것이 결정사항이다."

'엔트비켈른이 뭐지?'

그런 의문이 머릿속을 휘저었지만, 금방 극적 비포 애프터의 정식 명칭임을 알았다.

"평민촌을 정비하는 데 엔트비켈른을요?"

"마력은 충분합니까?"

주위가 술렁이며 놀라움에 목소리를 높이자 영주 부부는 아주 잠깐 시선을 교환하더니 고개를 끄덕였다. 아무래도 영주 부부 사이에는 이미 극적 비포 애프터가 결정된 사항인 모양이다.

"아우브 에렌페스트가 영주 일족에게 명한다. 에렌페스트를 위해 마력을 바쳐라!"

질베스타의 말을 듣고 제일 먼저 움직인 사람은 페르디난드였다. 가슴 앞에 양팔을 교차하고, 명령에 따르겠다는 뜻을 보였다. 보니파티우스가 그 뒤를 이었고, 나도 마찬가지로 팔을 교차했다. 빌프리트와 샤를로테도 한 박자 늦게 팔을 교차했다.

모든 영주 일족의 양해를 구하자 질베스타가 천천히 고개를 끄덕였다. 엔트비켈른을 시행하기로 결정되었다면 다음은 세세한 일정을 잡을 차례다.

"시행 일자를 빨리 정해서 평민에게도 알려야겠지."

"일단 평민들을 마을에서 내보내야 합니다."

문관들이 어떤 순서를 밟을지 의논하고 있지만, 평민촌에 사는 모든 주민을 마을 밖으로 내보내는 것도 큰일이다. 가구와 식료품을 지고 전부 나갈 수 있을까? 문관들의 말에 나는 우리 가족이 대량의 짐을 지고 마을 밖으로 쫓겨나는 모습을 떠올리고, 미간을 찌푸렸다.

"귀족가를 개조할 때도 귀족들을 전부 내보냈어요? 가구 같은 건 어떻게 했는지 자료가 있나요? ……보니파티우스 님, 당시의 상황을 알고 계시면 알려 주실 수 있으세요?"

내가 묻자, 보니파티우스는 당시의 상황을 열정적으로 알려주었다. 저택 안에 화장실과 욕실을 설치하기 위해 각각 집안 설계도를 제출했고, 그것을 토대로 마을 설계도를 만든 후에 엔트비켈른을 시행했다고 한다. 정원에 가구를 실어 나르느라 고생했다고 한다.

"평민촌은 하얀 건물뿐만 아니라 멋대로 증축한 집도 있어서 그 부분을 어떻게 다룰지도 난처합니다."

"……증축 부분까지 전부 하얀 건물로 바꿀 만큼 여력이 없다. 이 계산은 어디까지나 하얀 건물 부분의 개조만 따진 숫자야."

질베스타가 문관의 말에 팔짱을 꼈다. 즉, 석조로 지은 1층부터 2층까지만 개축할 수 있다는 말인 듯한데 아래층을 손대면 위층은 허물어진다. 위층 사람들의 살 장소가 사라지게 되는 셈이다.

"증축 부분이 무너지면 생활을 못 하게 되는 주민이 대량으로 발생해요. 하얀 건물 부분에는 가게나 공방이 많고, 주민들은 대부분 목조 부분에 살거든요. 또 지금은 다른 영지의 상인을 끌어들이려고 많은 공방이 움직여서 상품을 만들고 있어요. 장기간 공방을 못 쓰는 상황이 되면 제일 중요한 상품을 못 만들게 돼요. 손해가 너무 막대해요."

다른 영지에서 상인이 방문하는데 대량의 난민이 발생한 것도 모자라, 상품이 바닥이 나면 오히려 체면이 떨어진다. 내 의견을 듣고 있던 페르디난드가 가볍게 턱을 쓸었다.

"엔트비켈른을 쓴다고 해서 평민촌을 귀족가와 완전히 똑같이 바꿀 필요는 없습니다. 모든 건물 내부에 화장실과 욕실을 일일이 설치하는 방법보다 신전처럼 오물 처리장을 몇 군데 설치하는 방식으로 시행하면 건물을 건드릴 필요가 없지 않겠습니까?"

'오호라, 신전은 그런 식으로 처리했구나. 처음 알았어.'

신전 생활은 오로지 시종에게 맡기고 있는 나는 오물을 어떻게 처리하는지 생각해 본 적도 없었다. 아무래도 쓰레기를 버리는 장소가 따로 있고, 그곳에 귀족가와 같은 점액질 물체가 오물을 처리하나 보다.

나는 페르디난드의 의견에 찬성했다.

"건물을 건들지 않는 방법이 있다면 그보다 더 좋은 건 없겠죠. 건물을 손대지 않으면 마력도 대폭 절약할 수 있죠?"

"길을 따라 지하에 하수도를 설치하면 건물을 건드리지 않아도 됩니다. 오물을 넣을 장소를 만들어서 평민들이 창문으로 붓지 않고, 거기까지 가져가게 하면 건물을 건드리지 않고도 하수도를 정비할 수 있습니다. 다만, 깨끗하게 유지하려면 신전과 마찬가지로 철저하게 유지 보수를 하고, 쓰레기를 아무 데나 버리지 않도록 평민을 지도해야 합니다."

페르디난드는 난처한 얼굴을 한 채로 질베스타의 반응을 살폈다.

"신전은 깨끗하니까 똑같이 시키면 되지 않나?"

"고아도 해냈으니 가르치면 평민도 할 수 있을 겁니다."

"……가르치면 할 수는 있겠지만, 어떻게 가르칠지가 문제네요."

평민촌 정비 안건까지 담당하게 된 엘비라가 곤란한 듯 한숨을 내쉬었다. 엔트비켈른으로 깨끗하게 만드는 작업은 간단하지만, 그 뒤의 유지 보수가 쉽지 않다.

"구스타프에게 맡기면 되겠지. 그 사람은 평민촌에서 영향력이 아주 크지 않느냐."

질베스타가 나를 쳐다보았다. 이 자리에서 가장 평민촌 사정에 빠삭한 사람이 나고, 평민촌을 내팽개치고 있다고 분노를 폭발한 사람도 나다. 이 문제에 좋은 안을 내놓으라는 그 눈빛에 나는 음~, 하고 신음하며 고민했다.

"평민촌의 북쪽은 부자와 큰 상점이 모여 있고, 서쪽은 시장, 동쪽은 상인이 많은 곳이라서 구스타프 길드장이 지시를 내리면 된다고 생각해요."

이에 위반한 사람은 사업자 등록을 못하게 하든지, 시장에서 영업

할 허가증을 발급해 주지 않는다든지, 주변이 신고하면 벌금을 부가하는 등 단속한다면 모두 진지하게 임해줄 터이다.

"문제는 남쪽이에요. 평민촌 안에서도 부자는 접근하지 않는 곳이고, 장인이 많아서 상업길드의 길드장이라도 얼마나 영향력이 있을지, 지시만 내린다고 철저하게 지킬지 어떨지 가늠이 안 가요."

장인 거리나 빈민이 모여 사는 주거지 근방까지 구석구석 통달하고, 사용 방법을 알리고, 위반자를 단속하려면 어떻게 해야 좋을까?

'도와줘, 아빠!'

"아, 병사를 시키면 어떨까요?"

내가 손뼉을 치자, 모두의 시선이 내게 쏠렸다. 질베스타가 눈을 가늘게 뜨며 뭔가를 살피듯이 나를 쳐다보았다.

"병사라면 평민 문지기 말이냐?"

"네, 맞아요. 제가 핫세의 작은 신전에 갈 때 호위를 부탁하는 병사가 그러는데 문을 지키는 병사는 문지기 업무 외에도 치안 유지로 순찰을 돈대요. 그리고 병사의 주거지는 남쪽에 모여 있으니까 기사단이 병사에게 전달해서 통달과 유지보수, 단속을 명령하면 관리해 줄 거라고 생각해요."

한 번의 지시로는 생활습관이 되지 않는다. 몇 번이고 주의를 주고, 귀족의 지시라고 으름장을 놓을 사람이 필요하다. 그리고 이러한 역할은 친분이 없는 상업 길드장보다 최대한 가까운 사람일수록 효과가 크다.

"기사단은 병사와도 회의하죠? 엔트비켈른을 시행할 날짜도 그 회의에서 알리면 되지 않을까요? 영향이 가지 않는 집 안에 있으라고 주민에게 전달하게 하면 될 거예요."

"……흠. 나쁘지 않군."

질베스타가 기사단 쪽으로 시선을 돌리자, 기사들은 알겠다는 듯이 고개를 한 번 끄덕였다. 문관은 상업 길드를, 기사단은 병사를 통해 평민촌에 자세한 사항을 알리기로 했다.

"저기, 아우브 에렌페스트. 마력을 절약하게 됐는데 이왕이면 오물을 버릴 때 쓰는 오수관뿐만 아니라 강물을 정화해서 끌어 쓸 수 있는 관도 달 수 없을까요?"

제지와 염색에도 대량의 물을 사용한다. 앞으로 산업을 발전시키려면 어마어마한 물이 필요하다. 다행히 서쪽에 큰 강이 있으니까 그곳에서 물을 끌어들일 수 없을까?

"페르디난드, 어떻게 생각해? 강물을 정화하는 마술구를 만들 수 있겠나?"

"……장기간 사용을 고려하면 어마어마한 마력이 필요합니다. 마술구를 개량하지 않으면 빛 좋은 개살구지요. 다만, 앞으로 강물이 필요하다면 일단 관만 설치하면 되지 않겠습니까?"

관만 설치한다면 큰 부담은 없을 거라고 페르디난드가 주장했다. 질베스타는 가볍게 고개를 끄덕이고, 문관에게 마력의 필요량 계산을 수정하고, 엔트비켈른을 시행할 때 쓸 설계도 제작하도록 명령했다.

"그리고 상업길드로부터 질문과 요청이 들어왔다. 영주 회의에서 허가를 내린 영지 상인과 그렇지 않은 사람을 어떻게 구별해야 하냐고 하더군. 듣자 하니 다른 영지에서는 평민도 사용할 수 있는 어마어마한 마술구가 있다고 한다. 하지만 지금부터 다른 영지의 상인이 우리 영지에 도착하기 전까지 제작하기엔 시간이 부족해. 뭔가 간단하면서 효과적인 방법이 없겠나?"

나의 부족한 머리에서 떠오르는 상인 식별 방법이라고는 주인 무역선 정도다. 나는 주인장(朱印狀)을 발행하면 어떻겠냐고 제안했다.

"……나쁘진 않다만 에렌페스트만의 독자적인 것이거나 아니면 따라하지 못하는 물건이 좋겠는데."

"그렇다면 그 주인장이라는 것에 난세이브지를 사용하면 어떻겠습니까?"

페르디난드가 천천히 고개를 들어 모두에게 일크너에서 새로 개발한 난세이브지를 설명했다. 난세이브지는 마목으로 만든 식물지라서 큰 조각을 중심으로 모이는 습성이 있다. 식물지는 알아도 마목으로 만든 종이의 존재는 몰랐는지 문관들이 놀라움에 눈을 휘둥그렇게 떴다.

"영지마다 다른 색으로 물들여서 상업 길드에 절반, 남은 절반을 거래처에 주면 어느 영지의 상인인지 금방 알 수 있습니다. 멋대로 종이가 움직이지 않게 마력을 봉인하는 가죽 주머니에 넣어서 지참하도록 거래 상대에게 설명하면 되지 않겠습니까?"

상인에게 배부하려면 종이를 잘라서 줘야 하므로 상업길드가 보유하는 절반보다 확실히 작아질 터이다. 상인용 종이 크기를 지정하면 상인의 수도 적당선을 유지할 것이라고 페르디난드가 말했다.

'그건 주인장이 아니라 감합부(勘合符)에 가까운 것 같은데 상관없겠지?'

"앞으로 식물지를 팔아야 하는 에렌페스트다운 판별 방법이군요. 다른 영지 상인들도 위조할 수 없을 테고, 좋은 방법이지 않습니까?"

플로렌치아가 싱긋 웃자, 질베스타는 난세이브지를 쓰기로 했다.

"좋다. 일크너에 난세이브지를 매입해서 영주 회의에 대비해라."

"아버님, 아니, 아우브 에렌페스트. 난세이브지뿐만 아니라 식물지도 매입해서 영주 회의 때 문관들이 쓰도록 하심이 좋을 듯합니다."

빌프리트가 회의실에 있는 모두를 둘러보면서 발언했다. 목소리 톤이 조금 높아지고, 굳은 표정을 보면 긴장하며 꺼낸 말이라는 것을 알 수 있었다.

"귀족원에서 로제마인은 사본과 기록에 식물지를 대량으로 썼습니다. 그 종이에 흥미를 느낀 다른 영지 사람이 있다고 들었습니다. 영주 회의에서도 식물지를 쓰도록 하면 어떨까요?"

빌프리트가 빈인할 줄은 생각지도 못했는지 모두가 입을 다문 채 놀란 표정으로 바라보았다. 모두의 주목을 받은 빌프리트가 숨을 삼키며 입술을 앙다물었다. 몇 초간, 침묵에 싸인 회의실에 어디선가 "흠." 하고 조그마한 목소리가 새어 나왔다. 모두의 시선이 그쪽으로 쏠렸다.

"영주 회의 때 문관에게 종이를 주면 비용은 커지겠지만, 목패보다 짐이 훨씬 가벼워지고, 쓰기도 쉽지. 다른 영지에도 좋은 선전이 되겠군. 생각할 여지는 있다."

빌프리트의 의견을 페르디난드가 지지했다. 자신의 의견이 먹힐지 어떨지 긴장한 표정을 짓고 있던 빌프리트가 안도한 듯 표정이 조금 풀렸다.

"오호라. 우리 영지부터 식물지를 써서 보여주자 이 말이군. 고려해 보마."

"또 로제마인이 귀족원에서 했듯이 영지 회의에 참여하는 사람은 린샴을 쓰고, 여성은 머리 장식을 달게 하십시오. 시선을 끌 겁니다."

"빌프리트가 귀족원에서 많은 것을 배워 왔네요."

플로렌치아가 웃으며 아들의 제안을 받아들였다. 빌프리트가 기쁜 듯이 웃었다.

영주 회의의 회식 때 선보여도 괜찮은 레시피를 정하고, 거래가 불가한 상대에게는 카트르 카르 레시피를 팔 것, 내년에는 거래처를 얼마나 늘릴 수 있는지 등, 그 외에도 세세한 사항을 의논하고, 회의는 끝이 났다.

회의를 끝낸 날부터 기원식이 열리기 전까지 일주일 동안 나는 성에서 지내게 되었다. 빌프리트와 샤를로테에게는 기원식을 돌 장소와 그 순서에 관해서 얘기하고, 각자 만반의 준비를 하도록 했다. 이번에 함께 할 신전 측근은 페르디난드의 시종 중에서 선출하게 되었다.

"순회지는 저번에 논의한 대로 나누게 됐어요."

"언니 혼자만, 일정이 아주 짧네요."

"난 기수를 타니까요."

나의 기원식 일정은 다른 사람의 절반 정도다. 딱히 돌아야 하는 횟수가 적은 것이 아니다. 기수를 타고, 하루에 몇 군데나 돌기 때문에 짧을 뿐이다.

"그럼 나도 일정을 줄일 수 있겠네."

"빌프리트 오라버니는 안 돼요."

"응?"

"제가 타는 기수는 탑승형이라서 성배를 관리하는 제 회색 신관과 회색 무녀도 함께 탈 수 있어요. 하지만 빌프리트 오라버니의 기수는 일반적인 일인용이고, 회색 신관을 태우고 싶어 하는 측근도 없잖아요? 제가 제 기수에 구텐베르크를 태우고 이동하겠다고 했을 때도 다들 놀랄 정도였으니까요."

성배가 없으면 기원식을 치르지 못하지만, 그 성배를 관리하는 회색 신관을 동승하지 못하면 일정 단축도 어렵다. 신전에 드나들며 지금까지 내가 시종을 태우는 모습을 매번 봐 왔던 다무엘과 달리 빌프리트의 측근은 고아인 회색 신관을 태우기 꺼려지리라.

"기수 문제만이 아니에요. 빌프리트 오라버니도 샤를로테도 하루에 몇 번이나 축복을 내릴 정도로 아직 마력이 많지 않잖아요."

"윽……. 네 말이 맞아."

두 사람은 내 마력을 담은 마석을 써서 축복을 내린다. 나는 경험이 없어서 잘 모르겠지만, 남의 마력을 쓰면 자기 마력을 쓸 때보다 피곤해진다고 한다.

"저는 마력보다 체력이 없으니까 최대한 빨리 기원식을 끝내야 해요. 기원식이 끝나면 당분간 신전에서 몸져누울 예정이고요. 그렇게 따지면 기원식에 소비하는 일정 자체는 비슷해요."

유레베로 다소 건강해졌지만, 기원식이 끝나면 보나 마나 앓아눕는다. 회복 기간까지 포함한 나의 기원식 일정에 빌프리트와 샤를로테가 동시에 하고 싶은 말이 있는 듯 얼굴을 찌푸렸다.

'하지만 회복 기간을 일정에 넣는 건 중요하다고.'

기원식 얘기를 한 다음 날은 엘비라와 플로렌치아, 샤를로테와 다과회를 했다. 페르디난드가 말한 대로 파벌의 정점에 있는 플로렌치아와 엘비라에게 염색물을 보고해 둬야 했다.

'들은 말을 잊지 않고 실행에 옮기는 모습을 보여 줘야지!'

길베르타 상회와 염직 협회의 주도로 염색 기술을 되살리게 되었다는 것과 그 공모전을 여름 끝물에 시행할 계획이라고 보고했다.

'보고, 연락, 상담을 잊지 않은 나. 조금은 성장했어.'

자화자찬하며 자신만만해하는데 눈을 동그랗게 뜬 플로렌치아가 이해를 못 하겠다는 듯이 고개를 갸웃거리며 나를 바라보았다.

"왜 그런 행사를 열기로 한 거죠? 관련성이 전혀 보이지 않는데요."

"어쩌다가요. 어느새 그런 전개가 되었어요."

"로제마인 님, 보고는 상세하고, 정확해야 합니다."

무시무시한 미소로 노려보는 엘비라의 눈빛에 나는 움찔했다.

"로제마인 님, 이걸 쓰십시오."

등 뒤에서 대기하던 필린느가 프랑의 보고서에서 발췌한 염색물에 관한 자료를 잽싸게 내밀었다. 일 잘하는 문관이다. 내가 그것을 제출하자, 바로 플로렌치아와 엘비라가 자료를 읽기 시작했다.

"제 전속이 되어 활약하는 구텐베르크를 평민들이 부러워한대요. 그래서 옛날 기술을 되살리려면 이 기회에 염색 공방 중에 전속을 골라 칭호를 내려 줬으면 한다고 길베르타 상회가 그러더라고요."

"귀족이 자신의 전속을 고르는 거야 일반적이지만, 언니가 뭔가를 할 때마다 일을 키우니까 매번 놀라요."

샤를로테가 말하길 평범한 귀족은 부모나 친척에게 소개를 받거나 친척이 사용하는 물건을 보고, 소개를 받아 전속으로 삼는다고 했다. 나처럼 모든 공방에 똑같은 과제를 주고, 마음에 드는 공방을 고르지는 않는다.

엘비라가 전부 훑어본 자료를 필린느에게 돌려주고, 재미있다는 듯이 칠흑 같은 눈동자를 반짝였다.

"이왕 이렇게 됐으니 저도 그 염색물을 보고 싶네요. 시일이 다가 오면 길베르타 상회를 불러서 어디서 어떻게 개최할지 얘기를 나눕시다."

'어머님까지 끼면 일이 더 커지는데 괜찮을까?'

경솔하게 머릿속에 떠오른 말을 입 밖에 내지 않으려고 입을 꾹 닫았다.

'나, 정말 성장했어.'

자신의 성장을 다시 느낀 다과회가 끝난 다음 날은 슈바르츠와 바이스의 의상 디자인을 측근들과 상담하는 날이다. 최대한 빨리 디자인을 정해서 길베르타 상회에 옷감을 부탁해야 했다.

디자인 결정은 의상 제작에 남다른 열정을 쏟아붓는 리젤레타와 브륀힐데를 중심으로 진행되었다. 샤를로테도 흥미를 보이기에 초대했다. 귀족원 기숙사에서 리젤레타를 비롯한 나의 여성 측근들과 이야기의 꽃을 피우던 샤를로테의 측근들까지 모여서 여자애들은 즐거워 보이는데 코르넬리우스와 하르트무트는 잘못 온 사람처럼 방구석에 찌그러졌다.

"로제마인 님, 저는 슈바르츠와 바이스에게 같은 옷 말고, 남녀 옷으로 다르게 입히고 싶습니다. 나란히 보면 너무 귀엽지 않을까요?"

짙은 녹색 눈동자에 강렬한 빛을 번뜩이고, 주먹을 쥐며 주장하는 사람은 리젤레타다. 평소의 단아하고, 얌전하던 모습은 어디로 가고, 스밀이 얼마나 귀여운지, 슈바르츠와 바이스의 의상 제작을 얼마나 기대하는지 호소했다. 열정적으로 수를 놓아줄 것 같아서 나로서는 대환영이지만, 평소와 다른 모습에 어안이 벙벙하다.

"남녀 의상을 입혀도 상관은 없지만, 의상의 어느 부분에 어떤 식으로 마법진을 수놓을지 따로따로 생각해야 해서 힘들 텐데요."

"괜찮습니다. 전력을 다하겠습니다."

'리젤레타는 정말 안게리카의 여동생이구나. 마력 압축을 눈앞에 둔 안게리카와 똑같은 표정이야.'

평소의 모습은 전혀 다른데도 숨길 수 없는 핏줄을 느꼈다. 내가 웃음을 참고 있는 사이에도 여자애들은 각자가 생각하는 의상 디자인의 의견을 내놓느라 혈안이다.

"슈바르츠와 바이스는 소매가 길면 일하는 데 거치적거린대요. 그게 조금 아쉬워요. 적어도 레이스를 답시다."

"의상의 어디에 자수를 넣을지도 생각해야겠어요."

슈바르츠와 바이스에게 도서위원 완장을 끼울 생각인 나는 세일러복과 차이나 카라 교복을 제안했다. 내가 그린 디자인화를 보여 줬더니 안게리카가 "이런 느낌으로 마법진 자수가 들어갑니다."라며 많은 무늬를 넣어주었다.

'윽, 저러면 교복이 특공복으로 보이잖아. 전혀 귀엽지 않아.'

"마법진이 들어가면 분위기가 완전히 달라지네요. 제 상상과 전혀 다른 디자인이 되어 버렸어요."

"슈바르츠와 바이스에게는 더 귀여운 의상을 입히셔야죠."

브륀힐데가 세일러복과 차이나 카라 교복을 반대하자, 리젤레타와 나머지 여학생들도 고개를 크게 끄덕였다.

나는 2탄으로 메이드복과 집사 유니폼을 제안했다. 이것은 원피스와 앞치마, 셔츠와 바지와 조끼라는 아주 심플한 조합이라서 바로 거절당하지는 않았다.

"기본 디자인은 이거면 되겠어요."

"소매를 짧게 해야 하는 대신 이렇게 부풀리면 귀엽겠어요."

"새로운 염색 기술을 이 의상에 넣을 수 없을까요?"

"여름이 지날 때쯤에 옷감이 완성될 거예요. 그때부터 자수를 넣으면 너무 늦어요."

"새로운 염색법을 장식에 쓰면 어떨까요?"

무리에서 몰래 벗어난 나는 조금 떨어진 곳에서 책을 읽으며 여자아이들의 신난 목소리를 들었다. 저 정열에 맡기면 귀여운 의상이 완성되리라.

"베이스 색인 김징으로 의상을 만들고, 앞치마와 조끼에 마법진을 빽빽하게 수놓으면 블라우스나 원피스는 갈아입힐 수 있지 않을까요?"

"그거 좋은 생각이네요. 새롭게 만든 염색 천으로 스카프를 달고, 에렌페스트의 머리 장식으로 고정합시다."

"여자애의 머리띠는 천 대신 머리 장식으로 만들어요. 화관처럼 멋질 것 같지 않아요? 남자애는 가슴에 꽃 장식을 핀으로 고정하면 어떨까요?"

각자의 의견을 적용해서 최종 완성된 디자인은 그냥 평범하게 귀여운 민족의상이었다. 내가 제안한 메이드와 집사 인상은 어디에도 없었다.

'귀여우니까 괜찮지만.'

"로제마인 님, 자수에 쓸 실과 앞치마와 조끼 옷감만이라도 빨리 맞추셔서 마력으로 물들여 주십시오. 당장에라도 자수에 착수하겠습니다."

"기원식에 출발하시기 전에 옷감을 고르지 않으면 자수할 시간이 부족할 거예요."

저마다 꺼내는 여자아이들의 의견을 리젤레타가 정리했다.

"내일이나 내일모레 길베르타 상회를 불러서 다 같이 옷감을 골랐으면 합니다만, 로제마인 님은 어떠십니까?"

"리젤레타가 좋을 때로 정해 주세요."

아주 우수한 견습 시종인 리젤레타는 그 훌륭한 능력을 발휘하여 바로 다음 날 오후에 길베르타 상회를 불러 옷감을 고르게 되었다. 이번에도 나는 책을 읽으면서 마지막에 허가만 내리면 끝이다.

"오늘 정한 천과 실은 신전에 옮겨주세요. 신전에 내 공방이 있거든요."

"알겠습니다."

주문을 받은 코린나가 인사를 끝으로 돌아갔다.

이로써 슈바르츠와 바이스의 의상 문제는 일보전진 하였다. "기대되어요." 하고 흥분한 여자아이들을 보면서 안도의 한숨을 내쉬는데, 오틸리에가 온화한 미소를 띠었다.

"모처럼의 기회니까 로제마인 님과 샤를로테 님도 자수 연습에 힘쓰셔야죠."

나는 샤를로테와 서로의 얼굴을 마주 보고, 아주 조금 어깨를 으쓱했다.

직할지의 기원식

　기원식이 일주일 앞으로 다가오면 신전에 돌아가서 떠날 준비를 해야 한다. 하지만 대부분의 준비는 프랑과 시종들이 싸주기 때문에 나는 최종 확인만 하면 된다. 동행자 선별, 식료 준비, 마차와 호위 모집, 부재 시의 고아원 관리…… 전부 다 매번 하던 일이여서 이미 준비가 완료되어 있었다. 나만, 이번에는 플랑탱 상회에서 마차만 준비해 주고 동행하지는 않기로 했다.

　왜냐면 그들은 하르덴첼로 떠날 구텐베르크의 관리와 그 뒤에 시행될 엔트비켈른에 대비해야 해서다. 벌써 문관의 지시가 떨어져서 평민촌이 발칵 뒤집어졌다는 길의 보고를 받았다.

　나는 엔트비켈른의 상세 내용과 상인을 판별하는 감합부 등, 영주 일족의 회의에서 결정한 사항과 염색물 공모전에 엘비라도 심사위원으로 참가하게 된 점까지 추가해서 길베르타 상회와 플랑탱 상회, 상업 길드에 편지를 보냈다. 문관에게 이야기를 들었겠지만, 소식통은 여럿 있는 편이 좋다고 벤노가 말했기 때문이다.

　"로제마인 님, 길베르타 상회에서 천과 실이 도착했습니다만, 어떻게 할까요?"

　잠이 신전장실에 배달된 천과 실 등을 가리켰다. 마력으로 물들여야 하므로 주문한 천과 실을 신전으로 보내 달라고 부탁했지만, 공방에서 물들이려고 해도 페르디난드가 없으면 할 수도 없다. 내게는 자유롭게 쓸 수 있는 소재가 없어서다.

"잠, 신관장님께 소재를 물들이고 싶다고 전하고, 면담 의뢰를 보내세요. 가능하면 기원식 전에 천과 실을 전부 물들이고 싶어요."

자수는 시간이 걸리기 때문에 빨리 착수하는 편이 좋다며 페르디난드가 협력해 주었고, 마력으로 물들이는 작업을 금방 끝냈다. 덧붙여 말하자면 이번에도 바셴을 써서 정리했다. 마력의 양을 조절한 덕분에 물에 빠지는 일은 없었다.

"안게리카, 이걸 리젤레타에게 보내 주세요."

물들인 천과 실, 마법진을 그린 종이 꾸러미를 한데 모아서 성에 옮겨달라고 했다.

"앞으로 기원식을 치르는 동안 쉬는 날 없이 쭉 동행하게 될 테니까 안게리카에게는 준비 기간을 포함해서 기원식 전까지 휴가를 줄게요."

"감사하게 생각합니다. 저도 기원식 기간에 제 망토에 자수를 넣을 수 있게 원안과 실을 준비해 오겠습니다."

'심심풀이로 자수를 한다고 하니까 엄청 여성스럽게 들리네? 실제로는 보호구 강화지만.'

들뜬 모습으로 신전에서 날아가는 안게리카를 바라보고 있으니 다무엘이 조금 불만스럽게 나를 내려다보았다.

"로제마인 님은 여자에게 무르십니다."

"네? 하지만 다무엘은 기원식이 끝난 뒤에 휴가를 쓰겠다면서요. 난 의견을 수용한 거예요……."

내가 미간을 찌푸리자, 다무엘은 "그게 아닙니다."라며 강하게 부정했다.

"휴가 얘기가 아닙니다. 망토에 자수를 넣고 싶다는 안게리카의 청은 빠르게 들어 주시면서 제 결혼 상대는 여전히 소개를 안 해주시지 않습니까. 엘비라 님께 부탁해 보셨습니까? 성결식 때는 소개를 받을 수 있습니까?"

"까맣게 잊고 있었어요."

"역시!"

다무엘이 절망에 빠진 얼굴로 그 자리에서 몸을 웅크렸다. 다무엘이 그렇게 결혼 상대를 원하는 줄 몰랐다.

"미안해요. 조만간 어머님께 부탁할게요."

"또 잊으실 기지요?"

성결식이 가까워져 오면 독신자에게선 험악한 분위기가 풍기나 보다.

'이번에는 절대 잊지 말아야지!'

까먹기 전에 다무엘의 한탄을 올도난츠로 엘비라에게 보내고, 며칠 뒤에 기원식에 출발했다.

"로제마인 님, 건강하신 모습을 볼 수 있어 안심했습니다."

이른 아침부터 마차를 타고 핫세로 출발하는 경비단으로 와준 사람은 아빠다. 눈가에 자잘한 주름으로 나이를 먹었음을 느꼈다. 그래도 예전과 변함없는 애정이 가늘게 뜬 눈에서 전해졌다. 나는 무한한 기쁨을 느꼈다. 아빠의 등 뒤에 정렬한 병사들도 기쁨에 찬 눈으로 나를 바라보았다.

"여러분께 걱정을 끼쳐서 미안합니다. 이제 전 괜찮아요. 이번 호위도 귄터에게 맡기겠습니다. 잘 부탁해요."

"네! 맡겨 주십시오."

핫세에서 세 사람의 회색 신관을 데리고 돌아와야 하므로 그들과 교대할 회색 신관과 견습생들이 마차에 올라탔다. 길과 푸고는 벌써 타고 있을 터였다. "여행길, 조심하세요." 하고 모두를 배웅하고, 나도 오후 기원식에 떠날 준비를 해야 한다.

점심을 먹으면 의식용 의상으로 갈아입은 나와 프랑과 모니카는 평소처럼 기수로 움직인다. 다무엘과 안게리카를 호위 기사로 대동하고 출발이다.

"이번에는 순회 지역이 적으니 몸에 큰 부담 없이 끝날 거다."

페르디난드의 배웅을 받으며 나는 기수를 움직였다. 오늘 조수석에는 안게리카가 탔다. 하늘을 달리며 에렌페스트 마을을 빠져나가자 안게리카가 신난 듯이 웃었다.

"에렌페스트 밖으로 나가는 임무는 처음입니다. 상대는 강한 마수입니까?"

"기원식이 열리는 곳은 평민이 사는 겨울 저택이에요. 강한 마수가 출몰하는 곳에 갈 예정은 없어요."

"……네? 소재 채집은 어쩌시고요?"

소재 채집을 하고 싶었던 모양인 안게리카에게는 미안하지만, 페르디난드에게 상담도 없이 제멋대로 굴면 꾸중으로 끝나지 않는다.

"어째서 소재 채집을 할 거라고 생각한 거죠?"

"다무엘이 브리기테에게 선물하려고 한 마석은 성의 숲에는 없는 것이라서 호위 임무로 동행했을 때 따온 줄 알았어요. 그래서 마수를 퇴치하고 소재를 채집하는 여행이 의식인 줄로만……."

전자는 맞는 말이지만, 후자는 완전히 틀렸다. 의식은 성 밖에서 소재 채집을 하는 여행이 아니다.

"토지에 마력을 채우기 위한 의식이에요."

"그렇습니까."

풀이 죽은 안게리카의 모습에 뒷좌석에 앉아 있는 프랑과 모니카에게서 작은 웃음이 새어 나왔다.

'의식과 소재 채집이 같은 줄 알다니, 신전에서 자란 프랑과 모니카한테는 황당하겠네. 웃음이 터지는 것도 이해가 돼.'

"안게리카, 저기가 핫세 마을이에요. 저 하얀 건물이 작은 신전인데, 오늘 밤은 저곳에서 묵을 거예요."

핫세까지는 그렇게 시간이 걸리지 않는다. 하늘 위에서 보니 겨울 저택에 있는 광장에 많은 사람이 모여 있었다. 우리의 기수가 착륙할 수 있게 사람들이 넓은 공간을 만들기 시작했다.

"로제마인 님!"

"신전장님이다!"

핫세에 도착한 우리를 사람들이 열렬하게 환영했다. 내가 레서버스에서 내리자, 곧바로 촌장인 리히트와 주변 촌장들이 다가왔다. 모두가 내 기억 속 모습과 조금 달라져 있었다. 촌장 한 사람은 아예 다른 인물이었다.

"신전장님께서 잠에서 깨셨다고 작은 신전 사람에게 듣고, 뵙기를 애타게 기다렸습니다."

리히트의 인사에 고개를 끄덕이며 나는 프랑에게 안겨 무대로 향했다. 무대까지 가는 길이 질퍽거려서 의상이 진흙에 더러워지지 않게 하기 위해서다. 옷자락을 밟고 넘어지면 이보다 쪽팔리는 일이 없다.

프랑은 나를 무대 위에 내려주고, 성배를 준비했다. 그동안 나는 무대 앞에 모인 핫세 주민들에게 고마움을 전했다.

"내가 잠든 2년 동안, 작은 신전 사람들이 핫세 여러분께 큰 신세를 졌다고 들었습니다. 고맙습니다. 핫세에 감사 인사드립니다."

오오오오, 하고 함성을 지르는 주민들에게 가볍게 손을 흔든 뒤, 나는 프랑에게 안겨 발판 위에 올랐다. 뚜껑 닫힌 10리터짜리 양동이만 한 통을 든 다섯 명의 촌장이 무대 위로 올라오는 모습을 확인하고, 성배에 손을 뻗었다.

"치유와 변화를 가져오는 물의 여신 플류트레네여. 그 곁을 모시는 권속의 열두 여신이여. 생명의 신 에이비리베로부터 해방된 그대의 여동생, 흙의 여신 게두르리히에게 새 생명을 기르는 힘을 주소서. 당신께 생명을 기뻐하는 환성의 노래. 기도와 감사를 바치며 청명한 가호를 내려 주소서. 넓고 호호막막한 대지에 존재하는 만물을 당신의 귀색으로 채워 주소서."

성배에 마력을 주입하며 기도를 외자, 성배에서 녹색으로 빛나는 액체가 흘러나왔다. 프랑이 성배를 기울여 순서대로 나열한 촌장이 든 통에 액체를 부었다.

의식을 끝내고, 리히트와 2년 동안 있었던 일을 얘기했다. 샤를로테 얘기가 나오기에 여동생 자랑을 해두었다. 쌓인 얘기가 많았지만, 얼추 얘기를 나누고 자리에서 일어났다.

"핫세 마을이 다시 활기를 띠는 것 같아 안심했습니다. 2년 만이라 작은 신전에도 들려야 해서요. 오늘은 이만 실례하겠습니다."

"작은 신전 사람들도 애타게 기다리고 있을 겁니다. 부디 안심시켜 주십시오."

핫세 주민들의 배웅을 받으며 나는 기수를 타고 작은 신전으로 이동했다. 프랑과 모니카가 문을 열자, 회색 신관과 회색 무녀들이 마중하러 우르르 나왔다.

"로제마인 님!"

"오랜만이네요. 여러분."

핫세의 고아였던 노라와 아이들도 훌쩍 성장해 있었다. 완전히 신전에 적응해서 이제 더는 주눅이 든 기색이 전혀 없다.

"노라가 주도해서 릴리의 아기를 받아 줬다면서요? 고아원 출신들은 출산에 관해 아는 사람이 없는데 노라가 지시를 내려 준 덕분에 살았다고 들었어요."

"저도 경험이 있지는 않았습니다. 핫세 주민 여성들이 많이 도와줬어요. 무사히 태어났을 때 정말 안심했습니다."

"……그 아이는 잘 지냅니까? 이제 많이 컸겠지요?"

마르타가 쭈뼛거리며 릴리의 아이가 잘 지내는지 물었다. 나는 웃으면서 고개를 끄덕였다. 고아원을 시찰하러 갔을 때 식당을 빠르게 기어 돌아다니고 있었다.

"요즘에 기기 시작해서 한눈을 팔 수가 없대요. 내 쪽으로 기어오려는 걸 릴리가 놀라서 붙잡더군요. 작은 신전은 별다른 일 없나요?"

"실은 밭을 갈기 시작했습니다."

고작 텃밭 정도의 크기지만, 밭농사를 시작한 모양이다. 작은 신전 주위는 마력이 풍부해서 수확이 괜찮다고 한다. 토르와 릭이 주도로 지도하며 밭농사를 이끌고 있다고 했다.

"할 수 있는 일이 늘어서 좋네요. 하지만 밭에 열중하느라 종이 제작과 인쇄업에 소홀해지지 않게 조심하세요."

"물론이고말고요."

예배실에 있는 마석에 마력을 공급하면 방에서 옷을 갈아입고 저녁을 먹는다. 작은 신전에서 먹는 저녁은 비록 테이블은 나뉘어 있지만, 귀족, 회색 신관, 병사가 모두 같은 장소에서 식사한다.

"안게리카는 귀족이라서 병사들의 행실이 불쾌해 보이겠지만, 오늘 밤만 참으세요."

"알겠습니다."

프랑과 모니카의 시중을 받으며 식사를 끝낸 나는 식사를 끝내고 편하게 쉬는 병사들의 테이블로 향했다. 오늘 병사들에게 해둘 얘기가 있어서였다. 아빠가 제일 먼저 나를 발견하고 자세를 고쳐 앉았다. 프랑이 곧바로 내가 앉을 의자를 준비해 주었다.

"로제마인 님."

황급히 그 자리에서 무릎을 꿇은 병사들에게 자리에 앉으라고 하고, 나는 준비된 의자에 앉았다.

"여러분에게 할 얘기와 부탁이 있습니다."

"무엇입니까?"

상체를 내밀며 이야기를 들으려는 아버지와 병사들에게 "회의 자리에서 기사에게 설명을 들었겠지만……." 하고 나는 앞으로 시행하게 될 엔트비켈른을 설명했다.

"그렇게 해서 봄이 막바지에 접어들 때쯤에 열리는 영주 회의 때 계약을 하면 다른 영지의 상인이 에렌페스트를 방문할 거예요. 그 전에 평민촌을 깨끗하게 정비하자는 목적으로 개조를 시행하게 되었어요."

"매우 갑작스럽다고 생각은 했습니다만, 그런 이유가 있었군요."

내가 사정을 설명하자, 아빠가 납득하며 고개를 끄덕였다. 아무래도 병사들은 엔트비켈른을 시행한다는 것, 유지 보수의 협력 요청은 받았지만, 그 이유와 어떤 식으로 개조하는지 충분한 설명을 기사에게 듣지 못한 모양이다.

"이번 개조로 다른 영지에 에렌페스트를 보였을 때 부끄럽지 않을 정도로 깨끗해지지 않으면 다음번에는 평민촌 전체를 싹 갈아엎는 대규모 개조를 시행할 겁니다."

"전체……라니요?"

수상쩍은 표정을 짓는 병사들을 둘러본 나는 아빠를 똑바로 바라봤다.

"대규모 마술로 마을 전체를 아예 새로 만든다는 말이에요. 그렇게 되면 영주의 마력으로 짓는 하얀 석조 부분만 남습니다. 여러분들이 사는 목조 부분이 아예 사라지는 거예요."

"네!?"

병사들이 일제히 숨을 삼키고 눈을 부릅떴다. 목조 부분은 자신들의 주거지다. 그것이 전부 사라진다는 말을 듣고 놀라지 않는 자는 없으리라.

"사실은 거리만 개조하는 것보다 마을 전체를 새로 만드는 편이 설계상 쉬워요. 하지만 평민들의 집에 영향이 가지 않는 범위 내에서 해결해 달라고 내가 요청했고, 이번에는 그 방법이 채용되었어요. 하지만 원래는 전부 갈아엎을 계획이 있었습니다."

평민은 귀족의 결정 사항을 뒤집을 수 없다. 자신들이 모르는 사이에 전부 끝나 있는 경우도 흔하다. 귀족의 무모함을 잘 아는 아빠는 헉하고 숨을 삼켰다.

"이번에는 거리와 그 지하를 개조할 거예요. 다만, 앞으로도 지금 주거지를 지키려면 주민의 노력이 필요합니다. 여러분에게는 주민들에게 위험성을 알리는 역할도 포함해서 협력해 줬으면 해요."

개조 당일에는 마을 밖으로 나가 있든, 절대 집에서 나오지 말 것. 창문과 문을 꼭 닫고, 개조가 끝났다는 연락을 할 때까지 실수로 창문과 문을 열지 말 것. 길거리에 있는 것들은 사라진다고 생각할 것. 개조된 뒤에 마을을 더럽히지 않도록 반드시 정해진 곳에 오물과 쓰레기를 버릴 것. 서로 세심하게 이웃 주민을 지켜볼 것.

나는 생각나는 대로 주의사항을 열거했다. 그 모습을 아빠와 병사들이 진지한 눈빛으로 열심히 들었다. 이들에게 맡기면 괜찮으리라. 그렇게 믿을 수 있는 눈이었다.

"평민들의 생활이 시켜지느냐 아니냐는 여러분 손에 달렸어요. 서로 협력하며 지키세요."

"로제마인 님의 배려에 감사하게 생각합니다. 모두의 생활은 제가 반드시 지키겠습니다."

아빠가 그렇게 말하며 오른쪽 주먹으로 왼쪽 가슴을 두 번 두드렸다. 그 뒤를 이어서 다른 병사들도 왼쪽 가슴을 두 번 두드렸다. 나도 마찬가지로 병사에게 경례하고, 씩 웃었다.

다음 날 아침, 구텐베르크로 활동할 회색 신관들을 태운 마차는 아빠를 비롯한 병사들과 함께 에렌페스트의 마을로 출발한다.

"권터, 그리고 여러분. 부디 잘 부탁해요."

"로제마인 님의 말씀은 반드시 모두에게 전하겠습니다. 안심하십시오."

평소처럼 병사들에게 출장비를 건넨 뒤 마차를 배웅했다. 그리고 우리도 바로 다음 겨울의 저택으로 출발한다.

"길과 푸고는 오늘 밤에 묵을 곳으로 출발하세요."

"네, 로제마인 님."

내 짐을 실은 마차를 보내고, 배웅하러 나온 작은 신전의 신관과 무녀를 둘러보았다.

"내가 잠든 2년간, 작은 신전은 핫세 주민과 서로 협력하며 좋은 관계를 쌓았습니다. 이건 에렌페스트의 신전도 아직 이루지 못한 훌륭한 일이에요. 앞으로도 노력해 주세요. ……토르, 맛있는 채소를 수확하게 되면 알려주세요. 먹으러 올게요."

내가 밭이 있는 쪽을 바라보며 그렇게 말하자, 토르가 자랑스럽게 웃으며 "제일 맛있는 건 따로 챙겨두겠습니다." 하고 자신 있게 말했다. 수확기가 기대된다.

모두가 무릎을 꿇고 배웅하는 가운데, 나는 레서버스를 타고 다음 목적지로 향했다.

그 뒤 각지의 겨울 저택에서 열렬한 환영을 받으면서도 별다른 일 없이 기원식을 끝냈다. 이전까지는 페르디난드와 함께 모든 직할지를 돌았는데, 4분의 1로 단축되니까 아주 편했다.

이제 신전으로 돌아가는 일만 남았을 때 나는 기지개를 쭉 켰다. 이번에는 페르디난드의 상냥함이 첨가된 약도 두 개로 끝나서 몸을 혹사한 감각도 없다.

"범위가 좁으니까 상당히 편하네요. 샤를로테와 빌프리트 오라버니에게 감사해야겠어요."

"로제마인 님, 신관장님을 빼먹으셨습니다."

프랑의 째려보는 눈빛에 나는 싱긋 웃었다. 딱히 잊지는 않았다. 조금 뒤로 미뤘을 뿐이다.

"약을 만들어 주신 신관장님께는 특대의 감사를 해야 하니까 별도 예요."

"그러셨군요."

기수로 이동하는 나와 프랑은 성배를 들고 한발 먼저 신전에 돌아 가고, 마차로 이동하는 푸고나 길은 오늘 하루에 걸쳐 핫세로 가서 작은 신전에 묵은 뒤 다음날 신전에 돌아올 예정이다. 내일 점심쯤이면 마차 팀이 신전에 도착하리라.

"올도난츠."

나는 페르디난드에게 빌린 올도난츠로 도착 예정을 알렸다.

"로제마인이에요. 네 점 종에는 신전에 도착할 것 같으니 샤를로테에게 연락을 넣어 주세요."

신구인 성배가 딱 하나뿐이라서 네 사람이 순서대로 직할지를 돌아야 한다. 나는 휴식이 필요하기 때문에 첫 번째 타자였다. 다음은 샤를로테, 빌프리트, 페르디난드다.

예정에 맞춰서 신전에 도착하자, 정문 앞에는 마차가 줄을 지어 대기해 있고, 샤를로테가 파란 의식용 의상을 입고 기다리고 있었다. 그옆에 페르디난드도 있었다.

"돌아왔습니다."

"어서 오세요, 언니. 몸은 어떠세요?"

"샤를로테와 빌프리트 오라버니 덕분에 아프지 않고 기원식을 끝냈어요. 샤를로테도 고생이 많겠지만, 잘 부탁해요."

샤를로테와 함께 기원식을 도는 페르디난드의 시종에게 신구인 성배를 건넸다. 중요한 신구를 품에 안은 그가 마차에 올라타는 것을 확인하면 샤를로테도 출발이다. 오늘은 제일 가까운 남쪽 겨울의 저택에서 의식을 치르고, 숙박한다고 했다.

"너무 늦어지면 안 되니까 출발할게요."

"그래요. 다녀와요. 여러분, 샤를로테를 잘 부탁해요."

샤를로테의 마차가 떠나는 것을 마지막까지 지켜보고, 방으로 돌아가려는 그때 페르디난드가 내 팔을 붙잡고, 고개를 홱 치켜올렸다.

"엄마야!? 갑자기 뭐예요?"

"……기원식을 끝내고 왔는데도 예상보다 안색이 좋군."

"이번에는 범위가 좁아서 회복약도 몇 알 먹지 않고 끝났어요. 다 같이 도니까 각자 부담이 적어져서 편하네요."

"음, 그렇지. 하지만 오후는 침대에서 푹 쉬어라."

나는 페르디난드가 시키는 대로 침대에서 뒹굴뒹굴 책을 읽으며 지냈다.

다음 날부터는 평소와 같은 생활이다. 오전에 페슈필과 봉납 가무 연습과 페르디난드의 업무를 돕고, 오후에 고아원이나 공방을 돌아보았다. 별다른 일정이 없는 날은 페르디난드 선생님의 조합 특훈을 받았다. 우선은 기사가 자주 쓰는 기본적인 약 제조 방법부터다. 최종적으로 자기가 먹을 약 정도는 자기가 만들라는 감사하기 그지없는 보호자의 배려였다.

'아아, 귀중한 자유 시간이. 히잉, 책 읽고 싶다.'

그런 본심을 이따금 내뱉으며 조합한 결과, 가장 간단한 기초 회복약을 만들 수 있게 되었다. 이 약은 귀족원에서도 가르쳐주는 약인 듯했다. 그렇게 맛이 없지는 않았다. 평범한 약이다. 그러나 효과가 없다. 페르디난드의 특제약에 내성이 생긴 탓에 내 몸에는 약발이 듣지 않는 것이다. 정확하게 말하면 효과가 미미한 데다 약효가 들기까지 시간이 오래 걸려서 전혀 도움이 될 것 같지가 않다.

"너무 압축해서 무식하게 많은 마력을 가진 그대와 주변 동급생을 같은 선상에서 생각하지 말도록. 이만한 회복약도 평범한 견습생에게는 충분하다. 보니파티우스 님께 훈련받는 견습 기사들에겐 미친듯이 팔릴 거다. 직접 채집해서 조합까지 할 여유가 없으니까."

페르디난드가 입꼬리를 씩 올렸다. 귀족원에서 약을 팔아 짭짤하게 벌었던 모양이다.

"하지만 이렇게 간단한 회복약보다는 신관장님이 만든 약이 비싸게 팔리지 않나요?"

"아니. 그건 너무 비싸서 오히려 팔리지 않아. 소재 자체가 귀중해서 채집이 어렵고, 조합 난이도도 차원이 다르지. 견습생이 쉽게 살 수 있는 가격이 아니야."

평상시에 복용할 만한 회복약이 아니라는 말에 내 등에 식은땀이 흘렀다.

"네? 저는 일상적으로 먹잖아요. 돈을 낸 적도 없는 것 같은데……."

"그 가격에 상응하는 일을 시키고 있으니 문제없다. 그대에겐 마력도 받고 있으니까."

원래는 세 점 종부터 하는 페르디난드의 업무 돕기에도 돈이 나온다고 한다. 실제로 업무를 거들게 된 청색 신관들은 돈을 받는 듯했다. 하지만 나는 받지 못했다. 정말 돕는다는 마음이어서 왜 돈을 안 주는지 의문으로 생각하지 않았다.

'그것이 약값으로 계산하고 있었을 줄이야!'

당연한 태도로 회복약을 주면서 약값으로 똑똑히 부려먹는 페르디난드의 악독함에 고개를 숙이지 않을 수 없었다.

하르덴첼의 장인들

샤를로테가 기원식에서 돌아오면 다음은 빌프리트의 차례다. 나는 신전장으로서, 페르디난드는 신관장으로서 성배를 전달하는 장면을 직접 확인해야 한다. 성배를 건네받고 출발하는 빌프리트와 성으로 돌아가는 샤를로테를 배웅하고, 우리는 각자의 방으로 돌아갔다.

"그러고 보니 신관장님도 기수로 이동하고, 마차와 별도로 움직이시는데 왜 빌프리트 오라버니와 일정이 거의 비슷하죠? 전혀 단축되지 않았잖아요."

"체력보존이 최우선인 그대와 달리 일정 단축이 목적이 아니기 때문이지."

페르디난드는 기수를 타고 겨울 저택 여러 군데를 하루에 돌지 않고, 오전에 의식을 끝내면 그 겨울 저택 인근에서 소재를 채집한다고 한다. 올해는 나도 잠에서 깨어났고, 빌프리트와 샤를로테가 기원식을 도와준 덕분에 페르디난드에게 여러 가지 의미로 여유가 생긴 듯하다.

"모처럼 멀리 떠날 기회다. 유효하게 활용해야지."

"신관장님, 그 말은 안게리카 앞에서 꺼내지 않길 바랐어요."

안게리카가 "……소재 채집." 하고 중얼거리며 페르디난드와 에크하르트를 매우 부러운 눈빛으로 바라보지만, 두 사람은 완전히 무시했다.

"내가 기원식에서 돌아오기 전에 그대는 하르덴첼로 출발하지? 엘비라가 편지를 보냈더구나. 나중에 읽어 둬라."

"네. ……흠흠. 하르덴첼로 떠날 인원과 주의사항이 적혀 있네요."

"……나중에, 라는 말을 못 들었느냐?"

편지를 건네받자마자 그 자리에서 읽어 버리는 나를 페르디난드가 어이없는 표정으로 쳐다봤지만, 나는 대충 한 귀로 흘리고, 이어서 읽었다.

나와 구텐베르크, 그리고 인쇄업을 보여줄 빌프리트와 샤를로테, 책임자인 엘비라는 반드시 가야 한다. 거기에 추가로 기사단장인 칼스테드를 비롯해서 기사단에서 열 명 정도의 기사가 영주 일족의 호위로 동행한다고 했다.

"신관장님은 안 가시는군요. 제 후견인이니까 함께 가시는 줄 알았어요."

"그대의 부모가 총출동하는데 굳이 나까지 갈 필요가 있나."

"아, 하긴 그러네요. ……사람이 많아지니까 시종, 문관, 전속 호위 기사를 한 명씩, 같은 방에서 묵을 수 있게 여성을 데리고 오라고 적혀 있네요. 그런데 제 시종과 문관에는 성인이 된 미혼 여성이 없는데 어쩌죠?"

미성년자나 가정을 가진 유부녀는 장기 출장이 어렵다. 추위가 혹독한 먼 여행길에 리카르다를 데리고 가기도 망설여진다. 그녀의 귀족원 동행은 페르디난드가 결정했지만, 나이를 따져 봐도 리카르다만 혹사할 수는 없었다.

"하르덴첼에 가려고 새 측근을 뽑기도 그렇군. 시간이 너무 촉박하다. 일단 엘비라에게 상담해 봐라."

엘비라에게 견습생도 괜찮은지 확인하고, 나는 리젤레타와 필린느를 하르덴첼에 데리고 가기로 했다. 유일한 여기사인 안게리카는 초반부터 결정이다.

페르디난드가 기원식에 출발한 지 며칠이 지났다. 오늘은 내가 하르덴첼로 떠나는 날이다. 작은 성배가 든 보자기 싸인 상자를 프랑이 레서버스에 실었다.

"로제마인 님, 이것이 하르덴첼에 줄 작은 성배입니다. 그리고 이건 작은 성배를 건넬 때의 문언을 정리했습니다. 참고해 주십시오."

"고마워요, 프랑. 잘 쓸게요."

하르덴첼에 작은 성배를 보내는 신전의 역할을 짊어진 나는 신전장의 의식용 의상을 차려입고 가기로 했다. 청색 무녀 시절에 페르디난드를 따라 작은 성배를 주러 동행한 적이 있지만, 혼자서 기베에게 작은 성배를 넘기는 기원식은 처음이다. 가능하면 프랑이나 모니카와 같은 신전 시종도 데리고 가고 싶었다. 하지만 귀족들 무리 속에서 지내면 그들이 고생할 것 같아서 단념했다.

"안녕하십니까, 로제마인 님."

오늘은 세 점 종까지 성에 도착해야 하니 일찍 신전에 오라고 말해 뒀던 플랑탱 상회의 벤노와 다미안이 마차로 정문 현관에 도착했다. 요한과 자크는 걸어서 왔는지 뒷문 쪽에서 회색 신관의 안내를 받으며 오는 것이 보였다.

"기수에 짐을 실어도 괜찮겠습니까?"

"어머, 루츠. 도와주러 온 거예요?"

"네. 마차를 다시 옮겨놔야 하거든요."

루츠는 하르덴첼에 동행하지 않지만, 출발 작업에 동원된 듯했다.

루츠의 말에 피식 웃으며 나는 레서버스의 뒷좌석 문을 열었다.

"으악!? 저게 뭐야!?"

쩌억 하고 구멍이 크게 벌어지는 입구를 보고, 기겁하며 소리친 건 요한이었다.

"로제마인 님의 기수입니다. 이걸 타고 이동하니까 짐을 실으세요."

레서버스에 탄 적이 있는 다른 사람들은 담담하게 짐을 실었다. 하르덴첼에 판매할 식물지, 컬러 잉크, 계약 마술 변경 절차에 필요한 도구 등을 레서버스에 싣고, 자크도 각각의 업무 도구와 갈아입을 옷 등을 실었다. 요한이 레서버스를 징그럽게 바라봤지만, "빨랑빨랑 움직여. 늦어지잖아!" 하고 자크가 버럭 화를 내자 쭈뼛거리며 자기 짐을 실었다.

"어이, 요한. 마차보다 훨씬 편하니까 얼른 타. 거치적거려."

처음 타는 레서버스에 겁먹은 요한을 자크가 조금 난폭하게 밀어넣고, 출발이다. 하늘로 날아오를 때도 요한이 꺅꺅거렸지만, 자신들도 지나온 길이기에 모두가 멋쩍게 바라보고 있는 모습이 조금 웃겼다.

성에서 하르덴첼로 출발할 일행과 합류해야 한다. 나는 앞서가는 다무엘을 따라 성으로 돌아갔다. 안게리카는 조수석이다. 평민이 동석하면 호위가 꼭 있어야 해서다.

세 점 종이 울리기 전인데도 이미 성 앞에는 모두가 준비를 끝내고 대기하고 있었다. 스무 명이 넘는 단체가 나와 있는 것이 보였다. 우리가 합류하자, 다무엘은 호위에서 빠지고, 리젤레타가 안게리카의 짐을 안고 달려왔다.

"그럼 출발합니다."

이번 일행의 최고 책임자인 엘비라의 호령으로 기수 군단이 일제히 하늘을 날았다. 자신의 시종이 고삐를 잡은 기수에 함께 탄 샤를로테가 보였다. 빌프리트는 자신의 기수를 타고 있었다. 기사단에 둘러싸인 형태로 하르덴첼로 날아갔다. 성까지 오는 길과 다르게 갑자기 레서버스 내부가 조용해졌다.

"이쯤부터가 하르덴첼이죠?"

"에렌페스트, 가장 북쪽 지역입니다."

벤노의 대답이 돌아왔다.

작년에 구텐베르크가 마차로 이동했을 때는 가는 길마다 책을 파느라 며칠이나 걸렸던 거리가 기수로 날아가면 반나절도 채 걸리지 않는다. 침엽수림이 빽빽한 숲을 뛰어넘은 곳에 하르덴첼이 있었다. 남쪽에는 숲이 있지만, 아직도 눈이 남은 북쪽 땅에는 키 작은 나무가 많아 보였다.

그런 식으로 넓게 트인 땅에 석조로 세워진 거대한 성이 덩그러니 있었다. 그곳이 기베 하르덴첼의 여름 저택이며 하르덴첼 주민이 겨울을 나는 겨울 저택이기도 하다.

"하르덴첼에 잘 오셨습니다."

기베 하르덴첼을 비롯한 주민들이 우리를 맞이해 주었다. 대표자인 엘비라가 장황한 인사를 나눈 뒤 나는 신전장으로서 작은 성배를 들고 앞으로 나갔다.

"치유와 변화를 가져오는 물의 여신 플류트레네와 그 곁을 모시는 권속의 열두 여신이 흙의 여신 게두르리히에게 새 생명을 기르는 힘을 주었습니다. 넓고 호호막막한 대지에 존재하는 만물이 물의 여신 플류트레네의 귀색으로 채워지길 진심으로 기도합니다."

"흙의 여신 게두르리히는 물의 여신 플류트레네의 마력으로 채워 졌습니다. 해설에 기도를, 봄의 도래에 축복을 바칩니다."

기베에게 작은 성배를 건네면 신전장의 역할은 끝이다. 귀족에게 직접 작은 성배를 건네기는 처음이어서 살짝 긴장했지만, 별 탈 없이 해냈다. 기베 하르덴첼의 시종이 작은 성배를 건네받고, 어딘가로 가 져갔다. 아마 보관 장소가 따로 있으리라.

"차 한잔 마시면서 앞으로의 일정에 관해 얘기를 나눕시다."

넓은 식당으로 안내받은 우리에게 따뜻한 차가 나왔다. 처음 마셔 보는 감미로운 차였다. 몸과 마음이 따뜻해지는 느낌이다.

"조금 뒤에 인쇄실과 대장간으로 여러분을 안내해 드리겠습니다. 장인들은 그곳에서 작업하시고, 나머지 분들은 인쇄업을 견학하실 겁 니다. 그 뒤에 인쇄 협회 업무를 맡은 문관이 있는 곳에 가서 플랑탱 상회와 재계약을 맺는 식으로 진행하겠습니다."

하르덴첼의 문관이 하는 설명을 듣고, 빌프리트와 샤를로테의 표정 이 진지해졌다. 이번은 관광 여행이 아니다. 인쇄가 어떤 작업인지 실 제로 보여주기 위한 출장이다. 두 사람의 측근들과 엘비라도 인쇄 현 장을 보는 건 처음이다. 모두가 처음을 기대하는 듯한 표정이다.

"그럼 가실까요."

하르덴첼의 성은 지하가 주민의 주거 구역이고, 위층은 일터와 귀 족들의 주거 구역으로 형성된 작은 마을 같았다.

"에르네스타는 여기서 자랐죠?"

"네. 하지만 하르덴첼이 인쇄업을 시작한 건 최근 몇 년 사이고, 그

동안 저는 샤를로테 님을 모시고 있어서 자세히는 모릅니다."

샤를로테의 호위 기사인 에르네스타는 하르덴첼 출신 중급 귀족이다. 우리는 에르네스타가 해 주는 하르덴첼의 설명을 들으면서 회랑을 걸었다. 어두컴컴한 회랑 너머로 슥! 콱! 하고 커다란 소리가 울렸다.

"아주 큰 소리가 나는데 뭐지?"

가까워질수록 점점 커지는 일정한 리듬 소리에 빌프리트가 한쪽 귀를 막았다. 회랑에 거세게 울리는 소음에 주변 기사들도 경계 모드에 들어갔다.

"인쇄기가 돌아가는 소리입니다. 지금은 한 대밖에 움직이지 않지만, 세 대가 동시에 돌아가면 이보다 더 큰 소리가 나지요."

기베 하르덴첼이 훗, 하고 웃으며 인쇄실 문을 열었다. 그 순간, 인쇄가 진행되는 소리는 한층 더 거세졌다. 덩치가 우락부락한 사내들이 기다란 봉을 잡고 힘을 줄 때마다 콱! 하고 커다란 소리가 났다. 여름에 사냥터를 뛰어다닐 법한 몸집이 큰 사내들이 여기저기 검은 잉크를 묻힌 채 일하고 있었다. 그 모습을 귀족가 출신자들이 압도된 듯이 휘둥그렇게 뜬 눈으로 쳐다보았다.

그런 가운데, 인쇄업을 담당하는 문관이 인쇄기에 관해 설명하기 시작했다. 지금 하르덴첼의 인쇄실에는 인고가 가져와서 조립한 기계와 인고에게 배우면서 이곳에서 만든 기계, 그리고 자기들끼리 만들어 본 기계로 세 대의 인쇄기가 있고, 그중 하나가 기동하고 있다고 했다.

"이건 금속활자를 넣는 활자 용기입니다. 평민은 글자를 읽지 못하니 식자와 교정은 현재 문관이 맡고 있지요. 로제마인 님의 공방에서는 회색 신관이 작업한다는 말을 듣고 놀랐습니다."

"나의 고아원 사람들은 훌륭하답니다."

장인들이 인쇄된 종이를 꺼내고, 잉크를 발라서 새 종이를 세팅했다. 일한 지 2년밖에 되지 않았는데 움직임이 능숙하다.

　"이곳은 인쇄가 겨울 일거리입니다. 여름철에는 남쪽은 밭농사, 북쪽은 사냥이 주된 업이라서 일손 부족으로 인쇄를 진행하지 않습니다. 그래서 겨울에 진행하지요."

　인쇄 작업 순서를 문관이 설명하는 것을 모두가 들었고, 문관들은 메모했다. 나는 전부 아는 내용이라서 인쇄 순서보다도 하르덴첼의 생활에 흥미가 일었다.

　"하르덴첼에서는 사냥을 하나요?"

　내 질문에 기베 하르덴첼이 본인의 직업을 자랑스럽게 여기는 사내의 얼굴로 천천히 고개를 끄덕였다.

　"마수를 최대한 많이 잡는 것이 저희의 가장 중요한 역할이지요."

　"추운 북쪽 지역에 서식하는 마물을 조금이라도 많이 잡아야 겨울의 주인이 가진 힘이 약해지거든."

　기사단장인 칼스테드가 설명을 덧붙였다. 북쪽 마수가 서로를 잡아먹으며 힘을 축적하고, 최종적으로 가장 강한 마수가 겨울의 주인이 된다. 그 힘을 조금이라도 약화시키고자 하르덴첼에서는 여름철에 마수 사냥이 열린다. 그러한 환경 때문인지 하르덴첼은 옛날부터 기사가 가장 많은 땅이며 평민도 어느 정도 마수를 쓰러트릴 줄 알아야 해서 강한 사람이 많다고 한다.

　"저희가 마수를 사냥하는 건 칼스테드 님께서 말씀하신 이유뿐만이 아닙니다. 저희의 식료를 지키기 위해서이기도 하지요."

　싹이 나기 시작한 귀중한 식료를 마수가 휩쓸지 못하게 막지 않으면 주민이 굶는다고 한다. 남쪽 주민은 에렌페스트의 주변 농민처럼 농경 생활을 하지만, 북쪽 주민은 몇몇 사냥 부족으로 나뉘어 여름철에는 하르덴첼을 뛰어다니며 지내고, 겨울에는 성에서 지낸다고 한다.

"그 몇몇 부족은 출발 준비를 끝냈습니다. 오늘 밤 기원식이 끝나면 사냥하러 출발할 겁니다."

"귀족이 통치하는 토지의 기원식에는 첫 참가라서 기대되네요."

인쇄실 설명이 끝나고, 다음으로 향한 곳은 대장간이다. 그곳에는 긴장한 얼굴로 목상자를 든 채 요한의 도착을 기다리는 장인들이 있었다. 인상을 쓴 장인들을 보고, 요한이 침을 꼴깍 삼키는 소리가 내 귀에 들렸다. 서로 긴장한 얼굴로 마주 본다.

"그럼 에렌페스트의 장인에게 겨울에 한 작업을 보여 보게."

기베 하르덴첼의 명령에 하르덴첼 대장장이가 목상자를 들고 앞으로 나왔다. 금속 활자를 꽉 채운 상자를 건네받은 요한은 테이블 위에 놓인 금속 받침대 위에서 금속 활자를 골라내기 시작했다.

정적에 휩싸인 공간에 얼어붙은 긴장감이 감돌았다. 몇몇 대장장이가 무서울 정도로 험악한 얼굴로 요한의 손끝을 바라보았다. 그런 주변 상황을 아는지 모르는지 요한은 오로지 진지한 눈빛으로 금속 활자를 하나하나 관찰했다. 레서버스에 겁먹고, 귀족에게 둘러싸인 후부터 입을 다문 채 벌벌 떨며 주변 눈치만 살피던 요한의 모습은 어디에도 없었다.

금속 활자를 어떻게 만드는가, 인쇄기에 들어가는 어떤 부품을 만드는가, 문관이 빌프리트와 샤를로테에게 설명하는 가운데, 요한은 묵묵히 금속 활자만 확인했다. 딸깍딸깍 소리를 내며 금속 활자를 추려낸다.

"이건 합격. 이건 아니야. 설계도대로 안 되어 있어. 불합격."

온 정신을 작업에 몰두해서일까. 금속 활자 추리기를 끝낸 요한이 소매로 이마에 맺힌 땀을 닦았다. 하아, 하고 일 하나를 끝낸 한숨을 내쉬는 요한과 달리 불합격을 선고받은 장인들은 눈을 부라렸다.

"설계도대로 만들었잖아! 왜 불합격이야! 장난쳐!?"

"어디가 잘못됐다는 거야!?"

분한 듯이 반발하는 젊은 장인과 요한에게 반감을 보이는 다른 장인들에게 요한은 곤란한 얼굴로 고개를 가로저었다.

"왜냐니…… 그러니까 설계도대로 안 되어 있다고. 이래서는 못써."

"뭐라고!?"

하르덴첼의 장인들이 버럭 언성을 높이면서 분위기가 험악해졌고, 귀족들이 깜짝 놀라 뒤돌아보았다.

'위험한데.'

겨우내 필사적으로 만든 물건을 '설계도대로 되어있지 않다'라는 한마디로 불합격을 받아 격분하는 하르덴첼 장인들과 '뭐라고 해도 불합격은 불합격이다'라며 이럴 때만 장인다운 완고함을 발휘하며 노려보는 요한. 어느 쪽 주장도 틀리지 않지만, 견학 중인 귀족들이 모인 곳에서 살벌한 분위기가 흐르면 상당히 좋지 않다. 긴박한 분위기에 나는 무심코 쌍방 사이에 끼어들었다.

"요한. 내게도 보여 줘요. 금속 활자는 원래 내가 주문한 물건이니까."

"로제마인 님……."

영주의 양녀이며 손님으로 대접받는 입장인 내가 장인의 영역에 간

섭하자, 장인과 귀족을 포함한 주변이 술렁였다. 하지만 나는 그 술렁임을 완전히 무시하고, 요한이 골라내던 금속 받침대 위에 불합격과 합격으로 나뉜 금속 활자를 네 개 정도 쌓아서 사방팔방으로 훑어보았다.

"……아, 요한 말대로 이건 안 되겠네요. 이 부분이죠?"

내가 한 부분을 가리키자 요한이 "맞습니다." 하고 고개를 끄덕였다. 이렇게 합격과 불합격을 비교하니 아주 약간이지만, 기울기나 길이의 차이가 눈에 들어왔다. 금속 활자는 이 '아주 약간'이 치명적인 문제가 된다. 요한이 처음 가져온 금속 활자에는 이런 아주 약간의 차이도 없었던 기억을 떠올렸다. 남과 비교하니 요한의 기술이 얼마나 뛰어난지 새삼 놀랐다.

"이만큼 비딱하면 찍을 때 글자가 흔들려서 못 써요. 이건 이 부분은 마감처리가 깔끔하지 않네요. 인쇄하면 종이가 상해요."

나는 하르덴첼의 대장장이들에게 작은 금속 활자를 가리키며 불합격이 된 부분을 일일이 설명했다. 장인들의 얼굴에 '지나치게 깐깐해!'라는 감정이 떠오르기 시작했다. 내가 귀족이니까 입 밖에 내지 않고 꾹 참고 있을 뿐이다.

"깐깐하다고 생각하겠지만, 난 요한에게 항상 이렇게 세밀한 물건을 주문하고 있어요. 금속 활자는 이 정도면 되겠지, 하고 대충 만들어서 되는 물건이 아닙니다."

네, 하고 힘없이 대답하는 장인들에서 요한으로 시선을 옮겼다.

"……요한, 장인에게 흔히 보이는 특징이지만, 치명적으로 설명이 부족해요. 에렌페스트의 공방에서는 설계도와 다르다고 불합격 판정을 내리면 그만이었을지도 모르고, 다들 요한이 말주변이 없는 걸 알고 있어요. 하지만 이곳은 하르덴첼입니다. 금속 활자를 처음 만드는 사람에게는 어느 부분이 어떻게 틀렸는지 세세하게 가르쳐 주지 않으면 이해하지 못해요."

"하지만 설계도가……."

"모두가 설계도를 볼 줄 아는 건 아닙니다. 당신처럼 숫자는 읽어도 세세한 주의서까지는 못 읽을지도 몰라요. 무엇보다 나처럼 정밀함을 요구하는 고객은 드물잖아요? 어쩌면 어디까지 정밀해야 하는지 모르는 것 아닐까요?"

요한이 깜짝 놀란 듯 고개를 들었다. 항상 정밀함을 요구하는 작업만 도맡아온 요한은 설계도대로, 완벽하게 만드는 것이 당연하다고 생각하겠지만, 에렌페스트 내에서도 요한의 꼼꼼함은 알아준다.

"……로제마인, 내 눈에는 똑같아 보이는데 뭐가 다르지?"

어느새 등 뒤로 다가온 빌프리트가 받침대 위의 금속 활자를 응시했다.

"아, 빌프리트 오라버니. 이렇게 보면 알 거예요."

받침대 위에 합격 네 개, 불합격 네 개를 일렬로 나열했다가 쌓아보았다. 빌프리트가 눈을 게슴츠레 뜨며 그 모습을 바라보았다.

"이쪽 덩어리, 이게 살짝 낮아 보이네."

"오라버니, 저한테도 보여 주세요."

이번에는 빌프리트와 교대한 샤를로테가 흥미진진하게 금속 활자를 빤히 바라보았다.

내가 두 사람에게 인쇄의 구조를 자세히 알려주며 아주 약간의 차이가 왜 문제인지를 설명하자 그것을 하르덴첼의 대장장이들도 온순한 얼굴로 듣기 시작했다. 요한은 완벽하게 만들어 주니까 내가 지금까지 자세히 설명한 적이 없었다. 어쩌면 애초에 설명이 부족한 사람은 나였는지도 모른다.

"그래서 높이가 완벽하게 같지 않으면 인쇄할 수가 없고, 금속 활자가 삐뚤면 곤란한 거예요. 요한이 만든 금속 활자는 이렇게 나열해도 빈틈없이 완벽해서 아름답잖아요."

하나로는 몰라도 열 개, 스무 개를 합쳐서 보면 미묘한 차이가 눈에 띈다. 세워지지 않는 것, 살짝 흔들리는 것, 1밀리 차이지만 약간 높이가 다른 것……. 그것을 자신의 눈으로 확인한 하르덴첼의 대장장이들이 몸에 힘을 주며 벌떡 일어났다.

"……다시 만들겠습니다."

"절반 정도는 합격을 받았으니까 조금만 더하면 돼요. 에렌페스트에서도 아직 요한에게 합격을 받을 정도로 완벽하게 만들어내는 대장장이는 거의 없어요. 그렇죠, 요한?"

"네. 제자인 다닐로도 금속 활자 제작에 고생하고 있습니다. 합격점을 받으려면 아직 멀었죠."

"그렇다고 하네요. 난 하르덴첼에 거는 기대가 커요. 세심한 부분에 주의해서 꼭 요한에게 합격을 받아내세요."

내가 격려하자 살벌했던 분위기가 사라지고, 모든 장인의 표정이 진지해졌다. 금속 활자를 만들려고 장인들이 움직이기 시작하자, 자크와 요한을 두고, 우리는 대장간을 나왔다.

"다음은 하르덴첼의 인쇄 협회로 모시겠습니다. 인쇄업을 담당하는 문관이 저뿐이라서 제대로 된 부서가 있지는 않습니다."

그렇게 말하면서 인쇄업을 담당하는 문관이 안내해 주었다. 귀족

일행의 맨 끝에서 따라오는 플랑탱 상회가 앞으로 일하게 될 장소다. 문관들의 작업장 한편에서 우리는 인쇄 협회에 관한 설명을 들었다. 그가 평민과 거래할 때 필요한 서류들을 보여 주었다.

"상업 길드에게 받은 허가증입니다. 이것은 아우브 에렌페스트께 받은 허가증이고, 이것이 기베에게 받은 명령장입니다. 다음에 새로운 곳에서 인쇄업을 시작할 때 이 서류를 먼저 확인하십시오."

허가가 떨어진 후에 인쇄 공방을 차리고, 인쇄하고, 판매하기까지의 흐름을 담당 문관이 설명했다. 제대로 일했다는 증거이리라. 현장에서만 겪을 수 있는 고충과 고민이 이야기 곳곳에서 나왔다.

최종 확인 역할을 맡은 빌프리트는 진지한 눈빛으로 이야기를 들었고, 그의 문관이 필사적으로 메모했다. 내년부터 본인도 확인하러 돌아다니게 된다는 것을 사전에 들은 샤를로테와 그녀의 측근들도, 나의 문관으로서 착실히 배워오라고 하르트무트에게 신신당부를 들은 필린느도 마찬가지였다.

"그럼 저는 플랑탱 상회와 회의하고 올 테니 여러분은 조금 쉬고 계십시오."

설명을 끝낸 문관이 벤노와 다미안을 손짓해서 불렀다. 내일부터 순조로운 업무 진행을 위해 회의를 시작한 그들을 뒤로하고, 우리는 영주의 주거 구역으로 돌아가게 되었다.

하르덴첼의 기원식

"피곤하시죠? 오늘 밤은 기원식이니까 그때까지 방에서 편히 쉬고 계세요."

견학에는 동행하지 않았던 하르덴첼 백작 부인이 지휘하며 모두를 각자의 방으로 안내했다. 각자의 시종들이 방과 짐을 정리해 주고 있는 모양이다.

필린느와 안게리카와 함께 안내받은 방으로 들어가니 리젤레타가 모두의 짐을 싹 정리하고, 목욕물까지 준비해 놓고 있었다. 나의 목욕을 도우면서 리젤레타가 "기원식에 입으실 의상은 신전장 의식용 의상이면 되겠습니까?"라고 물었다. 작은 성배는 건넸기 때문에 의식은 이미 끝났다고 생각해도 되지만, 기원식이니까 신전장의 옷을 입는 편이 나으리라.

"네. 하르덴첼의 기원식에 작은 성배를 가져온 신전장으로 참가하는 거니까 의식용으로 부탁해요."

백작 부인에게 설명을 들은 리젤레타가 말하길 기원식은 여섯 점종에 시작되며 우리는 그 전에 광장으로 이동해야 하므로 일찍 식당에 모여야 한다고 했다.

의식용 의상을 입고, 봄 머리 장식을 단 나는 레서버스에 올랐다. 오늘 견학으로 상당히 피곤했기에 체류하는 동안 성안에서 기수로 이동해도 좋다는 허가를 기베 하르덴첼에게 받아서였다.

"아, 로제마인 님. 이제 다 모였군요. 자, 광장으로 가십시다."

내가 제일 마지막에 식당에 도착한 모양이다. 기베 하르덴첼이 일어나서 부인을 에스코트하며 걷기 시작했다.

"원래는 빌프리트 님께서 로제마인 님을 에스코트하셔야 하는데……."

내가 기수를 탄 탓에 빌프리트에게는 옆에 나란히 걷도록 엘비라가 조언했다. 우리의 뒤를 샤를로테가 따라오고, 그 뒤에는 칼스테드가 엘비라를 에스코트하며 걸었다. 문관이나 시종은 신분 순서대로 그 뒤를 잇고, 그 주위를 호위 기사에게 둘러싼 형태다. 내 오른쪽에는 빌프리트가 걷고 있고, 왼쪽에는 안게리카가 있다.

기베 하르덴첼 부부는 느긋하게 계단을 내려갔다. 기원식이 열리는 장소가 대강당이 아니라 광장이라고 해서 의아했다. 하지만 곰곰이 생각해 보면 일크너의 수확제도 귀족의 저택이 아닌 광장에서 평민과 기베가 함께 축제를 벌였었다. 하르덴첼에서도 평민과 함께 봄을 축하하는 연회를 여는 것이리라.

지하는 평민의 거주 구역이라고 들었는데, 그 말대로 새하얀 복도와 동일한 간격으로 나열한 문이 있었다. 마치 귀족원 기숙사 같다. 하얀 벽이 어렴풋이 발광하는 것처럼도 보이지만, 기본적으로 어스레했다.

중심부에는 큰 광장이 있고, 평민들이 이미 모여 있었다. 평민이 모여 있는 점 외에는 지금까지 기원식으로 방문했던 겨울 저택과 공통점을 찾을 수가 없다. 광장 중심에는 원주형 모양의 넓고 동그란 자리가 있고, 그 중심부에 설치된 제단에 신에게 바치는 공물과 작은 성배가 올라가 있었다.

핫세와 일크너의 수확제 때는 무대 위에서 평민을 내려다보는 형태로 자리가 마련되어 있었는데 하르덴첼에서는 무대가 가장 잘 보이는 앞부분을 둥근 테이블이 둥글게 감싸듯이 자리가 마련되어 있고, 이미 하르덴첼의 귀족들이 착석한 상태였다.

정면으로 보이는 위치에 아무도 앉지 않은 테이블 몇 개가 있었다. 기베 하르덴첼 부부가 앉을 의자는 정면에서 조금 벗어난 위치에 있다. 아마도 영주 부부의 자리이리라.

"로제마인 님, 이쪽에 앉으십시오."

기베 하르덴첼이 의자를 뺀 순간, 주위에서 감춰지지 않는 동요가 일었다. 나는 이대로 자리에 앉아도 되는지 몰라서 칼스테드와 엘비라에게 시선을 보냈다. 두 사람이 가볍게 고개를 저었다. 앉지 말라는 뜻이다.

"기베 하르덴첼. 미안하지만, 먼저 빌프리트 오라버니를 자리에 안내하세요. 나는 기수를 정리해야 해서."

나는 우회적으로 거절하고, 레서버스에서 천천히 내렸다. 기베 하르덴첼은 살짝 미소를 짓더니 빌프리트를 자리에 안내했다. 이어서 샤를로테에게도 자리를 권했다. 주변의 긴장감이 사그라졌다.

"이쪽으로 오시지요, 로제마인 님."

내가 기수를 정리하자, 기베 하르덴첼이 다시 한번 의자를 빼 주었다. 이번에는 문제없어 보이기에 나는 그 자리에 앉았다. 쿠션으로 높이를 조절한 내 전용 자리다.

왼쪽에 빌프리트, 그 옆에 샤를로테, 오른쪽에 기베 하르덴첼, 그 옆에 부인, 거의 정면에 칼스테드와 엘비라가 있는 형태다.

다른 사람도 자리가 정해져 있는지, 문관과 시종들도 착석했다. 호위 기사만 등 뒤에 서서 대기했다. 기원식이 시작하면 시종들도 움직이기 시작하나 보다.

뎅, 뎅…… 하고 여섯 점 종이 울려 퍼졌다. 기원식의 시작을 알리는 종소리에 지금까지 술렁거리던 평민들이 일제히 조용해졌다.

"신전장도 단상 위로 올라갑시다."

그렇게 말하며 기베 하르덴첼 부부가 자리에서 일어나 단상으로 향했다. 나는 허겁지겁 일어나서 두 사람의 뒤를 따라 걸었다. 갑작스러운 역할 분담에 머릿속에 혼란스러워졌다.

'잠깐만 있어 봐. 못 들었어. 작은 성배를 넘기는 것 외에 아무 얘기도 못 들었다고!? 신관장님, 도와줘요! 프랑, 큐카드 가져와! Noooooo!'

"이분은 에렌페스트의 성녀로 유명하신 신전장님이시다. 나의 여동생, 엘비라의 딸이며 이 땅에 돌아온 우리 동포를 환영하라!"

내가 하르덴첼 출신인 엘비라의 딸이고, 인쇄업을 개발하여 하르덴첼에 부를 가져온 에렌페스트의 성녀라고 소개하자, 주민들이 환호성을 지르며 열렬히 환영했다. 엘비라의 딸이면 하르덴첼의 주민에게는 초면이라도 동포로 보는 듯하다.

기베 하르덴첼이 오른팔을 슥 뻗어서 어깨높이까지 올렸다. 그 동작 하나에 광장이 잠잠해졌다. 조용해진 광장에 무게감 있는 저음이 울렸다.

"오늘 에렌페스트의 성녀인 신전장이 하르덴첼에 봄을 가져오셨다. 이로써 올해도 물의 여신 플류트레네의 청아한 강물에 생명의 신 에이비리베가 떠내려가고, 흙의 여신 게두르리히가 구출되었도다."

기베 하르덴첼이 그렇게 말하며 팔을 들어, 제단 위의 작은 성배를 가리켰다. 거기서 말을 한 번 끊고, 천천히 주위를 둘러본 뒤 소리 쳤다.

"노래하라. 신에게 기도의 목소리를 전하라! 춤춰라. 신에게 감사를 전하라! 해설에 축복을!"

와 하고 평민들이 함성을 질렀다. 긴 겨울이 끝나기를 잔뜩 기다린 민중의 기쁨에 찬 열기가 직접 전해져오는 목소리에 압도되었다. 이것 이 하르덴첼 기원식의 시작이었다.

그 뒤로는 노래와 춤이 무대에서 진행된다. 작은 성배가 도착했기 때문에 내일부터는 밭농사하는 남쪽 주민들도 이동하고, 사냥 부족은 북쪽으로 향한다. 기원식은 봄의 도래를 기뻐하는 축제이며 아울러 주 민들이 당분간의 이별을 아쉬워하는 장이기도 하는 듯했다.

나는 모두에게 소개된 것을 끝으로 자리로 돌아왔다. 요리가 나오 고, 귀족들이 식사를 시작했다. 그동안 평민들은 북을 두드리고, 피리 를 불고, 노래하고, 춤춘다.

"평민의 차례가 끝나면 다음은 귀족들이 검무와 노래를 봉납합 니다."

옆에 앉은 기베 하르덴첼이 그렇게 알려 주었다. 빌프리트와 샤를 로테가 '기원식 때 돌았던 겨울 저택에서도 똑같은 노래를 들었다'라 고 했다.

'어라? 나는 기원식에서 노래를 들은 적이 없는데?'

의아했지만, 곰곰이 생각해 보면 축복을 내리는 것을 최우선으로 삼았기 때문에 기원식에 끝까지 참가한 적이 없었던 사실이 떠올랐 다. 나는 여태까지 몇 번이나 다양한 곳에 갔지만, 제대로 기원식에 참

가한 적이 없는 셈이다. 충격적인 사실이다.

"빌프리트 님과 샤를로테 님도 기원식에 참가하십니까?"

기베 하르덴첼이 놀란 듯이 눈을 크게 떴다. 토지를 소유한 귀족은 봄을 축복하는 연회가 끝나면 곧바로 돌아가느라 빌프리트와 샤를로테의 동향을 듣지 못하는 듯했다. 빌프리트가 고개를 크게 끄덕이며 당연하다는 표정으로 입을 열었다.

"음. 남매끼리 서로 도와야지. 로제마인에게만 부담을 주면 이상하지 않으냐. 우리는 동등한 영주의 자식이다."

"그래요. ……그, 아직 언니의 마력 없이 우리 둘만으로는 도움이 되지 않지만, 가능한 범위부터 시작하는 것이 중요한걸요. 조금씩 할 수 있는 일을 늘려가야지요."

샤를로테가 "언니의 마력을 빌리지 않아도 내 힘으로 축복을 줄 수 있게 되는 것이 목표예요."라며 남색 눈동자를 반짝였다.

'어쩜. 우리 남매가 너무 눈부셔. 내가 책을 읽는 것밖에 생각하지 않는 아이라서 정말 미안해! 하지만 아마 멈추지 못할 거야. 그건 미리 사과할 테니까 용서해 줘.'

"로제마인 님께 두 분은 좋은 남매입니까?"

"물론입니다, 기베 하르덴첼. 내가 잠들었던 2년간, 두 사람은 매우 노력해 줬어요. 눈부시게 성장하니까 나의 부족함이 더 돋보이지 않나요?"

그 말을 들은 기베 하르덴첼이 생각에 잠기듯 의자 등받이에 몸을 기대어 팔짱을 꼈다.

"나는 세상을 창조한 신들에게 기도와 감사를 바치는 자."

익숙한 기도문이 들려와서 나는 무대 위를 쳐다보았다. 앞으로 북으로 사냥을 떠나는 부족을 이끄는 하르덴첼의 기사들이 무대 위에 쭉 정렬해 있었다.

"깊은 하얀 세상에 종말을. 모든 것을 배척하는 매얼음을 깨부수어 우리의 흙의 여신을 구해주소서."

'아, 이 노래 알아.'

정확하게 말하면 가사를 안다. 흙의 여신의 권속이었던 여신이 생명의 신에 의해 추방당하고, 물의 여신에게 도움을 구하러 갈 때 읊는 시다. 권속 여신들의 힘을 빛의 여신과 물의 여신에게 바치고, 흙의 여신이 구해 주길 비는 내용이다.

처음 듣는 멜로디지만, 몇 번이나 같은 악구의 반복이라서 그렇게 어렵지 않다. 저도 모르게 흥얼거리려다 화들짝 놀랐다. 성전 계열의 기도곡은 위험하다. 이상한 축복이 될 가능성이 있다. 내가 콧노래로 참고 있는데 이를 눈치챈 기베 하르덴첼이 신이 난 듯이 몸을 내밀었다.

"저건 봄의 도래를 기뻐하고, 사냥의 시작을 알리는 하르덴첼의 노래입니다. 이 노래를 부르고 나면 사내들은 사냥하러 떠나지요."

"……네? 눈이 녹기를 빌고, 물의 여신을 부르는 곡이 아니라요?"

내가 무심코 고개를 갸웃거리자, 기베 하르덴첼이 의아한 얼굴로 나를 보았다.

"이 노래는 에렌페스트의 봄을 축하하는 연회에서도 들은 적이 없고, 귀족원도 마찬가지입니다. 하르덴첼에서만 부르는 곡으로 알고 있습니다만…… 알고 계십니까?"

"곡은 처음 들었지만, 신전장에게 대대로 전해지는 성전에 그 시와 그림이 실려 있었어요. 신전 도서실에 있는 다른 성전에는 실려 있지 않은 걸 보면 정말 오래된 시였나 보네요. 사실 성전의 그림에는 권속의 여신이 부른답니다. 이런 원주형 무대에서."

내가 설명하자, 기베 하르덴첼을 비롯한 칼스테드와 엘비라가 눈을 끔뻑였다. 지금 원주형 무대에 있는 건 신에게 바치는 공물과 작은 성배다.

"로제마인 님도 불러 주시겠습니까? 에렌페스트의 성녀가 기도를 올리면 올해는 봄의 도래가 빨라질 것 같군요."

기베 하르덴첼의 제안에 나는 깜짝 놀라 수위를 두리번거렸다. 주위 귀족들의 얼굴에 재밌겠다고 쓰여 있지만, 즉석 장기자랑이라도 보여주다가 이상한 축복이 튀어 나가면 큰일 난다.

"……이 자리에서 제사를 지낼 예정은 없어서요."

"응? 이 기원식에 작은 성배를 가져다주시는 것 자체가 제사의 일부가 아닌지요?"

"그건 그렇지만……."

'어쩌지!? 도와줘요, 신관장님!'

올도난츠를 날려 보낼까 진지하게 고민하는데 엘비라가 나와 기베 하르덴첼의 중재에 나섰다.

"오라버니, 오늘 처음 듣는 곡을 부르라니 아무리 그래도 너무 가혹하세요. 로제마인 님이 아니라 하르덴첼 여성이 부르면 되지 않습니까? 남성들이 함께 불렀듯이 올해는 여성이 불러요."

'역시 어머님! 덕분에 살았어요.'

엘비라의 도움 덕에 나는 가슴을 쓸어내렸다. 하르덴첼의 여성이 노래를 부른다면 우리에게는 전혀 문제가 없다. 하지만 이곳은 엘비라의 친정이었다.

"오호, 오랜만에 엘비라 님께서 노래를?"

"모처럼의 기회이니 엘비라 님의 페슈필을 들어보고 싶군요."

이미 은퇴했을 보니파티우스 나이대의 하르덴첼 귀족들이 엘비라를 보면서 신이 난 듯 싱글벙글 웃었다. 노인들이 옛날을 그리워하는 말들을 했다. 칼스테드에게 시집간 이후로 엘비라는 거의 친정에 돌아오지 않았는지, 노인들이 옛날을 그리워하는 듯한 발언을 했다.

"오, 그거 좋군. 엘비라, 네가 올라가려무나. 아직 부를 수 있지?"

기베 하르덴첼도 내게서 엘비라로 시선을 옮기고, 입꼬리를 올렸다. 여동생을 놀리는 오빠의 표정에서 향수에 젖은 가족의 정이 느껴졌다.

"제가 꺼낸 말이니 하는 수 없죠. 하르덴첼의 여성들과 노래하겠습니다."

결국, 원주형처럼 생긴 무대 위에서 여성들끼리만 노래를 부르게 되었다. 매년 똑같은 노래를 남성이 불러서인지 하르덴첼의 여성도 모두가 가사를 외워서 노래를 부를 수 있는 모양이었다. 즉흥이랄까, 갑작스럽게 선보이게 된 여성들의 노래 봉납에 주변 분위기가 달아올랐다. 주변의 기대와 요구를 거절하지 못하고, 엘비라는 페슈필을 들고 무대에 올라가게 되었다.

"아버님, 저 때문에 어머님이……."

본의 아니게 엘비라가 올라가게 돼서 어쩌나……하고 칼스테드를 보았다. 하지만 칼스테드는 오히려 기대하는 눈빛으로 자리에서 일어서는 엘비라를 응시했다.

"염려 마라. 엘비라는 솜씨가 아주 훌륭하거든."

"……뜬금없이 아내 자랑이에요?"

걱정하는 남의 속도 모르고! 하고 속으로 투덜거리느라 무심코 튀어나온 말에 램프레히트가 참지 못하고 웃음을 터뜨렸다. 주변 사람들도 입을 틀어막고, 애틋한 장면을 보는 듯한 흐뭇한 시선을 칼스테드에게 보냈다.

"어머나, 칼스테드 님. 제 자랑을 하셨어요?"

장난기 넘치는 시선으로 엘비라가 칼스테드를 내려다보았다. 헉하고 숨을 삼킨 칼스테드가 주변을 두리번거린 뒤 헛기침을 해댔다.

"아~, 로제마인. 그런 건 지적하지 말고 가슴속에만 담아두는 거다. 알겠나?"

"네. 아버님이 가끔 아내 자랑을 한다는 사실은 가슴에만 담아둘게요."

"나중에 자세히 들려주세요, 로제마인 님."

가슴에 담아두기로 약속한 직후에 엘비라가 알려 달라고 했다.

'음, 어쩔까?'

칼스테드가 '쓸데없는 말은 삼가라'라고 내게 무언의 압력을 보내는 가운데 "페슈필을 가져오겠습니다, 오라버니." 하고 엘비라는 기베 하르덴첼에게 싱긋 웃었다. 그러자 기베 하르덴첼은 씁쓸하게 웃으며 "네 방이 가장 멀리 있으니 서두르게." 하고 엘비라를 보냈다.

'어? 시종이 있는데 왜 어머님이 직접 가지러 가시지?'

머릿속에 물음표를 띄우며 검무 봉납을 지켜보는데 식사 시중을 들기 위해 등 뒤에 대기하던 리젤레타가 달콤한 차를 추가로 따라주는 김에 넌지시 알려 주었다. 엘비라는 '연습하고 올 테니 시간을 주세요'라고 말했고, 기베 하르덴첼은 '기원식 마지막에 내보낼 거니 빨리 가라'라고 대답했다고 한다.

'그걸 어떻게 알아!'

내가 마음속으로 절규하는 동안에도 검무가 진행되었다. 검무를 보고 있으니 질베스타가 청색 신관으로 신분을 숨기고, 기원식에 동행했을 때 보여 줬던 칼스테드의 검무가 떠올랐다. 질베스타와 칼스테드의 검무는 매우 아름답고 멋있었다. 이참에 안게리카의 검무도 보고 싶어졌다. 물론 입 밖에는 내지 않았다. 즉흥적인 말로 하르덴첼의 기원식에 혼란을 일으키고 싶지 않았다.

"기다리셨습니다."

엘비라가 페슈필을 시종에게 들게 하고 돌아온 건 검무가 끝나고, 봉납 가무가 종반에 접어들 때쯤이었다. 자리에 앉아 한숨을 돌리는 사이에 봉납 가무가 끝났다.

예년이라면 여기서 끝나야 할 기원식이지만, 올해는 끝나지 않는다. 기베 하르덴첼이 자리에서 일어나 "신전장에게 대대로 내려오는 옛 성전에 따라 여성들만으로 노래를 바쳐 보고자 한다."라고 말하고, "페슈필 연주자는 내 여동생인 엘비라라." 하고 소개했다.

엘비라는 준비된 페슈필을 들고, 무대 위로 올라갔다. 나를 도우려다가 느닷없이 역할을 맡게 되어도 당황한 기색 없이 무대에 오르는 엘비라가 멋있었다.

하르덴첼의 귀족 여성은 무대에 오르라고 해도 매년 축제 때 나갈 일이 없었던 탓에 서로 눈치만 살피며 제일 먼저 일어날 사람을 기다렸다. 무대에 올라가고 싶어도 윗사람이 움직이지 않으면 움직이지 않을 분위기다. 그런 분위기를 감지한 기베 하르덴첼 부인이 자리에서 일어나 주변 테이블에 앉아 있는 여성들을 향해 무대 위에 오르도록 설득했다.

"엘비라 님도 페슈필 연주를 봉납하시니 여러분도 함께 노래로 기도합시다."

하르덴첼의 정상에 있는 여성이 움직이자, 비로소 서로를 부르며 귀족 여성이 하나둘 무대로 향했다. 노래에 자신이 없어서 연주로 참가하는 여성도 있는지, 시종에게 악기 준비를 시키는 모습도 보였다.

"로제마인 님도 참가하시지요."

기베 하르덴첼 부인이 친절하게 웃으며 내게 손을 뻗었다. 나는 엘비라가 대신 페슈필을 연주해 주는 거로 면제됐을 텐데? 하고 놀라면서 어떻게든 거절할 변명거리를 찾았다.

"저는 하르덴첼의 귀족이 아니라서요……."

"엘비라 님의 딸이면 저희 가족이죠. 그리고 신전장인 로제마인 님께서 함께 봄을 축복해 주신다면 민중은 용기를 얻고, 씩씩하게 사냥에 출발할 겁니다."

아무리 그래도 '이상한 축복이 튀어 나갈 것 같아서'라고 거절할 수도 없었다. '부디 하르덴첼에 축복을 내려 주십시오'라는 말이 되돌아올 것 같다. 뭐라고 말해야 포기할까? 사교 레벨이 낮은 나는 도무지 몰라서 칼스테드에게 도움을 청하는 시선을 보냈다. 그러자 칼스테드는 하는 수 없다는 듯이 가볍게 어깨를 으쓱했다.

"이런 의식과 연회에서는 연대감과 공감이 중요한 법이야. 로제마인은 곡을 모르니 같이 부르기는 어렵겠지만, 신전장으로서 단상에 서 있을 수는 있지 않겠느냐?"

'그러니까 기베의 체면이 서게 단상에 올라가서 가만히 서 있으라

는 말인가?'

하긴 여기서 기베 하르덴첼의 체면을 구길 필요는 없다. 나는 연회의 흥분에 떠밀리듯이 기베 하르덴첼 부인과 안게리카와 함께 무대에 올랐다.

"로제마인 님……."

기베 하르덴첼 부인과 무대로 올라가자, 엘비라의 눈이 휘둥그레졌다. 그야 그렇지. 기껏 도와줬더니 허사가 되었다. 하지만 불만은 칼스테드에게 하길 바랐다.

"신전장으로서 함께 기도만 올리려고요. 하르덴첼 사람들과 연대감을 느끼고 싶지만, 저는 노래를 못 부르니까요."

엘비라가 하는 수 없다는 듯이 가볍게 한숨을 내쉬었다.

기베 하르덴첼 부인이 남성들의 무대를 참고로 여성들에게 어디에 설지 지시를 내렸고, 각자 무대 위에 흩어져서 그 자리에 무릎을 꿇었다.

"로제마인 님은 이쪽에서 부탁드립니다."

내가 지시받은 자리는 작은 성배 바로 앞이었다. 노래를 부르는 여성들 사이에서 입만 뻐끔거려도 티 나지 않을, 일단은 신전장을 장식으로 세워두기에 딱 좋은 위치다. 성인 여성에게 둘러싸이면 내 모습 따위 보이지 않으리라. 영주의 양녀인 내가 신전장으로서 함께 참가하는 데 의미가 있다.

나는 주위의 모두와 똑같이 그 자리에 살짝 무릎을 꿇고, 바닥에 손을 짚었다.

"나는 세상을 창조한 신들에게 기도와 감사를 바치는 자."

천천히 고개를 들고, 제일 먼저 악기를 든 사람들이 몸을 일으켰다.

엘비라를 중심으로 무대 가장자리를 빙 두르듯이 악기를 든 여성이 나열했다.

띠링 하고 엘비라의 페슈필에서 높은음 하나가 나오자 연주가 시작되었다. 페슈필의 소리가 늘어나고, 피리 소리가 겹치며 전주가 흘렀다. 전주에 맞춰 노래를 부르는 사람들도 천천히 일어나 고개를 들었다. 합창은 기베 하르덴첼 부인이 중심이다.

"깊은 하얀 세상에 종말을. 모든 것을 배척하는 매얼음을 깨부수어 우리의 흙의 여신을 구해주소서……."

'아차! 노래가 시작해 버렸어.'

이 노래를 달달 외고 있는 하르덴첼 여성들은 맞춰볼 필요도 없었나 보다. 하지만 이 노래에 관해 지식이 없는 나는 일어나는 타이밍을 완전히 놓쳐 버렸다.

나는 무릎을 꿇은 채 언제 일어서야 할지 머리를 굴렸다. 지금 일어나면 보나 마나 눈에 띈다. 아무것도 하지 않는 나는 대체 어느 타이밍에서 일어나야 하는지 모른다. 기도하는 것처럼 보이니까 이대로 가만히 무릎 꿇고 있을까? 나는 그 자세 그대로 엘비라의 페슈필과 모두의 노래를 들었다.

"모두 기도를 올립시다."

노래가 끝나자, 기베 하르덴첼 부인이 소리 높여 고했다. 이것은 신에게 기도를 올리는 예고다.

'여기다!'

나는 드디어 일어날 타이밍을 발견하고, 서둘러 일어났다. 모두가 양팔을 들어 기도를 올리는 동작에 늦지 않게 따라잡을 수 있었다.

"신에게 기도를!"

그 순간, 마력이 스르륵 빠져나가는 느낌이 들었다. 발밑에 처음부터 그려져 있었나 보다. 커다란 마법진이 녹색으로 빛나며 공중에 떠올랐다.

"이건……?"

모두가 깜짝 놀라 눈을 크게 뜨고, 입을 살짝 벌린 채 빛나는 마법진을 바라보는 사이에 마법진은 천천히 성인의 키를 넘어 2m 정도까지 올라갔다.

올려다보자, 갑자기 마법진의 움직임이 멈췄다. 응? 하고 생각한 그 순간, 마법진이 작은 성배에 슉 하고 빨려 들어갔다. 그때 작은 성배에서 일직선의 녹색 빛기둥이 솟아올랐다.

다음 순간, 주변에서 나와 마찬가지로 멍하니 마법진을 올려다보던 여자아이 몇몇이 힘없이 쓰러지기 시작했다. 아무런 전조도 없이 여러 명이 쓰러져갔다. 나는 힉! 하고 숨을 삼켰다.

"꺅!"

"뭐야!?"

그런 경악에 찬 비명이 터지는 가운데 엘비라와 기베 하르덴첼 부인은 쓰러지지 않고, 주위를 둘러보고 있었다. 쓰러지는 여성뿐만 아니라 속이 거북한 표정으로 주저앉는 여성도 속출했고, 기원식은 순식간에 아비규환이 되었다.

"로제마인 님! 몸에 이상은 없으십니까!?"

슈팅루크를 손에 든 안게리카가 주변을 경계하며 내게 물었다. "나는 아무렇지 않아요. 괜찮아요."라고 대답하면서 나 역시 안게리카와 마찬가지로 좌우를 둘러보았다. 기사들이 하얗게 질려서 달려오는 것이 보였다. 가장 가까운 곳에 있던 칼스테드가 제일 빨랐다. 계단까지 돌아가는 수고도 아까운 듯 단상에 뛰어올라 제일 먼저 내게 달려 왔다.

"로제마인, 괜찮으냐!?"

"괜찮아요. 아무렇지 않아요."

"저 마법진이 원인일 것 같지만, 무슨 일이 일어난 건지 알겠니?"

나도 주변 여성이 쓰러지는 원인이 저 마법진이라고 생각하지만, 왜 쓰러지는지는 몰라서 고개를 저었다. 칼스테드는 내게 정말 이상이 없는지 정수리부터 발끝까지 확인한 뒤 이쪽을 향해 오는 엘비라를 쳐다보았다.

"엘비라, 당신은 괜찮소?"

"저는 아무 이상이 없지만, 하급 귀족에겐 부담이 클 겁니다. 조금 전에 나타난 마법진에 마법을 빼앗겨서 마력이 바닥이 났나 봐요. 당장 회복약을 먹여야 합니다."

엘비라의 목소리에 항상 회복약을 상비하는 기사단이 허리춤에 찬 회복약을 서둘러 꺼내어 의식을 잃은 여성들에게 먹이기 시작했다. 의식이 있고, 개인 회복약을 갖고 있는 사람도 바로 복용하기 시작했다. 엘비라가 말하길 쓰러진 사람이 하급 귀족이고, 속이 안 좋아 보이는 사람이 중급 귀족의 여성이라고 했다.

"로제마인 님, 여기는 하르덴첼 사람에게 맡기고, 바로 방으로 돌아갑시다. 오라버니, 제가 로제마인 님과 다른 분들을 방으로 안내할 게요."

기베 하르덴첼의 여동생인 엘비라는 이곳의 대처를 기베 부부에게 맡기고, 영주의 세 자제를 방으로 무사히 돌려보내는 역할을 자처했다. 호위로 칼스테드와 기사 둘을 불러서 배정받은 객실로 향했다.

"로제마인, 넌 아무 이상 없어?"

"언니, 괜찮아요?"

"괜찮아요. 갑자기 나타난 마법진에 마력을 빼앗겨서 그런 것 같아요."

빌프리트와 샤를로테가 걱정하는 소리를 들으며 나는 방으로 돌아갔다. 리젤레타가 방문을 열어주길 기다리면서 나는 엘비라를 올려다보았다.

"난 지금부터 방에서 쉴 건데 엘비라는 기베 하르덴첼을 도우러 갈 거죠?"

"네. 이런 사태는 처음이거든요. 최대한 오라버니를 도와줘야죠."

"엘비라, 기베 하르덴첼을 도울 생각이라면 약을 먹어요. ……어머님도 마법진에 마력을 뺏기셨잖아요."

엘비라가 "걱정해 주셔서 감사하게 생각합니다. 편히 쉬십시오."라고 웃으며 샤를로테의 방으로 발걸음을 돌렸다. 그 뒷모습이 '문제없다'라고 하면서 무리하는 페르디난드의 모습과 겹쳐 보였다. 나는 깜짝 놀라 칼스테드의 망토를 덥석 잡았다.

"아버님, 어머님이 꼭 회복약을 드시게 하세요."

"안다. 엘비라가 자기 일은 뒷전으로 돌리는 버릇은 옛날부터였지. 염려 마렴."

칼스테드가 내 머리를 가볍게 토닥이며 요청을 들어주었기에 나는 뒷일을 맡기기로 했다.

방에 돌아와서 목욕하고, 취침 준비가 된 침대 위로 올라갔다. 잠잘 준비가 끝난 나를 본 리젤레타가 테이블 위에서 손도 대지 않은 페르디난드의 상냥함을 힐끗 쳐다보았다.

"……로제마인 님은 약을 안 드실 건가요?"

"이 정도의 마력 소모에 페르디난드 님의 약은 안 먹어도 돼요. 체력은 바닥이지만, 마력만큼은 넘치거든요."

이불 속에서 눈이 스르륵 감기기 시작할 무렵, 밖에서는 우르르쾅쾅 하고 불운한 소리가 들리기 시작했다. 나는 멀어지는 의식 속에서 천둥소리를 들었다.

'아아, 천둥이다.'

비몽사몽에 그렇게 생각한 건 겨우 몇 초였다. 곧바로 천둥소리가 거칠어지더니 널문을 부술 듯이 우렁찬 기세로 울어대기 시작했다. 널문 사이로 번개가 치는 것이 보이고, 침대 천막에 이상한 빛이 아른거려서 도무지 잠을 잘 수 있는 상태가 아니었다.

"힉."

'무, 무서워! 진짜 무서워! 엄청나게 번쩍이고, 엄청나게 소리가 커!'

이불을 머리까지 뒤집어써도 소리가 들렸다. 촤락 하고 천막이 걷히는 소리에 나도 모르게 "내 배꼽 떼어가지 마세요!"라고 소리치며 양손으로 배꼽을 가렸다.

"저기, 로제마인 님. 괜찮으세요?"

"꺅!? 리젤레타? 괘, 괘괘괘, 괜찮아요."

천막을 걷고 들어온 사람은 천둥 도깨비가 아니라 리젤레타와 안게리카였다. 안도의 한숨을 내쉬는 한편 이불에서 얼굴을 내민 탓에 심해진 천둥소리와 번쩍임에 눈물이 날 것 같았다.

"……로제마인 님, 저, 천둥이 무서워서 그런데, 잠깐 같이 있어도 될까요?"

"물론이죠! 리젤레타는 여기서 나와 같이 자도 돼요. 함께 있으면 무섭지 않잖아요."

자, 와라. 컴온! 하고 이불을 젖혔지만, 어째서인지 리젤레타도 안게리카도 함께 눕지는 않았다. 다만, 리젤레타가 머리맡에 앉아서 손을 꼭 잡아 주었다.

"제가 어렸을 땐 어머님이 자주 이렇게 해 주셨어요."

"리젤레타, 저는 어머님이 그런 걸 해 주신 기억이 없습니다……."

나와 손을 잡은 리젤레타를 안게리카가 복잡한 얼굴로 내려다보면서 '나한테는 안 해줬다'라며 투덜거렸다. 그런 안게리카를 리젤레타가 피식 웃으면서 돌아보았다.

"언니는 천둥이 치든 말든 미동도 없이 잤잖아요. 언니가 잠든 뒤의 이야기예요."

"몰랐어요."

두 사람과 대화하는 사이 겨우 천둥이 잠잠해졌고, 잘만해 졌을 때쯤에는 상당히 늦은 시간이 되었다. 그 때문에 좀처럼 일어나지 못한 나는 아침 식사 시간까지 자고 싶다고 칭얼거리며 이불 속에 있었다.

"로제마인 님, 큰일입니다. 어서 옷을 갈아입어 주십시오. 기베 하르덴첼이 긴급히 드릴 말씀이 있답니다."

심부름꾼이 찾아온 모양인지, 문이 열리는 소리가 들리고 몇 초 뒤 리젤레타가 천막을 걷어 젖히는 기세로 다가왔다.

"무슨 일이에요?"

"하르덴첼에 봄이 왔다고 합니다."

"……기원식이 끝났으니까 그렇겠죠."

에렌페스트의 귀족가에서는 봄을 축하하는 연회가 끝난 후부터가 봄이다. 평민촌에서는 겨울 성인식이 끝난 뒤부터가 봄이고, 직할지의 농촌이나 하르덴첼에서는 기원식이 끝난 뒤를 봄이라고 한다.

설령 눈이 남아 있어도 기원식이 끝나면 하르덴첼은 봄인 셈이다. 거기에 아무런 의문도 없었다. 내가 느릿하게 몸을 일으키면서 그렇게 말하자, 리젤레타가 고개를 세차게 확확 저었다.

"그런 의미가 아닙니다. 하룻밤 새에 눈이 완전히 녹아 버렸대요."

"네!?"

나는 옷을 갈아입고, 오라는 장소로 향했다. 하르덴첼의 성에서 가장 높아서 주위가 훤히 보이는 탑이 있는 장소다. 그곳에는 기베 하르덴첼 부부를 비롯한 하르덴첼의 중진, 칼스테드와 엘비라, 기사단 멤버들이 얼빠진 얼굴로 주변을 둘러보고 있었다.

어제 하르덴첼에 왔을 때만 해도 눈이 상당히 많이 남아 있었다. 두꺼운 구름에 가려서 햇볕이 약하고, 북쪽은 아직 하얗게 보일 정도였다. 그 눈이 완전히 사라졌다. 성 주위가 색이 옅은, 초록색 새잎과 알록달록한 꽃에 둘러싸였다. 샛노랗고 하얀 꽃이 피어 있고, 눈이 남아서 하얗던 북쪽은 빨간 바위 표면에 관목과 수풀들이 보였다. 뺨을 스치는 바람은 아직 살랑했지만, 눈이 남아 있던 어제의 바람과는 차원이 달랐다. 햇빛도 부드럽고 상쾌하여 기분이 좋았다.

"우와, 봄다운 멋진 풍경이네요. 봄의 여신들이 굉장히 힘을 쓰셨나 봐요."

"봄이 아니라 하르덴첼에서는 초여름 광경입니다, 로제마인 님."

기베 하르덴첼이 그렇게 말하며 파란 하늘을 가리켰다.

"어젯밤에 쳤던 천둥은 봄의 도래를 알리는 천둥의 여신 페어드렌

나의 천둥입니다. 하르덴첼에서는 눈이 완전히 녹을 무렵에 울려야 합니다."

눈이 오랫동안 쌓여 있는 하르덴첼에서는 봄의 여신이라고 해도 봄이 끝날 무렵, 짧은 여름의 도래를 알리는 천둥이 친다고 한다.

"어젯밤, 천둥이 쳤을 때 시기도 아닌데 왜 천둥이 치나 했습니다만, 설마 이런 상태가 되었을 줄은……."

이해를 못하겠다는 듯이 미간을 찌푸리는 기베 하르덴첼의 옆에서 나는 주위를 둘러보았다. 성에서 사람들이 잇따라 나오더니 새싹으로 가득 찬 초원 여기저기로 흩어지는 것이 보였다.

"저기 사람들이 황급히 성을 빠져나가는데 괜찮을까요?"

"아주 난리가 났습니다. 이런 사태는 처음인지라……."

조금이라도 수확량을 늘리려고 남쪽 주민은 서둘러 농촌에 돌아가 밭을 갈아야 하고, 북쪽 주민은 이 기후에 마수가 언제, 얼마나 출몰할지 예상할 수가 없어 곧장 사냥터로 떠나야 하는 듯했다. 갑작스러운 계절 변화에 하르덴첼은 사상 초유의 대혼란에 빠졌다.

"원인은 역시 그 마법진일까요?"

"그것 외에는 예년과 다를 바 없었으니 분명 그럴 겁니다."

"그럼 옛날 기원식은 이렇게 마력을 바치고, 신에게 빌어서 실제로 봄을 불러들이는 의식이었을지도 모르겠네요. 역시 여신님이세요."

이곳 신의 대단한 힘에 감탄하며 그렇게 말하자, 기베 하르덴첼이 눈을 크게 뜨고, 나를 빤히 바라보았다.

"로제마인 님……."

"앞으로도 이렇게 의식을 치르면 봄을 앞당길 수 있지 않을까요?"

그 마법진은 처음부터 무대 바닥에 그려져 있었다. 그것을 이용하면 대량의 마력이 필요하겠지만, 매년 같은 효과를 얻게 될지도 모른다.

"눈을 녹여주는 현상은 도움이 되지만, 어젯밤 의식을 보건대 여성에게 부담이 너무 큽니다. 전혀 도움이 안 된 저 자신에게 화가 나더군요."

"신전에서는 내 마력을 담은 마석으로 마력이 적은 청색 신관이 봉납식을 치르고 있어요. 이곳 의식 때도 남성이 도울 일이 아예 없지는 않을 것 같은데……."

남성의 마력을 마석에 담아서 하급 귀족 여성에게 넘기면 어떠냐고 제안했다. 그러자 그런 식으로 마력을 타인에게 양도하는 방법을 생각한 적도 없었던 모양이다. 주변 모두가 일제히 나를 쳐다보았다.

"신전에서 그런 방법을 쓰고 있을 줄은…… 저희 쪽에서도 다양하게 고려해 보겠습니다."

기베 하르덴첼이 그렇게 말했을 때 주위를 둘러보던 칼스테드가 한 곳을 지그시 응시하며 먼 곳을 가리켰다.

"기베 하르덴첼. 저건 뭐지?"

나는 신체강화 마술로 시력을 높여서 칼스테드가 가리키는 쪽을 바라보았다. 멀리서 금색으로 빛나는 나무가 보였다.

"색깔이 신기한 나무네요. 마목인가요?"

"그렇습니다. 블렌루스라고 하는 마목인데 하르덴첼의 귀중한 감미입니다. 원래는 하르덴첼 사람 외에 드리는 건 금지되어 있습니다만, 하르덴첼에 진짜 봄을 불러주신 로제마인 님께 드리는 것이라면 주민들도 싫어하지 않겠지요. 괜찮으시다면 조금 가지고 가시겠습니까? 블렌루스 열매는 회복약 소재로도 쓸 수 있습니다. 마력 용량이 상당히 커서 귀하고, 비싼 물건이지요."

하르덴첼 특유의 달달한 차도 블렌루스의 이파리로 달인 차인 듯하다. 나는 기뻐서 고개를 크게 끄덕였다.

"감사하게 생각합니다. 기베 하르덴첼."

"지금은 기사단이 있으니 안전하게 채집할 수 있겠네요."

하르덴첼은 분주하게 움직이기 시작했지만, 우리는 플랑탱 상회의 업무가 끝나기 전까지 돌아가지 못한다. 아직 며칠은 더 필요했다. 그동안 기베 하르덴첼은 내게 줄 블렌루스 열매를 채집한다는 명목으로 기사단을 이끌고 하르덴첼의 땅을 뛰어다니며 닥치는 대로 마수를 잡았다고 한다.

기베 하르덴첼에게 이용당했다며 돌아갈 때 칼스테드가 투덜거렸다. 기베 하르덴첼은 사람을 부리는 수법이 엘비라와 아주 비슷한지, 칼스테드가 정신을 차렸을 땐 이미 당하고 있었다. 역시 엘비라의 오빠다.

"이것이 블렌루스 열매입니다."

빌프리트, 샤를로테, 나는 신비하게 빛나는 금색 열매를 두 개씩 선물로 받고, 하르덴첼을 뒤로했다.

요한과 자크도 쑥스러운 미소와 악수로 대장장이들과 이별을 아쉬워했다. 플랑탱 상회도 예정보다 일찍 절차를 끝낼 수 있어 안심한 듯하다.

레서버스로 에렌페스트에 돌아가는 길에 나는 작은 성배가 준 축복의 범위가 하르덴첼에만 미친 것을 보고 놀라움에 눈을 크게 떴다. 상공에서 그 경계선이 뚜렷이 보였기 때문이다. 봄 풍경이 펼쳐진 하르덴첼보다 남쪽 지역은 아직도 군데군데 눈이 남은 숲이 있었다.

"……정말 신기한 광경이네요."

"이 사태를 일으킨 로제마인 님보다는 신기하지 않습니다."

조수석에 앉은 안게리카가 그렇게 말했고, 뒷좌석에 앉은 구텐베르크들이 일제히 동의했다.

엔트비켈른

필린느와 리젤레타를 포함한 다른 사람들은 성으로 돌아갔지만, 나는 안게리카를 레서버스에 태운 채 곧장 신전으로 돌아갔다. 구텐베르크를 성에 데리고 갈 수도 없어서다.

신전 정문에 착륙하자 이미 플랑탱 상회가 보낸 마차가 도착해 있었다. 기수에서 구텐베르크를 내리고, 벤노와 마주 보았다.

"다음에 구텐베르크가 가야 할 곳이 정해지면 또 연락할게요."

"로제마인 님 덕분에 이번 업무는 아주 원활하게 끝났습니다. 또 연락을 기다리고 있겠습니다."

작년 파견에 비하면 이동 기간도, 업무에 걸린 시간도 현격히 짧았던 모양이다. 벤노는 만족스러운 미소를 보였다. 자크와 요한도 장인들과 진지한 대화로 얻은 것이 있었는지 흡족해 보였다.

"다음까지 설계도 보는 방법을 장인에게 설명할 수 있게 연습하세요."

"나도요. 조금 더 요한과 장인 사이를 중개할 수 있게 노력하겠습니다."

구텐베르크들을 보내고 신전 쪽으로 몸을 돌리자, 그곳에는 프랑을 비롯한 시종들과 관자놀이를 누르는 페르디난드의 모습이 있었다.

"어서 오십시오, 로제마인 님."

"다녀왔습니다."

"……잘 돌아왔다, 로제마인. 내게 보고할 것이 있지? 기베 하르덴첼, 엘비라, 칼스테드가 올도난츠를 보냈더군. 이상하게도 당사자인 그대에게는 일절 연락이 없었지만."

쏘아보는 페르디난드의 눈빛에 숨을 삼켰다. 나로서는 '성전에 나와 있는 내용과 좀 다르다'라고 지적히고, 성전대로 해 봤더니 여신이 힘 써준 것이 다인데 다른 사람들에겐 아니었던 모양이다. 올도난츠로 보고해야 하는 사태였나 보다.

"옷을 갈아입고 나서 제 방으로 부르겠습니다."

"그래. 신전장의 성전과 관련된 내용일 테니 그대의 방이 좋겠지."

페르디난드는 그렇게 말하고, 발걸음을 돌려 돌아갔다. 나는 잠과 프랑에게 짐 정리를 맡기고, 모니카와 함께 방으로 돌아와 신전장의 옷으로 갈아입었다. 안게리카는 다무엘에게 올도난츠를 보내서 신전 호위에 복귀하라는 요청을 넣었다.

니콜라에게 과자와 차 준비를 맡긴 나는 어깨를 떨구고 한숨을 내쉬었다.

"정말 내키지 않지만, 신관장님을 불러주세요."

"알겠습니다."

잠이 페르디난드를 부르러 가고, 프랑이 신전장에게 내려오는 성전과 그 열쇠를 준비했다. 나는 장식이 화려하고, 커다란 성전에서 문제가 된 쪽을 펼쳤다.

"자, 로제마인. 이야기를 들어볼까?"

"이야기라고 하셔도 무엇을 말해야 할까요? 하르덴첼의 기원식에서 남성이 불러온 노래가 이 성전에는 원래 흙의 여신의 권속이었던 여신들이 부르는 노래라고 지적했을 뿐이에요."

나는 성전을 보여주면서 자기변호를 했다. 여성에게 노래를 시켜보자고 정한 사람은 기베 하르덴첼이고, 나를 무대에 세운 사람은 칼스 테드이고, 하르덴첼에 봄을 가져다준 것은 여신님이다. 이번에 나는 딱히 아무 일도 저지르지 않았다.

"이런 내용이 있었구나. 신전장의 성전만 내용이 다르다는 이야기는 처음 들었군."

"신관장님은 이 성전을 안 읽어보셨어요? 제가 처음 신전에 왔을 때 신관장님이 읽어주신 기억이 있는데……."

"그건 전 신전장의 허가로 서문 부분만 그대에게 읽어 줬을 뿐이다. 허가가 없으면 신전장 외에 읽을 권리가 없어."

페르디난드가 말하길 신전장에게 전해 내려오는 성전은 마술구의 일종이라고 했다. 보석 장식이 아니라 마석으로 보호받고 있는 것이었다. 이 마석은 신전장이 대대로 맡는 열쇠와 연동한다고 했다. 처음 만났을 때 읽어 준 성전은 제일 앞부분이라서 특별히 다른 내용은 아니었다고 한다.

"모사 과정에서 표현을 이해하기 쉽게 고친다든가, 고어를 현대어로 바꾼다든가, 정치적 압력으로 살짝 왜곡한다든가 내용 수정은 흔히 있는 일이에요. 찬찬히 비교해 보지 않으면 몰라요."

"요컨대 그대는 이미 찬찬히 비교해 봤다는 뜻이군?"

"……네. 아무리 봐도 옛 성전과 새 성전의 장수가 다르기에 어디가 수정됐는지 알아봤어요."

신전장에게 대대로 전해 내려오는 성전은 크기가 크고 두껍다. 도서실에 비치된 성전과는 보석 장식을 제외하고도 본문 두께가 확연히 달랐다. 그것도 연대마다 늘었다가 줄었다가 했다.

"청색 무녀 시절에, 새로운 책이 거의 없었던 시절에 심심풀이로요.

겸사겸사라는 말은 좀 그렇지만, 전 신전장일 것 같은 사람이 써넣은 축사 낙서도 조사했어요."

"축사 낙서라니?"

"의식 때 기도문을 외우지 않아도 되도록 축사가 적혀 있더라고요. 다른 데도 없나 찾아봤는데 성전을 비교했을 때 장수가 적은 부분에 낙서가 많다는 사실을 알아냈어요."

"……연구 성과를 제출해라. 설마 그대가 기록이든 뭐든 안 남겨놨을 리가 없지."

내 행동을 완전히 간파당하고 있어서 분하지만, 정답이다. 알아낸 사실 몇 가지는 기록해뒀다.

"신관장님이 스스로 연구하시지 않으시고요? 허가가 필요하면 해 드릴게요……."

"……시간이 있으면 했겠지. 하지만 누구누구 때문에 해야 할 연구가 산더미다."

페르디난드가 째려봤지만, 모르는 척했다. 그때 필요한 일이 아니면 나중에 가볍게 넘기면 될 텐데 생각이 많은 사람은 고생이 많다.

"이번 발견으로 에렌페스트를 구할 수 있을지도 모른다. 기원식으로 봄의 도래를 앞당겼다면 구제되는 땅이 많겠지."

에렌페스트는 전체적으로 추위가 혹독하고, 겨울이 긴 설국의 땅이다. 기원식 때 봄이 오는 시기를 앞당겼다면 농민에게도, 세를 징수하는 귀족에게도 큰 도움이 되는 듯했다.

"그러네요. 기베 하르덴첼도 정말 좋아하셨어요. 봄을 가져다줬다면서 저에게 블렌루스 열매를 선물로 주셨답니다."

"블렌루스의 열매라고? 그건 굉장히 희귀한 소재다."

페르디난드의 눈이 휘둥그레졌다. 토지의 속성상 흔히 볼 수 없는 마목이라고 했다.

"기베 하르덴첼도 그렇게 말했어요. 두 개 받았는데 하나 드릴까요?"

내가 가져온 짐 속에서 금색 열매를 꺼내자, 페르디난드가 매우 수상쩍은 물건을 보는 눈빛으로 나와 블렌루스 열매를 번갈아 보았다.

"……뭘 꾸미는 거지?"

"회복약에 좋은 소재라고 하니까 이거로 약을 개량할 수 없을까? 라고 생각했을 뿐이에요."

"하긴 엔트비켈른에 필요한 마력을 주추의 마술에 모으려면 질베스타나 다른 영주 일족에게도 회복약이 필요하겠지. 기껏 가져왔으니 잘 쓰마."

거기에 상냥함을 조금만 더 추가해 주세요, 라고 말하지는 않았지만, 하고 싶은 말은 전해진 모양이다. 페르디난드가 블렌루스 열매로 회복약 개량을 약속해 주었다. 앞으로 모든 영주 일족은 약물에 찌들어가며 마력을 쏟아붓게 될 듯하다.

"약이 개량되는 대로 성으로 가자. 그전까지 그대도 최대한 마석에 마력을 모아두거라."

나는 페르디난드에게 빈 마석과 회복약을 받고, 약 개량이 끝날 때까지 열심히 마력을 모으게 되었다.

'솔직히 말해서 봉납식과 기원식보다 더 힘들어!'

며칠 만에 약 개량이 끝난 모양이다. 페르디난드가 공방에서 나와서 "성에 가자."라고 했다. 개량된 약을 레서버스에 싣고 이동했다. 마석이 가득 들어 있는 주머니도 함께.

우리는 도착하자마자 노르베르트에게 이끌려 영주의 집무실로 향했고, 엔트비켈른에 관해 회의를 열게 되었다.

"생각보다 많이 모았군. 이거라면 이틀 정도만 더 모으면 엔트비켈른을 시행할 수 있겠구나."

내가 가져온, 마력을 채운 마석을 보면서 질베스타가 그렇게 말했다. 자식들이 기원식을 치르러 영지를 순회하는 동안 영주 부부는 페르디난드의 지독스럽게 맛없는 약으로 억지로 마력을 회복하며 마력을 모은 듯했다.

"엔트비켈른을 시행할 정확한 날짜는 평민촌에도 미리 고지해 주세요. 각 문의 병사들과 상업 길드에 연락하면 평민에게 소식이 전해질 수 있게 부탁해 뒀어요. 그래도 전체에 퍼지려면 시간이 걸리겠지만요."

"흠. 그럼 사흘 후, 다섯 점 종에 시행하도록 하자. 칼스테드, 병사에 연락을 넣게. 엘비라는 상업 길드에 연락을 넣도록."

"알겠습니다."

그 뒤 우리는 공급의 방에 가서 주추의 마술에 마력을 담게 되었다. 각자 회복약을 먹을 때 쓸 개인 잔을 들고 공급의 방에 들어갔다.

거대한 마석이 공중에 떠 있고, 천구의처럼 생긴 마법진이 빛을 발하며 빙빙 도는 신비한 방 한편에서 페르디난드가 물병을 놓고, 개인 잔을 준비하는 모습이 보였다. 가죽 주머니에 들어 있는 마석도 놓았다. 빌프리트와 샤를로테는 마석을 써서 마력을 공급하게 되었다.

"먼저 빌프리트와 샤를로테다. 다음은 페르디난드와 로제마인, 마지막은 나와 플로렌치아와 보니파티우스가 하마."

같은 목적을 위해 모여서 같은 기도를 올리면서 마력을 방출하면 상승효과로 마력의 흐름이 빨라진다. 그래서 마력의 양에 차이가 있으면 마력이 적은 사람은 목숨에 위험을 느낄 정도로 마력이 빠져나갈 우려가 있다. 하루에 한 번, 마력이 적은 사람에게 맞춰서 공급한다면 팀을 나눌 필요가 없지만, 최대한 많은 마력을 모아야 하는 경우에는 팀을 나누는 편이 효과가 좋다고 했다.

"나는 세상을 창조한 신들에게 기도와 감사를 바치는 자."

내 마력을 채운 마석을 든 빌프리트와 샤를로테가 마법진 위에 무릎을 꿇고 기도를 올렸다. 내가 잠든 2년간, 영주 회의 기간에 마석을 써서 공급해 왔던 두 사람은 익숙하게 마력을 주입했다.

두 사람의 몸에서 희미하게 피어오르는 김처럼 마력이 어렴풋이 일렁인다. 이렇게 남이 기도를 올리는 모습을 보는 경험은 처음이다. 나는 벽 쪽에 서서 그 모습을 지켜보았다. 빌프리트에게서는 옅은 녹색이, 샤를로테에게서는 옅은 빨강이 보였다. 마석을 물들였을 때도 같은 색이 나올까? 그러고 보니 내 마력이 폭주했을 때는 누르스름한 수증기 같은 것이 보였다고 루츠와 가족에게 들은 기억이 있다.

"여기까지요."

샤를로테가 소리쳤고, 두 사람이 마석에서 손을 뗐다. 자리에서 천천히 일어난 샤를로테가 벽 쪽으로 다가와서 어깨를 들썩이며 거친 숨을 뱉었다. 빌프리트는 아직 조금 여유 있는 얼굴이다.

"두 사람 다 잔을 내밀어라."

페르디난드가 물병을 들며 그렇게 말했다. 회복약을 마셔서 마력을 회복해야 한다. 기원식 때 먹은 적이 있어서이리라. 두 사람은 심각한 얼굴로 각자의 잔을 내밀었다. 거기에 페르디난드가 약을 부었다. 빌프리트가 숨을 멈추고, 단단히 결심한 얼굴로 잔을 기울였다.

"……꽤 다네. 마셔도 쓰지 않아."

"블렌루스 열매로 개량했다. 귀중한 소재를 제공해 준 로제마인에게 고마워해라."

"로제마인, 대단해! 숙부님, 제 블렌루스도 드릴 테니 다음부터는 단 약을 만들어 주십시오."

어지간히도 목 넘김이 좋았나 보다. 빌프리트가 반짝이는 미소로 약을 끝까지 비웠다. 샤를로테도 잔에 입을 대더니 눈을 동그랗게 뜬 뒤 꼴딱 삼켰다.

"이거라면 마력 공급도 힘낼 수 있을 것 같아요."

약의 개량을 기뻐하는 두 사람의 모습에 질베스타와 플로렌치아의 표정도 누그러졌다. 맛이 끔찍한 약으로 회복하며 마력을 쏟아부은 두 사람에게도 개선된 맛은 희소식인가 보다.

"로제마인, 하자."

"네."

나는 페르디난드와 함께 마력을 공급하고, 개량판 회복약을 마셨다. 우라노 때 먹었던 아동용 시럽제처럼 달콤함 속에 약의 쓴맛이 섞여 있지만, 지금까지 몸부림칠 정도로 쓰고, 맛없었던 것에 비하면 단숨에 들이켜도 전혀 아무렇지 않은 맛으로 바뀌었다.

'블렌루스 열매, 굉장해! 기베 하르덴첼, 고마워요!'

내가 약을 마시는 사이에 질베스타와 플로렌치아, 보니파티우스가 마력 공급을 시작했다.

그렇게 우리는 몇 바퀴를 순서대로 교대하면서 마력을 쏟아부었다. 세 번째 마력공급을 끝냈을 때 나는 눈앞이 핑 돌았다. 일어나려고 해도 다리에 힘이 없어 주저앉은 채 머리를 누르고 있는데 페르디난드가 내게 잔을 내밀었다.

"그대의 체력을 고려하면 슬슬 한계일 줄 알았다. 오늘은 여기까지 해야겠군."

나는 약을 마시면서 고개를 끄덕였다. 마력은 둘째 치고, 체력이 붙지 않는다. 마석을 다루는 빌프리트와 샤를로테가 훨씬 건강하다.

"페르디난드, 로제마인은 괜찮나?"

"약을 마시고 쉬면 괜찮아질 겁니다. 보니파티우스 님."

페르디난드가 괜찮다고 해도 보니파티우스는 안절부절못하며 걱정스럽게 나를 들여다보았다. 페르디난드는 나와 보니파티우스를 여러 번 번갈아 보더니 내 손에서 잔을 뺏어서 바닥에 놓았다. 그리고 갑자기 나를 번쩍 안아 올려서 눈꼬리가 치켜 올라간 보니파티우스에게 보였다.

"보니파티우스 님, 팔을 이런 형태로 드십시오. 로제마인을 넘기겠습니다."

"음!? ……이, 이렇게?"

보니파티우스가 진지한 눈빛으로 페르디난드의 팔 모양을 보고 따라 했다. 그 팔 위에 페르디난드가 나를 무심하게 내려놓았다. 보니파티우스의 팔이 움찔거렸다.

"보니파티우스 님, 팔을 움직이지 않도록 조심하시고, 공급의 방에서 먼저 나가십시오. 저는 그 외에도 가져나갈 게 많으니 로제마인을 맡겠습니다. 리카르다에게 넘기시면 됩니다."

"흐, 흠. 그러지. 세심하게 주의하마. 가자, 로제마인."

한발 한발 로봇처럼 움직이는 보니파티우스의 움직임에 나는 떨어지지 않을까 마음을 졸이며 고개를 끄덕였다.

'꽤, 괜찮을까, 할아버님?'

공급의 방에서 나가자, 각자의 측근들이 대기하고 있었다. 보니파 티우스에게 안긴 내 모습에 모두가 깜짝 놀라 쳐다보았다.

"보니파티우스 님!?"

"로제마인 공주님!?"

주변을 밀치는 기세로 달려온 리카르다에게 보니파티우스는 나를 내밀었다. 리카르다가 나를 안아 들자, 큰일을 끝낸 사람처럼 보니파 티우스가 성취감에 찬 미소를 띠며 숨을 내쉬었다.

"리카르다, 로제마인의 상태가 좋지 않다. 약을 마셨으니까 오늘은 이만 방에서 쉬게 하라고 페르디난드가 그러더군. 뒷일을 부탁한다."

리카르다에게 교대하기까지 연신 움찔거렸지만, 나를 떨어뜨리지 도, 던져 버리지도 않았다.

"할아버님, 감사하게 생각합니다."

"음? 흠. 푹 쉬어라."

훗 하고 웃은 보니파티우스는 헛기침을 하며 근엄한 표정을 지었 고, 다시 공급의 방으로 들어갔다. 나는 리카르다에게 안긴 채 침대로 직행했다.

엔트비켈른을 시행하는 날이 되었다. 마력이 충분히 모아진 모양이 다. 예정대로 다섯 점 종 시행이라고 점심 자리에서 질베스타가 선언 했다.

다섯 점 종을 목표로 약과 휴식으로 체력과 마력을 완전히 회복하 고, 나는 영주의 집무실로 향했다.

"로제마인, 병사와 상업 길드에 연락이 제대로 간 모양이다. 기수로 평민촌 상황을 살피고 온 기사 몇 명이 그러는데 네 점 종이 울린 후부터 단숨에 인기척이 없어지고, 집 창문까지 꼭꼭 닫힌 상태라는구나."

평민촌의 상황을 확인한 칼스테드의 보고를 받고, 영주의 핏줄을 이어받은 상급 귀족만이 입실이 허락된 집무실에서 리카르다가 지켜보는 가운데 플로렌치아, 보니파티우스, 페르디난드, 빌프리트, 샤를로테, 그리고 내가 공급의 방에 들어갔다.

영주인 질베스타는 혼자 주추의 마술이 있는 장소에 가서 엔트비켈른을 시행한다고 한다. 영주 일족인 우리의 역할은 엔트비켈른으로 거의 속이 비게 될 주추의 마술에 마력을 공급하는 일이다.

"준비는 다 됐나요?"

마법진 위에 무릎을 꿇은 상태로 대기할 때 플로렌치아의 허리춤에 찬 종이 딸랑딸랑 깜찍한 소리를 냈다. 질베스타의 준비가 끝났다는 신호다.

"나는 세상을 창조한 신들에게 기도와 감사를 바치는 자."

플로렌치아의 기도에 이어서 우리도 기도를 올렸다. 주추의 마술이 거의 비어서일까, 마력이 쑥쑥 빨려 나가는 느낌이 든다.

"여기까지요!"

샤를로테의 비명과 같은 목소리에 모두가 일제히 마력 공급을 멈췄다. 여기서부터는 조금씩 마력을 흘려보내면 되었다.

공급의 방에서 나가자, 녹초가 된 질베스타가 다가왔다.

"협력해 준 모두에게 감사한다. 엔트비켈른은 성공했다. 나머지는 평민의 행동에 달렸어."

"걱정하지 마세요. 깨끗하게 유지해 줄 거예요."

오늘은 마력도 체력도 아직 여유가 있었다.

"양아버님, 평민촌이 어떻게 바뀌었는지 보러 가고 싶어요."

"……흠. 기사단이 끝났다는 연락을 넣으러 문으로 갈 거다. 거기에 동행하면 호위는 충분하겠군."

질베스타가 페르디난드의 약을 마시면서 내게 기사단과 함께 나가도 된다는 허가를 내렸다.

"여기는 부단장만 남겨두면 돼. 칼스테드, 순찰과 로제마인의 호위를 부탁한다."

"알겠습니다."

나는 다무엘과 안게리카, 그리고 십여 명의 기사와 함께 곧바로 평민촌으로 몰려갔다. 혼자 나가면 무슨 짓을 저지를지 모른다는 이유로 페르디난드도 함께했다.

눈 아래로 창문과 문이 꽁꽁 닫혀있고, 사람 하나 없는 평민촌의 모습이 보였지만, 그다지 깨끗해진 느낌이 없었다.

"……변화가 전혀 없어 보이는데요."

"지하만 바뀌고, 지상은 별반 차이가 없지. 눈을 부릅뜨고 보면 오물을 버리는 장소가 보일 거다."

페르디난드의 말에 신체강화로 응시하자, 거리 끝쪽에 맨홀처럼 뚜껑 달린 부분이 있다. 그 부분만 하얗고 깨끗하다.

"저래서는 의미가 없군. 역시 전부 싹 바꿔야 하나……."

페르디난드가 중얼거렸다. 지금까지 해 온 마력 공급과 평민과의 연계가 전부 헛짓이었다고 판단해서는 곤란했다. 나는 황급히 페르디난드를 말렸다.

"아니, 잠깐만요. 평민촌을 깨끗하게 하면 되죠? 지금부터 마을을 통째로 물청소합시다."

"……지금 무슨 말을 하는 것이냐?"

"보세요. 지금이라면 아무도 없어요. 이런 느낌으로……. 바셴!"

슈타프를 소환한 나는 평민촌 일부에 수구를 떨어뜨렸다. 그러자 그 부분만 씻겨서 깨끗해졌다. 그 모습을 본 페르디난드가 믿을 수 없는 광경을 본 것 같은 표정을 지었다.

"로제마인, 바셴으로 평민촌 전체를 세척할 작정이냐? 그대는 바보인가?"

"엔트비켈른으로 평민촌 전체를 갈아엎는 쪽이 더 이상해요! 그럴 바에 마을을 세척하는 데 힘낼래요."

병사들도 상업 길드도 평민촌을 깨끗하게 유지하기로 약속했다. 그들이 약속을 지킬 수 있게 전력을 다해 상을 차려줄 생각이다. 내가 슈타프에 마력을 넣기 시작하자, 페르디난드가 말렸다.

"기다려라. 그대의 방법은 낭비가 심하다."

"네?"

"넓은 구역에 마력을 퍼트리려면 마법진이 효과적이다. 칼스테드, 아우브 에렌페스트에게 광역 마술을 쓰겠다고 보고하라. 로제마인은 여기에 마력을 넣어라. ……스틸로."

페르디난드가 슈타프를 꺼내서 공중에 마법진을 그리기 시작했다. 짧은 주문으로 최소한의 마술을 쓸 수 있게 오랜 역사를 통해 개량되어 왔지만, 넓은 범위로 큰 마술을 쓰려면 마법진이 더 효과적인 모양이다.

건네받은 다섯 개의 마석에 내가 마력을 흘려보내는 동안에 슈타프

로 마법진이 완성되어 갔다. 마석이 크지 않아 마력으로 물들이는 데
는 많은 시간이 걸리지 않았다.

"로제마인, 마석 준비는 끝났나?"

"네."

내가 마석을 건네자, 페르디난드는 마법진을 향해 마석을 연이어
던졌다. 방금 내가 물들인 다섯 개뿐만 아니라 추가로 여덟 개의 마석
을 더 던졌다. 자석에 착 달라붙듯이 마법진의 특정 위치에 날아간 마
석이 반짝이기 시작했다.

"치유와 변회를 가저오는 물의 여신 플류트레네여. 그 곁을 모시는
권속의 열두 여신이여. 당신께 바치는 거룩한 노래, 기도와 감사를 바
치오니, 청명한 가호를 내려 주소서. 본래의 모습을 되돌리기 위해 맑
은 시내를 이 땅에 내려 주소서."

페르디난드의 기도와 함께 마석이 강한 빛을 내뿜고, 마법진이 녹
색 빛을 띠면서 빙글빙글 돌았다. 그 순간, 열세 개의 마석을 중심으로
마법진이 쪼개졌다.

평민촌의 상공으로 날아간 열세 마법진이 제각기 단숨에 물을 내뿜
었다. 폭포 같은 물이 평민촌에 쏟아졌다. 대홍수가 일어났나 싶을 정
도로 거친 파도가 거리를 통과했다.

그러나 그건 고작 10초도 안 되는 시간이었다. 순식간에 물이 사라
지고, 평민촌이 광채를 되찾았다. 2층까지의 석조 부분은 귀족가와 똑
같은 백색을 되찾았고, 증축된 목조 부분에도 비위생적인 얼룩과 때가
사라졌다.

"굉장해! 굉장해요, 페르디난드 님!"

"사용한 건 그대의 마력이다."

"하지만 페르디난드 님이 아니면 이렇게 못 했겠죠! 그렇죠, 아버님?"

내가 청결해진 평민촌에 흥분하면서 그렇게 말하자, 칼스테드가 씁쓸하게 웃었다.

"두 분 다 엔트비켈른으로 마력이 바닥났을 줄 알았더니 꽤 여유가 있었군."

"페르디난드 님의 약이 대단하거든요. 블렌루스 열매로 먹기 쉬워지고, 예전보다 진화했답니다. 우후후훗."

"허나 그대의 체력만큼은 어찌할 수가 없군. 지금은 흥분해서 자각이 없는 것 같은데 최대한 빨리 쉬는 편이 좋겠구나."

문의 병사에게 엔트비켈른의 종료를 알리고, 나는 기분 좋게 성에 돌아갔다. 하지만 역시나 꽤 무리한 모양이다. 페르디난드의 말대로 방에 들어가서 안심한 순간, 쓰러졌다.

영주 회의 중의 생활

열이 떨어져도 금방은 침대에서 내려가도 된다는 허가가 떨어지지 않았다. 리카르다가 말하길 페르디난드의 분부라고 한다. 열이 떨어지고 나서 이틀간은 꼼짝 못 하게 하라며 책을 줬다고 했다. 리카르다가 "얌전하게 안 계시면 책은 압수합니다."라고 했다.

물론 나는 착한 아이니까 침대에서 얌전히 책을 읽으며 시간을 보냈다. 마법진의 기초에 관한 책이었다. 속성을 나타내는 기호니, 신을 상징하는 기호니, 꼭 새로운 언어를 외우는 느낌이다. 책이라기보다 사전이다. 필체로 살펴보건대 페르디난드가 쓴 책이다.

'이런 사전도 없이 공중에 마법진을 술술 그리는 신관장님도 참 대단해.'

지난번에 평민촌의 전역에 걸친 바셴을 떠올리고, 감탄의 한숨을 내쉬었다. 뇌리에 떠오른 건 아무런 망설임도 없이 공중에 술술 그리던 마법진. 하고 싶은 일을 이루는 데 필요한 지식이 없으면 마력만 있어봤자 쓸 수가 없다. 솔직히 나도 그런 식으로 되고 싶다고 생각했다.

"필린느, 같이 이거 외울래요?"

"……엄청나네요."

나는 아직 마법진을 배우지 않은 필린느를 곁에 불러서 함께 기호 공부를 하며 이틀간 느긋한 독서 시간을 즐겼다.

"자, 공주님. 서둘러 채비하십시오. 지금이라면 영주 부부의 배웅에 늦지 않을 겁니다. 페르디난드 도련님께서 몸 상태를 확인해 주실 거예요."

오늘은 영주 부부가 영주 회의에 출발하는 날이다. 이제 슬슬 자유
롭게 움직여도 되는지 페르디난드가 몸 상태를 체크할 예정인 듯하
다. 내가 북쪽 별채와 가장 가까운 면담실로 이동하자, 페르디난드가
기다리고 있었다. 복잡한 표정으로 내 이마와 목을 짚고, 가벼운 한숨
을 내쉰다.

"안색은 나쁘지 않군. 체온, 마력, 전부 안정적이다. 움직여도 문제
없어 보이는구나. 아, 조금 전에 영주 부부가 영주 회의에 출발했는데
그대를 걱정하더군."

아쉽게도 이미 출발해 버린 듯하다. 리카르다가 배웅에 늦지 않을
까 발을 동동거렸는데 한발 늦은 모양이다.

"빌프리트의 의견을 받아들여서 회의에 참여하는 어른들은 모두
린샴으로 머리카락에 윤기를 내고, 여성은 머리 장식을 달았다는군.
식물지를 대량으로 가져가고, 카트르 카르부터 새로운 요리를 선보일
성 요리사를 몇 명 데리고 갔다. 전부 그대가 귀족원에서 했던 일이라
더구나."

영주 회의로 출발하는 사람들의 상황을 알려준 뒤, 페르디난드는
"움직여도 괜찮으니 방에 돌아가라."라고 말하며 일어났다. 신전에 가
겠다는 말은 없었다.

"……페르디난드 님은 신전에 안 가셔도 돼요? 전에 신전에서 못
벗어난다고 하지 않으셨어요?"

"신전 업무는 어느 정도 마무리 지었다. 나와 그대의 시종, 청색 신
관의 캠펠과 프리닥에게 맡기고 왔지. 낮에는 되도록 여기 집무실에서
해결할 생각이다. 질베스타가 긴급 호출을 보낼지도 모르니. 올해 영

주 회의는 불안 요소가 너무 많으니까."

페르디난드가 나를 쏘아보았다. 그의 말마따나 새로운 유행과 혼약에 내가 엮여 있지만, 이 모든 것을 결정한 사람은 질베스타다. 꼭 나 때문만은 아니리라.

"제 불안 요소는 페르디난드 님이지만요."

나도 같이 쏘아보자 페르디난드가 의아한 듯이 미간을 잔뜩 찌푸렸다.

"내가 불안 요소라고? 무슨 의미지?"

"낮에는 여기……라는 말은 밤이 되면 신전에 돌아갈 생각이죠? 대체 얼마나 몸을 혹사하려는 거예요?"

사전에 의논한 문관도 몇 명 데려가고, 긴급 시에는 페르디난드를 호출할 수 있는 질베스타는 딱히 걱정이 없다. 오히려 호출당할 페르디난드가 걱정이다. 하지만 페르디난드는 나의 걱정을 날려 버리듯 콧방귀를 뀌었다.

"내 걱정은 말고, 이번 기회에 본인의 측근이나 형제와 깊이 있게 교류해라."

깊이 있게 교류하면서 그 속에서 귀족의 상식을 배우고, 나의 어긋난 구석을 측근이 파악할 수 있게 노력하라고 했다. 서로의 상식이 얼마나 다른지 모르면 교정할 수도 없으니까, 라고 중얼거렸다.

"페르디난드 님, 귀족끼리는 어떤 식으로 깊이 있게 교류하나요?"

"……이성인 나보다 리카르다에게 묻는 편이 나을 거다."

"알겠어요. 리카르다에게 물어볼게요."

매일 마력 공급을 거르지 않고, 측근들과 깊이 있는 교류를 가지는 것이 이번 영주 기간 중의 과제인 듯하다. 페르디난드는 저녁 식사 시간에 그날 있었던 일을 자신에게 보고하라고 했다. 신전에서도 이렇게는 안 했는데, 라고 생각했지만 나는 마지못해 고개를 끄덕였다.

방으로 돌아온 나는 리카르다에게 물었다.

"어떤 식으로 깊이 있는 교류를 하면 될까요?"

"함께 일을 진행하면서 많은 대화를 나누시면 됩니다."

"그럼 다 같이 슈바르츠와 바이스의 의상을 만들면 어떨까요? 이건 샤를로테 쪽도 함께하기로 얘기가 된 거니까요."

"정말 좋은 생각입니다. 바로 준비하겠습니다."

본관의 방을 빌려서 영주 후보생과 그 측근들을 불러 모았다. 이미 천과 실도 내 마력으로 물들여놓았고, 페르디난드가 시키는 대로 사라지는 팝콘 잉크로 마법진도 그렸다. 내가 만지면 마법진이 번쩍이며 공중에 떠오르니까 최대한 건드리지 말라고 페르디난드가 신신당부했다. 나의 시종들이 목상자에서 천과 실을 꺼냈다.

"가장 마법진을 잘 그리는 문관들이 이걸 참고해서 마법진을 그리세요. 그 마법진을 여성들이 수놓을 겁니다."

하르트무트를 비롯한 문관들이 천 위에 마법진을 연하게 그렸다. 그 선을 따라 자수를 넣어야 한다. 문관들이 선을 그리면 그 뒤부터는 여성들이 나설 차례다. 다무엘과 코르넬리우스와 같은 남성 기사에게 호위를 맡기고, 여성은 호위 기사까지 포함해서 함께 자수를 넣었다.

"1학년인 로제마인 님, 필린느, 그리고 샤를로테 님께 마법진은 아직 어려울 테니 이쪽 자수를 부탁드릴게요."

나와 샤를로테와 필린느는 앞치마 주머니 부분의 자수를 맡았다. 살짝 틀려도 문제가 없는, 가짜 마법진 부분이다. 완벽을 요구하는 복잡한 마법진은 세밀한 작업이 능숙한 자에게 맡긴다. 적재적소다.

"라이제강 백작은 하르덴첼 백작의 설득으로 로제마인 님을 차기 영주로 미는 계획을 일단 포기했다고 합니다. 정세가 크게 바뀌지 않으면 이대로 상황을 지켜볼 것 같습니다. 하르덴첼에서 무슨 일 있으셨나요?"

브륀힐데의 질문에 나는 샤를로테를 보았다. "무슨 일 있었나?" 하고 고개를 갸웃거리는 나와 눈이 마주치자, 샤를로테가 잠시 고민하더니 나를 대신해서 대답했다.

"모두의 앞에서 언니가 오라버니를 높이고, 뒷받침하는 자세를 보인 부분이 컸던 것 같아요. 오라버니와 언니의 사이가 좋으니까 조금 안심한 게 아닐까요?"

'내가 그랬던 적이 있었나?'

짚이는 데가 없어서 더 의아해하자, 샤를로테가 당황한 듯 미소를 지은 뒤 내가 빌프리트를 높였던 상황을 자세히 알려 주었다.

"기원식에서 자리를 안내할 때 기베가 제일 먼저 언니에게 자리를 권하려고 했잖아요? 그걸 거절하고, 오라버니를 먼저 앉히셨잖아요."

기베는 하르덴첼 사람들 앞에서 나를 영주 후보생 중에 가장 지위가 높은 사람, 다시 말해 차기 아우브로 대우하려고 했다. 하지만 나는 그를 거절하고, 빌프리트가 먼저라고 명했다. 그것은 아무리 지지자가 있어도 차기 아우브가 될 생각이 없음을 강하게 보여준 행위인 듯했다.

'호오, 그렇구나. 그런 의미가 있었네.'

내가 납득하며 고개를 끄덕이자, 샤를로테가 씁쓸하게 웃으며 나를 보았다.

"언니를 사교 방면에서 뒷받침하는 건 제 역할인가 보네요."

가장 열심히 수를 놓고 있는 사람은 리젤레타와 안게리카 자매다. 두 사람은 꼭 닮은 진지한 눈빛으로 수를 놓았다. 스밀을 끔찍이 좋아하고, 슈바르츠와 바이스가 입을 옷을 만드는 재미에 푹 빠진 리젤레타와 자수 할당량을 끝내고 개인 망토에 마법진을 수놓고 싶은 안게리카. 비록 진지함의 방향성은 다르지만, 자수 실력은 놀라운 정도로 훌륭했다.

"리젤레타와 안게리카는 자수 실력이 뛰어나네요."

"어머, 송구스럽습니다. 하지만 로제마인 님도 못하지 않으시잖아요? 그렇게 좋아하지는 않으시는 것 같지만, 사수가 완성되면 아름다울 겁니다."

키득키득 웃으면서도 리젤레타는 손을 멈추지 않았다. 신부수업으로 반드시 자수 연습을 하는 귀족 여성은 모두가 실력이 출중한 듯하다. 차기 영주의 첫째 부인이 되려면 이 정도의 자수 실력은 필수라고 한다.

"레오노레도 그 마법진을 수놓을 건가요?"

"네, 흔한 기회가 아니니까요. 저도 도안을 외우고 싶어서요. 이렇게나 고도의 마법진을 오래 바라볼 기회는 잘 없습니다……."

레오노레가 마법진을 수놓으면서 그렇게 중얼거리자, 브륀힐데가 황색 눈동자를 반짝이며 훗훗하고 웃었다.

"어머, 마법진을 누군가에게 선물하려고요? 아니면 이미 망토에 자수를 넣어주기로 약속이라도 하셨나요?"

브륀힐데가 그렇게 말한 순간, 안게리카를 제외한 모두의 시선이 레오노레에게 향했다. 그들의 표정과 대답을 기대하는 분위기는 우라노 때도 느낀 적이 있다. 연애 얘기다. 여성들이 연애 얘기로 꽃피우는 건 어디나 똑같은 걸까?

모두의 시선을 한몸에 받은 레오노레는 당황한 듯 미소를 지으며 시선을 피했다.

"그건 그…… 가능하면 망토에 자수를 넣어드리는 관계가 되고 싶다고는 생각하지만, 특별한 약속은 하지 않았어요. 그분은 이미 마음에 둔 분이 계시는 것 같고……."

레오노레는 미인이고, 머리도 좋고, 상급 귀족으로 집안도 좋고, 노력하면 뒤돌아보게 만들 수 있지 않을까 생각한다. 하지만 다무엘과 브리기테의 일로 깨달았듯이 이곳의 연애는 개인의 감정만으로 어찌할 수 없는 사정이 있다. 귀족의 결혼을 완벽하게 이해하지 못한 상태에서 무책임한 발언은 금물이다. 사랑에 불을 지피지 말고, 의문 해소나 하자.

"망토에 자수를 넣어주는 건 특별한 거예요?"

"그렇습니다. 망토에 자수를 넣을 수 있는 사람은 본인, 부모자식, 부부뿐이에요. 모친이 없으면 한 배에서 태어난 여자 형제가 해 주기도 하지만, 흔한 경우는 아니에요."

손수건 같은 천에 자수를 넣어서 좋아하는 사람에게 주는 것이 귀족 여성의 고백 방식인 모양이다. '저는 이런 마법진을 수놓을 능력이 있다. 당신의 망토에 자수를 넣고 싶다'라는 마음이 담겨 있다고 한다. 망토에 자수를 새기는 건 꼭 부부 사이여야 하는데 남편의 망토에 자수를 넣는 것이 아내의 특권이라고 했다.

엘비라가 쓴 귀족원 연애 소설을 읽었을 때 '나의 망토에 자수를 넣어다오'라는 대사가 있었다. '뜬금없이 이상한 걸 시키는 남자네'라고 생각했었는데 그건 프러포즈와 동등한 작업 멘트였나 보다. 처음 알게 된 새로운 사실이다.

'그 장면은 설레어야 하는 장면이었구나. 역시 연애 소설은 어려워.'

"이제 혼약까지 하셨으니 로제마인 님도 빌프리트 님의 망토에 자수를 넣을 수 있게 실력을 갈고닦으셔야죠. 갑자기 마법진 자수를 원한다고 조를지도 몰라요."

"로제마인 님은 분명 멋진 자수를 완성하실 거예요. 벌써 기대되네요."

'아이고. 그런 기대는 곤란해.'

"유디트도 열심히 자수하고 있는데 벌써 마음에 둔 사람이 있어요?"

"아니요, 저는 안게리카를 본받아서 제 망토에 자수를 넣을 거예요. 저는 중급 귀족이라서 다른 사람보다 마력이 낮으니까 조금이라도 수준을 끌어올리고 싶거든요. 그리고 안게리카처럼 마검을 키워서 강해지고 싶어요."

그렇게 열변을 토하는 유디트의 포니테일이 살랑거리며 흔들린다. 머리 스타일도 안게리카를 따라 했다. 안게리카는 성인이 되어 포니테일을 땋아 동그랗게 말고 있으니까 더는 같은 머리 스타일이 아니지만.

"언니를 목표로 삼는 건 추천하지 못하겠네요, 유디트. 본인의 장점을 찾아서 살려야죠."

리젤레타가 그렇게 말하자, 당사자인 안게리카가 옆에서 고개를 끄덕였다. 안게리카는 자신이 잘하는 분야만 파고든 결과다. 결점은 아예 내팽개치고 말이다.

"유디트는 왜 안게리카를 동경하는 거죠?"

"로제마인 님께 마력을 받은 마검을 다루고, 귀족원의 검무 담당으로 뽑힌 데다 보니파티우스 님의 애제자로 불리고, 에크하르트 님과 혼약하셨으니까요. 동경을 안 하는 쪽이 이상하죠!"

그렇게 주장하는 유디트의 보라색 눈동자에 초조함이 엿보였다. 나는 움직이던 손을 멈추고, 유디트를 바라보았다.

"지금 안게리카를 얼마나 동경하는지 열변하고 있지만, 내 눈에는 초조함이 더 커 보이네요. 뭐가 그렇게 초조해요?"

내 지적에 유디트의 미소가 사라졌다. 그리고 자신의 손끝을 바라보았다.

"그건…… 저기……말씀대로 조바심이 나요. 측근들은 상급 귀족이 많은데 저는 중급 귀족이고, 상급 귀족만큼의 마력이 있는 안게리카나 하급 귀족인 다무엘도 지금의 저보다 마력이 많으니까요. …… 그리고 귀족원에서 저 혼자만 남았고, 로제마인 님의 호위 임무에도 많이 투입되지 못했어요……."

같은 중급 귀족이라도 안게리카와는 큰 차이가 있다. 유디트는 동생이 몇이나 있는 맏이고, 동생들을 위해서라도 열심히 일해서 인정받아야 하는데 호위 기사 중에 가장 마력이 낮은 모양이다. 앞으로 성장하면 조만간 다무엘을 뛰어넘긴 하겠지만, 그거로는 부족하다고 한다.

"다무엘은 하급 귀족이니까 신전에서 자라신 로제마인 님의 신뢰를 얻어 첫 번째로 마력 압축을 받았잖아요? 중급 귀족 정도까지 마력을 키웠고, 로제마인 님께도 안게리카에게도 가장 신임을 받고 있어요."

"호위 임무에 몰두하려면 다무엘이 의지가 많이 되거든요."

안게리카가 싱긋 웃으며 그렇게 말했다. 내 귀에는 '머리 쓰는 일을 다 떠맡길 수 있으니까'라는 숨은 말이 들렸지만, 유디트는 눈치채지 못했다. 보라색 눈동자를 반짝이며 주먹을 쥐고 벌떡 일어났다.

"이렇게 안게리카의 신뢰를 독차지하다니요. 다무엘부터 타도해야 겠어요. 다무엘한테는 절대 안 져요!"

유디트가 중급 귀족으로서 지향하는 목표는 안게리카이고, 라이벌 은 다무엘인 듯하다. 유디트의 라이벌 선언은 마치 싸울 생각이 전혀 없는 대형견을 향해 작은 강아지가 앙칼지게 대드는 느낌이라서 절로 미소가 지어졌다. '그래, 그래. 힘내.'라고 격려하고 싶어진다.

"저, 저도요! 저도 안 질 거예요!"

갑자기 필린느가 그렇게 말하며 벌떡 일어났다.

"하급 귀족이라도 중급 귀족만큼 마력을 키울 수 있다는 것을 다무 엘이 증명해 주었어요. 저도 노력할게요. 로제마인 님의 측근으로 부 끄럽지 않게 다무엘처럼 신뢰받을 수 있게 노력할 거예요."

어머머, 하고 주변 모두가 열변하는 유디트와 필린느를 보며 키득 거리며 웃었다. 주변 시선을 눈치챈 두 사람이 뺨을 물들이고, 창피한 표정으로 다시 자리에 앉아 작업을 이어서 하기 시작했다.

"내 측근은 모두 노력파네요. 그 기세로 실력을 갈고닦읍시다. 그런 데 말이죠. 유디트는 안게리카를 따라 하면 강해질 수 없어요. 마검도 아마 마력 낭비예요."

"네?"

"유디트의 특기는 검이 아니잖아요. 활쏘기와 투척 실력이 뛰어나 니까 안게리카를 따라 검이 아니라 투척 실력을 갈고닦아서 백발백중 을 노리는 편이 훨씬 강해질 거예요."

디터 경기 때 류엘 열매를 마수에게 먹일 수 있었던 건 전부 유디트의 실력이 뛰어나서였다. 굳이 잘하지도 않는 검을 단련할 필요가 있을까?

내가 그렇게 말하자, 유디트뿐만 아니라 다른 호위 기사들도 깜짝 놀라며 나를 보았다. 학생인 견습 기사는 항상 검을 차고 다니기 때문에 기사라면 무조건 검을 들어야 한다고 생각했던 모양이다.

"투척에 집중하면 마력이 떨어져도 돌을 던질 수 있어요. 적이 마력 주입에 집중할 때 돌을 던지면 상대의 집중력도 끊을 수 있죠. 가죽주머니에 모래를 채워 넣고, 적에게 맞춰도 겁을 줄 수 있고, 잘하면 시야를 가릴 수 있죠. 검만이 전투 도구가 아니에요. 이번 기회에 특기를 길러 봐요."

내 말에 샤를로테의 표정이 굳어졌다.

"……언니, 그건 기사의 전투 방식이 아니에요."

"샤를로테, 그런 생각은 호위 기사의 이상적인 자세에 맞지 않아요."

내가 진지하게 바라보자, 샤를로테는 물론이고 호위 기사들도 의아한 표정을 지었다.

"호위 기사는 전투 방식에 고집하면 안 돼요. 호위 기사의 의무는 호위 대상을 지키는 것. 시합이나 훈련과 달리 아름다운 싸움은 없어요. 임무 수행을 위해서라면 비장의 무기가 몇 개라도 있어야 해요."

상대가 마수든 사람이든 중요한 건 호위 대상을 지키는 것. 상대가 어떤 수단을 쓰는지 모르는 상황에 기사답게 싸우는 것이 무슨 의미가 있으랴.

"페르디난드 님은 상황에 맞춰서 무슨 수라도 씁니다. 토론베를 퇴치할 때 화살이 분열하는 활, 약하지만 숫자가 많은 마수를 상대할 때는 그물망을 던졌어요. 물론 검도 쓰세요. 커다란 낫을 든 모습도 본 적이 있어요. 무기를 사용하면서 마석을 던져 폭발시킬 수도 있다고 하셨죠. 페르디난드 님처럼 혼자서 이렇게 많은 방법을 쓰는 사람은 드물겠지만, 검이 아닌 무기를 주로 써도 괜찮다고 봐요."

내 말에 유디트가 "생각해 보겠습니다."라고 중얼거렸다.

그날 저녁 자리에서 슈바르츠와 바이스의 의상에 자수를 넣었다고 설명하고, "제 측근들은 다들 노력가예요."라고 내가 보고하자, 샤를로테가 "다음 겨울부터 언니의 귀족원 사교는 최대한 제가 보좌하도록 할게요."라고 페르디난드에게 결심을 밝혔다.

측근들과 하는 건 자수뿐만이 아니다. 페슈필 연습도 하고, 나의 재활치료를 위해 기사들 훈련장에도 간다. 견습생이 훈련하는 동안, 성인이라 훈련 시간이 다른 안게리카는 문을 지키면서 견습생의 훈련을 지켜본다. 나는 마술구를 떼고 조금씩 팔다리를 움직이며 재활치료를 했다. 하지만 좀처럼 생각대로 움직이지 않아서 짜증이 나면 금방 신체강화를 하고 싶어졌다.

"로제마인 님. 미세하지만 마력이 흐르고 있습니다. 몰래 신체강화를 하지 마십시오."

나를 감시하는 사람은 다무엘이다. 미세한 마력을 느낄 수 있는 다무엘은 항상 이렇게 나의 재활치료에 함께 해 주었다.

"로제마인은 벌써 무의식적으로 신체강화를 할 수 있게 된 겐가?"

재활치료를 지켜보던 보니파티우스가 깜짝 놀라 이쪽을 돌아보며 물었다. 아니. 무의식이 아니다. 꾀부리려고 했으니 의식적이다. 나는 얼른 시선을 피했다.

"할아버님. 학생들은 어때요? 조금은 협동력이 생겼나요?"

"아니, 아직 멀었다. 자기 손으로 공격할 생각만 하느라 수비는 안중에도 없더군. 저래서는 호위를 못 해. ……봐 줄 만한 건 넘치는 의욕뿐이다."

보니파티우스가 견습 기사들의 훈련을 내려다보았다. 왜 보니파티우스가 나의 재활훈련을 지켜보는가. 견습 기사를 그가 직접 훈련한 결과, 하급 견습 기사들이 죽겠다고 기사단에서 불만을 제기했기 때문이다. 그래서 견습 호위 기사 외에는 직접 지도를 못 하게 되었고, 훈련 메뉴를 짜거나 훈련 풍경을 지켜보며 자신의 지도에 견뎌낼 만한 자를 찾는 중이다.

"호위 대상을 의식하면서 싸워야 한다. 지켜야 할 주인과 본인의 역할도 정확히 인식하지 못한 트라우고트 같은 기사를 더 늘려서는 안 돼. 로제마인과 빌프리트와 같은 시기에 재학하는 이상, 호위 기사가 아니라고 호위를 못 하면 유사시에 위험해진다."

성인이 개입하지 못하는 귀족원 내의 호위는 견습 기사에게 달려 있다. 보니파티우스는 속도 경쟁 디터에서 공격밖에 할 줄 모르는 견습 기사들에게 위기감을 느꼈다고 한다.

"로제마인, 신체 강화 없이 훈련장이 보이는 위치로 이동해 보자꾸나."

보니파티우스가 시키는 대로 나는 신체 강화 없이 훈련장이 보이는 장소로 천천히 이동했다. 무기를 들고, 기수를 타며 어지러이 날아다니는 견습 기사들이 보였다.

"너는 호위 기사를 늘릴 생각이 없느냐? 그, 신전에 갈 때 성인 여성이 필요하다고 칼스테드에게 들었다만……."

"안게리카가 성인이 되어서 여기사는 괜찮아요. 오히려 코르넬리우스 오라버니가 졸업하면 견습 호위 기사가 필요해지겠네요. 트라우고트가 사임해서 귀족원 호위가 허술해질 것 같아요."

신전 호위는 회색 신관인 시종들과 잘 맞춰줄 사람이 아니면 어렵다. 지금은 안게리카와 다무엘로 충분했다. 오히려 트라우고트가 빠진 지금의 귀족원을 보충할 인재가 필요하다.

"하지만 어려워요, 제 호위는."

"허약하고, 항상 픽픽 쓰러지니까?"

"아니요. 가장 오래 호위했고, 신용하는 기사는 다무엘이에요. 그러니까 다무엘과 잘 지내지 못하는 사람은 싫어요."

내 말에 보니파티우스가 뭔가 고민하듯 눈을 가늘게 떴다.

"다무엘을 해임할 생각은 없느냐? 칼스테드와 페르디난드도 고개를 젓던데……."

지금까지 영주 일족의 호위에 하급 기사가 임명된 전례가 없었다. 그러니 하급 기사를 자르고, 상급이나 중급 기사를 호위 기사로 삼게 하라는 의견이 많다고 보니파티우스는 말했다.

"저는 신전장이면서 고아원 원장이에요. 신전과 고아원에 드나들면서 신전의 시종과 협력하며 일할 상급 기사가 있으면 얼마든지 호위 기사로 두겠지만, 현실은 어려워요. 신전이라고 하면 인상을 찌푸리는 사람이 많거든요. 전 신전 출신이라서 그런 얼굴을 보면 솔직히 기분이 좋진 않아요. 차라리 출세를 위해서 뭐든지 하는 하급 귀족이나 중급 귀족이 훨씬 데리고 있기 편해요."

보니파티우스가 천천히 한숨을 내쉬었다. "그건 그렇겠군." 하고 중얼거렸다. 신전 출신이며 신전장을 맡고 있어도 자신에게는 귀여운 손녀딸이지만, 신전에 가지는 기피감은 보니파티우스에게도 있는 모양이다.

"앞으로는 문관이 인쇄업 회의를 하러 출입하게 될 거라서 견습 호위 기사라도 신전까지 출입할 수 있게 양아버님과 협상할 생각이에요. 신전에 들어오지도 못하는 기사나 다무엘을 얕보고 지시에 따르지 않는 기사를 받아들일 생각은 없습니다."

다무엘이나 안게리카, 코르넬리우스가 신전에 드나들고 있기 때문이리라. 아직은 레오노레와 유디트도 신전에 혐오감을 드러낸 적은 없다. 내게는 지금이 아주 좋았다. 이 분위기를 망치는 사람은 곤란하다.

"그리고 제 호위 기사에겐 그것 말고도 조건이 있어요."

"또 있다고?"

"네. 신전에서 페르디난드 님의 업무를 도와야 해요. 에크하르트 오라버니도 돕고 있거든요. 안게리카는 문에 딱 붙어서 호위 임무에서 벗어나지 않으려고 하지만, 그런 기사는 두셋이나 없어도 돼요. 제 호위 기사는 기본적으로 문관 업무까지 할 줄 알아야 한답니다."

보니파티우스가 피식 웃으면서 다무엘을 쳐다보았다.

"다무엘이 적임자라는 말은 문관 업무가 우수하다는 뜻이냐?"

"네. 아주 우수해요. 안게리카의 몫까지 열심히 서류 업무를 봐 주는걸요."

"안게리카의 몫을 하고 싶어서 열심히 하는 게 아닙니다."

다무엘이 그렇게 주장하자, 보니파티우스가 더욱 크게 웃었다.

"오호라. 왜 다무엘을 아끼는지 알겠군."

"로제마인 님. 유디트가 입실 허가를 요청했습니다."

안게리카의 목소리가 보니파티우스의 웃음소리를 가로막았다. 무슨 일이 일어났나, 긴장감이 감도는 가운데, 나는 허가를 내렸다. 유디 트가 울먹이는 얼굴로 뛰어 들어왔다.

"저 이제 회복약이 없습니다! 채집하러 갈 수 있게 허락해 주십 시오, 로제마인 님! 이대로면 저는 호위 기사인데도 특훈을 못 받습 니다!"

보니파티우스가 메뉴를 짠 탓에 견습생들의 훈련은 나날이 혹독해 졌고, 계속해서 회복약을 써야 했다. 그런데 유디트는 귀족원의 수업 중에 만든 양이 이미 떨어졌다고 한다. 다른 귀족들에게 살까 생각도 했지만, 모두 자기 몫으로 챙겨두고 싶으리라. 지금 귀족원 안에서 회 복약의 수요가 높아졌다고 한다.

"지금 직접 만들지 않으면 약을 손에 넣을 수 없는 상태입니다. 임 무나 훈련에서 벗어나 채집에 갈 허가를 내려 주십시오!"

"허가를 내리는 거야 어렵지 않지만, 어디서 채집하려고요? 견습생 은 귀족가에서 벗어나면 안 되잖아요."

내가 의문을 입 밖에 꺼내자 유디트는 "성의 숲입니다."라고 대답 했다. 귀족가에서 자라고, 귀족가에서 나간 적이 없는 다무엘이나 기 사 기숙사에서 지내는 유디트 같은 귀족들은 성안에 있는 숲이나 평 민에게는 출입이 금지된 귀족의 숲에서 소재를 채집하는 모양이다.

'채집이라. 좋겠다.'

루츠와 투리와 함께 숲에 갔던 시절의 기억이 되살아났고, 참을 수 없는 그리움이 밀려왔다. 나도 채집하러 가고 싶어졌다.

'뭔가 괜찮은 구실이 없을까?'

잠깐 고민한 나는 손뼉을 치며 보니파티우스를 올려다보았다.

"할아버님, 호위 임무 실습을 합시다."

"음?"

"저도 채집하러 갈게요. 견습 호위들은 저를 지키면서 채집도 하는 거죠. 할아버님이 감독 역할로 동행해 주시면 만일의 사태도 걱정이 안 되잖아요. 할아버님, 저와 함께 숲에 가지 않으실래요?"

"음? ……그렇군. 호위하면서 싸우는 경험도 필요하지. 네가 간다면……."

내가 권유하자, 보니파티우스는 씩 웃으며 흔쾌히 받아들였다. 턱을 쓸면서 곧바로 데려갈 사람과 지참물을 정하기 시작했다.

"페르디난드 님께 일단 보고하는 편이 좋을 것 같아요. 멋대로 행동하지 말라고 몇 번이나 주의를 들었거든요."

나는 페르디난드에게 올도난츠를 보냈다. '성의 숲에서 호위 훈련 겸 채집을 하겠습니다. 위험이 있으면 안 되니까 할아버님이 감독해 주신대요. 안심하세요'라고.

곧바로 페르디난드에게서 답장이 날아왔다.

"멍청이. 당연히 불가다. 숲에 있는 마수보다 보니파티우스 님이 훨씬 위험하다. 여전히 힘 조절이 안 되는 보니파티우스 님이 돕는다 치고 던져 버리면 그대는 죽어. 지금까지 몇 번이나 목숨을 잃을 뻔했나? 영주 회의로 무슨 일이 있을지 모를 이 시국에 번거롭게 만들지 말도록. 알겠나?"

올도난츠로 세 번이나 주의를 들은 나와 보니파티우스는 서로 얼굴을 마주 보았다.

"아쉽게도 안 된다네요. 할아버님."

"크으으으으으……."

별수 없으니까 포기하자고 어깨를 으쓱이는 나와 달리 보니파티우스는 이미 마음이 숲에 가 있었나 보다. 분한 듯이 어금니를 아드득 갈더니 페르디난드에게 허가를 받아내겠다며 뛰쳐나갔다. 신체강화까지 썼는지 어마어마하게 빨랐다.

"……할아버님, 가 버리셨네요."

활짝 열어젖힌 문을 멍하니 바라보는 내게 안게리카가 조그맣게 웃으며 문을 닫았다.

"스승님은 로제마인 님께 부탁받은 것이 기쁘셨나 보죠. 좀처럼 접점이 없다는 말을 매번 하십니다."

보니파티우스의 모습에 느긋하게 웃는 사람은 나와 안게리카뿐, 채집 불가를 통보받은 유디트는 울상이었다.

"로제마인 님, 그럼 제 채집은 어떻게 되는 겁니까?"

"호위 견습 기사들만이라도 채집하러 보낼 수 없는지 여쭤볼게요. 그래도 안 된다면 지난번에 내가 만든 회복약을 나눠 줄 테니까 걱정 말아요."

견습에게는 이 정도면 충분하다고 페르디난드에게 받은 회복약이 몇 개나 있다. 어차피 내가 쓸 것이 아니니까 유디트에게 나눠 줘도 괜찮으리라.

"로제마인 님께서 회복약을 만드셨다고요? 아직 배우지도 않으셨잖아요."

"페르디난드 님께 배웠어요. 자기가 먹을 회복약 정도는 스스로 만들 줄 알아야 한다고요."

"……어, 엄격하시네요."

"지금은 페르디난드 님께 소재 조달과 제작까지 떠맡기고 있거든요. 약 조합 정도는 하루라도 빨리 스스로 만들 수 있게 되고 싶었어요."

유디트와 그런 얘기를 나누는 사이에 올도난츠가 날아왔다. 그 하얀 새는 불쾌감을 마구 드러내는 페르디난드의 목소리로 말하기 시작했다.

"반드시 회복약을 준비해 가도록. 그리고 코르넬리우스 곁에서 떨어지지 말도록. 보니파티우스 님에게서 자신을 지키라고 똑똑히 명령해 놔. 알겠나?"

그렇게 올도난츠가 세 번 말하고 노란 마석으로 돌아갔을 때 보니파티우스가 뛰어 들어왔다.

"페르디난드에게 허가를 받았다! 내일은 채집이다!"

아무래도 억지로 허가를 따온 모양이다. 들뜬 보니파티우스에게 안겨서 뺑뺑이 돌려지고 머리가 어질어질해진 나는 '보니파티우스가 가장 위험하다'라던 페르디난드의 세 차례 경고가 머릿속을 채웠고, 숲에서의 채집이 매우 불안해졌다.

오늘은 성의 숲에서 채집하는 날이다. 아침을 먹은 나는 기수복으로 갈아입었다. 영주의 양녀로서 리카르다와 브륀힐데가 허락한 의상이 기수복이어서다. 유레베의 소재를 채집할 때 입은 멋진 의상을 입으려고 했지만, 절대 안 된다며 퇴짜를 놓는 두 사람의 완고함에 이길수가 없었다. 기수복 위에 가죽 벨트를 차고, 채집물을 넣을 가죽 주머니와 회복약 등을 달면 모든 준비는 끝이다.

"로제마인 님, 저도 준비 끝났습니다."

견습 문관인 필린느도 기수복을 입고, 가죽 벨트를 매고 있었다. 견습 문관인 하르트무트와 필린느도 귀족원 수업에서 쓸 마술구의 소재를 채집하러 동행하고 싶어 했기 때문이다. 기사가 없으면 마수가 출몰할 때 위험하므로 평소에는 견습 기사에게 소재를 사고 있다고 했다.

"성의 숲에 들어가는 것도 채집도 처음이네요. 기대돼요."

필린느는 웃으며 내게 동의를 구했지만, 나는 유레베의 소재를 채집한 적이 있어서 처음은 아니다.

'그리고 성의 숲도 샤를로테의 유괴부터 나의 유괴 미수까지 과정에서 그물에 포획되어 떨어지기도 하고, 보자기에 싸여서 말에 태워 이동한 적이 있어서 나한텐 처음은 아니지만…….'

조금 끔찍했던 기억이 떠올랐지만, 마음을 추스르고 방을 나왔다. 계단을 내려가자 빌프리트가 기다리고 있었다.

"……빌프리트 오라버니도 만반의 준비를 하셨네요."

"음. 소재 채집은 처음이라서 기대했어."

호위 기사에게서 소재 채집 이야기를 전해 들은 빌프리트도 '내년에 귀족원에서 조합을 배우기 전에 소재를 채집하고 싶다'라고 저녁 식사 자리에서 동행을 희망했다. '둘이나 못 데리고 갈 것 같으면 취소해라'라는 페르디난드에게 보니파티우스가 '두 사람 정도는 지킬 수 있다'라고 반론한 탓에 또 인원수가 늘어난 셈이다. 오늘 채집은 대규모다. 기사단에서도 몇 명이 호위에 동원되었다.

"그럼 가자."

한껏 들뜬 보니파티우스의 출발 호령에 일행이 일제히 움직이기 시작했다. 나는 레서버스를 타고 보니파티우스의 옆을 달렸다. 기사들이 결정한 나의 정위치다.

"성의 숲에는 좋은 기억이 없지만, 할아버님이 있으면 안심해도 되겠죠?"

"마수가 출몰한다고 해도 거의 잔체나 아이핀테 같은 작은 것들이다. 내가 나설 필요도 없을 거다."

잔체와 아이핀테는 알고 있다. 어른의 무릎 정도까지 오는 고양이를 닮은 마수와 다람쥐 같은 모습에 크기는 고양이만 한 마수다. 다무엘 혼자서도 몰아낼 수 있는 마수이므로 이만큼 기사들이 있으면 문제는 없으리라.

"어이, 견습생! 진형을 지켜라! 호위 임무 중이다!"

회복약 소재로 쓸 수 있는 이파리를 발견한 순간, 앞다투어 뛰쳐나가려는 어린 견습생들을 보니파티우스가 호되게 꾸짖었다. 함께 따라온 기사단 기사들이나 영주 일족의 호위 기사인 보니파티우스에게 훈련받은 견습 기사들은 끝까지 진형을 지켰다.

"호위가 채집에 정신이 팔려서 뛰쳐나가면 어떡해!? 우선 주변이 위험한지 살피고, 안전 확보가 먼저다."

이런 기본적인 것부터 가르쳐야 하냐며 보니파티우스가 머리를 싸맸다. 그 옆에서 코르넬리우스가 입을 열었다.

"이론으로 배운 것을 실천만 하면 돼. 호위의 수칙, 제창!"

반사적으로 견습생들이 수칙을 열거하기 시작했다. 귀족원 기숙사에서 제창을 시키는 장면을 나와 빌프리트도 본 적이 있다.

"알고 있으면 그대로 움직여. 저기 봐, 아이핀테다."

고작 마수 한 마리에 "내가 잡는다!" 하고 의욕적으로 달려나가려는 견습생은 또 혼쭐이 났다. 좋은 모습을 보이려고 하지 말고, 호위 대상의 안전을 확보하라, 라고.

머리로는 알아도 마수를 보면 총공격을 개시하는 스타일이 완전히 몸에 배인 견습생은 금방 행동을 고치기 어려워 보인다. 실습을 반복하면 개선될지도 모른다.

이따금 나타나는 소형 마수를 사냥하고, 보니파티우스의 질책을 들으면서 느긋하게 채집했다. 하급생과 상급생에게는 필요한 소재가 다르다. 또 조합에도 마력이 필요하기 때문에 상급, 중급, 하급이 전부 다르다고 한다. 귀족원에서 조합 수업을 들은 적이 있는 2학년부터 위의 학년은 실물을 본 적이 있어서 자신에게 필요한 소재를 빠르게 채집했지만, 참고서에 실린 그림으로밖에 보지 못한 나와 빌프리트와 필린느는 무엇을 채집해야 하는지 몰랐다.

"베한크라우트가 회복약을 만들 때 필요합니다."

"아, 이것도 채집해 두는 편이 좋습니다. 샤를라우프는 바람의 속성이 강해서 올도난츠를 만들 때 적합한 소재입니다."

다무엘과 하르트무트가 채집하는 편이 좋은 소재를 알려 주었다. 나는 레서버스에서 나와 슈타프를 "메서." 하고 변화시켜서 소재를 땄다.

"로제마인, 이것 봐! 어때, 멋있지 않아?"

빌프리트가 득의양양하게 자신의 슈타프를 소환했다. 1학년 영주 후보생과 상급 귀족 사이에서 유행하고 있는 문장이 새겨진 슈타프다. 다만, 빌프리트의 슈타프는 문장만 새겨져 있지 않았다. 손잡이 부분이 입체적인 사자 모양으로 되어 있고, 크게 벌어진 사자의 입에서 슈타프의 끝이 튀어나온 디자인이다.

"……대단하네요."

"훗, 그렇지?"

문장이 들어간 디자인이 멋있기는 하지만, 이것을 매번 머릿속에 떠올려서 슈타프를 소환하기까지 상당한 시간이 걸렸을 터이다. 멋있는 슈타프에 그렇게까지 시간을 들이다니 참 대단하다. 시간 낭비여서 나는 일찌감치 포기했다.

'귀족원에서 내가 자리를 비워서 고생했다고 한 것 치고는 빌프리트 오라버니한테 여유가 있었나 본데?'

하지만 이 멋진 슈타프는 "메서."라고 외운 순간, 평범한 나이프가 되었다. 역시나 계속 멋진 상태를 유지하기는 어려웠던 모양이다.

"……다무엘, 이거면 될까요?"

"비슷하지만 달라. 이건 뿌리를 보면 금방 분간할 수 있어. 자 봐, 여기가 빨갛지?"

필린느에게 해 주는 다무엘의 해설을 고개를 끄덕이며 엿들으면서 나도 슈타프를 변형한 메서로 이파리를 잘라 가죽 주머니에 넣었다.

"로제마인, 룽오프도 따두는 편이 좋다."

보니파티우스가 나무 위를 가리키며 그렇게 말했다. 올려다보니 보니파티우스가 가리킨 곳에 하얀 나무 열매가 달려 있었다.

"할아버님, 따 주세요. 저는 손이 안 닿아요."

"뭐라는 거냐? 이러면 되지."

나의 양 겨드랑이에 손을 집어넣고, 보니파티우스가 번쩍 들어 올려 주었다. 나는 눈앞에 있는 하얀 열매를 메서로 땄다.

"보니파티우스 님, 저도 로제마인과 같은 걸 따고 싶은데 어떻게 따야……."

"흡! 좋아, 지금이다! 따라!"

보니파티우스는 힘이 장사다. 나보다도 체격이 큰 빌프리트도 번쩍

들어 올렸다.

'그러고 보니 코르넬리우스 오라버니도 뱅뱅 돌렸었던가.'

"이번에는 할아버님이 올려줘서 땄지만, 저렇게 높이 있는 나무 열매는 어떻게 따요? 숲에서는 기수를 타기가 불편하잖아요."

나의 레서버스는 주위에 사람이 없으면 하늘로 오를 수 있지만, 크게 날개를 펼쳐야 하는 일반 기수는 나무가 빽빽한 숲에서는 사용하기 불편할 터였다.

"이 정도 높이라면 신체 강화로 금방 올라갈 수 있습니다. 이렇게요."

코르넬리우스가 나이프를 줄기에 꽂고, 그것을 발판 삼아 폴짝 뛰었다. 그리고 나뭇가지를 양손으로 잡아 가볍게 그 위로 올라갔다.

"또 룽오프 필요한 사람 있어?"

"저도 필요합니다."

"필요합니다."

기사 몇 명이 소리쳤다. 품질이 괜찮은 상급 기사용 회복약을 만들 때 쓰는 소재인 모양이다. 코르넬리우스가 룽오프 열매 몇 개를 따서 아래로 떨어뜨렸다. 어느 정도 기사들이 챙기자, 코르넬리우스가 나무에서 뛰어내렸다.

"레오노레, 자, 이거. ……위에서 보니까 거의 채집하지 않은 것 같더라."

"감사하게 생각합니다, 코르넬리우스."

레오노레가 기뻐하며 건네받았다.

코르넬리우스가 내려오자, 교대로 안게리카가 나무 위로 올라갔다. 그녀도 신체 강화를 써서 움직임이 날쌔다. 룽오프를 몇 개 따고 금방 내려왔다. 안게리카가 최대한 내게서 떨어지지 않으려고 신경 쓰는 것이 느껴졌다.

"저 나뭇가지 위에, 잔체네요."

레오노레가 전방을 걷는 빌프리트 일행을 경계하는 잔체를 발견했다.

"조금 거리가 있으니까 내버려 둬도 문제없을 것 같지만, 그래도 뒤에서 덮치면 안 되니까 제거하는 편이 안전하긴 합니다. 어쩔까요?"

"유디트, 이번에 슈타프로 슬링샷을 만들어서 잔체를 맞춰 봐요."

조금 거리가 있는 잔체를 가리키며 내가 명령하자, 유디트는 가볍게 고개를 끄덕였다. 그리고 슈타프로 긴 검이 아닌 슬링샷으로 바꾸었다. Y자 새총 같은 물건이라고 설명하면 이해하기 쉬울까. 그 슬링샷과 내가 주워서 건넨 돌로 잔체를 맞추게 했다.

딱 하고 돌에 맞은 잔체가 떨어졌다. 그 소리를 들었는지 램프레히트가 재빠르게 무기를 들고 달려가서 낙하 중인 잔체를 베었다. 마지막에 남은 건 조그마한 마석뿐이다.

"유디트가 신체 강화를 익히면 먼 상대도 맞출 수 있겠고, 마력을 키우면 마력을 담아 투척하거나, 연달아 투척할 수도 있을 거예요. 역시 투척이 장검보다 유디트에게 맞아요."

"음. 지금도 이 거리의 마수를 돌로 맞힐 정도니까 훈련해서 성장하면 상당히 명중률이 높아지겠군."

보니파티우스가 감탄한 듯 고개를 끄덕이며 유디트를 내려다보았다.

"호위 대상의 곁을 떠나지 않고, 적을 공격할 방법이 있다면 너에게 장점이 될 거다. 정진해라."

"네!"

유디트가 기쁜 듯이 큰 목소리로 대답했다.

"적의 수와 범위, 날씨에 따라 다르겠지만, 수면제나 마취약 같은 가루약을 적진에 정확히 투척할 수 있다면 아주 효과적이라는 내용이 페르디난드 님이 남긴 기록에 있었어요."

"로제마인 님, 아무리 효과적이라도 제 능력으로는 그런 약을 못 만듭니다."

나의 계책으로 보물 뺏기 디터에서 승리한 유디트는 페르디난드의 방식을 비겁하다, 기사답지 않다고 하지 않고, 자기 능력이 아니라며 한탄했다.

"효과적인 약과 마술구를 만들 우수한 문관이 필요하겠네요."

"절 부르셨습니까, 로제마인 님."

하르트무트가 불쑥 끼어들었다. 그러고 보니 하르트무트는 우수한 문관이었다.

"유디트가 투척할 물건 얘기를 하고 있었어요. 돌뿐만 아니라 수면제나 마취약을 쓰면 디터에서도 효과적일 것 같다고요."

"생각해 보겠습니다. 유스톡스 님께 듣기로는 보물 뺏기 디터가 열리던 무렵엔 얼마나 효과적인 마술구를 만들어서 자신들의 영지를 유리하게 이끄는지로 문관의 실력을 알 수 있다더군요. 그 무렵에 만들어진 대부분의 마술구가 광범위하게 영향을 끼치는 물건이었고, 경기장 관람객에까지 피해가 가서 속도 경쟁 디터에서는 사용금지가 되었습니다. 하지만 실전에서는 사용할 수 있겠죠."

하르트무트의 믿음직스러운 말을 나는 존경 어린 눈동자로 올려다보았다.

"실전이 중요하죠. 하르트무트, 유디트가 투척할 때 효과적인 마술 구를 몇 개 고안해 보세요. 내가 살게요."

"알겠습니다."

자신의 갈 길을 발견해서 신이 난 유디트가 활짝 웃었다.

"전 열심히 마력을 압축하고, 신체 강화를 익혀서 투척 기술을 갈고 닦겠습니다, 로제마인 님."

"던질 물건을 여러 개 준비해서 어느 상대에게, 언제, 무엇을 던져 야 가장 효과적인지 잘 생각하고 던져야 해요. 전황을 볼 줄 아는 눈과 적의 진열을 읽는 능력도 중요하니까 공부도 확실히 해두세요."

"네!"

'좋아! 이거로 안게리카처럼 몸만 단련하는 상황은 피할 수 있 겠다!'

후훗, 하고 유디트와 얼굴을 마주 보며 웃고 있는데 보니파티우스 가 갑자기 걸음을 멈추었다.

"멈춰! 그륀의 냄새가 난다."

내가 "아무 냄새도 안 나는데……."라며 고개를 갸웃거리자, 보 니파티우스가 코를 벌렁거리며 나무 한 그루를 가리켰다. 그 나무에 영역을 주장하는 그륀의 냄새가 배여 있는 듯했다.

'왠지 할아버지가 야생동물로 보여.'

이 시기에 출몰하는 그륀은 새끼를 키우느라 서식지에 내내 틀어박 힌 탓에 배를 곯고 있고, 새끼 때문에 신경이 날카로워져 있으며 짝이 주변이 있어서 상당히 골치 아픈 상대라고 한다.

"채집은 끝났다. 바로 돌아가서 토벌단을 결성하마. 로제마인, 네 기수에 문관을 태울 수 있겠느냐? 호위 대상은 모여 있는 편이 낫거든."

보니파티우스가 얼른 돌아가도록 지시를 내림과 동시에 "스승님, 나타났습니다!" 하고 안게리카가 소리쳤다. 짙은 녹색과 검은 줄무늬가 들어간 우락부락한 몸체에 흉악스러운 눈빛과 입을 괴기하게 벌리는 마수가 모습을 드러냈다. 몸체는 그렇게 크지 않았다. 세인트버나드보다도 작은 정도다.

"……저게 그륀이에요?"

"그래."

"내 레서와 하나도 안 닮았잖아요! 전혀 안 귀여워요!"

두 마리의 그륀이 입을 쩍 벌린 순간, 어마어마하게 진한 낫토 같은 냄새가 풍겼다.

'아, 왠지 그립고 좋은 냄새다.'

내가 그렇게 생각함과 동시에 "냄새!" 하고 주변 모두가 코를 부여잡으며 몸부림쳤다. 주변과 자신의 다른 반응에 상당히 묘한 기분이 들었다.

'그렇구나. 이게 지독한 냄새구나.'

"호위 대상을 피신시켜라! 그륀을 처치하는 건 기사단이면 충분하다!"

성인 상급 기사들이 일제히 앞으로 나와 슈타프를 무기로 바꾸었다. 중급 기사가 그 뒤에 붙었다. 싸울 필요가 없다는 명령을 들은 견습 기사 하나가 슈타프로 무기를 꺼냈다.

"저희도 영지 대항전에서 그륀을 쓰러뜨렸으니 싸울 수 있습니다!"

"그런 건 묻지도 않았어! 명령에 따라!"

"견습 문관들은 어서 타세요!"

나는 얼른 레서버스를 확장해서 필린느와 문관들에게 타라고 소리 쳤다. 하지만 전투의 현장에 있었던 경험은커녕 마수를 본 적도 거의 없는 견습 문관들은 압도당한 듯 눈을 휘둥그렇게 뜨고, 그륀을 본 채 움직이질 못했다.

빌프리트를 안고 제일 먼저 전선에서 벗어나는 램프레히트가 보였고, 이에 깜짝 놀란 빌프리트의 호위 견습 기사들이 기수를 소환하여 그 뒤를 이었다. 그 모습을 멍하니 올려다보는 하르트무트를 다무엘이 밀치듯이 입구가 크게 벌어진 레서버스 안으로 밀어 넣었다.

"멍하니 있지 마! 얼른 타라고!"

다무엘은 다음에 필린느를 던져 넣고, 유디트도 떠밀었다. 나는 얼른 문을 닫고, 당장에라도 출발하려고 핸들을 쥐었다. 코르넬리우스와 레오노레와 다무엘이 기수를 소환하여 뛰어 올라탔다.

우리가 공중으로 날아오르자 그륀이 눈에 보이지 않는 속도로 이쪽을 향해 뛰어올랐다. 그러자 신체 강화를 한 보니파티우스가 마찬가지로 뛰어올라 그륀을 후려쳤다. 솔직히 말하면 후려치는 모습을 정확하게 보지 못했다. 그륀이 숲으로 날아가는 소리와 보니파티우스가 팔을 휘두른 듯한 자세를 보고, 후려친 게 아닐까 예상했을 뿐이다.

"로제마인에게는 손 하나 까딱 못한다!"

든든한 보니파티우스의 말과 호위 기사에게 둘러싸인 상태로 나는 레서버스를 달려서 성으로 돌아왔다.

먼저 출발했던 램프레히트의 기수가 기사단 훈련장으로 향하는 것을 보고, 다무엘이 코르넬리우스에게 "페르디난드 님께 올도난츠를." 하고 지시했다. 코르넬리우스가 하늘을 달리면서 올도난츠를 보냈다.

"이제는 기사단에 맡기면 될 겁니다. 로제마인 님, 다치신 데는 없습니까?"

다무엘의 확인에 나는 "괜찮아요." 하고 고개를 끄덕였다. 일단 채집은 끝났고, 견습 기사들의 결점도 확실히 드러났다. 수확은 있다고 생각하면서 레서버스에서 내렸다. 유디트도 뛰쳐나왔다.

"다무엘, 난 문관이 아닙니다! 견습 호위 기사예요! 기수로 이동할 수도 있고, 보호받아야 하는 대상이 아닙니다!"

문관들과 함께 레서버스에 억지로 타야 했던 유디트가 보라색 눈을 치켜뜨며 다무엘을 노려보았다. 견습 호위 기사의 긍지를 마구잡이로 짓밟힌 듯하다.

"왜 나를 로제마인 님의 기수에 밀어 넣은 겁니까?"

울먹이는 유디트를 다무엘은 곤란한 눈으로 내려다보았다. 안게리카가 의아한 표정으로 고개를 갸웃거리면서 입을 열었다.

"유디트가 호위에 가장 적임자라고 생각해서잖아요? 나도 그렇게 생각했는데요."

"네?"

유디트가 어이없는 눈으로 안게리카를 보았다. 하지만 안게리카의 설명은 거기까지였다. 모든 설명이 끝난 얼굴이다. 다무엘은 자기 할 일이 끝난 듯한 얼굴의 안게리카와 전혀 이해하지 못한 얼굴의 유디트를 번갈아 보며 머리를 긁적였다.

"아~, 미안. 네가 왜 화내는지 전혀 모르겠는데 너를 로제마인 님의 기수에 태운 이유가 궁금한 거지?"

굳은 표정으로 고개를 끄덕이는 유디트에게 다무엘이 친절하게 설명했다.

"문관이 동승한 이상, 반드시 호위 기사 한 명은 로제마인 님의 기

수에 같이 타야 해. 투척으로 적을 쓰러뜨릴 수 있는 너라면 로제마인 님의 허가가 있으면 기수 안에서도 얼마든지 공격할 수 있잖아? 탑승형 기수 내의 호위에 가장 적임자라고 생각해서 너를 태운 건데…….”

“내가 견습 호위 기사로 부족해서가 아니라요?”

좀처럼 호위 임무를 하지 못한 콤플렉스에 다무엘의 행동을 오해해 버린 모양이다. 이제야 그녀가 화낸 이유를 눈치챈 다무엘이 씁쓸하게 웃으며 고개를 가로저었다.

“그만큼 투척이 훌륭하고, 보니파티우스 님께서 인정하시는 너를 부족하다고 생각하지 않아. ……오히려 그런 생각을 하고 있었다는 건 기수 안에서 네 임무를 잊고 있었던 것 아냐?”

유디트가 눈을 크게 뜨고, 몇 차례 입을 뻐끔거리더니 귀까지 빨개져서 “죄송합니다.”라고 고개를 푹 숙였다.

역시 우리 호위 기사는 다무엘이 중심인 편이어야 단결이 된다. 그 뒤에 다무엘을 따르며 이것저것 질문하게 된 유디트를 보며 나는 그렇게 생각했다.

“역시 아무 일 없이 끝나지 않았군…….”

저녁 자리에서 나를 보며 관자놀이를 톡톡 두드리는 페르디난드에게 보니파티우스가 “아무도 다치지 않았고, 아무 일도 없었다.”라고 대답했다.

“그륀은 어차피 토벌해야 하는 마수다. 덕분에 일찍 찾아서 다행이지. 그륀보다 오히려 견습 기사들의 팀워크가 훨씬 큰 문제다.”

보니파티우스의 중얼거림에 빌프리트가 고개를 크게 끄덕이며 동의했다.

"나도 오늘 사태를 보기 전까지 귀족원에서 로제마인이 연계가 엉망이라고 해도 그들의 어디가 잘못되었는지 실감하지 못했네. 누군가를 지키는 연습이 필요하지 않을까?"

견습 기사를 비롯하여 모두가 팀워크의 중요성을 깨달았다면 오늘 채집은 대성공이라고 생각했다. 하지만 내게는 견습 기사 외에도 훈련이 필요한 부분을 발견했다.

"그럼 견습 문관을 지키면서 채집하러 가면 어떨까요? 견습 기사의 연습도 되고, 견습 문관의 연습도 돼요. 오늘 채집을 보고, 저는 견습 문관에게도 다소 자기 몸을 지킬 마음가짐이랄까요, 보호받는 측의 의식을 가져야겠다고 생각했어요."

"그게 무슨 말이지?"

페르디난드가 무슨 말인지 모르겠다는 얼굴로 나를 보았다. 나는 그륀이 나타났을 때 문관들이 보인 행동을 설명했다.

"적이 나타났을 때 얼른 피신하도록 기수를 준비하거나 슈타프를 들어서 방어하거나, 하물며 호위 기사들의 지시에도 따르지 못한다면 유사시에 영주 일족을 지키는 호위 기사에게 버림받아요. ……문관에게도 숙련이 중요하다고 생각해요."

"흠……. 하긴 그륀이 나타났을 때 로제마인은 예상외로 침착하게 행동했지."

나는 유레베의 소재를 채집할 때 몇 번이나 마수를 상대했다. 게다가 자랑은 아니지만, 여러 번 습격당한 적도 있어서 호위 기사와 행동하는 것에 익숙하다.

"견습 기사도 그렇고, 견습 문관도 짐이 안 될 정도로 단련해야 한다……이건가. 이것도 영주 일족의 문관부터 시작하는 편이 좋겠군."

"보니파티우스 님께서 견습 기사와 견습 문관을 훈련하는 건 상관하지 않겠습니다만, 그뤼 외에도 토벌할 마수가 있는지 먼저 기사단이 숲을 탐색하는 편이 좋겠습니다. 이런 짐들을 데리고 다니면 강한 마수가 나타났을 때 위험할 테니까요."

페르디난드의 말에 기사단이 며칠간 숲을 탐색하게 되었고, 그동안 견습 훈련을 쉬게 되었다.

"네? 저희도 견습 기사의 훈련을 받으라고요?"

쉬는 날이 끝나면 문관도 훈련에 침여하게 되었다는 얘기를 들은 필린느가 새파랗게 질렸다.

"그래도 견습 기사와는 다른 훈련을 하게 되겠지만, 지금까지의 습격률을 생각하면 내 측근은 위험에 휘말릴 가능성이 상당히 높아요. 필린느와 하르트무트는 자신을 지킬 줄 알아야 해요. 몸을 피하는 것도 사전에 의식해 두지 않으면 바로 행동으로 옮기지 못한다는 것이 숲에서 증명되었잖아요."

"……알겠습니다."

안색이 나쁜 필린느의 어깨를 유디트가 달래듯이 토닥이면서 "회복약을 잔뜩 준비해 두세요."라고 조언했다.

"아직 조합을 못 하는 필린느를 위해서라도 회복약을 만들어야겠네요. 훈련이 없는 동안 성 공방에서 다 같이 회복약을 만듭시다."

이참에 냄비를 졸이는 것을 보여서 마력 압축 4단계를 측근들에게 가르칠까 한다.

페르디난드가 감시한다는 전제하에 성 공방의 조합 허가가 떨어졌다. 나는 냄비를 팔팔 끓이면 수분과 부피가 줄어서 내용물이 농밀해지는 현상을 측근들에게 보여 주었다. 역시 자기 손으로 요리한 적이 없는 귀족은 불로 졸이는 작업을 처음 보는 듯했다.

"페르디난드 님, 마력 압축 수업 때 힐쉬르 선생님이 약을 졸이듯이 하라고 하셨는데요. 상급 귀족이면서 고학년인 하르트무트도 어째서 이걸 모를까요?"

"졸여서 효력을 높이는 약이 있긴 하다만, 일반적이지 않아서 겠지."

아무래도 귀족원의 수업에서는 조합 냄비에 소재를 넣고, 마력으로 휘젓는 방법만 가르치는 모양이다. 수업 범위를 넘어서 다양하게 시도하는 페르디난드가 귀족 입장에서는 이상한 것일 테고, 일반적이지 않은 약 제조법을 마력 압축의 이미지로 1학년생에게 가르치는 힐쉬르는 더 이상하다는 생각이 들었다.

'뭐, 참고하라고 자기 방식을 설명한 거겠지만.'

모두에게 마력 압축 4단계를 가르치는 동시에 필린느에겐 모든 단계의 마력 압축 방법을 설명하기로 했다. 측근 중에 가장 기초 마력이 낮은 필린느에게는 앞으로 상당한 노력이 필요했다. 돈은 귀족원에서 벌기 때문에 문제없지만, 계약 마술을 어떻게 맺어야 할지 고민되었다. 나라 전체가 효력 범위인 계약 마술을 필린느 한 사람에게 쓰기엔 너무 비싸다. 그래서 다무엘처럼 다음번에 다른 사람에게 가르칠 때 함께 계약하기로 하고, 일단 에렌페스트 내에 효력이 있는 계약 마술만 맺어 두기로 했다. 필린느가 여기저기 떠벌리고 다닐 사람도 아니지만, 누군가에게 계약 마술을 행사하는 장면을 보여주는 것이 중요하기 때문이다.

그런 식으로 측근들이 번갈아 가며 훈련을 받으러 다녔고, 훈련받는 문관의 몫을 포함해서 채집해 온 소재로 회복약을 만들었다. 또 페슈필을 연습하고, 리젤레타와 브륀힐데와 함께 슈바르츠와 바이스의 의상에 자수를 넣고, 하르트무트에게 축복에 관한 질문세례를 받고, 재활치료를 하는 사이에 영주 회의가 끝나는 시기가 왔다.

영주 회의의 보고회

"다녀오셨습니까."

전이 마법진이 있는 방 앞에 나란히 서서 기다리던 빌프리트, 샤를로테, 내 모습을 본 플로렌치아가 "다들 마중하러 나와 줬군요." 하고 미소 지었다. 함께 돌아온 질베스타도 기쁜 듯이 웃으면서 마법진에서 벗어났다.

"많은 일이 있었지만, 자세한 이야기는 내일 모여서 하자꾸나. 너희도 출석할 테니까."

귀족원의 기숙사까지 페르디난드가 여러 번 불려가고, 숨은 조력자인 노르베르트까지 소집하기에 대체 영주 회의가 어떻게 진행되는지 걱정했었는데 영주 부부는 특별히 피곤한 기색도 없이 웃으면서 돌아왔다.

"어서 오세요, 아버님."

"그래. 잘 있었느냐. 로제마인도 건강해 보이는구나."

기사단장으로 동행했던 칼스테드에게 인사하자, 칼스테드가 살짝 미소를 보였다. 질베스타보다도 칼스테드의 얼굴이 훨씬 피곤해 보였다. 무슨 일이 있었나? 걱정되어 올려다보자, 칼스테드는 "다음 호위 기사와 시종, 문관들도 돌아와야 하니 방을 나가자꾸나." 하고 재촉했다.

다음 날 나는 빌프리트와 샤를로테와 함께 보고회가 열리는 회의실로 향했다. 영주 일족은 귀족원에 다니는 나이부터 영주 회의의 보고 회에 출석해야 한다. 영주 회의의 결과로 자신들의 귀족원 생활이 크게 좌우되기 때문이다.

유레베에서 잠든 탓에 지난 보고회에 출석하지 못한 나와 다음 겨울에 귀족원에 들어가는 샤를로테는 이번이 첫 참여다.

"올해 순위가 결정되었겠지? 기대된다."

작년 보고회에 참가했던 빌프리트가 "분명 작년보다 올랐겠지."라고 자신만만하게 웃으며 걸었다. 나는 기수에 탄 채 "올랐으면 좋겠네요."라고 대답했다. 샤를로테는 첫 보고회에 긴장한 얼굴로 간단히 맞장구치며 걸었다.

영주 회의의 보고회는 영주 일족과 그의 측근들, 기사단, 문관 상층부들이 모인다. 모든 준비가 갖춰진 뒤 영주 부부가 회의실에 들어왔다.

"보고하겠다. 올해는 큰 변화가 있었기 때문에 예년보다 연락 사항이 많다. 아마 앞으로도 에렌페스트는 점점 영향력을 키워서 변화하게 되겠지. 이 기회를 놓치지 말고, 최대한 순위를 올렸으면 한다. 모두 협력해 주길 바란다."

그런 질베스타의 말로 보고회가 시작되었고, 제일 먼저 질베스타의 문관이 올해 순위를 발표했다. 에렌페스트는 10위라고 한다. 다음 귀족원 때는 10위의 문과 방을 쓰게 된다. 이 순위는 에렌페스트가 받은 순위 중에 역대로 가장 높다고 한다.

"귀족원의 성적은 눈부신 향상을 보였다. 솔직히 귀족원 성적만 따진다면 순위가 조금 더 높았겠지."

다만, 귀족원 성적과 비교하면 중앙으로 진출한 인재가 적고, 유행도 막 퍼지기 시작한 참이라 에렌페스트 자체의 영향력은 아직 미비하다. 그래서 영지 순위가 10위에 정착했다고 한다.

"올해 다른 영지에서 찾아오는 상인들과 활발히 무역하게 되면 내년에는 순위를 더 올릴 수 있을 거다. 원활하게 거래를 진행하면서 지금의 유행을 일회성으로 끝나지 않게 정착시키고, 계속해서 새로운 유행을 퍼트리는 것이 중요해."

질베스타의 열변으로 살펴보건대 어느 영지가 '에렌페스트의 유행은 고작 일회성'이라는 조롱을 들은 것이 아닐까? 지금까지 별다른 유행도 없었으니 그렇게 생각할 만도 하다. 특히 순위가 비슷한 영지나 올해 에렌페스트에 밀린 영지는 그렇게 비아냥거리고 싶으리라. 다만, 그 말이 자존심 강한 질베스타를 자극한 듯하다. 독기가 어린 얼굴로 회의실을 둘러보고, 질베스타가 주먹을 불끈 쥐었다.

"지금 에렌페스트에서는 새로운 종이를 개발하고 있고, 인쇄업 준비가 활발하게 진행 중이다. 이것을 무기로 상위권을 노리자!"

질베스타의 선언에 주변에서 박수가 쏟아졌다. 지금까지 촌구석이라는 평가를 들어온 에렌페스트가 몇 년 사이에 서서히 순위를 올리고, 올해 들어 13위에서 10위로 껑충 올라왔다. 항상 바닥을 헤매던 시절을 잘 아는 연배의 사람들은 기쁜 듯이 활짝 웃고 있었다.

"이 순위를 유지하려면 귀족원에 소속한 영주 후보생을 중심으로 앞으로도 학생들의 성적을 유지하도록 노력해야 한다. 성적을 올리려면 아이들의 노력은 물론, 어른인 우리의 협력도 필요하지. 자, 이것에 관해서 자세히 설명하라, 페르디난드."

질베스타의 시선을 받은 페르디난드가 고개를 한 번 끄덕이고, 일어났다. 그리고 회의실에 있는 모두를 쭉 둘러보았다.

"영주 후보생에게 귀족원 상황을 들어 보니 정변으로 수많은 교사가 교체되었고, 수업 과정에도 많은 변화가 있었다고 한다. 견습 기사 과정에서 보물 뺏기 디터가 속도 경쟁 디터로 바뀐 것이 가장 큰 변화로 보인다."

페르디난드가 그 과정의 변화로 학생들의 수업 내용이 어떻게 바뀌었는지, 새로 귀족원을 졸업한 기사들이 어떤 상태인지 자세히 설명했다.

"지금 그 차이를 메꾸고자 기사단에서는 신입 및 견습 기사의 특훈을 진행 중이다. 보물 뺏기 디터가 폐지되면서 문관과 기사의 거리도 상당히 멀어진 듯하다."

마술구 설치와 회복약 제조 등을 영지가 하나가 되어 착수했던 무렵과는 상황이 확연히 달라졌음을 염두에 두고, 각 부서에서 신인을 키우길 바란다고 페르디난드가 알렸다. 문관들도 신인의 변화를 눈치챘었는지 고개를 끄덕이며 이에 동의했다. 아무래도 소영지의 인원수 부족으로 폐지되어 버린 보물 뺏기 디터가 교육상 상당히 중요했던 모양이다.

"그럼 새로 정해진 거래에 관해서 보고하겠습니다. 유행을 새로 거래하게 된 영지는 조금 전에도 말씀 드렸다시피 중앙과 클라센부르크로 결정되었습니다."

문관의 보고가 시작되었다. 영주 회의에서도 유행 어필이 제법 성공한 모양이다. 머리 장식, 린샴, 식물지, 회식용 새로운 레시피, 거래하지 못하는 영지에 카트르 카르 레시피를 판매한 것도 일조한 듯하다.

"로제마인 님께서 이름을 붙이신 감합지를 두 영지에 전달했습니다. 또한 상업길드의 길드장에게 남은 절반의 감합지를 전달하고, 앞으로 방문할 다른 영지의 상인을 철저하게 대응하도록 해야 합니다."

'아, 난세이브지라는 소재명이 공개되면 안 된다고 했는데 결국 감합지가 되었구나.'

"내년에는 꼭 거래하고 싶다는 영지가 많았습니다. 그래서 올해 1년 안에 최대한 린샴 공방을 증설해서 내년에는 거래 영지를 늘려야 할 것입니다. 이에 관련해서 상업 길드장과 의논해야 합니다."

다른 영지의 관심을 끌고 있을 때 공방을 대폭 늘리자고 말하는 문관에게 평민촌을 향한 무배려를 느끼고 서둘러 입을 열었다.

"린샴은 제조 방법이 쉬워서 공방을 우후죽순으로 늘리면 다른 영지가 만들게 됐을 때 공방의 수요가 줄어서 실업자가 대거 발생할 가능성이 커집니다. 꼭 린샴이 아니더라도 에렌페스트에서 유행을 퍼트릴 물건은 많습니다. 린샴과 머리 장식 공방만 갑자기 늘려봤자 아무의미가 없어요. 몇 년 후에는 실업 대란이 일어날 거예요. 주의가 필요합니다."

내 의견에 문관이 의아한 표정을 지었다.

"린샴 말고도 유행시킬 물건이 있다면 린샴의 유행이 끝나고 직업을 잃은 평민에게 다음 물건을 만들게 하면 되지 않습니까?"

그 말대로 린샴 제조법이 다른 영지에까지 퍼져서 팔리지 않게 되면 다른 물건을 만들게 하면 된다. 하지만 하던 일을 바꾸기란 말처럼 쉽지 않다.

"이 일은 없어졌으니까 다른 일을 해라, 라고 말하는 건 간단해도 실제로는 쉽지 않아요. 당신은 문관 일이 없어졌으니까 내일부터 기사 업무를 하라고 하면 당장 다음날부터 완벽하게 기사가 될 수 있나요?

비슷한 문관 업무라면 몰라도 전문 분야가 아예 다른 일은 못 할 거 아녜요. 그건 평민도 마찬가지입니다. 그 점까지 고려해서 공방을 늘리세요."

평민 관련 화제는 되도록 내가 평민들의 방파제가 될 생각이다. 절대 한발 물러설 기미도 없이 강하게 주장하는 나를 보고 "……알겠습니다." 하고 문관이 불만스럽게 고개를 끄덕였다.

"다음은 에렌페스트에서 가장 큰 관심이 쏠리고 있는 신청, 빌프리트와 로제마인의 혼약에 관해서인데……."

질베스타의 말에 회의실이 순간 긴장감에 휩싸였다. 파벌 간의 영향력 증감 등, 어떻게 보면 가장 에렌페스트 귀족의 생활에 밀접하게 관련되는 문제다. 영지 순위의 화제보다도 어른들의 관심이 집중되는 것이 느껴졌다.

영지가 힘을 합쳐 많은 사항에 대응해야 하는 판국에 파벌 싸움인가, 하고 나는 한숨을 감추지 못했다. 귀족원에서는 파벌 싸움보다 영지간의 경쟁으로 시선을 돌릴 수 있어서 더 그렇게 느껴지는 것이리라.

'귀족원 때처럼 어떻게든 관심을 바깥으로 돌려서 에렌페스트 내의 귀족을 하나로 뭉치게 할 수 없을까?'

영주 회의에 가지 못한 절반 이상의 귀족들이 마른침을 삼키며 지켜보는 가운데, 질베스타가 짙은 녹색 눈동자로 회의실을 둘러보며 입을 열었다.

"왕에게 승인을 받았다. 이로써 정식으로 두 사람의 혼약이 성립되었다. 이에 이의를 제기하면 왕의 결정에 반대하는 것으로 간주하겠다."

이로써 라이제강 파는 물론이고, 구 베로니카 파의 일부도 대놓고 불만을 내뱉지 못하게 되었다. 혼약이 결정되면 다음에는 어떻게 움직여야 유리할지 고민하기 시작한 모양이다. 그들의 눈빛이 싹 바뀌었다.

'에렌페스트 내에서 싸우고 있을 여유가 없겠지만.'

"그리고 왕의 승인을 받은 또 한 건의 혼약도 보고하마. 아나스타지우스 왕자와 클라센부르크의 영주 후보생인 에그란티느의 혼약도 인정받았다. 이 혼약으로 아나스타지우스 왕자는 지기스발트 왕자의 신하가 되었다."

아나스타지우스와 에그란티느가 무사히 혼약을 인정받았다. 앞으로 두 사람은 정변으로 중앙에 흡수되어 확대된 직할지를 다스리게 된다고 한다. 마술구를 다뤄야 하므로 왕족이라는 신분은 그대로 둔 채 중앙 기베와 같은 대우를 받는 것으로 나는 이해했다.

일단 아나스타지우스가 다음 왕위에서 한발 물러났다는 건 이해했는데 이로 인해 대체 어떤 영향이 생길까? 곰곰이 고민하던 나는 문득 주변 사람들이 아무 생각도 하지 않는 듯한 표정을 짓고 있는 것을 보았다. 지금까지 왕족의 동향이 자신들의 생활을 크게 좌우하지 않아서일까, 우리의 혼약보다도 관심이 없어 보였다.

"그리고 이것도 혼약에 관한 안건인데, 아렌스바흐의 제의로 결혼이 결정되었다. 램프레히트와 프로이덴, 이 두 사람의 신부를 에렌페스트에 맞아들이게 되었다."

회의실이 술렁거렸다. 놀라는 것도 당연하다. 아렌스바흐의 귀족인 빈데발트 백작이 허가 없이 에렌페스트의 신전에 잠입하여 나와 페르디난드를 공격했고, 성에서 빈데발트 백작이 소유하던 사병이 난동을 일으킨 이후로 아렌스바흐와는 철저히 교류를 단절하고 있었다. 게다가 마력 부족을 이유로 그들의 결혼 신청을 거절한 당사자였던 아렌스바흐의 영주가 자기네 귀족과의 결혼을 입 밖에 낸 것이다.

"처음 신청한 이후로 시간이 흘렀으니 최대한 빨리 올리자고 해서 이번 여름 하반기에 아렌스바흐에서 두 신부가 올 거다."

그렇게 말하는 질베스타의 눈빛에 생기가 없어 보였다. 축하해야 할 이야기가 전혀 기쁘게 들리지 않는 이유는 아마 아렌스바흐에 억지 강요를 당했기 때문이리라. 상위 영지에서 두 신부를 보내겠다고 하는데 차마 거절할 수 없었다고 생각되었다.

'특히 올해는 거래도 거절했으니까.'

그 두 신부는 내년 거래를 노리고 보내는 포석이리라. 그리고 에렌페스트의 내정을 알아내기 위한 스파이가 틀림없다. 램프레히트의 신부라면 기사단장인 시아버지, 인쇄업을 총괄하는 시어머니, 남편의 주인인 빌프리트, 그리고 여동생인 나의 정보를 잔뜩 손에 넣을 수 있는 입장이 될 테니까.

'어휴, 그래서 아버님이 홀쭉해져서 돌아왔구나.'

사면초가에 놓인 모양이다. 램프레히트의 결혼이 정해져도 칼스테드와 엘비라는 마냥 기뻐할 수 없는 표정을 지었다.

질베스타의 말을 요약하면 아우브 아렌스바흐의 제의로 진행되는 혼인이라는 것, 중급 귀족인 프로이덴의 신부는 그렇다 치고, 램프레히트의 신부가 아우브 아렌스바흐의 조카딸이라는 것, 영지 간의 긴장을 고려한 끝에 영지의 경계문에 서로의 친족과 양쪽의 영주 일족이 만나 그 자리에서 간단한 식을 올리기로 했다고 한다.

"램프레히트와 프로이덴, 두 사람의 부모형제, 그리고 신전장과 신관장은 준비해 두도록.”

앞으로 일어날 일을 상상하며 표정이 어두워진 램프레히트와 달리 주위에 기뻐하는 얼굴빛을 띤 얼굴들이 여기저기서 보였다. 구 베로니카 파와 이어진 자, 아렌스바흐와의 교류를 원하는 자들이다. 우두머리가 없어지고, 유행과 마력 압축으로 영향력이 약해져 가는 구 베로니카 파가 이 혼인으로 다시 활기를 띠리라. 에렌페스트 내의 파벌 싸움이 다시 불붙을 것이 뻔했다.

‘어서 빨리 에렌페스트의 순위를 올려야겠어. 위에서 갑질하면 귀찮아, 솔직히.’

램프레히트의 결혼으로 또다시 에렌페스트 내부가 어수선해질 훗날을 생각하니 한숨밖에 나오지 않았다.

사적인 보고회

보고회가 끝나고, 회의실에 웅성거림이 돌아왔다. 정말 많은 보고가 있었고, 에렌페스트가 크게 변화하였음을 알 수 있었다. 모두 밝은 표정으로 하나둘 퇴실했다.

"로제마인, 페르디난드, 너희는 내 집무실로 가자. 신전장과 신관장에게 할 얘기가 있다."

나와 페르디난드는 질베스타에게 불려서 회의실에서 영주 집무실로 이동했다.

영주의 집무실에는 화려한 책 한 권과 그 위에 편지가 놓여 있었다. 그 책에 정신을 빼앗긴 나를 보고 질베스타가 한쪽 눈썹을 능숙하게 씰룩이며 책을 힐끗거렸다.

"이건 단켈페르거에서 받아온 책이다. 견습 문관, 조심하게 다뤄서 방에 가져다 놓아라."

'우와아아아아! 한넬로레 님, 사랑해요!'

내가 감동에 차서 몸을 파르르 떠는 동안, 하르트무트와 필린느는 질베스타의 문관이 준비해 준 보자기에 정성스럽게 책을 쌌다.

"그리고 에렌페스트, 또 경계선에서 열기로 한 성결식 얘기를 좀 나눠보자. 이 대화에 측근은 필요 없다. 잠깐 나가거라."

물러나라는 말에 나의 측근뿐만 아니라, 질베스타의 측근까지 집무실에서 나갔다. 이 자리에는 질베스타, 칼스테드, 페르디난드, 나, 네 사람만 남았다.

철컥하고 문이 닫히고, 우르르 이동하는 발소리가 멀어지자, 질베스타가 집무 책상에 무너지듯 엎드렸다.

"양아버님!?"

"피곤하다, 로제마인. 이렇게 피곤한 영주 회의는 처음이야. 처음 참여했을 때보다 더 힘들었어."

불평도, 피곤한 기색도 보이지 않으려고 감추려고 했겠지만, 방금까지만 해도 영주다운 위압감으로 "영지의 지위가 올라가서 바쁘다."라며 문관들을 고무시키던 사람이 측근이 자리를 나간 순간 스위치가 끊어져 버렸다. 조금 전까지 영주답던 태도는 어디로 가고, 질베스타는 책상에 엎드려 "더는 못 해 먹겠어."라며 투덜거리기 시작했다.

"페르디난드가 유행을 거래할 곳을 결정하기 전에 왕에게 혼약 승인부터 받으라고 조언했었는데 말대로 하길 천만다행이지. 클라센부르크는 차기 영주의 둘째 부인으로 로제마인을 달라고 하질 않나, 드레반헬은 자식들끼리 사이가 좋으니 이대로 깊은 관계를 맺고 싶다고 하질 않나, 프뢰벨타크는 뤼디거와 로제마인의 나이가 찰떡궁합이라고 하질 않나, 아렌스바흐는 빌프리트를 사윗감으로 노리는 듯했고, 왕의 승인이 없었으면 보나 마나 떨쳐내기 어려웠을 거다."

왠지 굉장히 아슬아슬한 줄타기 상태였던 모양이다. "질베스타의 뒤에 서 있기만 했는데도 피곤하다."라며 칼스테드도 목덜미를 문지르고, 어깨를 돌렸다.

"아무래도 클라센부르크는 에그란티느의 보고로 로제마인이 유행의 주도자이고, 작곡한다는 것을 알게 된 모양이야. 역시 대영지야. 교류가 거의 없어도 로제마인의 특이함을 알아보고, 자기 쪽으로 끌어들이려고 할 줄이야……."

계속된 대영지의 간접적인 혼담 제의에 질베스타는 물론이고, 칼스테드까지 위가 아플 정도였다고 한다.

"넌 대체 드레반헬과는 어떻게 친해진 거야? 유스톡스에게 받은 보고에 그런 내용은 없었던 것 같은데……."

"빌프리트 오라버니도 그렇고, 저는 거의 교류가 없었어요. 에렌페스트가 주최한 다과회에서 에그란티느 님이 아돌피네 님을 소개해 주셨을 때부터 교류를 갖기 시작한걸요. 앞으로 제 비호자가 되면 교류도 점점 많아지겠죠."

질베스타가 "그렇군. 많아지는구나." 하고 어깨를 떨구며 한숨을 내쉬었다.

"드레반헬은 우수한 문관이 많아서 독특한 마술구를 많이 만들어 내는 영지야. 아우브 드레반헬과 그 측근이 감합지에 호기심을 보이더군. 마술구로 마력 반응이 약해서 하급 귀족도 간단히 만들 수 있고, 평민도 쉽게 쓸 수 있는 점이 아주 훌륭하다더구나."

누가 만들었나, 어떻게 만들었나, 격한 관심을 보였고, 꼭 자기들에게 넘겨 달라고 조르더라고 했다. 만약 그들이 감합지를 조사하면 소재까지 밝혀지게 된다. '아직 에렌페스트에서도 희소해서 이번에는 거래하기로 한 중앙과 클라센부르크에게 넘길 양밖에 가져오지 않았다'라고 질베스타가 사양해서 겨우 사수했다고 했다.

"영주 회의에서 정보를 얻지 못했으니까 아마 귀족원에서 드레반헬이 자주 접촉해올 거다."

"……친하게 지내면 안 되나요?"

내가 묻자, 페르디난드가 잠시 고민하듯 이마에 손을 댔다.

"아니, 오히려 친해지는 편이 좋다. 클라센부르크, 단켈페르거, 드

레반헬, 어느 영지와도 친해지는 게 중요해. 할 수 있겠나?"

그런 식으로 물으면 여태껏 사교가 불안하다는 말을 지겹도록 들은 내가 자신감 있게 '할 수 있다'라고 어찌 말할 수 있겠는가. 못하겠다고 할 수도 없어서 입을 꾹 닫고 있자, 페르디난드가 관자놀이를 손끝으로 톡톡 두드렸다.

"두 신부가 시집오고, 아렌스바흐가 어떻게 움직일지도 모르는 지금은 정보원과 상위 영지의 아군은 많을수록 좋다. 아무리 아군이라고 생각한 상대라도 방심은 금물이지만⋯⋯."

페르디난드의 말에 실베스타가 고개를 깊이 끄덕였다.

"너는 네 약점인 책을 쥐고 있는 단켈페르거를 특히나 조심해. 로제마인에게 책을 빌려주기로 약속했다면서 아우브가 굳이 가져와서는 귀중한 책을 주고받는 사이인 딸들의 교류를 구실로 내년의 거래를 요청하더군. 단켈페르거의 영주 후보생은 뛰어난 전략가야."

책을 미끼로 삼으면 내가 낚인다는 것을 아는 상대니까 조심하라고 질베스타가 신신당부했다. 한넬로레가 그 얌전한 용모로 그런 꾀를 부릴 수 있을지 어떨지 전혀 모르겠지만, 내년에는 한넬로레와 더 친해지고 싶었다.

"저는 책벌레 동지인 한넬로레 님이 정말 좋아요. 2학년에 들어가면 같은 완장을 차고, 같이 도서위원으로 활동할 예정인데 어떻게 조심하면 되나요?"

"이미 로제마인을 주무르고 있었단 말인가. ⋯⋯대영지는 무시무시하군."

질베스타가 눈을 한 번 크게 뜨더니 머리를 싸매며 신음했다. 그렇게까지 머리 아프게 할 생각은 아니었다. 나는 숨을 삼키며 보호자들을 둘러보았다.

"……제가 귀족원에서 조심해야 할 상대나 언행이 있으면 미리 알려 주셨으면 좋겠어요."

가뜩이나 사교성이 걱정된다는 말을 듣는다. 되도록 준비는 철저히 해두는 편이 좋으리라. 내가 그렇게 말하자, 페르디난드가 가볍게 어깨를 으쓱했다.

"그대는 접근하는 자를 전부 조심하는 편이 제일 낫지."

"그건 그렇겠지만, 그중에서도 특히나 주의해야 하는 사람은 누구인데요?"

"에렌페스트가 10위로 올라가면서 아래 순위의 영지에 질투를 샀어. 작년과 순위가 뒤바뀌었으니 일단은 윗사람을 대하는 척하겠지만, 실제로는 공격이 심해질 거야. 그때 겁먹으면 상대는 더더욱 거만해질 테고, 그렇다고 으스대면 다음에 순위가 또 뒤집어졌을 때 심한 타격을 받겠지."

질베스타가 말하길 예전에도 정변으로 순위가 교체된 적이 있었는데 순위가 급상승한 해에는 '하필이면 에렌페스트보다 아래라니' 하고 패자 그룹에 들어간 순위의 영지로부터 시샘을 받은 탓에 온갖 고생을 했다고 한다. 그전까지 에렌페스트는 밑바닥이었고, 정변 때 한 것도 없으면서 순위만 오른 것이다. 시샘을 받아도 할 말이 없다.

"그나저나 그렇게 연달아 혼담 제의가 들어올 줄 몰랐는데 놀랐어."

"영지 대항전 때는 그렇지도 않았잖아요."

하위 영지에서 몇몇 제의가 있었지만, 상위 영지에서는 전혀 없었다고 들었다.

"아마 네가 최우수도 땄고, 에렌페스트의 순위가 단숨에 오른 것이 컸겠지. 정말이지, 왕의 승낙을 먼저 받아두길 천만다행이다. 도서관 마술구에 관해서도 여러 얘기를 들었는데……."

"슈바르츠와 바이스 일로 왕족이 뭐라고 하던가요? 설마 상급 사서를 늘려주신대요?"

어쩌면 내게 가장 중요한 보고인지도 모른다. 몸을 쑥 내밀며 그렇게 묻자, 질베스타가 불쌍한 사람을 보는 눈으로 고개를 가로저었다.

"얘기를 꺼낸 쪽은 중앙의 상급 귀족 문관이었어. 에렌페스트가 도서관 마술구의 의상을 새로 맞출 수 있겠느냐며 이것저것 아주 친절하게 가르쳐주더군."

질베스타는 거기서 말을 끊고, 페르디난드를 보며 씩 웃었다.

"도서관 마술구는 원래 중앙의 상급 귀족인 사서가 주인이 되고, 여럿이서 의상을 만드는 것이 관례라더군. 촌구석인 에렌페스트에서 그걸 대체할 만한 의상을 만들어낼 능력이 있느냐고 아주 걱정하더구나. 소재도 없어서 조잡한 의상을 입힐까 걱정이다……라고."

페르디난드의 표정이 재미있다는 듯이 일그러졌다. "호오……. 그거 참 내년 평가가 실로 기대되는군." 하고 말하면서 가늘어지는 옅은 금색 눈동자가 섬뜩하다.

"로제마인, 절대 대충 자수하지 말도록. 내가 만든 마법진은 완벽하지만, 자수나 디자인이 조잡하다고 누가 트집거리를 잡을 만한 의상을 만들면 가만두지 않겠다."

'으아, 신관장님이 엄청 진지해졌어.'

"질베스타, 로제마인이 경계해야 하는 영지는 대체 어디지? 어디서 혼인을 떠봤는지 조금 더 자세히 말해."

"경계해야 하는 영지는 클라센부르크와 단켈페르거와 드레반헬이다. 그 외에는 하위 영지니까 굳이 경계할 필요는 없어."

"……네? 단켈페르거는 아닐 거예요. 레스티라우트 님은 저보고 가짜 성녀라느니 악랄하다느니 미워하는걸요."

보물 뺏기 디터의 전후 상황을 내가 설명하자, 뭔가 짚이는 데가 있는지 페르디난드의 눈이 다시 가늘어졌다.

"그럼 그 보물 뺏기 디터가 제안하게 된 원인이군. 아마 단켈페르거의 기사단장과 그 조카가 그대를 강력하게 밀었을 거다. 단켈페르거의 기사는 자신들을 잘 이끌어주는 책략가를 유달리 높이 사거든."

"아주 잘 아시네요. 혹시 페르디난드 님도 똑같은 제안을 받았었나요?"

내가 올려다보자, 페르디난드가 인상을 팍 찡그리며 가볍게 고개를 끄덕였다.

"디터 우수자를 기사단이 추켜세웠고, 아우브가 나이가 비슷한 아이에게 억지로 결혼을 강요했었지. 아무리 최우수래도 순위가 바닥인 영지의 영지후보생과 억지로 결혼하기 싫다며 단켈페르거를 뛰쳐나와 왕족과 사랑에 빠졌고, 한창 정변이 진행될 때 셋째 부인으로 왕족에게 시집간 영애라면 알고 있다."

"……그, 그거참 행동력이 강한 분이시네요. 귀족 여성은 다들 부모가 정해준 사람과만 결혼해야 하는 건 줄 알았어요."

"원하는 건 스스로 거머쥐라는 영지의 특성답지. 자기 힘으로 왕족의 혼인을 받아왔으니 부모도 뭐라고 할 수 없었다더군."

'우와, 단켈페르거의 영애는 정말 강하구나. 한넬로레 님은 그렇게 보이지 않던데 사실은 대단한 사람일까?'

페르디난드의 이야기를 듣던 칼스테드가 "흠." 하고 턱을 쓸었다.

"단켈페르거의 영주 후보생이 레스티라우트라고 했나? 그가 진심으로 싫어한다면 걱정할 게 뭐 있나? 주위만 열을 올리고 있다면 오히려 성가신 건 드레반헬일지도 몰라."

"왜요?"

"동갑내기 남자 영주 후보생 있지? 그리고 2학년 때는 분명 누나쪽에 신세를 지게 될 거라고 아까 네 입으로 말했잖아."

칼스테드의 말에 나는 손뼉을 쳤다. 내년에는 틀림없이 아돌피네의 도움을 받게 되리라. 질베스타가 기억을 더듬듯 미간을 찌푸리며 위를 쳐다보았다.

"너를 친동생처럼 귀여워한다고 아우브 드레반헬이 그랬었지. 그리고 그곳은 마술구에 큰 관심을 보이고 있어. 페르디난드와 엮여 있는 너를 눈여겨보지 않을 리가 없지."

"친동생처럼……. 솔직히 그 정도로 아돌피네 님과 친하진 않아요."

"아니, 상위 영지가 그렇다고 하면 2학년 때는 분명 그렇게 될 거다."

질베스타는 그렇게 딱 잘라 단정했지만, 페르디난드는 손을 저으며 그 말을 부정했다.

"걱정할 것 없다. 드레반헬은 치고 빠질 때를 아는 곳이다. 왕이 승인한 혼약에 이의를 제기하거나 뒤에서 움직이지는 않아. 그저 마술구에 관해서만 끈질기게 묻겠지. 아마 로제마인이나 빌프리트에게 감합지에 관해 몇 번 묻고 말겠지. 드레반헬의 문관은 연구 욕심이 강해서 대화를 나누면 재미있을 거다."

페르디난드한테는 재미있겠지만, 나는 책과 도서관과 관계가 없는 연구에는 관심이 없다. 마술구에 관해 이것저것 물어도 솔직히 나도 아리송하다.

"일단은 린샴은 물론이고, 요리도 많은 영지의 관심을 끌었어. 대영지 쪽에서 회식 권유가 쏟아졌고, 우리 쪽에서도 권하지 않을 수 없게 됐지. 다음 귀족원도 고생할 거다."

"귀족원에서 빌프리트 오라버니가 경험한 것과 완전히 똑같은 상황이네요."

여태껏 대영지와 거의 왕래가 없었던 에렌페스트가 갑자기 교류하게 되고, 노하우를 가진 사람이 아무도 없는 상황은 귀족원에서 한 차례 겪었다.

"노르베르트를 부르고, 요리사도 더 많이 데려가서 대응했다만……. 다음 귀족원 때는 요리사 인원을 고려하는 편이 좋을 게다. 레시피집은 아직 못 낸다고 했었지?"

"레시피집은 에렌페스트에서도 이제 팔리기 시작해서 여름에 찾아올 상인을 통해 중앙이나 클라센부르크로 퍼질 가능성도 있고, 다음 귀족원 때도 슬쩍 퍼트려 보려고요. 아직 인쇄물은 이른가요?"

나로서는 요리 레시피나 악보 등, 이론 성적에 크게 관계가 없는 분야부터 책을 퍼트리고 싶었다. 나의 물음에 질베스타는 "괜찮다."라고 고개를 끄덕였다.

"에렌페스트 내의 인쇄업 규모를 고려해서 네 주도로 퍼트린다면 괜찮지 않겠나? 평민의 부담과 유통 규모는 네가 제일 잘 알 것 아니냐."

나는 깊은 고민에 빠졌다. 그쪽은 문관을 교육하면서 평민촌과 연계하며 진행하고 싶다. 조금 생각할 시간이 필요하다.

"다른 영지로 퍼트리기 위해 내년 여름까지 인쇄 공방 수를 늘리지 않으면 힘들겠네요."

"성급하게 하지 않게 주의해."

"분명 성급하게 바뀌면 반발이 클지도 모르지만, 지금 바꾸지 않으면 에렌페스트는 영원히 하위 영지에서 못 벗어나요. 클라센부르크나 단켈페르거, 드레반헬 같은 대영지가 평민과 어떻게 소통하는지, 어떻게 영지를 운영하는지 정보를 얻을 좋은 기회라고 생각해요. 언제까지나 같은 생각에만 안주하면 안 돼요."

이번 유행으로 알았듯이 평민을 잘 이용하지 않으면 유행이나 특산품을 퍼트릴 수도 없다. 내 생각에 에렌페스트는 평민을 이용하는 데너무 서툴다.

"적어도 파벌 분쟁만이라도 일어나지 않으면 좋겠는데……. 램프레히트 오라버니의 신부가 오면 엄청 활발하게 움직일 분들이 계시겠죠?"

엘비라의 수완으로 겨우 뭉치기 시작한 파벌은 게오르기네의 방문으로 다시 틀어졌다. 실수를 저지른 빌프리트를 벌하고, 구 베로니카 파를 굴복시켰으며 우리가 당한 습격과 마력 압축을 미끼로 조금씩 다시 뭉치기 시작했는데 또 아렌스바흐에서 참견이 들어왔다.

"왜 이렇게 구 베로니카 파는 아렌스바흐에 휘둘리는 거죠?"

"구 베로니카 파의 뿌리가 원래 아렌스바흐 사람이니까."

생각지도 못한 말에 내가 "네?" 하고 고개를 들자, 페르디난드가 "왜 이렇게 간단한 것도 모르지?" 하고 관자놀이를 눌렀다.

"아렌스바흐 영주의 딸이 시집을 왔다. 혼자 왔겠나? 당연히 시종과 호위 기사가 따라오지."

스파이를 경계하여 신부의 일행에 문관의 동행은 거의 허용되지 않는다. 하지만 가장 가까이서 신변을 돌봐줄 사람과 위험에서 지켜줄 동성 호위 기사는 반드시 따라온다. 당연히 그 측근들도 에렌페스트 사람과 혼인한다. 부인의 측근과 그 반려자는 부인이 죽은 뒤 그의 딸인 베로니카의 뒷배가 되었다. 베로니카가 영주 부인이 되면서 더 많은 사람을 파벌로 끌어들였지만, 중심은 영주의 딸과 함께 에렌페스트에 온 측근 일가라고 했다.

"그렇구나. 그러니까 구 베로니카 파의 동향이 아렌스바흐에 좌우되었던 거군요."

"구 베로니카 파에는 내가 아닌 누님을 차기 영주로 밀어온 자들이 많다. 지금은 아렌스바흐의 혈통을 이은 영주가 나밖에 없으니까 내게 붙어 있지만, 누님이 아우브 아렌스바흐의 첫째 부인이 되면서 에렌페스트 내에도 영향력을 가지게 되었다고 좋아하던 사람도 적진 않지."

'구 베로니카 파와 게오르기네 님은 깊게 연결되어 있다는 뜻?'

"그중에서도 남쪽에는 누님에게 심취한 귀족이 많아. 게를라흐 자작이나 달돌프 자작은 보나 마나 이번 램프레히트의 혼인으로 신이 났을 거다. 영주 회의 때는 웃으면서 얘기를 나누고 왔지만, 여전히 누님의 미소에는 독이 있어. 생각만 해도 여기가 욱신욱신하다."

질베스타가 위 부근을 누르면서 조그맣게 신음했다.

"거절하긴 어려운 상황이었던 거죠?"

"할 수 있는 건 했지. 이래 보여도 최대한 노력은 했어."

아렌스바흐는 영주 회의에서 육친의 정을 들먹이며 거래를 청했다고 한다. '대영지이며 친족인 아렌스바흐가 최우선이 되어야 하지 않은가'라는 말을 귀족답게 빙 돌려서. 질베스타는 '올해 거래 상대는 이미 정해져 있고, 내년도 지금 상태로는 단켈페르거와 드레반헬과 거래할 예정이다'라는 식으로 아렌스바흐의 의견을 거부했다고 한다.

"만약 그쪽에서 육친의 정을 들먹여도 6위보다 1위를 우선해야 마땅하죠. 아 참. 올해 아렌스바흐는 몇 위였어요?"

"상위는 변동이 거의 없어. 그대로 6위다."

질베스타가 넌지시 '영주 일족에 공격을 가한 귀족이 속한 영지는 아무리 육친이 있다 해도 좋은 감정을 품을 수가 없다'라고 말하자, 아우브 아렌스바흐가 램프레히트와 프로이덴의 혼인 얘기를 끄집어냈다고 한다.

"고작 귀족 하나의 어리석은 행동이 양쪽 영지 사이에 아주 큰 불화를 초래했다. 게오르기네의 친정인 에렌페스트와는 앞으로도 친밀한 관계를 쌓아가고 싶다. 그 증거로 두 사람의 혼인을 인정하겠다."

유르겐슈미트 전체가 마력 부족에 시달리는 판국에 자신의 조카딸과 중급 귀족의 딸을 시집보낼 테니 군말하지 마라, 하고 아우브 아렌스바흐가 제안했다고 한다.

"아우브 아렌스바흐는 영지 간에 깊은 골이 생겨 버린 이 상황을 심히 한탄하고 계십니다. 이웃 영지 사이가 이렇게 험악하니 저 역시 친정에 돌아갈 수조차 없어 얼마나 외로운데요. 질베스타는 이해하죠?"

그렇게 말하며 게오르기네도 아우브 아렌스바흐의 뒤를 밀었다고 한다.

누나야말로 우리 영지에 들여보내고 싶지 않습니다, 라고 솔직히 말하지도 못하고 있자, "상위 영지인 이쪽이 먼저 양보하는 줄도 모를 정도로 어리석지 않겠죠?"라고 간접적으로 비아냥거렸다고 한다.

동시에 아우브 아렌스바흐까지 "내 조카딸은 아직도 사랑에 가슴 아파하는데 당신네 아들은 이미 마음이 바뀌어서 새 상대가 있는 것은 아니겠지?"라고 날카롭게 쏘아보며 칼스테드에게 물었다고 한다. 그 말은 상대가 있어도 이쪽과 결혼시켜라, 라는 갑질 그 자체였다. 칼스테드는 "제 아들은 그렇게 생각이 모자란 아이가 아닙니다."라고 대답할 수밖에 없었다고 한다.

"호위 기사로 동행하면서 다른 영지의 아우브에게 콕 집어 질문받은 적은 지금까지 한 번도 없었다. 머리가 아프더군."

'우아, 억지도 가지가지다.'

심지어 여성끼리 여는 다과회에서는 빌프리트와 나를 혼약시켰다고 플로렌치아에게 트집을 잡더라고 했다. 게오르기네가 "둘을 혼약시킨다고 하던데 로제마인 님은 신전 출신이죠? 그런 아이를 맺어주다니……"라며 비난을 퍼부었더랬다.

그리고 게오르기네는 빌프리트를 디트린데의 신랑으로 삼고 싶었다고 호소하며 매혹적으로 입꼬리를 올리며 말했다고 한다. "빌프리트는 아렌스바흐의 핏줄을 이은 우수한 영주 후보생이지만, 에렌페스트에서 차기 영주가 되기는 어렵잖아요?"라고. 그건 빌프리트가 하얀 탑에 출입한 죄로 처벌받은 영주 후보생임을 알고 있다는 뜻이었다.

"플로렌치아에게 얘기를 듣기만 해도 치가 떨리더군. 에렌페스트 영주 후보생 중에서는 빌프리트가 가장 디트린데와 적격이었다느니, 로제마인을 에렌페스트 내에 묶어 두고 싶다면 다른 상급 귀족에게 시집보내면 되지 않느냐느니, 되지도 않은 소리를 플로렌치아에게 하다니!"

그런 게오르기네의 말을 전부 '아우브 에렌페스트와 왕이 결정하신 일이라서요' 하고 웃으며 흘려 넘긴 플로렌치아가 대단하게 생각되었다.

"프뢰벨타크의 뤼디거 님도 아렌스바흐의 핏줄을 이어받은 영주 후보생이죠? 나이로 따지면 뤼디거 님이 디트린데 님과 훨씬 어울리지 않나요?"

내가 아렌스바흐의 혈연관계를 떠올리며 묻자, 질베스타가 "그래."라고 신음했다.

"프뢰벨타크가 하위 15위만 아니었어도 누님이 고려했겠지만, 지금 상태로는 아렌스바흐에 데릴사위로 받아들이진 않겠지."

"에렌페스트도 전혀 높지 않은데……."

지금 순위는 10위. 솔직히 아직 한가운데라 순위가 높다고 할 수도 없다. 물론 앞으로 계속 올라갈 계획이지만.

"판단력이 있는 사람이면 빌프리트와 네가 졸업할 때쯤엔 더 올라갈 거라고 예상했겠지."

"판단력이 있는 사람이 아니라 일회성 유행인지 어떤지 본인 눈으로 직접 확인해 보라고 자네가 부채질해서가 아닐까?"

호위 기사로 함께 행동했던 칼스테드가 어깨를 으쓱이며 그렇게 말했다. 순위를 올리지 못한 영지 사람들이 던진 '일회성 유행' '하필 에렌페스트'라는 도발에 지기 싫어하는 질베스타가 응했던 모양이다.

"……저한테는 일을 시끄럽게 만들지 마라, 문제 일으키지 말라고 그렇게 말씀하셨으면서 본인은 싸움을 걸고 오셨다고요?"

"오히려 받아준 거지. 하위 영지에게 무시당하지 않는 태도도 영주에겐 필요해."

흥 하고 질베스타가 콧방귀를 끼자, 페르디난드가 "맞는 말이긴 하지만 상황파악을 못 하는 그대는 절대 따라 하지 말도록."라고 내게 신신당부했다.

"전 원체 성품이 온순해서요. 싸움을 걸지도 받지도 않아요. 책이나 주변 사람만 엮이지 않는다면요."

"책과 주변 사람이 엮이면 앞뒤도 보지 않고 폭주하지 않느냐. 그게 가장 무섭다."

'미안합니다. 하지만 아마 평생 못 고칠 거야. 한 번 죽어서도 못 고쳤거든.'

"일단 아렌스바흐를 가장 경계해야 해. 아우브 아렌스바흐가 있을 때와 아닐 때 누님의 태도도 다르고, 빌프리트나 유스톡스가 보고한 디트린데의 언행도 부모의 얘기와 전혀 일치하지 않아. 무엇이 목적이고, 에렌페스트를 어떻게 하려는 건지 전혀 감이 안 잡혀. 각자 다른 의도로 움직이는 것으로밖에 안 보여."

질베스타의 말에 페르디난드도 동의했다.

"아마 두 신부를 보낸 빌미로 내년 영주 회의 때 온갖 생트집을 걸겠지. 아니면 신부에게 역할을 분담해서 우리에게 보내려는 것 자체가 목적인가……. 지금 상황에서는 모르겠군."

이러나저러나 환영할 수만은 없는 결혼 얘기였다.

"램프레히트 오라버니도 겨우 좋아하는 분과 결혼하게 됐는데 이런 상황에서는 좋아할 수도 없겠네요."

"본인도 본인 입장을 잘 알겠지. 난처한 얼굴이더구나."

칼스테드도 쓸쓸한 미소를 지었다. 아우브 아렌스바흐의 조카딸이다. 둘째 부인으로 밀어내서 별채에 가둘 수도 없는 노릇이다. 빌프리트의 수석 호위 기사의 첫째 부인이 되어 집안을 관리하게 된다. 정보를 쉽게 손에 넣을 수 있는 지위다.

"로제마인, 램프레히트의 성결식은 신전장인 네가 치르게 될 거다. 솔직히 너를 아렌스바흐 앞에 드러내고 싶지 않다만, 영주 후보생인 네가 가장 지위가 높은 신전장이야. 양쪽 영주의 아우브가 출석하는 의식에는 가장 지위가 높은 신전장이 의식을 치르는 것이 암묵적 관례다."

내가 혼자서 실수하지 않도록 페르디난드를 보좌로, 그리고 감시역으로 붙이겠다고 했다.

"축복을 평등하게 내리는 연습을 해둬. 넌 감정에 휘둘리면 축복이 한쪽으로 치우치잖아?"

"……윽, 열심히 할게요."

그 말마따나 내가 감정에 휘둘려 축복을 내리면 일이 커진다. 의식적으로 축복을 내릴 수 있게 해야만 한다.

"의식 관련은 너희 둘에게 맡기마. 이쪽은 성을 어떻게 경비할지, 이동 중이나 숙박 중에 습격이 없을지 생각할 게 산더미거든."

"습격이 있을 수도 있어요? 결혼식이잖아요."

경사스러운 자리 얘기에 뒤숭숭한 단어가 튀어나오자, 나는 눈이 휘둥그레졌다.

"양쪽 아우브가 모이는 자리다. 성의 경비는 허술해질 테고, 중요인물만 몰래 움직여야 하니 경계도 확실히 해야겠지. ……로제마인, 너도 마력으로 갑옷을 만드는 방법을 배워둬."

칼스테드가 느닷없이 그런 말을 했다. 갑작스러운 습격에 대비해서 방어를 강화해 둬야 한다고 한다. 마석으로 만든 기사 갑옷을 방탄조끼처럼 신전장의 의복 아래에 입으라고 했다. 그런 방어가 정말 필요하냐며 내가 페르디난드를 올려다보자, 페르디난드는 천천히 고개를 끄덕이며 긍정했다.

"필요해지겠지. 측근을 데리고 갈 생각이면 갑옷을 쓸 수 있는 사람으로 해. 나머지는 전부 성에 남겨두도록."

"신전장으로서 성결식을 치르러 경계문에 가는 건데 귀족 측근까지 데리고 가야 해요?"

"그대는 신랑의 친동생이기도 하다. 영주 후보생과 신전장, 양쪽 입장을 다 취할 수 있게 양쪽 모두 데리고 가야지. ……나도 그렇지만."

신전의 시종과 성의 측근도 대동하게 될 듯하다. 프랑과 성의 시종들의 방어구까지 준비해야 한다.

"또 마석이 엄청 필요해지겠네요."

"필요하면 줄 테니 그대는 최대한 본인 방비를 강화해라. 경계 지역은 위험해. 우리 쪽에서 공격을 취하게 되는 상황이 벌어지면 네가 위험해져. 철저히 방비하는 게 중요하다."

"그래. 전에 습격당했을 때처럼 갑자기 마력 공격을 받으면 안 되니까. 경계를 지키는 영주의 마력에도 한계는 있어. 주의해."

질베스타가 청색 신관으로 분장해서 동행한 기원식 때 일어난 일이다. 내가 내뿜은 마력을 막으려고 경계의 결계를 강화하는 데 애먹었다고 질베스타가 투덜거렸다.

"그대에게 공격 마술을 가르치자니 정말 불안하지만, 몸을 지키고, 주변을 지킬 마력은 배워두는 편이 좋겠군. 지킬 수단이 있으면 그런 공격에 휘둘리지 않겠지."

페르디난드의 중얼거림으로 나는 방어 마술까지 다양하게 배우게 되었다.

에필로그

회의와 회식이 내내 이어지는 영주 회의가 끝났다. 오랜만에 본인 영지로 돌아온 아우브 아렌스바흐, 기젤프리트는 방에서 시종이 따른 차를 마시며 한숨을 쉬었다. 영주 회의가 겨우 끝났어도 피곤한 기색이 없는 게오르기네가 피식 웃었다. 게오르기네는 에렌페스트 출신의 아내이며 셋째 부인으로 들어왔음에도 지금은 첫째 부인이 되었다.

"기젤프리트 님, 피곤하시겠어요. 하지만 이번 영주 회의는 수확이 많아서 안심이네요. 레티치아 님의 약혼자가 무사히 정해질 것 같아 한시름 놓이네요."

"그래, 다음해나 다다음 해에는 데릴사위로 보내줄 영주 후보생을 소개해 주겠지."

이번 영주 회의에서 기젤프리트가 가장 걱정했던 건 손녀딸인 레티치아의 혼약 후보였다. 차기 영주가 될 레티치아의 남편감에 걸맞은 왕족, 혹은 영주 후보생을 찾아달라는 청을 올렸고, 수리되었다.

아렌스바흐는 비록 승자 그룹에 속했지만, 정변의 숙청으로 둘째 부인을 잃었고, 그녀와의 사이에서 낳은 아들은 상급 귀족으로 강등하여 겨우 처형을 면했다. 둘째 부인이 직접 정변에 엮인 것은 아니었다. 정변을 일으킨 1왕자와 정변을 질질 끈 4왕자를 지원한 아우브 베르케슈토크의 여동생이라는 이유로 연좌제를 피하지 못했기 때문이다.

그때 기젤프리트는 둘째 부인이 낳은 아들의 목숨을 구하는 데 혈안이었고, 영주 후보생 중에 게오르기네의 아들인 볼프람도 있었으므로 영지의 미래를 걱정하지 않았다. 그러나 볼프람은 죽었다. 그것도 디트린데를 제외한 딸들이 모두 시집을 간 지 얼마 후⋯⋯.

기젤프리트는 첫째 부인의 딸을 시집보낸 드레반헬에 연락을 넣어서 손자를 양자로 보내 달라고 청했다. 그리하여 그들은 막내딸인 레티치아를 아렌스바흐에 보냈다. 그녀는 곧바로 차기 영주 후보가 되었고, 그에 걸맞은 교육을 받았다. 그 레티치아를 뒷받침해주고, 데릴사위로서 함께 아렌스바흐를 지켜줄 영주 후보생을 지금부터 선별해 달라고 청한 것이다. 왕이 어서 빨리 명령을 내리지 않으면 레티치아가 귀족원을 입학할 무렵에는 뛰어난 연상의 영주 후보생에게 상대가 정해져 버리리라. 그 전에 서둘러야 했다.

"왕에게 단켈페르거 출신의 셋째 부인과의 사이에서 낳은 아이가 있는 것 같소. 전에 아우브가 대충 그런 식으로 말하더군. 그 아이가 아들이고, 같은 학년이라면 두말할 게 없는데⋯⋯."

"왕족을 아렌스바흐에 데릴사위로 보내려고 하실까요?"

"아렌스바흐가 어려운 상황에 놓인 건 전부 왕족과 클라센부르크가 숙청을 강행해서지. 약간의 책임감을 느끼고 계시는 것 같더군. 가능성이 아예 없지는 않소."

서서히, 하지만 분명히 몰락의 길을 걷고 있는 아렌스바흐. 가장 큰 원인은 영주 일족의 수가 적어서 마력을 공급할 자가 줄어든 탓이다.

"레티치아 님은 걱정할 것 없겠네요. 디트린데의 남편은 어쩔까요? 제 생각엔 빌프리트 님이 딱 좋을 것 같은데 로제마인 님과 혼약하겠다고 발표해 버리는 바람에⋯⋯."

디트린데의 남편감은 조건이 까다롭다. 레티치아가 차기 영주로 정해진 상황에서 영지 내에 분란이 일어나면 난처해진다. 디트린데를 차기 영주에 앉힐 생각이 없는 영주 후보생이 조건인데, 그런 만만한 존재는 없다. 게오르기네가 말하길 에렌페스트의 빌프리트는 영지 내에서 지우지 못할 죄를 저지른 영주 후보생이어서 다른 영지의 영주를 노릴 힘도 없는 최고의 남편감이었다고 한다.

"하자 있는 영주 후보생을 좀처럼 찾기가 어렵군……."

가령 있다고 해도 그 하자가 다른 영지에까지 새어나가진 않는다. 그 정보는 게오르기네가 에렌페스트 출신이라서 얻을 수 있었다.

"디트린데와 프라우렘 선생이 보고하기를 로제마인 님이 신전 출신이랍니다. 하자 있는 영주 후보생끼리 형편이 잘 맞았나 보지요."

낭패네요, 라면서 딱히 곤란해 보이지 않는 표정으로 게오르기네가 시선을 살짝 떨구었다. 기젤프리트는 영지 대항전부터 영주 회의에 이르기까지 들은 소문을 떠올리고, 미간을 찌푸렸다.

"그러고 보니 로제마인이라는 영주 후보생이 에렌페스트의 유행을 전부 만들어낸다던데 사실이오? 에렌페스트에서 당신 쪽으로 들어온 정보는 없소?"

"마지막에 제가 방문했을 때 성에서 연 연회에서는 이번 영주 회의에 나온 것과 비슷한 요리와 과자는 나오지 않았어요. 로제마인 님의 친정이 주최한 다과회에서 새로운 과자를 선보였다는 정보를 듣긴 했지만, 그것 외에 특별한 정보는 없었습니다. 그 뒤로는 당신도 아시다시피 고향 방문을 거부당한지라 자세한 정보는 없어요. 디트린데의 시종인 마르티나에게도 그런 보고를 들었으니 로제마인 님이 주도한다는 얘기는 사실일 겁니다."

"프라우렘의 보고는 영 도움이 안 되니 골치가 아프군. 도대체 사감으로 있으면서 뭘 하는 건지."

정보 관리를 전문으로 하는 선생이면서 프라우렘은 주관적인 보고만 해왔다. 그 보고를 곧이곧대로 받아들인 결과, 에렌페스트에 관한 인식이 아렌스바흐만 다른 영지와 달랐다. 그런 탓에 친척 관계인데도 다른 영지보다 한발 뒤처지고 말았다.

"제가 주의할 테니 당신은 프라우렘 선생에게 너무 호통치지 마세요. 아우브가 직접 질책하시면 괜한 마찰이 생깁니다……."

빈데발트 백작의 일도 있다. 기젤프리트는 "정확한 정보를 가져오라고 단단히 일러두게."라며 게오르기네의 의견을 받아들였다.

"프라우렘 선생에게도 전하고, 디트린데에게도 에렌페스트에 더 밀접하게 접근하라고 말해둘게요. ……하지만 이번 영주 회의에서 아우렐리아 님의 혼인이 결정되었으니 그쪽 정보를 기대하셔도 될 겁니다. 램프레히트 님은 기사단장인 칼스테드 님의 차남이고, 로제마인 님의 친오빠지요. 빌프리트 님의 호위 기사를 맡고 있으니 에렌페스트의 내정을 속속들이 알 수 있을 겁니다."

조카딸인 아우렐리아를 에렌페스트 기사단장의 아들, 램프레히트에게 시집을 보내게 되었다. 그건 아무래도 좋은 얘기다.

"아우렐리아만으로 충분했을 텐데 굳이 베티나의 결혼까지 강행한 이유가 뭐요?"

"한쪽 결혼만으로는 거절당했지 않습니까. 내년 무역 확보와 앞으로 에렌페스트와의 관계를 고려하면 포석으로 신부가 둘은 필요하다고 생각했지요."

게오르기네는 무언가를 떠올리듯 먼 곳을 바라보았다. 오므린 그녀의 붉은 입술이 살짝 튀어나왔다. 뭔가를 생각할 때 나오는 그녀의 버릇이다.

"……그러고 보니 영주 회의 때 짧게 대화한 어릴 적 친구 얘기를 들어보면 에렌페스트의 유행 주모자가 로제마인 님의 후견인인 페르디난드 님이라는 소문이 있다네요."

"페르디난드……? 들어본 것 같은데."

옛날에 들은 기억이 있는 이름이다. 기젤프리트의 기억에 있는 다른 영지의 영주 일족은 귀족원에서 입에 오르내리는 괴짜이거나 우수한 성적으로 표창을 받은 자이거나 둘 중 하나다.

"페르디난드 님은 제가 결혼한 후에 아버님이 거뒀다고 하더군요. 마지막에 방문했을 때 처음 만났어요. 지금은 환속했지만, 귀족원을 졸업한 후에 신전에 들어갔었다던데 처음과 마지막 인사 때 외에는 모습을 드러내지 않는 분이셨습니다. 제가 첫째 부인이 되기 전까지는 외부 정보와 차단된 상태였잖아요. 어떤 분인지 아시나요?"

게오르기네의 말에 기억이 선명해졌다. 졸업 후에 신전에 들어간 최우수 영주 후보생이 페르디난드라는 이름이었다.

"흠. 신전에 들어간 최우수생……?"

정치적 압력으로 모습을 드러내지도 못하고 신전에 감금되었고, 로제마인을 통해서만 재능을 발산할 수 있는 영주 일족의 모습이 머릿속에 떠올랐다. 이 매우 훌륭한 인재가 아닌가. 다양한 분야에서 활약하던 천재의 재능을 고작 그렇게밖에 발휘하지 못하는 현상이 너무나도 아까웠다. 기젤프리트의 머릿속에서 무언가가 탁하고 맞물리듯, 점과 점이 선으로 이어지듯, 한 가지 제안이 떠올랐다.

"뭔가 생각나신 표정이네요. 좋은 계획이면 제게도 들려주세요."

게오르기네가 기대하는 듯한, 보채는 듯한 진한 녹색 눈동자로 졸랐다. 대답을 재촉하는 빨간 입술 끝이 평소보다 높이 올라가 있다.

하르덴첼의 기적

기베인 나는 내가 다스리는 땅을 둘러보았다. 눈 앞에 펼쳐진 건 완전한 초여름 광경이었다. 거친 바위 표면과 형형색색의 꽃이 핀 초원이 펼쳐지고, 키 작은 나무가 한데 모여 있다. 적어도 자신이 아는 봄철 광경은 아니다.

'이것이 본래의 기원식을 치른 하르덴첼의 봄인가.'

기원식에서 '봄의 도래를 기뻐하고, 사냥의 시작을 알리는 노래'라는 말을 들은 로제마인 님이 "신전장에게 대대로 내려오는 성전에는 눈이 녹기를 빌고, 물의 여신을 부르는 곡이에요."라고 했다. 여흥인 셈 치고, 나는 여성들에게 노래를 시켰다. 그러자 다른 성별, 그 이유만으로 기원식 무대에 마법진이 나타났다. 아니, 로제마인 님은 혼자서 무대에 손을 짚고, 기도와 감사를 올렸었다. 그것이 큰 원인이었는지도 모른다.

마법진이 떠오르고 작은 성배에 흡수되더니 빛기둥이 솟아올랐다. 그 순간, 무대에 있던 하급 귀족 여성들이 잇따라 쓰러졌고, 기원식이 혼란에 휩싸였다. 상층부가 모여 그 마법진의 정체가 무엇인지, 앞으로 무슨 일이 일어나는지 길고 긴 의논이 이어졌다. 아무도 본 적이 없었으니 마법진 때문에 일어난 일인 줄 알 턱이 없었다. 여성들이 의식을 되찾은 것을 확인하고, 의논을 끝냈다. 그리고 격한 뇌우가 쏟아지던 밤이 지나 아침에 나와 보니 눈은 온데간데없이 사라지고, 초여름 광경이 펼쳐져 있는 것이다.

'눈이 완전히 사라졌어. 이러면 마수도 움직이기 시작할 텐데.'

마수의 굴이 있을 법한 숲과 암벽 쪽을 노려보면서 나는 기수를 몰았다. 눈이 빨리 녹아서 다행이지만, 여태까지의 기후와 너무나 달랐다. 기원식의 영향이 어디까지 퍼졌는지, 여태까지는 여름에 퇴치했던 마수의 번식과 성장 속도에 얼마나 변화가 생겼는지 조속히 알아내야 했다. 평소에는 사냥이 생업인 평민들의 도움을 받았지만, 지금은 그 시간도 아까웠다. 기수를 소유한 기사가 한 사람이라도 더 필요하다.

'우리 기사만으로는 턱없이 부족해.'

다행히 지금 하르덴첼에는 영주 일족과 동행한 기사단이 있다. 나는 기사단장이며 매제인 칼스테드 님께 협력을 구하기로 했다. 어차피 영주나 주변 기베도 의식에 관해 꼬치꼬치 캐물으리라. 폐쇄적이며 타인의 침입을 싫어하는 하르덴첼에서 공개적으로 조사할 수 있으면 기사단 입장에서도 고마울 터이다. 게다가 겨울의 주인을 약하게 만들기 위해 마수의 수를 줄이는 것이 기사단의 임무이기도 하다.

"저와 기사단이 클라센부르크 경계문 근방을 살펴보고, 그 김에 마수를 토벌했으면 합니다. 영주 회의 때 무역 의제로 올라갔다고 하니 아우브도 관심이 많으시겠죠?"

칼스테드가 흔쾌히 받아주셨고, 분담을 정했다. 기사단이 하르덴첼의 귀중한 소재를 남획하거나 평민과의 사이에서 문제를 일으키면 곤란하다. 나와 기사단이 마을이 적은 북쪽으로, 하르덴첼의 기사들이 남쪽으로 향하게 되었다.

"키퍼덱스다!"

하르덴첼의 북쪽에 위치하는 클라센부르크와의 경계 부근에도 눈은 완전히 녹아 있었고, 마수가 움직이기 시작한 상황이었다. 내가 소리치며 활을 겨누자, 기사단장인 칼스테드 님이 바로 마수 사냥에 적합한 무기를 손에 들고 호령을 내렸다.

"흩어져라! 한 마리도 남기지 마라!"

키퍼덱스는 그렇게 강하지 않은 마수지만, 대부분 집단 서식을 하며 적을 발견하면 일제히 흩어진다. 봄 막바지부터 여름에 걸쳐서 산란 기간이다. 농작물의 피해를 고려해서 지금 토벌하면 가을이 상당히 편해진다.

마수를 토벌하면서 나아가자, 하르덴첼과 클라센부르크의 경계선이 보였다. 평소에는 경계 결계를 건드리지 않는 한, 영지의 경계는 눈에 보이지 않는다. 하지만 지금은 클라센부르크 쪽에 눈이 수북이 쌓여 있고, 하르덴첼이 초여름이라 그 경계가 뚜렷이 보였다.

"⋯⋯이것이 친둥의 여신 페어드렌나의 힘인가."

신을 향한 두려움이 감탄을 넘어섰다. 눈에 보이지 않는 거대한 힘을 느끼고, 나는 숨을 삼켰다. 이렇게 큰 마술을 펼칠 때마다 신들의 이름을 입 밖에 내왔지만, 그 뒤에 일어난 현상에 신들의 힘을 느낀 적은 없었다.

"성에서 봤을 때도 놀랐지만, 이렇게 확실히 영지의 경계선이 눈에 보이다니⋯⋯."

신들의 힘을 보여주는 증거라 할 수 있는 경계선을 바라보며 우리는 경계문에 착지했다. 프뢰벨타크와 구 자우스거스와의 경계문과 달리 클라센부르크와의 경계문은 단단히 닫혀 있다. 상주하는 기사도 없다. 있는 거라고는 하르덴첼의 사냥꾼들이 야영지로 쓰는 조금 뻥 뚫린 장소와 땔나무를 보관하는 작은 초소 정도다.

"칼스테드 님, 조금 휴식하겠습니까? 마수를 제거하면서 달리느라 쉬지도 못했고, 여기라면 땔나무도 있습니다."

"그렇군. 조금 이르지만, 마수가 잠잠할 때 점심을 먹자. 다들 준비해라."

기사들이 기수에서 내려와 점심 준비를 시작했다. 준비라고 해봤자 불을 피워서 휴대용 식량을 데울 뜨거운 물만 준비하면 그만이다. 나와 칼스테드 님은 가까이에 있는 돌 위에 앉아 기사들이 움직이는 모습을 바라보았다. 그들의 등 뒤로 굳게 닫힌 경계문이 보인다.

'과연 이곳이 열리게 될까.'

아우브가 영지 대항전에서 몇몇 영지로부터 상거래 제안을 받았다고 귀족원에 다녀온 학생들에게 들었다. 클라센부르크의 요청은 거절할 수 없으리라.

"칼스테드 님."

항상 아우브의 뒤에서 서서 호위하는 그라면 다양한 사정을 꿰고 있을 터였다. 나는 도청 방지 마술구를 던졌다. 전혀 당황한 기색도 없이 낚아챈 칼스테드 님은 그것을 손에 쥐었다.

"이곳 경계문이 열릴 가능성은 얼마나 있겠습니까?"

내 질문에 칼스테드 님은 경계문을 쳐다보며 잠시 생각에 잠겼다.

"가능한 한 조속히 열 생각이다. 이곳이 열리고 상인들이 왕래하게 되면 하르덴첼도 조금은 윤택해질 거다."

살짝 생색내듯이 들리는 말에 나는 미간을 찌푸렸다. 영주 회의에서 정식으로 결정되었다면 최대한 상인들이 안전하게 여행할 수 있게 조치하는 건 영지 간의 관계를 위해서도 중요하다. 어느 영지에도 속하지 않는 행상인이 제멋대로 드나들 때와 사정이 다르다. 윤택해지기는커녕 상인들이 공격당할 때마다 그 책임을 뒤집어쓰게 될 미래가 떠올랐다.

"이곳은 마수가 많은 땅입니다. 상인들이 공격당하는 광경밖에 떠오르지 않습니다만……."

"마수가 많으니까 경호원으로 하르덴첼의 사냥꾼들을 고용하겠지. 비록 평민이지만, 마수 사냥에 익숙하지 않나. 자네가 겨울 식료를 확보하려면 평민의 일자리를 늘려서 외화를 벌어야 한다고 하지 않았나? 잘 됐잖아."

칼스테드 님의 말이라기보다 영주의 말로 들렸다. 아마 영주가 그렇게 말한 것이리라. 동시에 대체 언제 적 얘기를 하는지, 무어라 설명할 수 없는 불쾌감이 솟구쳤다. 하르덴첼의 사정을 잘 아는 칼스테드 님이나 아우브가 로제마인 님을 보내준 줄 알았는데 아무래도 헛짚었나 보다. 표정에 드러나는 쓴웃음을 거두고, 나는 칼스테드 님을 응시했다.

"아무래도 칼스테드 님의 드레팡아는 실잣기를 멈추고 계신 것처럼 보이는군요."

내가 도움을 구한 건 벌써 5년도 전…… 베로니카 님이 권세를 부리던 시기였다. 가뜩이나 수확량이 적은 하르덴첼과 에렌페스트의 식량 창고인 라이제강을 단절시키려고 베로니카 님은 수단과 방법을 가리지 않았다. 결국 아사자가 나올 법한 심각한 상황에 이르렀고, 나는 칼스테드 님을 통해 아우브께 도움을 요청했다.

베로니카 님의 횡포를 막아 달라. 그것이 어려우면 마력을 채운 작은 성전을 나누어달라. 그것도 어려우면 겨울 식료를 조금 많이 지원해 달라. 겨울의 주인을 약하게 만들려고 사냥꾼들이 잡은 마수를 비싸게 사주어도 괜찮다. 무슨 방법이든 도움을 달라고.

하르덴첼과 라이제강이 몇 대에 걸쳐 친척 관계를 쌓고, 유대를 유지하는 이유는 라이제강과의 관계가 겨울의 생명선이며 라이제강의 입장에서는 겨울의 주인이 강할수록 다음 해 농작물에 깊은 영향을 주기 때문이다. 라이제강의 딸을 모친으로, 하르덴첼의 딸을 첫째 부인으로 둔 칼스테드 님이라면 이해해 주리라고 생각했다. 하지만 그 요구가 이루어지기까지 몇 해나 걸렸다.

"메말라 버린 땅을 촉촉하게 적셔줄 마력을 담은 작은 성배, 베로니카 님을 유폐하고 라이제강으로부터의 식료 지원, 외화를 벌어줄 인쇄업…… 그때의 제 요청을 전부 로제마인 님께서 들어주셨습니다."

하르덴첼은 5년 사이에 큰 변화를 이루었다. 그런데 엘비라의 남편이며 귀족가 내에서 비교적 가까운 귀족인 칼스테드 님의 의식조차 5년 전과 거의 변함이 없다. 그럼 영주의 발언과 제안도 하르덴첼의 발전을 고려한 후의 의견이 아니리라.

"경계문 개방으로 하르덴첼의 사냥꾼들이 상인의 경호원이 되면 겨울의 주인이 거대해질 가능성이 커질 거라 예상됩니다. 아우브도 칼스테드 님과 같은 생각입니까?"

상인의 호위는 가도를 따라야 한다. 지금까지는 하르덴첼 전역에서 마수를 사냥했었는데 그 범위가 가도 중심으로 좁혀지면 거대해지는 겨울의 주인을 막을 수 없다. 토벌에 투입될 기사들의 부담은 커지고, 봄의 도래가 늦어지면 영지 전체의 수확량에 악영향을 끼치리라.

"다른 영지의 상인 호위와 여름철 사냥. 어느 쪽이 중요한지 경계문을 개방하기 전까지 영주님의 생각을 듣고 싶습니다. ……설마 아우브도 베로니카 님처럼 상인을 지킬 손이 부족할 때도, 겨울의 주인이 거대해졌을 때도 하르덴첼에 책임을 전가하지 않으리라고 믿습니다."

나는 웃으며 거짓말을 내뱉었다. 나는 영주를 전혀 믿지 않는다. 상황이 나빠지면 하르덴첼에 모든 책임을 전가할 테지. 그렇기 때문에 사전에 못을 박아두고, 회피할 수단을 생각해내야 한다. 그것이 기베 하르덴첼인 나의 의무다.

"올해는 의식의 영향을 파악하는 데 전력을 쏟을 겁니다. 기후 변화는 물론, 경계문 개방이라는 인위적 변화까지 겹치면 파악하기가 더욱 어려워지겠지요. 지금 이때 모든 영향을 알아내실 수 있는 분이 계신다면 꼭 가르침을 받고 싶은 심정입니다."

경계문이 개방되면 완벽히 대처할 수 있을지 자신이 없다. 가령 아우브가 문제없다고 판단한다면 그 근거와 대처법을 제시해주길 바랐다. 나는 에둘러 그렇게 말하며 칼스테드 님을 바라보았다.

"……아우브의 드레팡아까지 5년 전에 멈춰있시 않기를 바랍니다."

내가 그렇게 말했을 때 기사 한 사람이 "물이 끓습니다."라고 보고하러 왔다. 나와 칼스테드 님은 각자의 그릇에 휴대용 음식을 넣어서 건넸다. 곧바로 따뜻한 물에 먹기 좋게 불린 식사를 받았다.

'조금 짜군.'

한입에 그런 생각을 했지만, 입 밖에 내지 않고 계속 입에 넣었다. 하르덴첼과 귀족가는 평상시에 먹는 음식 맛이 조금 다르다. 기사가 휴대하는 간이식품에 불평해 봤자 새 휴대 식품만 또 받을 뿐이다. 들고 다니기 편하고, 배도 부르지만, 딱히 맛있지는 않다.

아무 말 없이 먹고 있는데 칼스테드 님이 도청 방지 마술구를 집어 들고 이쪽을 보았다. 뭔가 할 얘기가 있나 보다. 나는 그릇을 든 손으로 마술구를 쥐었다.

"지금 시기에는 구 자우스거스 경계문을 통과하든지, 프뢰벨타크를 돌아오든지, 상인들마다 안정된 행로를 따르고 있네. 클라센부르크에서 강력한 요청이 없으면 경계문을 개방하지 말자고 진언해 두지. 아마 마물이 들끓는 건 클라센부르크도 마찬가지겠지."

클라센부르크는 경계 근방에 출몰하는 마수 퇴치에 힘을 들이지 않는 듯했다. 경계를 넘어오는 마수도 많고, 강대한 마수가 경계를 넘으면 영주에게서 긴급 연락이 올 때도 있을 정도다.

"상인들을 통과하게 하려면 클라센부르크 역시 이 주변 환경을 갖춰야 할 걸세. 대영지가 어느 정도의 기간에 정리할 수 있을지 가늠하기 어려우나, 올해 여름은 무리겠지."

칼스테드 님은 왕래가 끊겨서 폭이 좁아진 길과 휴식하러 들릴 거리나 마을이 적은 점을 지적했다.

"하지만 이번 행사의 결과가 주변 영지에도 퍼지고, 봄의 도래를 매년 인위적으로 앞당길 수 있다면 5년 후에는 이 주변에도 거리와 마을이 생기지 않겠나."

5년 후의 일을 얘기하는 칼스테드 님을 보고, 나는 생각했다. 역시 귀족가의 귀족이라고. 항상 자연과 함께 살아온 나는 도무지 그렇게 낙관적으로만 생각할 수 없었다.

"숲과 산, 평지와 관계없이 그렇게 많았던 눈들이 하룻밤 새에 사라졌습니다. 그런데 홍수도 일어나지 않았지요. 눈석임물은 대체 어디로 갔는지, 여름에 가뭄과 물 부족이 발생하지 않을지, 마수의 번식과 성장에 얼마나 큰 차이가 생길지, 봄은 일찍 시작됐지만 가을 막바지에는 어떻게 될지……. 지금은 도무지 5년이나 나중의 일을 생각할 수가 없군요."

생각해도 모를 테지만, 당장 대책을 마련해야 할 일이 태산이다.

"의식으로 눈이 녹은 거다. 설마 여름에 가뭄이 생기겠는가. 바르게 제사를 지냈던 과거에는 어떤 상황이었는지 조사해 볼 수 없을까?"

"아마 저희 선조가 기베를 맡게 된 시기를 경계로 의식이 변형된 것이 아닐까 생각합니다."

지금으로부터 200년쯤 전, 왕에게 반란을 일으킨 아이젠라이히가 망하고, 에렌페스트가 일어났다. 왕의 명령으로 땅의 경계선을 다시 그었고, 영주가 바뀌면 새로운 영주의 명으로 새로운 기베가 취임하게 된다. 당연히 아이젠라이히 시절과 통치 방식도 바뀌었으리라. 특히 초대 영주는 반란을 일으킨 아이젠라이히의 흔적을 지우려고 했음은 누구나 쉬이 상상할 수 있다.

나의 선조는 에렌페스트가 일어났을 때 기베에 임명되었다. 선조 역시 아이젠라이히 시절의 방식을 바꾸려고 했는지도 모른다. 어쩌면 새로 취임한 기베에게 약하게나마 반항하고자 평민들이 올바른 제사 방식에 관해서 함구했는지도 모른다. 그 당시 어떤 상황이었는지, 지금 우리는 알 수단이 없다. 선조가 하르덴첼에 정을 붙이려고 고생했다는 기록은 있지만, 그 이전 기록은 없었다.

"그 제사에 관해서 아이젠라이히 시대의 자료가 성에 남아 있는지 아우브께서 확인해 주셨으면 합니다."

"물어보긴 하겠다만, 지금은 영주 회의 준비로 바쁘시네. 아마 일정이 끝나야만 찾을 수 있을 거야. 또, 그렇군. 신전에 남아 있지 않을까?"

신전이라면……이라고 생각한 순간, 나는 로제마인 님의 말씀을 떠올렸다.

"신전장의 성전에밖에 기록이 없고, 가사와 의식의 그림이 실려 있는 것이 전부라고 하셨습니다. 이런 봄의 도래는 로제마인 님께서도 예상을 못 하셨을 겁니다."

기록과 실제 의식의 차이를 알아냈을 뿐, 로제마인 님도 결코 의식을 상세히 알고 있지는 않아 보인다.

　"그건 아네. 로제마인은 천둥을 무서워해서 잠을 잘 자지 못한 모양이다. 시종이 그렇게 보고했다고 엘비라가 그러더군."

　그렇게 피식 웃으며 "로제마인의 명예를 위해서도 비밀로 해주게."라고 귀띔해 주었다. 굉장히 이상한 느낌이 들었다. 그 모습은 마치 자식의 사랑스러운 비밀을 서로 주고받는 평범한 부부 같지 않은가.

　칼스테드 님은 선대 영주가 병으로 눕고, 베로니카 님의 권력이 커지자 그녀의 시종을 둘째 부인으로, 베로니카 파의 귀족에게서 셋째 부인을 들였다. 첫째 부인을 지키기보다 셋째 부인을 들이는 칼스테드 님의 행동에 당시에 엘비라는 상당히 애를 먹었다. 우리가 겨울 사교계나 여름 성결식 시기에 귀족가를 방문해도 엘비라가 칼스테드 님의 얘기를 꺼내지 않게 된 태도를 보아도 알 수 있었다. 엘비라의 일상에 칼스테드 님의 모습은 없고, 자식의 성장만이 자세히 보고되었다.

　'대체 언제 바뀐 걸까?'

　나는 남은 음식을 마저 먹는 칼스테드 님을 빤히 쳐다보았다. 대답은 하나뿐이다. 엘비라에게 다시 생기가 돌기 시작한 건 로제마인 님을 자식으로서 돌보기 시작할 무렵부터다. 책 만들기라는 취미를 발견해서라는 이유뿐만 아니라, 또 기원식이라는 공식 자리라서 살가운 척하는 것이 아니라, 여동생 부부의 관계가 호전되고 있다.

　"……그러고 보니 칼스테드 님은 로제마인 님께 아내 자랑을 하십니까?"

　"푸흡……."

　입에서 뭔가가 튀어나왔다. 입을 틀어막은 칼스테드 님이 괴로워하며 콜록거렸다. 주변 기사들이 깜짝 놀라 이쪽을 보았다.

'흠. 사실이군.'

기원식 때도 로제마인 님의 입을 막았지만, 그 말에 부정하지는 않았다. 그렇다면 사실이리라. 다만, 엘비라조차 의외였는지 '어머나, 제 자랑을 했어요?'라고 최대한 여유 있는 얼굴을 보였지만, 빠르게 눈이 깜빡거리고 있었다.

"클라우디오 님, 그건……."

물통의 물을 마시고, 기침이 멎은 칼스테드 님이 나를 째려보았다. 이쪽의 예상보다 훨씬 동요한 듯하다. 그러고 보니 내 이름으로 불린지 얼마 만인가. 기사단장인 칼스테드 님은 겨울 사교계 때도 여름 성결식 때도 기본적으로 영주의 뒤에서 대기한다. 친척끼리의 정보 교환은 오직 엘비라를 통해서 이루어졌던지라 이렇게 개인적인 대화를 나눌 기회가 없었다.

"아내 칭찬은 로제마인 님보다 먼저 엘비라에게 전하는 편이 좋지 않습니까?"

"……유익한 말씀, 감사히 받아들이겠습니다."

살짝 반항심을 보이는 아이스블루 눈동자에 갑자기 옛날이 떠올랐다. 부모끼리 정한 혼약에 불평하던 칼스테드 님과 대화할 때도 이런 표정이었던 기억이 난다.

"……참 오랫동안 기사단장과 기베라는 지위로밖에 대화하지 않았다는 생각이 갑자기 드는군요. 칼스테드 님은 제게 질문이나 하고 싶은 말씀이 없습니까? 다음에 또 이런 기회가 오는 날은 한참 훗날이 될 것 같군요."

기베 하르덴첼로서의 요청, 엘비라의 친오빠로서의 조언, 내가 하고 싶은 말은 모두 꺼냈다. 하지만 칼스테드 님은 듣기만 할 뿐, 아무 말도 하지 않았다.

칼스테드 님이 복잡한 얼굴로 고민하기 시작했다. 오래 걸릴 것 같기에 나는 식기를 세척 마술로 정리했다. 그 후에 다시 시선을 돌리자, 칼스테드 님이 천천히 콧수염을 쓸었다.

"……그렇군. 자네는 로제마인의 혼약을 어떻게 생각하나? 예상보다 빌프리트 님과 샤를로테 님께 보이는 태도가 유연한 걸 보고 자네의 의견이 궁금해지더군."

"그건 기베 하르덴첼로서의 의견 말입니까? 아니면 클라우디오 개인의 의견 말입니까?"

내가 입꼬리를 올리고, 질문을 질문으로 되돌리자, 칼스테드 님은 잠시 생각에 잠겼다.

"흠. ……이런 기회가 아니면 언제 말해보겠나. 양쪽 다 궁금하네. 편하게 말해도 돼. 솔직한 의견을 들려주게."

"기베의 입장으로서는 최대한 유능한 자가 차기 영주에 오르길 바라. 그 사람이 친척이면 두말할 나위 없지. ……그렇다면 신전장으로서 의식을 치르며 귀족원에서 최우수를 따고, 다양한 신사업을 일으켜 영지에 이익을 가져다주는 로제마인 님이 가장 차기 영주에 적합하다고 보네."

귀족원에 다닐 나이라면 수업에 쓸 마력을 마석에 옮겨둬야 한다. 그런데 귀족원 기간 중에 귀환하여 의식에 참가하고, 청색 신관에게 자신의 마력을 채운 마석을 빌려준다고 한다. 빌프리트 님이나 샤를로테 님도 로제마인 님의 마석을 써서 기원식을 치렀다고 들었다. 즉, 영주 후보생 중에서도 로제마인 님이 특출하다고 추측할 수 있는 셈이다.

"그래서 이번 혼약 발표로 차기 영주에서 제외되어 아쉽기 짝이 없네. 그건 라이제강부터 그 외에 로제마인 님께 힘을 실으려고 했던 귀족들의 공통된 마음이겠지."

"……우수하다라……. 음. 뭐 성적만 보면 우수하지."

칼스테드 님이 도무지 삼켜지지 않는 것을 억지로 삼키는 듯한 얼굴로 고개를 끄덕였다. 나는 눈썹을 씰룩이며 뒷말을 재촉했지만, 칼스테드 님은 더 이상 아무 말도 하지 않았다.

"아쉽기는 하나, 동시에 기베 하르덴첼로서는 당연한 결과라고 보네."

"호오?"

"나는 로제마인 님께서 엘비라의 친자식이 아닌 것을 알고 있어. 솔직히 여동생이 세례식을 치른다고 했을 땐 내 귀를 의심했었고, 남편으로서 불성실한 자네에게 화가 치밀었었네."

나는 엘비라의 친오빠로서 에크하르트, 램프레히트, 코르넬리우스를 갓난아기일 때부터 봐왔다. 그래서 세례식 전까지 얼굴도 본 적 없는 로제마인 님이 여동생의 친딸이 아니라고 금방 눈치챘다. 나이로 따지면 셋째 부인의 딸이 아닐까 예상했지만, 그녀의 진짜 출처는 불확실하다.

"동복의 친족이 없는 자가 영주가 되면 상당히 위험하네. 하지만 로제마인 님이 건강하셨다면 로제마인 님을 차기 아우브로 삼고, 빌프리트 님을 데릴사위로 들이자는 라이제강의 주장에 동의했겠지."

로제마인 님은 허약하고 병약하다. 회임을 할 수 있을지 없을지도 모른다. 여성 영주에게 아이가 생기지 않으면 그녀를 도울 수 있게 마력의 성질이 비슷한 동복형제나 그의 자제가 차기 영주로 선택되는 경우가 많다. 그런데 그녀의 동복 가족은 영주 일족이 아니다. 그녀가 엘비라의 딸이라고 알고 있는 라이제강 파의 귀족은 가령 그녀에게 자식이 생기지 않아도 보니파티우스 님의 혈족이니 문제 될 것이 없다고 생각하고 있다. 하지만 아니다. 만약 셋째 부인의 딸이라면 그녀의 동복 혈족은 죠이소타크 자작 일족이다. 영주 일족을 습격한 죄로 처형되어 이미 일족이 제거되었다.

"동복의 친족이 없다는 의미로 보면 나는 페르디난드 님도 같다고 보네. 라이제강의 원로는 아렌스바흐 혈족을 물리치고 싶은 일념으로 페르디난드 님을 밀었지만, 동복 일족이 없는 로제마인 님과 페르디난드 님을 차대 영주로 삼기에는 로제마인 님께 자식이 생기지 않았을 때 일어날 혼란과 분쟁을 생각하면 위험하네."

그 점을 고려한다면 영주가 빌프리트 님을 차기 영주로 삼고, 로제마인 님을 첫째 부인으로 삼고자 하는 방법이 최선이리라.

"그럼 클라우디오 님 개인의 생각은 어떻습니까?"

"개인적으로는 로제마인 님께 달렸지. 하르덴첼의 은인인 그녀가 이번 혼약을 어떤 식으로 받아들이고 있는지, 영주의 억지 강요가 아니었는지, 그것이 중요하지 않겠나."

빌프리트 님의 위에 설 생각이 있는가, 의형제 관계는 어떻게 되는가, 이 혼약을 거부하지는 않았는가. 내가 자리를 권하면서 떠봤을 때 로제마인 님은 빌프리트 님을 섬기는 자세를 보였다. 게다가 나는 영주가 양녀에게 신전 업무를 강제로 시키는 줄로만 알았는데 친자식들도 기원식에 참여하고 있었던 모양이다. 빌프리트 님과 샤를로테 님에게서는 로제마인 님을 향한 존경심마저 보였다.

"특히 빌프리트 님을 싫어하는 모습도, 불화도 보이지 않았네. 또 사전에 들었던 만큼 빌프리트 님은 어리석은 영주 후보생이 아니었어. 마력과 제사가 수확량에 영향을 끼친다는 걸 이해하고 계시는 듯했지. 로제마인 님의 이질성과 강대한 마력을 받아들일 줄 알고, 협력하는 자세를 잃지 않는다면 차기 영주가 되어도 문제없지 않겠나."

"로제마인의 이질성, 이라니? ……아니, 우수하다는 얘기는 귀족들에게 귀가 닳도록 들었지만, 이질성에 주목한 사람은 별로 못 봐서 말이야……."

"신전 출신이라서 아니겠나. 신들에 대한 기본적인 사고방식과 의식에 순응하는 방식이 독특하다고 느꼈네. 우리와는 다른 가치관을 가진 사람처럼 보였어."

단 하룻밤에 눈이 사라진 풍경을 보고, "역시 여신님이세요."라는 한마디로 상황을 납득한 표정을 보였다. 담차다고 할까, 신앙심이 깊다고 할까…… 별나다.

"앞으로 매년 기원식으로 봄을 부른다면 로제마인 님의 감성이 중요해질 걸세. 지금까지 기피의 대상이었던 신전과 제사가 재평가될지도 모르네. 로제마인 님이 일으키는 다양하고 새로운 흐름을 받아들일 도량이 빌프리트 님께 필요하겠지."

"……둘의 혼약에 결사반대하지는 않는다는 말이군. 그건 큰 수확이야."

"불만이 없다고 할 수는 없지만, 로제마인 님을 에렌페스트에 잡아두기 위해 빌프리트 님과 혼약시킨 아우브의 판단은 틀리지 않았어. 저렇게 우수하니 눈 깜빡할 새에 상위 영지에 빼앗겼겠지."

흠, 하고 고개를 끄덕이고, 칼스테드 님이 일어섰다.

"영주에게 전달해 두지. 자네의 말에 든든해 하실 걸세."

"그건 고맙네만, 안타깝게도 아우브의 생각과 행동은 라이제강의 원로들과 충돌하네. 아직 당분간은 에렌페스트가 혼란스러울 거야. 칼스테드 님의 모친은 라이제강의 딸이지 않나. 친족과의 관계를 강화해서 자네가 그들을 진압하면 어떤가?"

칼스테드 님은 바셴을 외고, 식기를 세척하면서 나를 보았다. 할 말을 찾듯이 망설이더니 고개를 가로저었다.

"난 기사단장이며 영주를 지키는 것이 일이야. 파벌의 균형은 내 일이 아닐세. 이 시국에 로제마인의 친아비인 내가 어리석게 라이제강 파에 접근할 수는 없어."

"그렇군. 엘비라가 고생하는 이유를 알겠어."

"내가 최우선으로 지킬 대상은 에렌페스트이고, 아우브라네. 가족은 그다음이지. 녀석도 그걸 이해하고 있어. 혼자서도 잘 싸우는 하르덴첼의 여성이다. 정말 기사단장의 첫째 부인으로서 아주 적합한 자질을 갖고 있네. ……이것도 다 로제마인의 지적 덕분에 깨달았지만……."

"호오……. 그래서 깨달은 뒤에 로제마인 님께 아내 자랑을 했다, 그 말이군."

칼스테드 님이 나를 째려보며 도청 방지 마술구를 이쪽으로 던졌다. 휴식 시간은 끝난 모양이다. 마술구를 가죽 주머니에 쑤셔 넣고, 나는 피식 웃었다. 예상보다 훨씬 수확이 많은 시간이었다. 여동생 부부의 관계가 제법 원만해져서 다행이다.

"지금부터 블렌루스 열매를 채집하러 가겠습니다. 그것은 하르덴첼 사람이 아니면 채집이 허용되지 않으며 멋대로 채집하는 자는 발견

즉시 사살할 정도로 귀중한 물건입니다. 기사 여러분은 이대로 쉬면서 채집이 끝날 때까지 기다리십시오."

따라오면 죽는다, 라고 충고하면서 나는 기수를 소환했다. 하르덴첼의 은인인 로제마인 님과 영주 일족을 향한 경의의 뜻으로 빌프리트 님과 샤를로테 님께도 선물할 예정이다.

"칼스테드 님, 갑시다."

"오, 나는 하르덴첼 사람에 포함되는가?"

바위 위에 다시 앉으려던 칼스테드 님이 의외라는 얼굴로 나를 보았다. 나도 마찬가지로 의외라는 표정을 지었다.

"당신은 엘비라의 남편이고, 로제마인 님의 부친이지 않습니까?"

웃으며 동행을 재촉하자 칼스테드 님은 "그거 영광이군." 하고 기수를 소환하여 뛰어 올라탔다. 나는 블렌루스 마목을 목표로 기수를 달렸다.

"자네는 대체 뭘 꾸미고 있는 겐가? 하르덴첼에서 보여준 대응을 생각하면 도무지 나를 친족으로 대우하는 것 같지는 않았는데……."

"지금까지 칼스테드 님께서 엘비라를 소홀히 대하셔서 하르덴첼에 미움을 샀을 뿐이지, 친족이 아니었다면 동행하자고 하지도 않았습니다. 친족 대우가 당연하지요."

"……말만 그렇고, 혼자서 세 사람 몫을 채집하기 힘드니 도와줄 사람이 필요하다느니 그런 이유겠지. 다른 이유가 있을 때 짓던 엘비라와 똑같은 표정이었네."

정답이다. 의외로 칼스테드 님은 엘비라를 잘 보고 계셨다. 나는 속으로 칼스테드 님의 평가를 상향 수정했다. 이대로 지금까지 소홀했던 여동생을 조금 더 소중히 아껴주길 바랐다.

"저 바위 너머입니다. 여기서 착륙하십시오. 그리고 이걸 들고……"

희소한 블렌루스 주변은 결계의 보호를 받고 있다. 마수가 건드리지 못하도록, 외지인이 뺏어가지 못하도록, 이곳 주민이라는 증표를 가진 사람이 아니면 결계를 통과할 수 없는 구조다. 나는 칼스테드 님께 증표를 건네고, 손을 얹어 결계를 통과해서 바위 뒷면으로 돌았다.

십여 개의 열매를 맺은 블렌루스 마목이 금색으로 빛나며 서 있다. 그 뿌리에 나는 믿을 수 없는 것을 보았다.

"블렌루스 싹……?"

나무뿌리 부근에 금색으로 빛나는 몇 개의 싹이 돋아 있었다. 침을 꿀꺽 삼켰다. 말도 안 된다. 그렇게 생각했다. 왜냐하면 태어난 이래 블렌루스의 싹을 본 적이 없어서다.

블렌루스 마목을 결계로 엄중하게 보호하는 이유가 무엇인가. 늘지 않아서다. 열매를 땅에 묻어도, 열매 채집을 억제해서 자연에 맡겨도, 접붙이기를 시도해도, 무슨 방법을 써도 개체수가 늘지 않았다. 하지만 눈앞에 있는 금색 떡잎이 블렌루스 마목의 싹인 것은 그 색깔과 이파리 형태로 보아 틀림없었다. 이것도 기원식에 의한 여신의 기적이 틀림없다.

"클라우디오 님, 무슨 일이?"

"하르덴첼에 기적이 일어났어……"

가슴이 뜨겁다. 조그마한 숨결이 새로운 시대의 도래를 알린다. 자신이 시대가 바뀌는 길목에 있음을 자각하고, 흥분으로 가슴이 떨렸다. 목구멍이 움찔거리고, 가슴속에서 솟구치는 환희가 눈물이 되어 떨어졌다.

'기원식을 계속해야 한다.'

여성에게 부담을 주고, 마력의 소비가 큰 의식이지만, 남성에게도 협력할 방법이 있음을 로제마인 님께서 알려 주셨다. 그렇다면 나는 기베로서 기적을 일으키는 기원식을 계속 이어가며 진정으로 풍족한 하르덴첼을 되찾아야 한다.

나는 자그마한 싹을 밟지 않도록 세심한 주의를 기울이며 블렌루스 열매에 손을 뻗었다. 처음에는 하나만 딸 생각이었지만, 두 개씩 드릴 수 있게 채집했다. 기적을 일으켜 주신 로제마인 님께 이 열매를 드리고 싶다.

"신에게 기도를……. 신에게 감사를……."

나는 그날 태어나서 처음 진심으로 신에게 기도드렸다.

대
개
조
를

막
으
려
면

"오, 귄터. 어서 와. 이번 핫세 호위도 잘 끝났어?"

"신전에 도착하는 것까지가 일이야. 아직 안 끝났어. 순조롭게 끝나길 빌어 줘."

안면이 있는 문지기와 너스레를 늘어놓으며 동문을 통과했다. 마차가 마을에 들어가자 나는 큰길에 쭉 이어진 노점을 둘러보며 걸으면서 먹을 수 있는 점심거리를 찾았다.

"어이, 레쿨레. 저 빵 좀 사다 줘."

"병사장님. 아직 신전에 도착하지 않았습니다. 조금만 더 가면 되는데 호위 임무가 끝난 뒤에 느긋하게 믹는 편이……."

"너희는 천천히 먹으면 되지만, 나는 로제마인 님의 말씀을 당장에라도 각 문의 병사장과 장인 협회의 협회장에게 전달해야 해. 한가하게 점심이나 먹을 시간이 없어."

날카롭게 째려보자, 레쿨레는 후다닥 대열에서 벗어나 노점으로 달려갔다. 얇게 썬 고기가 몇 겹이나 들어간 빵 두 개를 안고 돌아왔다.

"로제마인 님께 위기를 전해 들은 건 병사장님뿐만이 아닙니다. 저도 일하겠습니다."

레쿨레가 그렇게 말하며 빵 하나를 내게 건네고, 나머지 하나를 덥석 베어 물었다. 나는 "믿음직스럽네." 하고 레쿨레의 점심값까지 냈다. 그 순간, 갑자기 핫세에서 돌아온 병사들이 일제히 노점에 달려가서 점심을 사기 시작했다.

"혼자 튀기 있냐, 레쿨레."

"그런 걸로 신전장님께 점수 딸 생각 마!"

"병사장님, 우리 중에 제가 제일 발이 빠릅니다! 전령을 맡겨주십시오."

마을로 돌아왔다고 단체로 점심을 사러 뛰어가다니 정신이 해이해졌군. 나는 고기가 끼워진 따뜻한 빵을 손에 들면서 주변 눈치를 봤다.

"병사장님, 뭐하면 됩니까? 닥치는 대로 전달하기엔 시간이……."

"신전에 신관들을 돌려보내고, 마차를 반납하면서 플랑탱 상회에 이야기를 전하자. 그러면 상업 길드장에게도 이야기가 전달될 거다."

플랑탱 상회와 상업 길드에는 마인으로 연결된 지인이 몇 명 있다. 마인의 충고라고 못을 박아두면 상인들끼리 알아서 전달하리라.

"그다음은 장인들의 대장과 각 문의 병사장인데……. 너희가 각자 찢어져서 각 문의 병사장과 각 장인협회의 협회장에게 연락해다오. 내일 회의실에 모아서 한 번에 알리자."

"내일이면 늦습니다, 병사장님. 오늘 다섯 점 종에 합시다."

"귀족님들 사정으로 집이 사라질 긴급사태라고 전하면 빠짐없이 모일 거예요."

"협회장뿐만 아니라 거기서 이야기를 엿들은 대장 녀석들이 몰려와서 빨리 설명하라고 아우성을 칠 텐데 내일까지 못 기다려요."

핫세에서부터 이동해서 피곤한 기색도 보이지 않고, 가슴을 두드리며 스스로 연락책을 자진하는 병사들의 모습에 가슴이 뜨거워졌다. 우리 가족의 관계가 알려지지 않도록, 하지만 확실히 우리를 지키기 위해 로제마인은 귀족사회에서 홀로 싸우고 있다. 개조한 뒤에도 평민촌을 깨끗이 유지할 수 있게, 마인의 협상이 헛되지 않게 아빠인 내가 협력하지 않고 어쩐단 말인가.

"좋아, 다섯 점 종이다. 분담은 너희에게 맡기마. 부탁한다."

"네!"

나는 빵을 베어먹었다. 짜고 딱딱한 고기가 입속에서 맴돌았다. 어젯밤 작은 신전에서 먹은 호화로운 저녁 식사와는 천지 차이다. 그렇게 생각한 순간, 지금까지 마인이 해 준 충고가 뇌리에 되살아났다.

"마을 전체를 싹 갈아 버리는 대규모 개조를 시행하게 내버려 둘까 보냐."

자신의 마음속 목소리와 옆을 걸으며 빵을 베어먹는 레쿨레의 목소리가 겹쳤다. 같은 생각을 하는 레쿨레에게 나는 강하게 고개를 끄덕였다.

"그래. 로제마인 님의 협상과 작은 신전 사람들의 충고가 없었다면 우리도 모르는 세에 집을 잃었겠지. 생긱민으로 끔찍한 애기아. 모저럼의 충고를 헛되게 할 순 없지. ……이 마을은 내가 지킨다."

마인과 약속한 대로 병사로서 가족과 이 마을을 지키자. 내가 새로이 결심하자, 레쿨레가 엄지손가락으로 자신을 가리켰다.

"네? 저도 지킬 건데요?"

"병사장님만 멋진 모습을 보이게 두진 않을 거예요! 이 마을을 지키는 건 접니다!"

자기가 지킬 거라며 주장하는 젊은 병사들의 모습에 피식 웃음이 새어 나왔다. 이만한 인원수가 마을을 지키기 위해 뛰어다니겠다고 한다. 질 턱이 없다.

"해 보자."

"네!"

신전 문이 보이기 시작했다. 우리가 신전에 도착할 때면 항상 정면 현관에 누군가는 마중을 나온다.

"……저건 루츠인가?"

마차와 보수를 교환하기 위해 대기하던 플랑탱 상회의 대표는 루츠였다. 지금까지 루츠는 함께 작은 신전에서 지낸 뒤 핫세 인근에서 상품을 판매한 뒤 돌아왔기 때문에 신전에서 기다리는 루츠의 모습을 본 건 처음이다. 하지만 대화하기 편한 상대가 플랑탱 상회의 대표여서 다행이다.

"병사 여러분, 잘 돌아오셨습니다. 플랑탱 상회의 다프라 견습생이 틀림없이 마차를 돌려받았습니다. 이번에도 호위 의뢰를 완수해 주셔서 감사합니다. 이것은 로제마인 님으로부터 맡아놓은 보수입니다."

회색 신관들이 마차에서 내리는 가운데 루츠는 업무복을 입고, 태어날 때부터 부잣집 도련님으로 자란 듯한 점잖은 얼굴을 하고, 공손한 말투와 몸짓으로 보수가 든 봉투를 내밀었다.

'이 녀석이 남쪽 주민이라고 하면 아무도 안 믿겠지.'

그렇게 생각하면서 북문 병사장인 내가 대표로 돈 봉투를 건네받았다. 신관들의 호위 임무는 플랑탱 상회를 통해서 받은 의뢰라서 보수도 플랑탱 상회를 통해서 받는다. 하지만 그 보수는 인원수대로 나오지 않는다. 일단 문에서 일하는 회계 담당에게 주고, 경비니 뭐니 이것저것을 뺀 뒤에 급료에 가산된다. 그것에 비하면 핫세에서 마인이 직접 주는 돈은 출장비까지 얹은 몫이 그대로 자신의 지갑에 들어간다. 가족에게 비밀로 할 수 있는 돈이다. 그래서 핫세 이동 호위는 병사들에게 인기가 많다.

"이번에 핫세의 작은 신전에서 로제마인 님께 중요한 보고를 받았다. 상업 길드와 플랑탱 상회는 이미 알고 있겠지만……."

내가 마인의 이름을 꺼낸 순간, 루츠가 상인 특유의 미소를 지우고, 경계하듯 심각한 표정을 지었다. 내가 마을을 개조하려고 한다는 귀족의 계획과 마인의 충고를 전하자, 루츠는 단숨에 새파랗게 질리더니 나밖에 들리지 않은 작은 목소리로 "진짜?"라고 중얼거렸다.

"문관에게 대규모 개조를 시행한다는 보고를 받고, 상업 길드가 모든 상인에게 전달했습니다. ······하지만 설마 남쪽까지 청결을 유지하지 않으면 몽땅 갈아엎겠다니······."

'마인의 말이 신전을 통해 플랑탱 상회에 전부 전달되는 건 아니구나.'

투리에게 들었는데 신전에 있는 비밀의 방을 사용하지 못하게 되면서 플랑탱 상회와 마인이 예전처럼 내화할 수 있는 곳이 사라졌다고 했다. 이것이 그 폐해일까.

"북쪽에 있는 플랑탱 상회에 부탁해도 남쪽까지 감시하기는 어려울 거라고 로제마인 님이 판단하셨는지도 모르지. 상업 길드는 어떤 범위로 정보를 유포하고 있지?"

"오트마르 상회와 거래하는 북쪽 주민, 서쪽 시장, 남쪽 상점, 큰길의 노점처럼 장사 허가증이 있는 상인들입니다."

"그 정도만 관리해 주면 우린 남쪽에 집중할 수 있어. 플랑탱 상회에서 상업 길드에 이 얘기를 전해 줘. 가게가 깨끗해도 집이 지금까지와 똑같으면 의미가 없다고."

루츠가 굳은 표정으로 고개를 끄덕였다.

"우리는 다섯 점 종이 울리면 각 문의 병사장과 장인 협회의 협회장들을 중앙에 있는 병사 회의실에 모아서 로제마인 님의 충고를 자세히 전할 생각이다. 자세히 알고 싶으면 상업 길드도 참가해도 좋아."

"알겠습니다. 중요한 소식을 알려 주셔서 감사합니다."

예정을 전한 우리는 발걸음을 돌려 신전을 나왔다. 모든 주민에게 빠짐없이 전달하려면 시간이 정말 촉박했다.

"너희들, 연락을 다 하고 문에 도착하면 임무 완료 보고하고 퇴근해. 가는 길에 사람들에게 전하면서 돌아가. 물론, 술집에 들러도 좋다."

중앙 광장에서 그렇게 말하자, 병사들이 우르르 흩어졌다. 재봉 협회와 목공 협회 등, 장인 협회는 중앙에 모여 있으므로 시간을 들이지 않고도 이야기가 전달되리라.

나는 중앙에 있는 병사 회의실에 들어가서 이번 보수를 회계 담당에게 넘겼다. 동시에 북문 병사장 권한으로 회의실 사용을 신청하고, 잠긴 문을 열었다.

"어이, 방금 병사가 뒤숭숭한 얘기를 듣고 왔던데 대체 무슨 말이야!?"

"설명해. 전혀 영문을 모르겠어."

아니나 다를까. 대충 이야기를 주워들은 대장 무리가 협회장들보다 먼저 회의실로 몰려왔다. 시끄러운 녀석들이 오면 들여보내라고 사무 직원에게 말해두길 잘했다.

"내가 이곳으로 부른 건 각 협회장이었는데……."

"귀족들 사정에 내 집이 사라지는 긴급 사태라고 들었는데 태평하게 기다리란 말이냐?"

"그래. 설명해, 설명!"

기다리던 협회장과 병사장이 도착하지도 않았는데 시끄러운 대장 무리만 계속해서 늘어났다.

"몇 번이나 같은 설명을 할 시간도 아깝고, 마을 전체에 전달해야 해서 다섯 점 종에 윗사람을 모아 얘기하기로 결정됐어. 일단 일하러 돌아가든가 아니면 얌전히 기다려."

"너 같으면 기다리겠냐!? 얼른 얘기를 듣고 후련해지고 싶어. 너는 아는 것만 빨리 얘기하면 돼!"

나는 내 어깨를 덥석 잡은 사내의 가슴을 팔꿈치로 쳐서 바로 내동 댕이쳤다. 순간 회의실이 조용해졌다.

"시끄럽게 굴면 힘으로 쫓아낼 거다. 병사를 얕보지 마."

다섯 점 종이 울렸다. 장인 협회의 협회장과 각 문의 병사상이 모여들었다. 바쁠 텐데도 상업 길드에서 온 사람도 몇몇 보였다. 마인의 친구였던 프리다가 흥미진진하게 주위를 두리번거리고 있었다. 상당한 미인이다. 꽤 오래 만나지 않았는데 프리다는 나를 기억하고 있는지 눈이 마주쳤을 때 싱긋 웃어 주었다.

예상외로 쓸데없이 장인들이 많아서 회의실에 들어오지도 못한 사람도 있지만, 나중에 협회장들이 또 따로 이야기하리라. 그들은 내버려 두고, 나는 이야기를 시작했다. 지금까지 귀족에게 들은 얘기를 전제로 마인의 충고를 전달했다. 이번에는 우리의 집과 생활에 영향을 끼치지 않는 범위에서 해결하기로 했지만, 깨끗하게 유지하지 못하면 몽땅 갈아엎는 식으로 다시 개조하게 된다고…….

"뭐? 몽땅 갈아엎는다니 뭔 말이야?"

"그 말 그대로야. 영주님의 마력으로 창조된 2층의 하얀 부분까지 전부 새로 개조하고, 목조로 증축한 우리 집들은 싹 사라진다고 한다."

"잠깐만! 귀족 녀석들 제정신이야!?"

"아무리 그래도 이런 횡포가 어디 있어? 그런 짓을 할 리가 없잖아! 허튼소리 하지 마!"

입이 거친 대장 무리는 인상을 쓰며 거짓말이라고 소리쳤지만, 귀족을 상대한 적이 있는 병사장이나 상업 길드 사람들의 얼굴은 심각해졌다. 나는 배에 힘을 주고 대장 무리를 노려보며 둘러보았다.

"조용히 해! 떠들고 싶으면 방해되니까 나가. 남쪽 주민은 업무상 귀족을 상대할 일이 없는 녀석들이 대부분이니까 그들이 얼마나 난폭하고, 마력이 무시무시한지 모르는 녀석도 있겠지만, 귀족은 한다면 해."

그때 거짓말 같다며 웃는 사내들 앞에 프리다가 벌떡 일어나 대장 무리를 홱 돌아보았다.

"저는 오트마르 상회의 딸로 상업 길드에서 일하고 있습니다. 이분이 하시는 말씀은 거짓말이 아닙니다. 저는 이곳이 원래 선대 영주님의 마력으로 만들어진 마을이라고 배웠습니다. 아마 마을을 없애는 것도, 다시 세우는 것도 준비만 되면 영주님껜 식은 죽 먹기겠지요. 우리도 모르는 새에 마술이 실행되어 집이 사라졌을지도 모르고, 거기에 휩쓸리면 집은 물론이고, 우리도 함께 사라질지도 몰라요."

언뜻 보기에도 부잣집 아가씨로 보이는 그녀가 공손한 말투로 마을이 생긴 과정을 설명하자, 거짓말로 단정 지으려는 잘못된 지식을 퍼트리거나 정보가 없는 대장 무리가 입을 꾹 닫았다.

"덧붙이자면 귀족님에게 우리의 가치는 길바닥에 돌아다니는 들개야. 없어져도 신경 쓰지 않아. 그 정도야."

자신들의 신변에 닥친 위험을 느끼기 시작한 것이리라. 모두가 서로의 얼굴을 불안하게 마주 보았다.

"그런데 이번에는 운이 좋아. 핫세 호위로 친해진 우리가 걱정되신 로제마인 신전장님이 어떻게 하면 마을을 깨끗이 유지할 수 있는지 충고해 주셨다."

"정말이야? 어떻게 하면 되는데?"

대장 무리를 비롯한 협회장들까지 적극적으로 나섰다.

"지금부터 하는 말을 모두에게……. 병사장은 문의 병사에게, 협회장은 대장에게, 대장들은 자기 공방의 장인에게, 그리고 모두 본인의 가족과 이웃 사람들……특히 아기를 돌보느라 바깥과 교류가 없는 노인이나 병 때문에 집에 요양하는 사람들에게 전해줘."

나는 마인에게 들은 주의 사항을 말했다. 우선은 개조 당일의 주의 사항. 이것은 마술에 휘말리지 않기 위해 건물 안으로 피신하든지, 마을에서 나가면 되니까 어렵진 않다.

"……중요한 건 개조가 끝난 뒤야. 또다시 마을을 더럽히지 않게 반드시 정해진 곳에 오물과 쓰레기를 버릴 것. 우리 병사들도 순찰하며 주의하겠지만, 이웃끼리 서로 감시하는 것이 가장 빠르고 확실해."

내가 마인의 충고를 설명하자, 남문 병사장이 팔짱을 끼고 생각에 잠겼다.

"자세한 사항은 다시 의논해야겠지만, 여러 번 주의해도 듣지 않는 녀석은 범죄자로 체포하고, 시민권을 박탈해서 마을에서 추방하도록 정하는게 좋을지도 모르겠군."

"뭐? 시민권을 박탈한다고?"

"잠깐만, 고작 쓰레기를 버렸다고 범죄자 취급이냐?"

눈을 부라리는 자들을 가만히 응시하던 남문 병사장이 그들의 말에 긍정했다.

"지금까지와 달리 고작 그 쓰레기 하나가 수만 명의 주거를 빼앗는 위험 행위가 된다. 그렇지, 귄터?"

"그렇습니다. 북쪽도 남쪽도 귀족님은 개의치 않으니까요."

내가 고개를 끄덕이자, 남문 병사장이 그 자리에 모인 사람들을 둘러보았다.

"마을의 평화를 지키기 위해 지금까지 우리는 위험인물을 마을에서 쫓아내고, 출입을 금지해 왔다. 귀족님이 마을을 갈아엎는 계획을 세우고 있는 이때, 이를 부추기는 위험인물을 놔둘 필요가 있을까?"

남문 병사장이 "불만이 있으면 말해." 하고 둘러봤지만, 아무도 반론하지 않았다.

"……그럼 마을 개조 후에 쓰레기를 함부로 버리면 추방하겠다는 말도 덧붙여서 전달해 주게."

이야기가 끝나자 대장들은 앞다투어 회의실을 뛰쳐나갔다. 장인 협회와 상업 길드도 철저히 알리겠다고 약속했다.

나는 남은 병사장과 병사들과 근처 술집에서 저녁을 먹으며 순찰 강화와 추방죄에 관해 얘기를 분명히 해뒀다. 일곱 점 종이 울리고 해산했다. 아직 호위 임무 완료 보고를 끝내지 않았던 나는 어두컴컴한 길을 걸어서 집이 아닌 북문으로 향했다. 새벽 당번 병사가 나를 발견하고 달려왔다.

"병사장님, 핫세에서 돌아온 레쿨레에게 얘기 들었습니다. 엄청난 일이 생겼네요. 녀석들은 임무 완료 보고를 하고, 벌써 집에 갔어요. 병사장님도 얼른 돌아가시고…… 내일은 근방을 돌아보시면서 천천히 오세요."

레쿨레와 병사들은 사전에 정한 대로 제대로 보고한 모양이다. 나도 회의로 정해진 사항을 병사들에게 전달하라고 부탁하고, 이번에는 집에 가기 위해 어두침침한 길을 걸었다.

"어머, 여보. 평소에는 핫세에 가면 오후쯤에 돌아오더니 오늘은 꽤 늦었네? 카밀이 기다리다가 잠들었어."

에파가 그렇게 말하며 침실 쪽을 돌아보았다. 나는 발소리를 죽이며 침실로 들어가 잠자는 카밀의 얼굴을 보았다. 작은 소리로는 깨지 않을 정도로 깊이 잠들었다.

"로제마인 님은 어땠어? 가까이서 봤을 거 아냐. 얘기는 나눴어?"

부엌에서 들려오는 에파의 목소리는 들떠 있었다. 어지간히 여행담이 듣고 싶었나 보다. 신전 입구에서밖에 못 보는 에파를 생각하면 가까이서 마인과 대화할 수 있는 자신은 복 받은 것이라는 생각이 들었다.

'성가신 얘기는 나중에 하자.'

나는 짐을 놓고, 부엌으로 돌아가면서 에파의 질문에 대답했다.

"투리에게 듣거나 신전에서 본 그대로였어. 잠들기 전과 겉모습은 거의 똑같더라. ……꼬맹이 마인 그대로였어."

나무라듯이 에파가 "여보." 하고 나를 쏘아보았지만, 카밀은 깊이 잠들어 있다. 그렇게 쉽게 깨지 않으리라.

"나를 보는 눈빛도 똑같았어. 우리를 잊기는커녕 약속대로 필사적으로 우리를 지키려고 귀족 사회에서 노력하고 있었어."

"……로제마인 님께 무슨 일 있어?"

에파가 침실을 보며 잠시 우물거린 뒤 '로제마인 님'이라고 불렀다.

마인처럼 고집이 있는 에파는 '집안에서도 마인이라 부르지 않겠다'라고 결심한 것을 고집스럽게 지켰다. 마인이 고군분투하는 자세한 얘기와 회의실에서 이야기한 내용을 에파에게 말했다.

"마을을 지키는 길을 마인이 남겨 줬어. 그럼 나는 아빠로서 지켜야 하겠지?"

"내가 할 수 있는 일은 있어?"

"응. 마인의 충고를 카밀과 이웃 사람들에게 전달해 줘."

가족끼리, 이웃끼리 조심해야 한다. 귀족의 횡포함을 잘 아는 에파는 새파랗게 질린 굳은 얼굴로 고개를 끄덕였다.

병사장이 병사, 상업 길드가 모든 상인, 각 장인 협회가 대장, 대장이 견습생을 포함한 장인이라는 종적 정보망과 가족, 이웃사람이라는 횡적 정보망을 통해 똑같은 충고가 흘러갔다. 이러한 정보망에 누락되기 쉬운 노인이나 환자의 가족에게는 병사가 중점적으로 돌며 전달했다. '자칫하면 우리의 주거지가 사라진다' 개조 후에 쓰레기를 함부로 버리면 추방한다'라는 엄포가 크게 작용했나 보다. 예상보다 빨리 마인의 충고가 온 마을에 퍼졌다.

"사흘 후, 다섯 점 종에 개조를 시행한다고 방금 기사단장으로부터 공지가 날아왔다. 모든 평민에게 알려다오……."

북문에 상주하는 기사가 정확한 개조 일정을 알려준 건 멀리 파견을 나갔던 구텐베르크들이 돌아왔다는 얘기를 에파에게 들은 며칠 뒤의 일이었다.

"저희에게 맡겨 주십시오. 병사장, 상업 길드, 장인 협회에 연락을 넣고, 거기서 누락되는 주민에게는 순찰 중에 알리기로 했습니다."

"음. 부탁한다."

멀리서도 알리는 도구가 있는 귀족님과 달리 우리는 뛰어야 한다. 각 문의 병사장, 상업 길드, 장인 협회 사람들에게 연락하며 돌았다. 굳이 회의실에 모이지 않아도 '사흘 후, 다섯 점 종으로 결정되었다'라고만 전해도 모두가 이해해 주었다.

개조 마술이 시행되는 당일. 네 점 종이 울리자, 오후 당번인 병사들이 문을 닫기 시작했다. 아무것도 모르는 타지 사람에게 피해가 가지 않도록 하기 위해서다. 나는 퇴근하는 아침 당번 병사들과 함께 북문을 나와 다섯 점 종까지 집 안에 있도록 주민들에게 주의하며 순찰했다.

서문과 동문을 잇는 큰길에 노점들이 이미 정리되어 있어 평소보다 길이 넓게 느껴졌다. 공방과 상점은 점심시간 후부터 그대로 자택에 대기하도록 했다고 한다. 마치 여섯 점 종이 울렸을 때처럼 주민들이 일사불란하게 집으로 돌아간다. 이미 긴장감이 마을 전체에 퍼져 있었다.

"개조가 끝나고 밖에 나와도 괜찮아지면 병사가 돌면서 연락하겠다. 시간은 얼마나 걸릴지 몰라. 소식이 있을 때까지 문이란 문은 꼭 닫고, 밖에 나오지 마. 마술에 휘말리면 사람도 사라진대."

그렇게 말을 걸며 마을을 순찰하고, 북문으로 돌아왔다. 곧 다섯 점 종이 울렸다. 영주님이 시행하는 마을 개조가 어떤 것인지 나를 비롯한 북문 병사들은 문 창문에서 마을을 내려다보았다. 숨죽이며 지켜봤지만, 언제 어떤 변화가 일어날지 모른다.

초조한 기분으로 기다렸다. 얼마나 시간이 지났을까. 마을 상공에 기사들과 마인이 나타났다. 저 동그스름하고, 이상한 동물이 마인이다. 틀림없다. 그 존재를 알아챈 나는 크지도 않은 좁은 창문에 딱 달라붙어서 마인과 그들을 응시했다. 대규모 마술을 쓰는 영주님과 그 호위 일행이 틀림없다. 그들은 신전 상공에서 중앙 광장의 상공으로 이동해 갔다. 북문에서는 더 잘 보이지 않게 되었다.

"좀 멀어서 로제마인 님 말고 누가 있는지 모르겠군."

"병사장님은 로제마인 님이 보이세요?"

"핫세에서 본 적이 있으니까 병사장님이 아니라 내 눈에도 보여. 저기 하나만 형태가 다른 거 타고 있는 사람이 로제마인 님이야."

레쿨레가 다른 창문에 달라붙어서 자신만만하게 마인이 탄 존재를 가리켰다. 병사장인 나는 혼자 창문에 붙어 있지만, 다른 창문에서는 병사 세 사람이 서로 밀치며 옹기종기 모여 있다.

"영주의 양녀가 나왔으면…… 드디어 시작되는 건가?"

"어쩌면 다섯 점 종이 울려도 주민들이 빠짐없이 집에 돌아갈 수 있게 로제마인 님이 시간을 주자고 했을지도 몰라."

병사들이 그렇게 생각할 정도로 다섯 점 종이 울리고 꽤 시간이 지났다. 그때 뭔가가 번쩍이더니 마인이 탄 물건 주변에서 콰쾅 하고 무언가가 아래로 떨어졌다.

"뭐가 떨어진 거야?"

"……여기서는 모르겠지만, 꽤 커다랬어. 맞으면 즉사하겠네."

건물 안에 피난해야 할 중요성을 피부로 느끼며 바라보는 시선 끝에서 마인이 아닌 누군가가 빛나는 그림을 허공에 그리기 시작했다.

"영주님이다! 영주님이 분명해. 정말 시작되는구나!"

"허공에 선을 긋는다고!? 심지어 빛나고 있어."

무엇을 그리는지는 알 수 없었다. 하지만 세밀하고 복잡한 그림인 것만은 멀리서도 알 수 있었다.

완성했다고 생각한 직후, 그 빛나는 도형이 늘어나기 시작했다. 완전히 똑같은 도형이 전부 열세 개가 되어 마을 상공을 뒤덮듯이 펼쳐지더니 흩어졌다. 마치 도형 그 자체가 의지를 가진 것 같았다. "흐익!" 하고 병사들의 입에서 비명이 터져 나왔다. 귀족님이 마술을 행사하는 장면은 평범하게 사는 사람에겐 볼 일이 거의 없다. 자신의 상식으로 이해할 수 없는 상황에서 느낀 두려움이 얼굴에 드러났다.

"으악!?"

비명을 지르는 심정도 이해는 간다. 건물 전체가 휩쓸려가지 않을까 벌벌 떨 정도로 대량의 물이 열세 개의 신비한 도형에서 일제히 쏟아져 나오는 것이다. 희미하게 빛나는 이상한 물이 마을 전체에 쏟아졌다. 북쪽 문도 예외는 아니었다. 창밖이 거센 물결에 가려서 아무것도 보이지 않았다.

시야가 차단된 건 겨우 2, 3초였다. 마을에 흘러들어온 물은 거리로 넘쳐흘렀고, 마을 전체가 소용돌이치는 것처럼 보였다.

그 광경을 보고, 나는 어릴 적에 물을 채운 통을 엎어서 벌레 서식지를 떠내려 보내며 놀았던 기억을 떠올렸다. 꼭 그런 느낌이다. 귀족님에게 우리는 버러지 같은 존재이고, 그 서식지를 물에 떠내려 보내거나 없애는 것도 재미로 할 수 있다. 그 정도의 차이를 피부로 느낀 나는 온몸에 소름이 돋았다.

'괜찮을까?'

평소에 바깥 물건을 1층에 넣어두는 사람은 많다. 지금쯤 1층이 물에 잠겨서 엉망이 되지 않았을까? 그렇게 생각한 순간, 물이 단숨에 사라졌다.

"대체 어떻게 된 거야!?"

무슨 일이 일어났는지 모르겠다. 하지만 마술로 인해 느닷없이 쏟아져 내린 물은 이번에도 느닷없이 사라졌다. 그리고 지금 내 눈앞에 하얗게 빛나는 거리와 마을이 펼쳐져 있다. 2층까지 회색처럼 우중충했던 석조 부분이 지기 시작한 태양 빛을 반사하여 거리와 똑같이 새하얗게 빛나고 있었다.

"그 마을이 이렇게 깨끗해졌다고?"

'엄청난 마술이다.'

"이런 일이 정말 가능하다니. 말도 안 나와……."

"어. 이렇게 어마어마한 마술을 써서 깨끗하게 했는데 우리가 또 더럽히면 그땐 귀족도 화날 만하겠어."

누군가의 중얼거림에 모두가 납득했다. 이 깨끗해진 마을을 유지해야 한다. 우리가 지켜야 할 마을을 내려다보는데 병사 하나가 달려왔다.

"병사장님, 기사님이 호출하십니다."

"알겠다. 바로 가지."

북문에 상주하는 기사에게 전해 들은 건 마을 개조가 끝났다는 것. 거리에 쓰레기를 버리는 구멍이 생겼을 테니 앞으로는 거기에 오물과 가정 쓰레기를 버릴 것. 이러한 사항을 주민들에게 전하라고 했다.

"알겠습니다."

나는 부하들을 데리고 북문을 나가려고 했다. 마을 전체에 퍼져 있던 악취가 사라지고, 공기마저 깨끗하게 씻겨서 반짝이는 듯했다. 한

걸음 내딛는 순간, 길바닥에 발자국이 남았다. 무심코 신발 밑창을 보고, 곧바로 모두에게 신발 바닥을 닦게 했다.

그리고 거리로 뛰쳐나와서 집마다 돌며 말을 걸었다.

"끝났다! 이제 밖에 나와도 돼! 본인 집에서 가장 가까운 쓰레기 구멍을 확인하고, 다 함께 이 아름다운 마을을 지키자!"

우리의 목소리를 들었는지 집집마다 창문이 하나둘 열리기 시작했다. 문 앞에서 허가가 떨어지길 기다렸는지 아이들이 환성을 지르며 뛰쳐나온다. 아름답게 다시 태어난 거리를 본 모든 주민의 얼굴에 희망찬 미소가 띤 것처럼 보였다.

후기

오랜만입니다, 카즈키 미야입니다.

이번 「책벌레의 하극상~사서가 되기 위해서라면 뭐든지 할 수 있어~ 제4부 귀족원의 자칭 도서위원IV」을 구매해 주셔서 감사합니다.

다양한 의도 속에서 빌프리트와 로제마인의 혼약이 결정됩니다. 이번에는 WEB판에서 의견이 많았던 빌프리트 측의 움직임을 프롤로그에 써봤습니다. 빌프리트가 주위에서 무슨 말을 듣고, 무슨 생각으로 로제마인과 혼약하기로 했는지 말이죠.

에렌페스트의 봄이 이번 권의 주된 이야기입니다. 오랜만에 느긋하게 책을 읽고 싶은 로제마인이지만, 독서 시간은 그렇게 쉽사리 손에 들어오지 않습니다. 봄을 축하하는 연회에서의 혼약 발표, 2년 만의 제사, 슈바르츠와 바이스의 의상 제작 등, 할 일이 산더미입니다.

자수를 피하려고 (페르디난드가 시키는 대로) 잉크를 조합하다가 신기한 잉크를 발명해 버리고, 하르덴첼의 기원식에서 성전 내용과 다른 점을 지적했더니 어쩌다가 옛날 의식을 부활시켜 버리고, 엔트비켈른으로 평민촌이 깨끗해졌다는 실감을 느끼지 못해 (결국 광역 마술을 쓴 건 페르디난드지만) 마을을 통째로 바셴하자고 하거나, 영주 회의 기간에 보니파티우스와 함께 성의 숲에 채집하러 가서 그륀과 딱 마주치는 등……

하나하나 일이 묘하게 흐르지만, 기본적으로는 평화 그 자체. 하지만 영주 회의를 계기로 아렌스바흐가 움직이기 시작했고, 경계가 필요하게 될 것 같네요.

이번 단편은 기베 하르덴첼 시점과 귄터 시점입니다.

기베 하르덴첼 시점에서는 하르덴첼에 사는 자들의 눈으로 본 기원식에 의한 변화를 써 보았습니다. 자신의 충동적인 제안에 의해 찾아온 급격한 기후 변화. 로제마인은 귀족가로 돌아가서 그 후의 하르덴첼을 보지 못했지만, 갑자기 기후가 바뀌어 버립니다. 대응은 필요한데 해결 방법을 알 수 없는 일들이 물밀 듯이 밀려옵니다. 그럴 때 발견한 조그마한 기적.

귄터 시점에서는 평민들의 눈으로 본 엔트비켈른과 광역 마술에 의한 바셴 상황을 써 보았습니다. 평민촌을 깨끗하게 만들자는 대개조 계획은 다른 영지의 평가가 걱정된 귀족들이 다른 영지의 상인이 찾아오기 전에 끝내고 싶은 시급한 안건입니다. 하지만 다른 영지에서 상인이 몰려온다는 사실을 상인밖에 모르는 평민 측에겐 마른하늘에 날벼락이 떨어진 셈이죠. 핫세에서 로제마인에게 충고를 들은 병사들의 고군분투와 마을이 깨끗해지는 모습을 재미있게 봐 주셨으면 좋겠습니다.

이번 권에서 시이나 님께서 기베 하르덴첼의 캐릭터를 새롭게 디자인해 주셨습니다. 추운 북쪽 땅을 통치하는 엄격함이 잘 드러난 것 같습니다. 그리고 성장한 델리아와 디르크도 있네요. 델리아는 미인으로 성장했습니다. 디르크의 눈빛에 장난기가 많아 보이지만, 귀여운 느낌이고, 델리아의 남동생 같은 느낌을 자아내고 있는 것 같습니다.

알려드립니다.

「제3부IV」~「제4부III」의 표지 일러스트와 컬러 일러스트의 클리어화일을 TO북스 온라인 스토어에서 동시 발매합니다. 좋아하는 일러스트가 있는 분은 꼭 구매해 보세요. http://tobooks.shop-pro.jp

드디어 「책벌레의 하극상」 관련 서적, 대망의 4개월 연속 발행이 시작되었습니다!

이 「제4부IV」를 시작으로 10월은 「귀족원 외전 1학년생」, 11월은 「오피셜 팬북3」, 12월은 「제4부V」를 발매합니다.

다음 달 발매 예정인 「귀족원 외전 1학년생」은 SS 단편을 수록하기 위해 만든 외전으로 3분의 2 이상이 첫 공개 단편입니다. 빌프리트, 코르넬리우스, 안게리카, 하르트무트, 유디트, 트라우고트, 로데리히, 한넬로레, 루펜, 오르트빈, 솔랑쥬 시점으로 썼습니다. 귀족원 1학년생 시절, 로제마인의 눈에는 보이지 않는 곳에서 사건 사고가 끊이지 않게 일어납니다.

본편에서는 출연이 적어서 캐릭터 디자인이 없었던 인물들의 일러스트도 잔뜩 들어갔습니다. 이것도 정말 멋집니다.

11월의 「오피셜 팬북3」는 「오피셜 팬북1」과 비슷한 구성으로 시이나 님의 일러스트가 가득 들어간 작품. 「팬북」의 통과의례인 Q&A에는 이번에도 많은 질문이 실렸습니다. 제 새로운 단편은 귀족원의 도서관 그림과 함께 보여드립니다. 솔랑쥬 시점으로 할까, 하르트무트 시점으로 할까, 필린느 시점으로 할까 고민 중입니다…….

저는 지금 잇달아 닥쳐오는 마감을 처리하느라 진땀을 흘리고 있습니다. 재미있게 읽어주셨으면 좋겠습니다.

이번 표지는 하르덴첼 기원식과 엔트비켈른을 일러스트로 표현했습니다. 신전장의 의복으로 봄꽃에 둘러싸인 로제마인과 평민촌 개조와 세척을 시행하는 질베스타와 페르디난드입니다. 오랜만에 이 두 사람이 표지에 등장해서 너무 기쁘네요. 시이나 유우 님, 감사합니다.

마지막으로 이 책을 구매해 주신 여러분께 최상급의 감사를 바칩니다.

본편에 이어 「제4부 Ⅴ」는 12월에 발매될 예정이니 그때 다시 만나요.

2018년 8월 카즈키 미야

수공예가 아닌 미술

예에
실제로 얼마나 못하는지 자수한 걸 보여 봐

이건 뭐지?
스밀 이요

예에?
그대의 문제는 자수가 아니라 그림이다

여자 모임이 끝나고

엥?
전 다무엘에게 지지 않을 거예요!

!?
저도 안 져요!!

안게리카, 유디트랑 필린느가 왜 저래?

뭘!?
괜찮아요. 전 다무엘에게 맡길게요 (두뇌노동은)

책벌레의 하극상 [4부] 귀족원의 자칭 도서위원 IV

초판 2쇄 발행   2022년 10월 30일

저자 카즈키 미야

발행인 원종우
발행처 (주)블루픽

주소 (13814) 경기도 과천시 뒷골로 26, 2층
영업부 02-6447-9017   **편집부** 02-6447-9019   **팩스** 02-6447-9009
메일 edit@bluepic.kr   **웹** vnovel.kr

ISBN 979-11-6085-975-1 04830